STEFANIE SÖLLNER

AF280870

DIE GEHEIME BÜRDE

KRIMINALROMAN

IMPRESSUM

Bibliografische Information der Deutschen Nationalbibliothek: Die
Deutsche Nationalbibliothek verzeichnet diese Publikation in der
Deutschen Nationalbibliografie; detaillierte bibliografische Daten sind
im Internet über dnb.dnb.de abrufbar.

Dieser Titel ist auch als E-Book erschienen

Vollständige Taschenbuchausgabe
Deutsche Erstausgabe

Copyright © 2024 Stefanie Söllner

Verlag: BoD · Books on Demand GmbH,
In de Tarpen 42, 22848 Norderstedt
Druck: Libri Plureos GmbH, Friedensallee 273, 22763 Hamburg
Umschlaggestaltung: Kreiter Design – Leoni Triltsch
Buchsatz: Kreiter Design – Leoni Triltsch
Lektorat: Judith Schmitzer

ISBN: 978-3-7693-1262-1

Gewidmet meiner wunderbaren Familie,
die mich jeden Tag so unglaublich glücklich macht.

PROLOG

Die leicht verschwommene Szenerie rauschte wie in einem Film scheinbar endlos an ihr vorbei. Fremde Häuser und große Wohnblöcke, dazwischen ein verlassener Spielplatz, gefolgt von dichten Wäldern und einem unbekannten Fluss. Die Landschaft wechselte zu schnell. Ihre Augen hatten Mühe, alles zu erfassen. Sie waren ohnehin schon müde und schwer. Die Trauer hatte nicht nur ihre Augen erfasst. Wie ein einhüllender Schatten hatte sie sich inzwischen um ihren gesamten Körper gelegt und ihre Beine schwer wie Blei werden lassen. In ihrem Kopf war nur noch Leere und die Last auf ihren Schultern war beinahe unerträglich. Diese Endgültigkeit war für sie noch immer schwer zu begreifen.

Von heute auf morgen. Einfach so.

Jetzt hatte sie diese schwere Aufgabe und sie wusste nicht, was sie in den nächsten Stunden erwarten würde.

Plötzlich nahm sie im Augenwinkel eine Bewegung wahr.

Die Tür wurde ruckartig aufgerissen.

Sie schreckte kurz hoch und blickte in die Augen eines uniformierten Mannes. Es waren schöne, aber sehr hekti-

sche Augen. Leicht grünlich mit einem goldenen Schimmer am Rand der Iris. Auch wirkten sie etwas streng. Sein
fester Blick signalisierte ihr, dass der Mann unter massivem Zeitdruck stand.

1.

Pia schüttelte den Kopf. Sie schob ratlos eine Hand über die Stirn in ihr blondes Haar. Dabei kniff sie ihre braungrünen Augen etwas zusammen, wie um besser sehen zu können. Irgendwo musste er doch sein? Ihre Hände griffen nach der Nächsten. Doch egal welche Schubladen sie aufzog, sie konnte ihn einfach nirgends finden. Aber er musste ja irgendwo stecken! Schon etwas missmutig streckte sie sich letztendlich nach oben, um die noch übrigen Hängeschränke zu durchsuchen.

Das gibt's doch nicht!

Da war er.

Also langsam dachte sie wirklich, es wären Geister im Haus. Hatte sie das Nudelsieb tatsächlich so gedankenverloren zu den Tassen in den Schrank geräumt? Kopfschüttelnd lachte sie über ihre eigene Unaufmerksamkeit. Na gut, es war nicht das erste Mal, dass sie irgendwelche Gegenstände in der Eile falsch einsortiert oder aufgeräumt hatte. Eigentlich kam das sogar recht häufig vor, wie sie sich selbst eingestehen musste. Das kommt nur davon, weil ich einfach immer alles auf einmal machen möchte, dachte sie. Sicher war ich mit dem Kopf schon wieder ganz woanders gewesen.

»Mama! Mama! Maaaaaamaaaaaa!«, schallte es plötzlich aus dem ersten Stock in die Küche hinunter. Die hohe Stimme klang ungeduldig und fordernd.

Pia schnaufte kurz durch und drehte die Herdplatte zurück, damit das Nudelwasser während ihrer Abwesenheit nicht überkochte. Dann lief sie mit schnellen Schritten in das obere Stockwerk. Ihr erster Blick ins Kinderzimmer traf auf die trotzigen Augen ihres Sohnes. Um ihn herum lagen unzählige, verstreute Bauteile seiner geliebten Ritterburg.

»Was ist denn los, Felix? Ich habe dir doch gesagt, ich bin gleich wieder bei dir. Aber Papa hat auch Hunger, wenn er von der Arbeit nach Hause kommt. Ich muss ihm jetzt etwas zu essen machen«, maßregelte sie ihn für die Unterbrechung.

Die graublauen Kinderaugen schauten sie weiter trotzig an. Felix saß kerzengerade am Zimmerboden. Seine Stimme wurde vorwurfsvoll als er sagte, »Aber meine Burg ist zusammengebrochen, Mama. Schau doch! Du musst sie mir wieder aufbauen!«

»Moment mal, junger Mann. Ich muss gar nichts. Du kannst auch schön mit mir reden, Felix. Das weiß ich«, antwortete Pia streng.

»Aber Mama, meine Burg!«, protestierte Felix.

Pia warf ihm daraufhin nur einen strengen Blick zu.

»Na, gut. Bitte Mama. Bitte, tu meine Burg wieder aufbauen.« Sein Blick wurde jetzt flehend.

Pia gab sich daraufhin geschlagen. »In Ordnung, ich mache das schnell für dich. Aber dann versprich mir bitte auch, dass du gut aufpasst beim Spielen. Ich kann sie nicht noch einmal aufbauen, weil ich mich jetzt wirklich um das Essen für Papa kümmern muss.«

»Ja, ja, ja! Danke, Mama!« Felix sprang auf und hüpfte freudestrahlend durch sein Zimmer.

Mit hochgezogenen Augenbrauen blickte Pia auf die über den ganzen Teppich verstreuten Bauteile der Ritterburg. Dann ließ sie sich resignierend auf den Boden sinken und widmete sich widerwillig dem erneuten Aufbau von Felix Lieblingsspielzeug. Offenbar war ihr Sohn für dieses Geburtstagsgeschenk mit seinen vier Jahren doch noch etwas zu jung gewesen, dachte sie für sich, während sie Mauer um Mauer aneinanderklickte. Die Burg war an sich wirklich ein tolles Spielzeug. Vollständig aufgebaut war sie halb so groß wie Felix und bot vielfältige Spielmöglichkeiten. Selbst Pia spielte gerne mit ihrem Sohn zusammen mit verschiedenen Figuren das Burgleben der Ritter und Könige nach. Doch sobald ihr kleiner Sohn sich alleine damit beschäftigte, schaffte er es immer wieder, die Burg innerhalb von wenigen Minuten in sämtliche Einzelteile zu zerlegen. War das wieder einmal geschehen, musste sogar ein Erwachsener erneut die Beschreibung zur Hilfe nehmen, um sie wieder vollständig und stimmig aufzubauen. Es waren einfach zu viele Teile, die sich nur geringfügig unterschieden. Pia begnügte sich dieses Mal damit, den Hauptteil der Burg rasch zusammenzusetzen und schob heimlich einige der Kleinteile hinter ihren Rücken. Sie hatte jetzt einfach nicht genug Zeit, für jedes Zubehör seinen richtigen Platz zu suchen.

Nachdem zumindest der Großteil der Burg wieder stand, richtete sie sich vom Boden auf. »So, Felix. Jetzt sei aber etwas vorsichtiger beim Spielen und vor allem setz dich bitte nicht wieder darauf!«, ermahnte sie den Vier-jährigen.

Doch ihr Sohn war bereits wieder in sein Spiel vertieft und hörte ihr schon gar nicht mehr zu. Überschwänglich beeilte er sich abermals, die verschiedenen Figuren in sämtliche Stockwerke der Burg zu verteilen.

Pia sammelte in diesem unbeobachteten Augenblick rasch die noch fehlenden Kleinteile hinter ihr ein und ging zur Zimmertür. Dort warf sie ihrem Sohn einen letzten, ermahnenden Blick zu. »Ich mache jetzt das Essen für Papa. Solange spielst du alleine, ja?«

Felix ignorierte sie weiter. Er hatte gerade den schwarzen Ritter in der Hand und gab fortlaufend ein paar »Bam-Bam-Bumm«-Laute von sich, während er mit der kleinen Figur auf das Eingangstor der Burg zusteuerte. Als sie hin-austrat, öffnete sie das erste Fach der Kommode, die sich im Flur vor Felix Zimmer befand, und legte die unterschlagenen Kleinteile der Ritterburg hinein. Ein letzter Blick durch die offenstehende Kinderzimmertür bestätigte ihr, dass die Burg noch stand. Sie verharrte einen Moment und beobachtete, wie der schwarze Ritter durch eine Falltür in den Kerker befördert wurde. Anschließend ließ Felix den König triumphierend auf und ab hüpfen. Pia lächelte. Ihr Baby hatte sich so schnell zu einem kleinen, aufgeweckten Jungen entwickelt.

»Die Nudeln!« fiel ihr plötzlich ein. Sie beeilte sich, schleunigst zurück in die Küche zu kommen. Sicher-lich war sie länger als die vorgeschriebene Kochzeit von zwölf Minuten im Kinderzimmer gewesen, dachte sie aufgebracht. Unten angekommen, nahm sie den Topf so eilig vom Herd, dass etwas Wasser auf die Kochplatte schwappte. Dann schüttete sie die Nudeln samt siedendem Wasser in den vorbereiteten Sieb, der bereits in der Spüle wartete. Nachdem sie das verschüttete Kochwasser aufgewischt hatte, fischte sie sich hoffnungsvoll mit einer Gabel zwei dampfende Spaghetti heraus, pustete energisch und probierte. Wie zu erwarten, waren sie nicht mehr ganz bissfest, aber immerhin noch genießbar. Glück gehabt!, dachte sie erleichtert.

Es passierte ihr öfter, dass sie irgendeine Tätigkeit im Haushalt anfing und währenddessen von ihrem Sohn unterbrochen wurde. Hatte sie ihn dann in seinem Anliegen zufrieden gestellt, hatte sie aber schon vergessen, dass sie beispielsweise gerade dabei gewesen war, die Fenster zu putzen. Denn sie hatte kurz darauf schon angefangen, die Wäsche aus der Waschmaschine aufzuhängen. Felix funkte natürlich auch hier wieder dazwischen, wie es kleine Kinder eben mit Vorliebe unentwegt tun. Am Ende des Tages fand sie dann einen vergessenen Putzlappen am Fensterbrett liegen, einen halb vollen Wäschekorb vor dem Wäscheständer und in der Küche eine nur zur Hälfte ausgeräumte Geschirrspülmaschine. Ganz zu schweigen von gefühlt tausenden von Krümeln am Küchentisch, die von irgendeiner Zwischenmahlzeit ihres Sohnes stammten. In der Regel ließ Felix sie nie etwas in Ruhe zu Ende bringen, außer es ging um den Aufbau eines seiner Spielzeuge. Ein Vierjähriger hatte nun mal kein Verständnis für die langweiligen aber notwendigen Haushaltstätigkeiten seiner Mutter. Dieses mittlere Chaos gehörte bereits seit einigen Jahren zu ihrem Alltag. Felix ist nur einmal klein und in ein paar Jahren läuft auch der Haushalt wieder runder, versuchte sie sich seither selbst regelmäßig gut zuzusprechen. Glücklicherweise sah es ja auch ihr Mann Matthias nicht so eng, wenn sie wieder einmal nicht ganz pünktlich mit dem Essen fertig geworden war. Normalerweise verschwand er ohnehin nach Feierabend fürs Erste eine Zeit lang im Badezimmer.

Sie warf einen prüfenden Blick auf die große Küchenuhr. Bald würde er zu Hause sein.

»Mama, Mama! Sie ist schon wieder kaputt!«, hallte es in diesem Augenblick schon wieder mit weinerlichem Unterton aus dem ersten Stock. Darüber hinaus hörte sie kleine, wütende Füße auf den Boden stampfen.

Pia verdrehte nur schmunzelnd die Augen und rührte sich nicht von der Stelle. Auch ihr Sohn musste nun mal lernen, zu warten. Diesmal würde sie nicht gleich wieder nach oben laufen. Wenn es nach Felix ging, könnte sein Vater erst in Ruhe zu Abend essen, wenn er längst im Bett war. Aber da hatten schließlich sowohl Pia als auch Matthias noch ein Mitspracherecht. Sie beschloss, erst einmal so zu tun, als hätte sie die fordernden Kinderschreie nicht gehört. Doch Felix gab erwartungsgemäß nicht so schnell auf und schrie sogleich im Sekundentakt weiter. So hart es auch für ihr Mutterherz war, schaffte sie es letztendlich auch bei all seinen folgenden Rufen konsequent zu bleiben. Eisern hielt sie die Stellung bei ihren vorbereiteten Nudeln in der Küche und schnitt zweierlei Gemüse in kleine Würfel für die zugehörige Soße. Frischen Parmesan musste sie auch noch reiben!, erinnerte sie sich rasch.

Als die weinerlichen Schreie urplötzlich verstummt waren, stand wenig später ein kleiner, trotzig dreinblickender Felix in der Küche. Eine dicke Träne kullerte ihm über die linke Wangenseite. Dabei schaute er seine Mutter weiter vorwurfsvoll an und wischte sich schniefend mit dem Ärmel seines Pullovers über die Nase. Es hätte wirklich ein herzzerreißendes Bild sein können, wenn man eben nicht gerade wusste, dass es um eine kaputte Ritterburg ging, die er regelmäßig selbst zum Einstürzen brachte.

Pia war mittlerweile fast fertig mit der Zubereitung des Abendessens. Sie sah ihren Sohn mitfühlend an. Dann ging sie wohlwollend auf ihn zu, um sich zu ihm herunterzubeugen. Liebevoll legte sie ihre Arme um den kleinen Körper, der noch immer vom unentwegten Schniefen bebte und redete ihm beruhigend zu, »Felix, da musst du doch nicht gleich weinen, wenn die Burg wieder eingestürzt ist. Wir bauen sie später wieder auf, ja? Aber zuerst essen wir. Papa wird jeden Moment hier sein. Hilfst du mir, den Tisch zu decken?«

Ihr Sohn verharrte noch einige Sekunden trotzig auf der Stelle, nachdem sie die Umarmung mit einem abschließenden Kuss auf die Wange gelöst hatte. Er konnte es auch nicht lassen, ihr einen letzten vorwurfsvollen Blick zuzuwerfen, ehe er mürrisch dreinblickend einen der Küchenschränke aufzog, um nach den Tellern zu greifen. Dabei betonte er laut, »Ich nehme aber den Teller mit dem Feuerdrachen!«

»Natürlich, du bist ja auch unser starker Ritter! Danke, dass du mir hilfst, Felix!«, sagte Pia zärtlich. Sie schob ihm eine Strähne aus dem Gesicht und küsste ihn auf die Stirn. Sein dunkelbraunes Haar war mittlerweile fast über die Ohren gewachsen und hing ihm beinahe schon in den Augen. Sie würde nächste Woche beim Friseur anrufen, nahm sie sich fest vor. Dann griff sie in einem Schrank über seinem Kopf nach dem Parmesanhobel.

Kurz nach sechs Uhr kam erwartungsgemäß auch Matthias zur Haustür herein. Gut gelaunt ging er geradewegs zu ihnen in die Küche und rief ausgelassen, »Na, wo ist mein kleiner Räuber?«

Pia warf ihrem Mann einen freundlichen Blick zu. Sie registrierte das Lächeln in seinem Gesicht. Das freute sie. Offenbar hatte er einen erfolgreichen Arbeitstag hinter sich. Das war leider nicht immer so. Sie konnte sich an zahlreiche Tage erinnern, in denen er mit hängendem Kopf zur Haustür hereingekommen war. Dann saß er mit ihnen beim Abendessen am Tisch und klagte wiederholt darüber, dass einige seiner Kollegen wirklich unfähig waren. Entweder hielten sie die Terminfristen nicht ein, oder sie leisteten sich grobe Fehler. Dabei betonte er stets, dass alles an ihm hängen blieb. Sein Chef drückte bei faulen Mitarbeitern viel zu oft ein Auge zu, lamentierte er dann weiter, weil dieser seit Jahren große Schwierigkeiten hatte, neues und vor allem gutes Personal zu finden.

Sie gab Matthias zur Begrüßung einen Kuss und informierte ihn, dass sie gleich essen könnten. Währenddessen machte sich Felix hinter ihr schon bereit, um schwungvoll auf seinen Vater zuzulaufen. Matthias wuschelte ihr noch einmal kurz durchs blonde Haar und gab ihr einen neckischen Klaps auf den Po. Dann ging er in die Hocke, um den auf sich zustürmenden Felix aufzufangen. Bis Pia alles angerichtet hatte, widmete Matthias sich voll und ganz seinem kleinen Räuber, wie er Felix stets liebevoll nannte.

Dieser sprang ausgelassen in seine Arme und rief fröhlich, »Papa!«

Dann tollten sie gemeinsam durchs Wohnzimmer und rangelten noch einige Minuten spielerisch auf der Couch, wobei Felix lustige Kampfgeräusche von sich gab.

»So Felix, ab an den Tisch. Jetzt essen wir erst zu Abend. Papa hat einen Bärenhunger! Wir spielen später weiter, ja? Ich komme gleich. Ich muss nur noch eben ins Badezimmer«, wies Matthias anschließend seinen Sohn an.

Beim gemeinsamen Abendessen berichtete Matthias von ein paar Terminen, die ziemlich gut verlaufen waren. Pia hörte ihm aufrichtig zu, obwohl sie nicht alles verstand, was er gerade über Programmiersprachen und Microservices von sich gab. Als Softwareentwickler war er wirklich ein heller Kopf, musste sie zugeben. Sie selbst verfügte dagegen nur über ein paar Standardkenntnisse. Als er mit den Schilderungen seines Arbeitstages fertig war, erzählte sie ihm ihrerseits vom Spielplatznachmittag mit Freunden aus der Nachbarschaft. Felix hatte sich diesmal sogar auf den großen Kletterturm getraut, was Matthias sogleich anerkennend lobte.

Ihr Sohn beteiligte sich während des gemeinsamen Essens nur mit einer Anordnung am Gespräch. »Mama soll heute mit mir ins Bett gehen«, betonte er mit fester Kinderstimme. Dabei schaute er ganz streng und schob sich anschließend eine weitere Gabel voller Nudeln in den Mund. Ohne Soße, versteht sich.

»Ja, zum Rangeln ist der Papa gut, aber für die Gute-Nacht-Geschichte muss die Mama wieder herhalten«, sagte Matthias zu seinem Sohn mit einem Zwinkern.

Felix legte seinen Kopf schief und nickte eifrig.

Pia blickte amüsiert zu Matthias hinüber. Sie wusste genau, dass er nicht das Geringste dagegen einzuwenden hatte. Schließlich war es reine Glückssache, ob ihr Sohn bereits nach zehn Minuten schlief oder manchmal gar eine

Stunde brauchte, um in den Schlaf zu finden.

Dieser Abend war glücklicherweise einer der angenehmeren geworden. Nach bereits knapp 20 Minuten konnte sie das Kinderzimmer verlassen und ließ sich entspannt neben Matthias auf die Couch sinken. Mit kritischem Blick beäugte sie sein gewähltes Programm. Es lief gerade ein Kriegsfilm, der sie nicht sonderlich interessierte. Wobei Interesse das falsche Wort wäre. Sie machte sich nach Kriegs- oder Horrorstreifen einfach im Nachhinein viel zu viele Gedanken und war sich sicher, dass sie abermals wieder nicht in den Schlaf finden würde, wenn sie diesen Film mit bis zum Ende sah. Wie oft hatte sie es schon bereut, wenn sie danach wieder stundenlang wach im Bett gelegen hatte? Seit sie vor knapp fünf Jahren Mutter geworden war, war sie hinsichtlich gewaltsamer Filme noch empfindsamer. Zudem war ihr vor allem der eigene Schlaf geradezu heilig geworden, seit sie zu dritt waren. Matthias dagegen konnte sich sämtliche Actionstreifen, Thriller und Horrorfilme ansehen und schlief danach buchstäblich wie ein lammfrommes Baby. So ein Baby, wie es ihr Felix nachts leider nie gewesen war. Da sie ihrem Mann einen gemütlichen Feierabend mit freier Filmwahl lassen wollte, diskutierte sie seine Programmwahl nicht. Es gab genug, für das sie ihre freie Zeit noch nutzen konnte. Da sie der Haushalt um diese Uhrzeit allerdings nicht mehr reizte, beschloss sie, in der Zwischenzeit ein paar Dinge am Computer zu erledigen. Matthias war ohnehin bereits so gefesselt von den gewaltverherrlichenden Filmszenen, dass er kaum registrierte, wie sie den Raum verließ.

Ihr kleines Büro diente nicht nur als Home-Office-Arbeitsplatz, sondern gleichzeitig auch als Wäschezim-

mer. Dieser Umstand wurde ihr sofort wieder schmerz-
lich bewusst als sie die Tür öffnete. Na, toll! Nicht gerade
einladend wurde sie erst einmal von einem großen Berg
gewaschener Wäsche begrüßt. Die feuchten Kleidungsstü-
cke standen in ihrem großen, dunkelgrauen Wäschekorb
mitten im Weg und blickten sie beinahe anklagend an. Sie
verdrehte für einen Moment genervt die Augen. Ach ja
richtig, die wollte sie ja noch aufhängen, dachte sie ärgerlich. Wieder eines der Dinge, die sie am Nachmittag noch
angefangen hatte und der kleine Sohnemann war wieder
einmal dazwischengekommen. Sie runzelte die Stirn und
griff nach dem ersten feuchten T-Shirt von Matthias. Mit
schnellen Händen nahm sie Teil für Teil aus dem Korb
und legte es ordentlich über den bereitstehenden Wäscheständer oder schob es auf einen der freien Kleiderbügel.
Am Schluss verstaute sie den leeren Wäschekorb unter
den Ständer. Fertig! Feierabend für heute! Zur Belohnung
holte sie sich eine Tafel Schokolade aus der Vorratskammer und ging zurück ins Bürozimmer. Zufrieden setzte
sie sich an ihren Computer und klickte sich durch die neu
eingegangen E-Mails. Der Posteingang zeigte zwischen
einigen Spam-E-Mails eine Nachricht von ihrer Freundin
aus Spanien an. Wie schön, dachte sie, und las sogleich
ausführlich die jüngsten Alltagserlebnisse ihrer Freundin
im Süden.

Vor beinahe zehn Jahren hatten sich die beiden Frauen
über eine Sprachenschule kennengelernt und pflegten
seither regelmäßig Kontakt. Stephania war eine kleine,
bildschöne, gebürtige Kolumbianerin mit dichtem, pech-
schwarzen Haar und großen, dunklen Augen. Diese Frau
mit ihrem ausgesprochen warmherzigen Wesen hatte Pia

schon bei ihrer ersten Begegnung sofort in ihren Bann gezogen. Nach all den Jahren war es immer noch spannend zu hören, wie es Stephania so erging. Ihre Freundin führte ein ganz anderes Leben als sie selbst. Pia war mittlerweile als Mutter nur noch geringfügig als Bürokraft tätig. Hauptsächlich arbeitete sie vormittags ein paar Stunden für ihren Chef im Home-Office. Es kam nur sehr selten vor, dass sie für ihre Arbeit direkt in die Vertriebsfirma fahren musste. Die Nachmittage konnte sie sich damit voll und ganz Felix widmen. Parallel zum Haushalt, versteht sich. Nachdem ihr kleiner Sohn gegen 19 Uhr in seinem Bett eingeschlafen war, gehörten die restlichen Stunden des Tages vollends ihr und Matthias. Diese entspannt und in vollkommener Ruhe genießen zu können, war alles, was Pia momentan für sich brauchte. Meist schaffte sie es sowieso nicht, ihre Augen länger als bis 22 Uhr offen zu halten.

Ihre spanische Freundin Stephania dagegen war noch einige Jahre jünger als sie, kinderlos und wohnte in der großen Hafenstadt Alicante. Sie machte gerade ihre Polizeischule und ging jedes Wochenende mit ihren Freunden aus. Pia las wirklich gerne darüber, wenn Stephania von aufregenden Discoabenden, neuen Flirts oder Romanzen berichtete. Es erinnerte sie sehr an ihre eigene aufregende Jugend.

Himmel, waren das schöne, aber auch turbulente Zeiten gewesen! Gerne dachte sie an die unzähligen, langen Nächte zurück, in denen sie mit ihren Freundinnen stundenlang getanzt hatte und sich zwischendurch einen Cocktail nach dem nächsten an der Bar bestellt hatte. Gerade mit Anfang zwanzig hätte sie nicht ein Wochenende ungenützt Zuhause auf der Couch verstreichen lassen. Doch sie war inzwischen unglaublich froh, mittlerweile mit und bei Matthias angekommen zu sein. Felix war ihr ganzer Stolz, wie es so schön hieß, und ihr Mann war einfach ihr passendes Gegenstück. Auch wenn sie zugegebenermaßen nicht immer einer Meinung waren.

Pia tippte mit schnellen Fingern eine Antwort für ihre Freundin und schickte die E-Mail mit »muchos besos, tu amiga« am Ende ab. Anschließend rief sie den Internetbrowser auf und las, was die aktuellen Nachrichten einer Boulevardzeitung so zu berichten hatten. In dicken Lettern waren die üblichen Schlagzeilen aufgereiht: BMW rast in McDonalds-Filiale, Umweltkleber boykottieren Bauarbeiten und Trennung zweier Reality-Sternchen. Als sie gerade die Wetterprognose für die Weihnachtsfeiertage in einigen Wochen aufrufen wollte, rief ihr Matthias plötzlich etwas aus dem Wohnzimmer zu.

Pia stand auf und steckte den Kopf aus der Bürotür. Sie schaute fragend zu ihrem Mann, der seinen Blick aber wieder weiter auf den Fernseher gerichtet hatte. Irritiert fragte sie, »Was hast du gesagt?«

Offenbar nur sehr widerwillig, drehte er seinen Kopf kurz in ihre Richtung. »Dein Handy klingelt. Also, es hat gerade geklingelt«, Er sprach dabei sehr schnell und bedeutete ihr mit einem Kopfnicken gen Fernseher, dass er jetzt weiter diesen Film schauen möchte. Es sei gerade so spannend.

Ein Anruf für sie? Um diese Uhrzeit?, wunderte sich Pia.

Mittlerweile war es nach 21 Uhr. Sie ging in die Küche, in der sie ihr Smartphone liegen gelassen hatte, und kassierte von Matthias einen neckischen Kommentar.

»Du brauchst wohl doch eine Smartwatch«, sagte er mit einem Zwinkern.

»Nein, danke. Der Weg war mir jetzt nicht zu weit und ständig erreichbar muss ich auch nicht sein«, sagte Pia und grinste ihn frech an. Dann schüttelte sie den Kopf. »Wer so spät anruft, der muss auch mal damit rechnen, dass ich nicht mehr ans Telefon gehe.«

»Wer war es denn?«, fragte Matthias aufmerksam. Offenbar war die spannende Filmszene inzwischen vorbei.

Pia war mit dem Blick bereits in ihr Handy vertieft. Sie zuckte mit den Schultern und murmelte nur, »Unbekannte Nummer. Keine Ahnung. Vielleicht irgendein Callcenter. Jetzt rufen die schon um so eine Uhrzeit an. Die werden echt immer unverschämter, oder?« Ungläubig schüttelte sie erneut den Kopf. Sie nahm ihr Handy und ging zu Matthias ins Wohnzimmer. Im Fernsehen wurde allerdings gerade gezeigt, wie ein verstorbener Soldat betrauert wurde, was sie rasch dazu bewog, erneut ihr Büro aufzusuchen. Sie war gerade dabei, wieder zur Computermaus zu greifen, als ihr Handy ein weiteres Mal klingelte. Das Display zeigte abermals an, dass der Anrufer seine Nummer unterdrückt hatte.

Verärgert, aber auch neugierig, fuhr sie schließlich mit dem Zeigefinger über ihr Display, um das Gespräch anzunehmen. »Ja?«

Keine Antwort.

»Hallo?«, fragte sie nach einigen Sekunden verwundert.

Sie presste das Handy noch fester ans Ohr. Da war etwas. Es war jemand in der Leitung. Das konnte sie eindeutig hören.

Es hörte sich nach einem Atmen oder beinahe Keuchen an. Es klang irgendwie seltsam angespannt und hektisch.

Irgendwie fast unheimlich. Sie spürte, wie ihr Puls zu rasen begann.

Ihre freie Hand verkrampfte sich. Mit klopfendem Herzen fragte sie erneut: »Hallo, wer ist denn da?«

2.

Völlig neben sich stand Pia bei Matthias im Wohnzimmer. Ihr Gehirn arbeitete auf Hochtouren. Sie konnte sich einfach nicht erklären, was dieser Anruf zu bedeuten hatte. Konsterniert starrte sie auf das Handy in ihrer Hand.

Matthias schenkte ihr mittlerweile seine volle Aufmerksamkeit und musterte sie mit einem irritierten Blick vom Sofa aus. Im Hintergrund waren unzählige Salven der Kriegsgeschütze des Spielfilms zu hören. Doch die brutalen Szenen im Fernseher spielten keine Rolle. Sein Blick blieb weiter abwartend an ihr haften. »Was meinst du damit, mehr hat sie nicht gesagt?«, fragte er verdutzt.

Die nicht enden wollenden Schussgeräusche, die durchs Wohnzimmer hallten, brachten Pia langsam immer mehr aus der Fassung. Gefühlt hunderte von Schüssen, pausenlos. Wie konnte man sich so etwas nur freiwillig ansehen!, dachte sie plötzlich wütend. Es fiel ihr schwer, einen klaren Gedanken zu fassen.

»Ja, so wie ich es dir sage! Sie hat nicht mehr gesagt!«, antwortete sie ihm ungehalten. Der Anruf hatte sie richtig aufgewühlt, wodurch ihre Emotionen langsam anfingen, mit ihr durchzugehen.

»Dass da überall Blut ist... Oh mein Gott! Und dass du kommen musst? So hat sie es wirklich gesagt?«, fragte Matthias fassungslos und ließ Pia dabei nicht aus den Augen.

»Ja, verdammt!«, schrie diese, »und dann hat sie nur noch laut geschluchzt und aufgelegt. Jetzt mach doch endlich mal diesen blöden Film aus. Der macht mich noch wahnsinnig!«

Er zögerte kurz und starrte sie hilflos an. Dann tat er wie befohlen und drückte auf die entsprechende Taste der Fernbedienung. Pia atmete einmal kurz durch, als der Fernseher endlich verstummte. Doch ihr Körper wollte sich einfach nicht beruhigen. Sie musste jetzt wirklich irgendwie versuchen, klar zu denken, dachte sie panisch.

Matthias schüttelte ratlos den Kopf. Mit gerunzelter Stirn fragte er, »Ja, meinst du, wir sollen die Polizei oder den Krankenwagen rufen? Ich verstehe das nicht. Warum Blut? Wer ist denn verletzt? Was ist denn überhaupt... «

Pia unterbrach ihn scharf, »Ich weiß es doch auch nicht! Aber das hätte sie doch dann gesagt, wenn sie die Polizei oder einen Arzt bräuchte, oder?«

»Hast du sie denn noch einmal angerufen?«

Pias Körper spielte zunehmend verrückt. Sie merkte, wie sie immer nervöser wurde. Ihr wurde ganz heiß und plötzlich fingen sogar ihre Hände an, zu zittern. Sie bemühte sich um eine ruhige Antwort. »Ja, natürlich habe ich das. Aber die Verbindung kam erst gar nicht mehr zustande.«

Matthias zuckte mit den Schultern, während sein Blick erschrocken wirkte. »Ja, dann müssen wir jetzt Felix wecken und zusammen dorthin fahren, oder? Es hört sich ja nach einer Art Notfall an, oder?«

Pias Augen weiteten sich. »Nein! Doch nicht mit Felix! Wir wissen doch gar nicht, was da los ist. Ich fahre alleine!« Sie begann sich bereits eilig umzusehen, während sie überlegte, was sie auf die Schnelle über ihren hellblauen Jogginganzug anziehen sollte.

Matthias stand auf und griff nach ihrer Hand, um sie zurückzuhalten, als sie in den Hausflur zur Garderobe eilen wollte. »Jetzt warte doch mal bitte, Pia. Mir gefällt das gar nicht, wenn du da jetzt alleine hinfährst. Lass uns... «

»Nein, ich muss! Verstehst du? Vielleicht kann ich etwas tun! Ich kann nicht länger hier herumstehen! Sie hat von Blut gesprochen. Matthias! Sie hat so panisch geklungen. Sie braucht Hilfe!«

Doch er ließ ihre Hand nicht los. Beharrlich suchte er ihren Augenkontakt, während er beruhigend auf sie einredete, »Pia, du musst jetzt erst einmal etwas runterkommen. Wenn dir etwas auf dem Weg passiert, überlege doch bitte mal! Du kannst nicht so aufgelöst in ein Auto steigen.«

Sie hörte nur noch verschwommen, was er sagte. Ihr Kopf rauschte förmlich. Immer mehr Ängste machten sich in ihr breit. Es war verrückt, hier weiter rumzustehen und mit Matthias diskutieren während...

Sie musste jetzt los! Ihre Gedanken wurden allerdings jäh unterbrochen, als in diesem Moment Felix von oben aus seinem Kinderzimmer schrie, »Mami, Mami, ich kann nicht schlafen. Kommst du?«

Ihr Mutterinstinkt ließ sie aufhorchen. Sie wollte gerade schon in Richtung Treppe laufen, als sie ihr Mann abermals zurückhielt.

»So warte doch, Pia. Ich werde nach ihm sehen. Du beruhigst dich jetzt etwas und dann versuchen wir gemeinsam, sie noch einmal zu erreichen, in Ordnung? Trink ein Glas Wasser und setz dich dann aufs Sofa. Vielleicht hat sich der Anruf wesentlich schlimmer angehört, als es eigentlich ist«, bat sie Matthias eindringlich. Er schob sie in die Küche, wo er ihr ein Glas Wasser eingoss. Dann ging er wieder hinaus und lief mit schwungvollen Schritten den lauter werdenden Kinderschreien in Richtung Treppe entgegen. Sie sah ihm geradezu wie paralysiert nach, bis er aus ihrem Sichtfeld verschwunden war. Dann hörte sie auch schon das Poltern der Stufen unter seinen Füßen. Mit zittrigen Händen führte sie das Wasserglas langsam zum Mund. Sie bemerkte, dass sie tatsächlich etwas ruhiger wurde, als das kalte Wasser ihre Kehle hinunterlief. Plötzlich rappelte sie sich auf. Sie braucht Hilfe, dachte sie erneut. Ich muss zu ihr fahren und kann hier nicht ewig herumstehen. Ein weiteres Mal warf sie einen Blick auf ihr Handy. Sie hatte es seit dem Anruf nicht aus der Hand gelegt. Eilig tippte sie auf die Wahlwiederholung. Die drei Sekunden, bis sich der Anruf aufgebaut hatte, fühlten sich an wie eine Ewigkeit. Und sie waren abermals sinnlos verstrichene Zeit. Denn sie hörte nur ein weiteres Mal, dass keine Verbindung aufgebaut werden konnte.

Starr blickte sie geradeaus und schüttelte den Kopf. Immer wieder. Was war nur geschehen? Warum hatte sie von Blut gesprochen? Wer war verletzt? Und wo blieb nur Matthias so lange?

Dann fasste sie einen Entschluss.

»Ich kann hier nicht weiter herumsitzen und auf Matthias warten. Einer von uns muss ohnehin bei Felix bleiben. Sie braucht mich, hat sie gesagt. Deswegen hat sie mich angerufen. Ich muss da jetzt alleine hinfahren.«

Pia warf einen letzten Blick zur Treppe. Alles war ruhig. Matthias war offenbar noch bei Felix und versuchte, ihn zu beruhigen, damit er wieder in den Schlaf finden würde. Auf Zehenspitzen schlich sie sich in den Flur, ehe sie eilig Jacke, Schuhe und Autoschlüssel zusammenraffte und durch die Haustür in die Dunkelheit floh.

Ein eisiger Luftzug legte sich auf ihr Gesicht, als sie die Haustüre leise schloss. Die kalte, sternenklare Nacht ließ sie in ihrer dünnen Jogginghose sofort erschauern. Rasch schlüpfte sie in die schwarze Jacke, die sie noch unter ihrem Arm trug und beeilte sich, in ihr Auto zu kommen. Ihre Hände zitterten förmlich, als sie den Motor startete. Sie erschrak, als sich das Radio plötzlich einschaltete und einer dieser neumodernen Popsongs erklang. Ihr Herz klopfte plötzlich wie wild. Schnell drückte sie den Aus-Knopf. Sie konnte und wollte jetzt nichts hören. Schon gar keine rhythmische Popmusik. Ihr Kopf musste vollkommen klar sein, wenn sie ankam. Auch wenn sie nicht die leiseste Ahnung hatte, was für eine Situation sie vorfinden würde. Warum hatte sie nur plötzlich so eine Angst in sich?

Um diese Uhrzeit war kaum mehr jemand unterwegs, daher waren die Straßen glücklicherweise weitgehend frei. Es waren nur vereinzelte Scheinwerfer, die an ihr vorbeizogen. Doch sie war noch so aufgewühlt, dass sich die knapp 22 Kilometer unendlich zogen. Beinahe hatte sie das Gefühl nie anzukommen. Während sie das Lenkrad mit eisernem Griff umklammerte, schlug ihr das Herz inzwischen bis zum Hals. Da war diese Angst. Eine beunruhigende Vorahnung, dass sie etwas Schlimmes erwarten würde. Sie hielt sich weiter dazu an, starr nach vorne zu sehen und sich so ruhig wie möglich auf die Straße zu konzentrieren. Dann klingelte ihr Handy. Vor Schreck lief ihr sofort ein unangenehmer Schauer über den Rücken. Mit der rechten Hand griff sie eilig in die Jackentasche und zog ihr Mobiltelefon heraus.

Hoffentlich würde sie nun mehr erfahren.

Etwas Beruhigendes. Eine einfache Erklärung.

Irgendetwas wie: Ich habe mich geschnitten, mir war kurz schwindelig, aber jetzt ist wieder alles in Ordnung. Du musst nicht kommen, Pia.

Doch sie irrte sich.

Es war nur Matthias.

Nein! Eilig drückte sie seinen Anruf weg. Sie konnte jetzt nicht mit ihm reden. Er würde ihr sicher nur einreden, umzudrehen. Vielleicht wollte er auch wissen, ob sie schon erfahren habe, was passiert war. Doch sie wusste es doch selbst nicht. Noch nicht.

Matthias blieb hartnäckig und versuchte es noch einige Male. Es fiel ihr schwer. Doch sie blieb standhaft und betätigte nach seinem dritten Anruf die Lautlostaste auf ihrem Handy. Es tut mir leid, dachte sie für einen Moment. Er machte sich sicher Sorgen um sie. Doch sie musste sich jetzt weiter auf den Verkehr konzentrieren. Entschlossen schob sie das Handy zurück in die Jackentasche. Dann versuchte sie, den unheimlichen Anruf noch einmal in ihrem Kopf zu rekonstruieren. Sandra hatte panisch geklungen. Panisch und verzweifelt. Und sie hatte kaum etwas gesagt. Pia bemühte sich, sich an den genauen Wortlaut des Gespräches zu erinnern.

»Du musst kommen, bitte! Alles ist voller Blut!«

Den nächsten Satz hatte Sandra förmlich geschrien.

»Oh, mein Gott!«

Dann nur noch lautes Schluchzen.

Danach war die Verbindung plötzlich weg gewesen.

Sie konnte sich einfach keinen Reim aus diesen wenigen Sätzen machen. War jemand verletzt? Hatte es einen Unfall gegeben? War jemand in die Wohnung eingedrungen und hatte ihnen etwas angetan?

Von wessen Blut hat sie gesprochen?

Es schüttelte sie förmlich bei dem Gedanken.

Im Schein der Straßenlaternen sah sie dann schließlich das Schild.

Kranichstraße. Endlich!

Sie setzte den Blinker und bog in die entsprechende Straße ein. Laut der Anzeige ihres Fahrzeuges war es mittlerweile fast 22 Uhr. Wie lange war der Anruf inzwischen her? Vielleicht eine halbe Stunde oder etwas mehr?

Nach gut 50 Metern sah sie das richtige Mehrfamilienhaus auf der linken Straßenseite. Unschuldig lag es im Schein mehrerer Laternen und strahlte die gleiche, stetige Ruhe aus wie bei ihrem letzten Besuch.

Hausnummer 7.

Wie oft war sie schon hier gewesen?

Wie oft haben die Kinder hier schon zusammen gespielt?

Hier war immer so etwas wie eine zweite Heimat für sie gewesen.

Es war nie etwas Beängstigendes oder Beunruhigendes vorgekommen. Was war hier bloß heute Abend geschehen?

Während sie ihr Auto am Straßenrand parkte, blickte sie in Richtung der Fenster des dritten Stocks. Sie sah, dass im Wohnzimmer noch Licht brannte, aber sie konnte keine Person hinter der Glasscheibe ausmachen. Der Rollladen war trotz der späten Uhrzeit noch nicht geschlossen worden. Das war nicht weiter ungewöhnlich. Sie stieg aus und schloss mit einer langsamen Bewegung die Fahrertür, als wollte sie niemanden aufschrecken. Dabei stand sie völlig allein am Straßenrand. Es herrschte eine eiskalte Stille um sie herum. Vorsichtig sah sie sich um und lauschte in die Nacht. Sie hörte kein anderes Auto und sah auch keinen Fußgänger. Die nächtliche Ruhe raubte ihr fast den Atem. Sie hielt sich an nun endlich die Straße zu überqueren. Widerstrebend setzte sie Fuß vor Fuß. Ihre Beine fühlten sich die wenigen Meter bis zur Haustür bleischwer an und ihr Herz pochte unaufhaltsam. Warum beschlich sie nur diese lähmende Angst? Vor der großen, weißen Haustür des Wohnhauses angekommen, atmete sie noch einen Moment tief durch, ehe sie auf die Türklingel »Schneider« drückte.

Es vergingen ungefähr 15 Sekunden.

Dann ertönte das Surren des Türöffners.

Das Geräusch ließ sie kurz zusammenzucken.

Mit zittrigen Händen drückte sie bedächtig die große, schwere Haustür auf und horchte in den tiefen, dunklen Hausgang. Hier war niemand. Alles war still. Langsam ging sie die Treppe hinauf bis zum dritten Stock, in dem sich die Wohnung der jungen Familie befand. Pias Gedanken drehten sich immer weiter im Kreis, während ihr Herzklopfen Stufe für Stufe zuzunehmen schien. Mit jeder Stufe inspizierte sie Zentimeter für Zentimeter, den sie weiter nach oben stieg. Hier war kein Blut und sie hörte keinen Laut. Sie nahm nur das bedrohliche Hallen ihrer Schritte an den Wänden wahr. Kopfschüttelnd dachte sie, langsam werde ich verrückt. Sicher ist alles ganz harmlos. Irgendwie erklärbar.

Doch die panische Angst, was sie dort oben erwarten würde wollte nicht von ihr ablassen. Immerzu versuchte diese Panik ihr einzureden, auf der Stelle stehen zu bleiben. Geradezu eisern musste sie sich zwingen ihr Tempo zu halten und weiterzugehen.

Auf den letzten Metern konnte sie dann einen schmalen Lichtstrahl ausmachen, der aus der Wohnungstür fiel. Die Tür stand einen schmalen Spalt breit offen, ließ aber noch keinen Blick in die Wohnung zu. Zwei Sekunden später hatte sie ihr beunruhigendes Ziel erreicht und stand stocksteif vor der Schwelle. Leise Geräusche drangen zu ihr hinaus. Vorsichtig legte sie ein Ohr an den Türspalt. Da war jemand.

Es klang nach einer Frau und hörte sich an, als würde diese leise vor sich hin wimmern. Es klang so verzweifelt und kläglich, dass Pias Atem stockte.

Ihr Körper wurde förmlich von einer Gänsehaut überzogen. Sie atmete ein letztes Mal tief durch. Dann schob sie verängstigt die Wohnungstür auf.

3.

Vorsichtig blickte sie durch den langsam größer werdenden Türspalt. Als erstes erfassten ihre Augen den leeren Boden. Der graue Kurzflorteppich lag so unbeschadet wie bei ihrem letzten Besuch auf dem Parkettboden in der Mitte des Flurs. Da war nichts Ungewöhnliches.

Kein Blut.

Sie atmete erleichtert auf und schob die Tür ganz auf, um einzutreten.

Dann sah sie sie. Es war Sandra, die leise wimmerte.

Ihre Schwägerin saß zwei Meter von der Wohnungstür entfernt neben der geschlossenen Schlafzimmertür am Boden und sah nicht einmal auf, als Pia eintrat. Sie hatte den Kopf auf ihren angezogenen Knien abgelegt, die sie mit beiden Armen fest umschlungen hielt. Dabei wippte sie kaum merklich hin und her und gab diese verzweifelten, leisen Wimmerlaute von sich. Das Bild war so bizarr, dass Pia für einen Moment innehielt und sie verwirrt anstarrte. Was war nur geschehen? Kurz darauf riss sie sich zusammen und eilte zu Sandra auf den Boden. Langsam setzte sie sich neben sie, um sie nicht zu erschrecken. Sie legte ihr die Hand vorsichtig auf die Schulter, um einen Zugang zu ihrer Schwägerin zu finden. »Sandra, ich bin jetzt da. Was ist denn los?«, versuchte sie es mit ruhiger Stimme.

Ihre Schwägerin zeigte keine Reaktion. Es wirkte, als würde sie sie gar nicht wirklich registrieren. Als wäre sie ihrer Umgebung geistig entflohen.

Pia probierte es erneut, indem sie mit ihrer Hand einen leichten Druck auf Sandras Schulter ausübte, während sie weitersprach, »Sandra, du hast mich angerufen. Erinnerst du dich?"

Wieder keine Reaktion.

»Du stehst ja völlig neben dir. Was ist denn passiert? Und wo sind Nele und Markus?«

Da entfuhr ihrer Schwägerin plötzlich ein lauter Schluchzer und sie vergrub ihren Kopf noch tiefer zwischen den Knien. Die Wimmerlaute wurden lauter. Gleichzeitig presste sie die Beine mit ihren Armen immer stärker an ihren Kopf, als würde sie demonstrieren, dass sie nichts hören wolle.

Pia starrte sie fassungslos an. Dann wartete sie einige Minuten ab und versuchte sich in dieser Zeit einen Überblick über die Wohnung zu verschaffen. Ihre Augen wanderten vom Parkettboden über die weißen Wände und musterten den kleinen Hausflur. Alles wirkte wie immer. Alles schien unverändert. Die Tür vorne links zur Küche stand halb offen, ansonsten waren alle Türen, die vom Flur abgingen, geschlossen. Durch die offene Tür zur Küche konnte Pia Sandras Handtasche erspähen, die herrenlos auf dem Tisch stand. Ein Schlüsselbund lag daneben. Es machte den Anschein, als wäre Sandra erst vor kurzem nach Hause gekommen. Ansonsten schien der Küchentisch völlig leer. Die beigefarbenen Polsterstühle standen in ordentlicher Reihe rund um den Tisch. Auch hier wirkte auf den ersten Blick alles unauffällig. Sie schaute verwirrt zurück zu Sandra. Ihre Wimmerlaute schienen langsam abzunehmen. Inzwischen hatte sie auch aufgehört zu wippen, und saß einfach nur, mit dem Kopf zwischen ihren Knien, bewegungslos da.

Pia machte einen weiteren Versuch und verstärkte erneut den Druck auf Sandras Schulter. Leise sagte sie, »Ich bin jetzt da. Du kannst mir erzählen, was passiert ist. Ich möchte dir helfen, okay?«

Sandra zeigte daraufhin endlich eine kleine Reaktion. Sie hob den Kopf wie in Zeitlupe. Dann schüttelte sie ihn kaum merklich. Anschließend zog sie die rechte Hand von ihren Beinen und deutete mit einer schwachen Geste auf die Schlafzimmertür neben sich.

Pia verstand.

Irgendetwas war im Schlafzimmer.

Abermals lief ihr ein grausamer Schauer über den Rücken.

Sie spürte, wie sie erneut nervös wurde. Langsam stand sie auf und ging zur Schlafzimmertür. Mit zittrigen Fingern griff sie nach der silberfarbenen Türklinke. Sie spürte das Adrenalin unaufhaltsam durch ihren Körper rauschen. Es fühlte sich an, als beginne sie zu schwitzen. Eine immense Angst vor dem, was sie gleich zu sehen bekommen würde, durchfuhr sie. Verzweifelt schickte sie ein Stoßgebet gen Himmel. Dann drückte sie langsam, aber konsequent die Klinke nach unten und öffnete die Tür.

Sie hörte einen spitzen Schrei.

Er war aus ihrer eigenen Kehle gedrungen, als sie realisierte, was hier nicht stimmte.

Nein! Nein! Nein!

Plötzlich hatte sie das Gefühl, den Boden unter ihren Füßen zu verlieren. Sie begann zu taumeln. Eilig stützte sie sich mit einer Hand an der Wand ab und drehte schockiert den Kopf weg, um ihre Augen zu entlasten. Dann schnappte sie nach Luft und schlang ihre Arme um den Bauch, während sie sich nach vorne überbeugte. Ihre Atmung wurde schneller, als die starke Übelkeit ihren Körper durchfuhr.

Nein, bitte nicht!

Nein, das kann nicht sein!

Es fühlte sich an, als würde sie eine halbe Ewigkeit in dieser Schockstarre verharren. Ihr Gehirn raste. Unentwegt sagte sie sich, Nein!

Nachdem ihre körperlichen Reaktionen anfingen, sich etwas zu beruhigen, zwang sie sich erneut, auf die andere Seite des Raumes zu blicken. Hin zu dem Schrecken, der sie in diesen derartigen Zustand versetzt hatte.

So sehr sie es sich wünschte, sie hatte sich nicht getäuscht.

Nein! Bitte, nicht!, dachte sie verzweifelt.

Es konnte nicht wahr sein. Es durfte nicht wahr sein.

War das alles nur ein schrecklicher Traum?

Was hätte sie dafür gegeben, jetzt schweißgebadet aufzuwachen und diesen furchtbaren Traum einfach abzuschütteln.

Doch es war bittere Realität, erkannte sie erschüttert.

Eine eisige Hand griff nach ihrem Herz und zog unablässig daran.

Währenddessen spürte sie einen immer dicker werdenden Kloß im Hals.

Ihr Verstand benannte schonungslos, was sie sich nicht eingestehen wollte. Da lag Markus. Ihr Bruder. Und da war so viel Blut. Viel zu viel Blut.

Warum?

Ihr Bruder lag in einer ungewöhnlichen Haltung bäuchlings auf dem Boden neben der rechten Seite des Bettes. Um seinen Kopf und die Schultern herum hatte sich bereits eine riesige, dunkelrote Blutlache gebildet. Beinahe hatte Pia auf ihn zustürmen wollen, um ihm aufzuhelfen. Doch sie hatte schon im ersten Moment erkannt, dass es zwecklos war. Seine Hautfarbe hatte sich bereits verändert. Dieses unnatürliche Weiß und der starre, leere Blick zeugten davon, dass kein Leben mehr durch diesen Körper floss. Seine linke Gesichtshälfte war bereits vollkommen vom Blut umschlossen. Auch der Kragen seines dunkelblauen T-Shirts war mittlerweile zur Hälfte getränkt. Pia musste den Blick erneut für einen Moment schmerzvoll abwenden, als sie die große Wunde an seinem Kopf entdeckte. Nein, bitte nicht! Dann zwang sie sich, wieder hinzusehen. Sein restlicher Körper sah in dieser Haltung irgendwie merkwürdig verkrümmt aus. Das eine Bein war fast ausgestreckt, während er das andere Bein angezogen hatte. Ein Arm lag unter seinem Körper begraben. Der andere Arm ragte seltsam abgewinkelt nach oben als wolle er nach etwas greifen. Das T-Shirt war leicht nach oben verrutscht und gab den Blick auf einen kleinen Teil seiner nackten Hüfte frei. Er hatte noch seine Jeans und ebenso dunkelblaue Socken an. Er wollte also noch nicht ins Bett gehen, registrierte Pia. Als ob das nun noch irgendeine Rolle spielen würde.

Dann sah Pia, was nicht in diesen Raum gehörte.

Da lag etwas Schwarzes in seinem Blut. Direkt neben seinem Kopf.

Etwas, das noch nicht einmal in dieses Haus gehörte.

Da lag eine Waffe.

Die beinahe klein wirkende, schwarze Pistole lag in einigen Zentimetern Abstand rechts neben dem Kopf ihres Bruders.

Sie versuchte, ihre hektische Atmung zu kontrollieren und klar zu denken. Ihr Kopf ratterte und suchte nach irgendeiner Erklärung.

Mein Bruder? Tot? Durch Selbstmord oder gar Mord?

Erneut schnappte sie nach Luft.

Es war einfach unbegreiflich. Ihre Gedanken drehten sich immer schneller. Was war bloß passiert? Und warum?

Immer noch unter Schock ging sie langsam rückwärts aus dem Raum. Schwerfällig schloss sie die Tür hinter dem Unbegreiflichen. Dann ließ sie sich im Flur mit dem Rücken an der Wand zurück zu Sandra auf den Boden gleiten. Sie zitterte, als sie sie mit aufgerissenen Augen anschaute. Sandra. Markus Frau. Ihre Schwägerin. Ihre Freundin. Sandra saß mit mittlerweile ausgestreckten Beinen am Boden und starrte mit einem nichtssagenden Blick auf die gegenüberliegende Wand. Ihre verweinten Augen waren gerötet und schwarz umrahmt von verlaufener Wimperntusche. Pia versuchte, sich nach ihrem Schock zu sammeln. Sie rieb sich mit ihren Fingern die Schläfen, um die kreisenden Gedanken zu ordnen. Ihre nächsten Worte musste sie weise wählen.

Was war nur geschehen? Selbstmord? Streit? Mord?

Es sah in jedem Fall nicht nach einem Unfall aus.

Sie spürte, wie die ersten Tränen in ihr hochstiegen.

Nein! Eilig schluckte sie diese hinunter. Sie durfte jetzt nicht die Fassung verlieren. Noch nicht. Sie musste jetzt für Sandra da sein und endlich herausfinden, was passiert war. Eilig bemühte sie sich, den dicken Kloß im Hals hinunterzuschlucken und legte behutsam ihre Arme um ihre Schwägerin.

»Sandra, bitte erzähle mir, was passiert ist«, bat Pia mit leicht zittriger Stimme.

Sandra schniefte als Antwort nur unkontrolliert.

Sie gab ihr Zeit. Pias Herz klopfte. Sie wartete schier endlose Minuten mit geschlossenen Augen, bis Sandra ihr schließlich antworten konnte.

Mit leiser, brüchiger Stimme sagte diese dann, »Ich... Ich... Er ist tot, oder?«

Pia schnappte abermals nach Luft, ehe sie ruhig und voller Schmerz antwortete, »Ja, das ist er.«

Ein weiterer, lauter Schluchzer entfuhr Sandra ehe sie den Kopf schüttelte und beinahe schrie, »Warum, warum nur?!«

Pia streichelte ihr verkrampft so zaghaft wie möglich über ihre Schulter, um sie etwas zu beruhigen. Dann fragte sie, »Was ist geschehen, Sandra?«

Diese vergrub den Kopf in ihren Händen und antwortete, »Ich weiß es nicht. Ich weiß es wirklich nicht, Pia.« Wie mechanisch begann sie danach, unentwegt den Kopf zu schütteln.

Pia stotterte unsicher, weil sie nicht wusste, wie sie ihre weiteren Fragen nun formulieren sollte. »Aber... aber, aber hast du es gesehen? Warst... warst du dabei? War er es oder...?«

Markus Frau zog tief die Luft in ihre Lungen. Dann

erzählte sie Pia mit schwacher Stimme, »Ich... ich habe ihn so gefunden. Nele und ich waren bei diesem Musical. Du weißt doch, Cats. Da wollte sie schon immer mal hin und es war ein Geschenk. Ja, ein Geschenk für die guten Schulnoten in Deutsch.«

Pia wurde sofort von einer panischen Angst überrollt. Das hatte sie in ihrem Schock noch gar nicht bedacht. Nele! Ihre Nichte! Mit großen Augen sah sie Sandra an. »Wo ist Nele?«, stieß sie eine Spur zu forsch heraus.

»Sie ist bei Annabell einen Stock tiefer. Das Nachbarsmädchen, du weißt schon. Sie ist bei den Schäfflers. Sie... sie... sie hat ihn nicht gesehen. Ich habe sie sofort nach unten gebracht, als ich Markus gefunden habe... mit... mit irgendeiner fadenscheinigen Erklärung. Du kannst dir nicht vorstellen, wie schwer es war, mir nichts anmerken zu lassen«, sie holte Luft und machte eine kurze Pause. Ihre Stimme wurde weinerlich. »Ganz sicher hat sie gemerkt, dass etwas nicht stimmt.«

Pia atmete auf. »Das ist gut. Das hast du gut gemacht, Sandra«, lobte und beruhigte sie ihre Schwägerin.

»Ich verstehe das nicht. Er würde doch nie... er hätte doch nie... oder?«

»Nein, ich glaube das auch nicht. Nicht, Markus!«

»Aber das bedeutet ja, dass ihn... dass ihn jemand... « Sandra schaffte es nicht, den Satz zu vollenden.

Pia sah sie mit großen Augen an. »Aber hast du denn irgendjemanden im Haus oder der Wohnung gesehen als ihr zurückgekommen seid?«

»Nein, da war niemand. Auch nicht im Hausgang. Da war nur... nur Markus, wie... wie er da lag«, sagte sie mit zittriger Stimme. Dann fing sie wieder an, zu wimmern.

Pia griff nach Sandras Hand und hielt sie. Was hätte sie sonst auch tun können? In ihrem Kopf spielten sich verschiedene Szenarien ab. Ein Überfall? Ein Streit? Aber mit wem? Oder wirklich Selbstmord? Fieberhaft überlegte sie, was bloß geschehen sein könnte. Dann richtete sie ihre Augen nachdenklich auf ihre wimmernde Schwägerin, die immer noch völlig aufgelöst wirkte. Hatte sie wirklich nichts mitbekommen?

»Was ist das für eine Pistole?«, traute sich Pia dann schließlich zu fragen.

»Ich weiß es nicht, Pia. Markus hatte keine Waffe. Wirklich nicht. Nie im Leben! Die gehört ihm nicht. Da bin ich mir sicher. Dann kann er es doch gar nicht selbst gewesen sein, oder? Warum sollte er auch so etwas tun? Wir waren glücklich, Pia. Du weißt das. Mein Gott, und Nele, er liebt seine Tochter über alles. Er hätte doch nie...«, sie brach kurz ab, »ich verstehe das einfach nicht.«

Pia nickte. »Ich weiß. Ich verstehe das auch nicht. Hast du die Polizei gerufen?«

»Nein, noch nicht.«

»Das müssen wir aber.«

»Ich weiß«, sie vergrub den Kopf zwischen ihren Händen. »Aber ich konnte einfach nicht und ich wusste nicht, was ich der Polizei sagen soll.«

»Ja, es ist unbegreiflich«, sagte Pia fassungslos. »Aber es hilft nichts, wir müssen jetzt wirklich die Polizei verständigen.«

»Bitte, ruf du an, Pia. Ich kann das nicht. Ich kann ihnen nicht sagen, dass Markus... «

Pia schluckte. Dann sagte sie schließlich, »In Ordnung.« Ihre Hände tasteten hektisch nach ihrem Mobiltelefon in ihrer Jackentasche. Als sie das Handy schließlich zitternd zwischen den Fingern hielt, sah sie, dass mittlerweile zwölf Anrufe in Abwesenheit von Matthias eingegangen waren. Eilig drückte sie die Anrufliste weg. Er musste mittlerweile schon krank vor Sorge sein. Doch zuerst musste sie die Polizei verständigen. Gleich danach würde sie ihren Mann anrufen. Sie rieb sich ein weiteres Mal ihre Schläfen. So schwer ihr das auch gerade fiel, sie musste sich irgendwie konzentrieren. Ehe sie sich erhob, streichelte sie Sandra noch einmal über die Schulter. Dann ging sie mit starrem Blick in die Küche. Es war unfassbar, was sie jetzt tun musste. Wie sollte sie diese Worte aussprechen? Der Anruf würde das Ganze so wahr werden lassen. Es war einfach zu grausam und doch musste sie es irgendwie hinter sich bringen. Sie hatte immer noch Schwierigkeiten, einen klaren Gedanken zu fassen, sodass sie sogar einen Moment brauchte, um sich an die kurze, einfache Telefonnummer der Polizei zu erinnern. Sobald sie die drei Zahlen eingetippt hatte, ging dann alles ganz schnell. Es ertönte nur ein Freizeichen, ehe jemand abhob.

»Polizeidienststelle Cham, Kolbinger, was kann ich für Sie tun?«

Beim kurzen Gespräch mit der Polizistin berichtete sie mit knappen Worten vom Auffinden ihres toten Bruders und gab die anzufahrende Adresse durch. Auf viele der Fragen, die ihr die Polizeibeamtin bereits am Telefon stellte, hatte sie selbst noch keine Antwort. Sie sollten einfach kommen. Schnell.

Die Polizistin bestätigte ihr, dass ihre Kollegen in wenigen Minuten da sein würden. Alle Anwesenden sollten bitte vor Ort bleiben. Außerdem sollte niemand den Toten anfassen.

In Ordnung, auf Wiederhören.

Aufgelegt.

Jetzt musste sie auch noch Matthias anrufen. Der Gedanke daran, kurz mit ihrem Mann sprechen zu können, beruhigte sie etwas. Er hob sofort ab. Als seine vertraute Stimme am anderen Ende der Leitung zu hören war, flossen ihre Tränen mit einem Male völlig ungehindert. Mit verweinter, abgehackter Stimme berichtete sie ihm, wen und was sie bei ihrer Ankunft vorgefunden hatte. Ihr Mann konnte und wollte im ersten Moment gar nicht glauben, was sie da sagte. Auch er war völlig aufgelöst und stellte unzählige Fragen, auf die sie keine Antworten hatte. Dann nahm er die Nachricht über den Tod ihres Bruders schließlich nach einigen Minuten bestürzt zur Kenntnis und bat sie, so bald wie möglich nach Hause zu kommen.

Ja, das mache ich. So schnell ich kann. Versprochen.

Pia erkundigte sich noch nach Felix, der laut Matthias wieder tief und fest schlief. Er hatte ihn in der ganzen Aufregung mit zu sich ins Ehebett geholt, da Matthias ohnehin kein Auge zumachen würde, teilte er ihr mit.

Hastig wischte sie sich ihre Tränen nach dem Telefongespräch von den Wangen und ging zurück in den Flur zu Sandra. Mit einem Nicken bedeutete sie ihr, dass die Polizei nun informiert war. Sie würden bald hier sein, versprochen. Anschließend legte sie einen Arm um ihre Schwägerin und blieb bis zum Eintreffen der Polizei mit ihr still am Boden sitzen. Den Rücken hatten sie Schulter an Schulter an die Wand gelehnt. Keine der beiden Frauen sagte mehr ein Wort. Und keine wagte einen weiteren Blick ins Schlafzimmer. Sie saßen einfach nur voller aufwühlender und trauriger Gedanken da und warteten bis die Polizei eintraf.

Als der erste Beamte die Wohnung betrat, lief alles wie in einem Film ab. Erst ein Polizist, dann kam ein weiterer und bald kamen Menschen in weißen Anzügen, die sich um die Spurensicherung kümmerten. Die beiden Polizisten hatten sich höflich vorgestellt und waren danach ins Schlafzimmer verschwunden. Anschließend hatten sie einen umfassenden Blick in alle restlichen Zimmer der Wohnung geworfen. Sie hatten ein paar Worte des Mitgefühls ausgesprochen und betonten nun aber auch, wie wichtig es sei, dass sie ein paar erste Fragen stellen könnten. Es wäre unumgänglich für die Aufklärung des Falles, sie nun beide zur Auffindesituation des Toten befragen zu können, sagte der Ältere von ihnen. Sandra und Pia folgten den Polizeibeamten daraufhin beinahe apathisch in die Küche. Markus Frau setzte sich auf einen der beigefarbenen Polsterstühle. Sie hielt ihren Blick gesenkt. Pia konnte ihr ansehen, dass sie fror. Sie bemühte sich, ihrer Schwägerin im Wohnzimmer eine Wolldecke zu suchen, um sie ihr über die Schultern zu legen. Dann ging sie zur Spüle und schenkte Sandra und den Polizisten jeweils ein großes Glas Wasser ein, ehe sie sich selbst auf einen der Stühle niederließ.

Die Polizeibeamten stellten sich als ein Herr Berger und ein Herr Günther vor. Sie waren freundlich, soweit man das in dieser Situation sein konnte, dachte Pia. Bei den zahlreichen Fragen bemühten sie sich wahrlich, Verständnis für ihre furchtbare Situation zu zeigen, und ließen Sandra ausreichend Zeit zu antworten. Ihre Antworten kamen zeitverzögert und klangen wie mechanisch. Hin und wieder stockte sie jedoch und begann erneut zu weinen. Pia zuckte kurz zusammen, als Sandra erzählte, wie sie versucht hatte, Markus Puls zu fühlen, nachdem sie ihn gefunden hatte. Es muss ein schrecklicher Moment gewesen sein.

Die Vernehmung ging nur schleppend voran. Sandra begann auf einmal laut zu schluchzen, als der Polizist Fragen zu ihrer Ehe stellte. Schon bald war sie zu keiner weiteren Antwort mehr fähig und Pia hatte ohnehin nicht wirklich viel zu sagen. Die Polizisten bedankten sich nach einigen Minuten bei ihnen und machten dann weiter mit ihrer Arbeit im Schlafzimmer. Pia bekam mit, wie sie sich mit den Kollegen der Spurensicherung austauschten und zahlreiche Fotos im Schlafzimmer geschossen wurden. Außerdem wurde ein Rechtsmediziner kontaktiert.

Sandra saß dagegen weiter stocksteif am Küchentisch und betonte immer wieder, dass Markus keine eigene Waffe besessen hatte.

Nach einer gefühlten Ewigkeit durfte Pia ihrer Schwägerin und ihrer Nichte ein paar Sachen zusammensuchen, damit sie die nächsten Tage nicht zurück in die Wohnung kommen mussten. Gedankenlos warf sie einige Utensilien aus den Kleiderschränken und dem Badezimmer in eine große Reisetasche, die sie in der Abstellkammer gefunden hatte. Danach informierte sie über Sandras Handy in einer Kurznachricht die Nachbarin, Frau Schäffler, über die schrecklichen Geschehnisse. In ihrer Antwort las sie nur zwei Minuten später, dass auch Frau Schäffler völlig bestürzt war. Nele und deren Tochter wussten bisher von nichts und seien mittlerweile eingeschlafen.

Gut. Sie würden Nele morgen im Laufe des Vormittags abholen, vereinbarte Pia mit Frau Schäffler.

Dann griff sie zuletzt nach Sandras Jacke und half ihr in die Schuhe. Samt der vollgepackten Reisetasche führte sie ihre Schwägerin unterstützend aus dem Wohnhaus. Durch die eisige, sternenklare Nacht schritten sie schweigsam zu Pias Auto. Ein andauerndes, fassungsloses Schweigen, dass auch während der Autofahrt zwischen den zwei Frauen herrschte.

Pia brauchte einen Moment, um den Schlüssel richtig ins Schloss zu stecken. Ihre Finger agierten wie automatisch, doch sie zitterten noch immer. Als die Haustür endlich nachgab, erkannte sie, dass im Wohnzimmer und Schlafzimmer noch Licht brannte. Sie atmete für einen Moment auf. Matthias war noch wach. Sie sehnte sich förmlich danach, in seine Arme zu flüchten. Doch bald erkannte sie, dass außer der verheißungsvollen Beleuchtung das Haus völlig still wirkte. Pia führte Sandra sanft ins Wohnzimmer und deckte sie auf dem Sofa mit zwei großen Wolldecken übereinander zu. »Ich sehe eben nach Felix. Dann mache ich dir einen Tee und bin gleich zurück«, sagte sie einfühlsam und ging leise hinauf ins Schlafzimmer.

Ihr Blick glitt sehnsüchtig über das große Bett. Ihre Augen erfassten den kleinen, schlafenden Körper nicht sofort. Felix hatte sich wieder einmal so aktiv im Bett hin und her gedreht, dass er mittlerweile mit dem Kopf in der Bettmitte lag. Seine Füße waren dagegen in Richtung Kopfkissen gewandert. Eine Wärme durchflutete ihren Körper. Sie beobachte ihren friedlich schlafenden Sohn eine Weile. Es war ein so unglaublich liebliches

Bild, welches so gar nicht zu den furchtbaren Ereignissen des Abends passte. Auch Matthias war mittlerweile in Pullover und Jogginghose neben Felix eingeschlafen. Sie konnte es ihm nicht verübeln, dass ihm letztendlich die Augen zugefallen waren. Nachdem sie ihrem Mann einen Kuss auf die Wange gehaucht hatte, nahm sie Felix und legte seinen Kopf vorsichtig zurück aufs Kopfkissen. Dann holte sie die große Bettdecke, die mittlerweile zerknüllt am Fußende lag und breitete sie liebevoll über ihre zwei Männer aus. »Ich hab dich lieb, mein kleiner Schatz«, sagte sie leise zu ihrem Sohn und strich ihm übers Haar. Ein letzter fürsorglicher Blick, danach löschte sie das Licht und zog leise die Tür hinter sich zu.

Es war eine kleine Wohltat, für einen Moment ohne Sandra in der Küche zu stehen und den Tee zuzubereiten, denn sie wusste nicht, was sie ihrer Schwägerin sagen sollte. Was ihr die Situation vielleicht irgendwie leichter machen könnte. Wie sie ihr Trost spenden könnte. Sie konnte es doch selbst immer noch nicht begreifen, dass ihr Bruder tot war. Der Schock saß ihr immer noch tief in den Gliedern und jeder Blick in Sandras Augen schmerzte sie noch mehr.

Mit zwei dampfenden Tassen Tee in der Hand wagte sie sich kurze Zeit später zurück ins Wohnzimmer. Es war Kräutertee. »Harmonie" stand auf dem Etikett, wie der blanke Hohn.

Sandra saß wie erstarrt kerzengerade auf dem Sofa. Ihr Blick war traurig und leer, ohne jegliches Ziel. Behutsam stellte Pia die beiden Tassen auf den Wohnzimmertisch. »Hier ist dein Tee, Sandra. Versuche, ein bisschen was zu trinken, okay?«, sagte sie wohlwollend, weil sie nicht wusste, was sie sonst hätte sagen können.

Sandra nickte leicht, ohne ihren Blick zu entgegnen, zeigte aber keinerlei weitere Reaktion.

Vorsichtig näherte sich Pia ihrer Schwägerin und legte beide Arme um sie. Sandra ließ die Umarmung ohne jegliche Regung geschehen. Dann bahnte sich die erste Träne ihren Weg über Sandras Wange. Es folgten noch unzählige weitere, begleitet von hemmungslosen Schluchzen. Auch Pia konnte diesmal in der Gegenwart von Markus Frau nicht mehr an sich halten. Beide Frauen saßen da und weinten. Weinten und schluchzten, wegen des Unbegreiflichen. Noch eine geraume Zeit lang saßen sie so da und hielten sich stumm in den Armen, ehe Pia das Wort ergriff, »Ich weiß nicht, was ich sagen soll, es ist noch zu früh, es überhaupt zu erfassen. Ich kann einfach nicht glauben, dass es wahr ist. Aber ich möchte dir sagen, dass wir immer für dich und Nele da sein werden. Ihr seid unsere Familie. Du wirst nicht alleine sein, Sandra.«

Sandra nickte. »Mein Mann, Markus, ich liebe ihn so sehr, weißt du? Und Nele, mein Gott Nele... Wir haben ihn vorher noch angerufen. Nele wollte ihm einen Streich spielen und hat unter unbekannter Nummer ihre Stimme verstellt. Er hat es natürlich sofort bemerkt.« Sie lächelte schwach. »Ich kann nicht ohne ihn, Pia. Ich kann das einfach...«, dann versagte ihre Stimme aufgrund weiterer Tränen, die ihr unablässig von den Wangen liefen.

»Ich weiß, Sandra. Ich weiß«, Pia rang erfolglos mit sich, tröstende Worte zu finden. So saßen sie bis zum Morgengrauen. Ehe ihnen schließlich vor Erschöpfung die Augen zufielen.

4.

Sie wurde von einem altbekannten, ratternden Geräusch wach. Blinzelnd öffnete sie die Augen. Oh nein, wie viel Uhr war es schon? Wann war sie überhaupt eingeschlafen? Sie fühlte sich wie gerädert, als sie sich langsam auf der Couch aufrichtete. Ihre Augen blinzelten erneut. Das helle Tageslicht war noch viel zu grell für ihre Pupillen. Sie hatte irgendwas geträumt, wurde ihr gerade bewusst. Die Erinnerung daran war aber inzwischen verblasst. Doch sie wusste noch, dass es ein aufwühlender Traum gewesen war. Langsam sah sie sich um. Neben ihr auf dem Sofa lag Sandra.

Warum Sandra?

Die Erinnerungen an den gestrigen Abend trafen Pia schlagartig mit voller Wucht. Nein! Sie spürte einen Stich ins Herz, der ihr kurz den Atem raubte. Erneut zogen ihr die gestrigen Ereignisse buchstäblich den Boden unter den Füßen weg als sie langsam aufstehen wollte. Geschwächt ließ sie sich zurück auf die Couch sinken und schloss bestürzt die Augen.

Nein, bitte nicht.

Nicht, Markus. Es darf nicht wahr sein.

Sie sträubte sich mit aller Macht gegen ihren Verstand. Aber die Bilder des vergangenen Abends waren noch schonungslos präsent in ihrem Kopf und griffen erneut nach ihrem Herz. Sie wusste, dass es keine Rolle spielte, was sie nun dachte oder was sie sich wünschte. Nichts würde seinen Tod rückgängig machen.

Markus. Ihr Bruder. Tot.

Einfach so.

Von heute auf morgen war er nicht mehr da. Und er würde auch nicht mehr zurückkommen. Sie schloss für einen Moment betrübt die Augen. Doch die grausamen Bilder schoben sich dadurch nur noch viel schärfer in ihren Sinn. Ihr Blick wanderte erneut zum anderen Sofa. Oh, Sandra, dachte sie traurig. Wie in Schockstarre beobachtete sie für einige Minuten Markus Frau. Ihr Atem ging leicht röchelnd. Doch ihr Körper bebte hin und wieder und zuckte kurz im Schlaf auf. Es war ihr anzusehen, dass sie unruhig träumte. Kurz hatte Pia überlegt, sie vorsichtig zu wecken. Doch dann beschloss sie, Sandra weiterschlafen zu lassen. Denn Aufzuwachen wäre keine Erlösung gewesen. Welcher Traum könnte im Augenblick schon schlimmer sein als die Realität? Die beiden Wolldecken waren mittlerweile auf den Fußboden gerutscht. Sie hob sie auf und breitete sie vorsichtig über Sandra aus. Sollte sie nur so lange schlafen, wie sie konnte. Gerade sie musste nach dem gestrigen Abend total erschöpft sein. Wie lange war sie mit diesem schrecklichen Wissen allein in der Wohnung gesessen? Pia bekam eine Gänsehaut bei diesem Gedanken. Solange Sandra schlief, hatte sie noch ein wenig Zeit, ehe sie diese schreckliche Wahrheit ein weiteres Mal einholen würde. Sie waren beide körperlich erschöpft. Doch ihr seelisches Leid wog noch so viel schwerer.

Pia dachte über Sandra nach. Es kam eine sehr schwere Zeit auf sie zu, dachte sie schweren Herzens. Sie mochte ihre Schwägerin wirklich. Vom ersten Tag an, als Markus ihr die brünette zierliche Frau mit dem jugendlich wirkenden Pferdeschwanz vorgestellt hatte, war sie nicht nur eine potenzielle Schwägerin gewesen. Schnell war sie zu einer Freundin geworden. Eine Freundin, die ihren Mann von heute auf morgen auf unvorstellbare Weise verloren hatte. Den Vater ihres Kindes. Das Wort Witwe brannte sich unerbittlich in ihren Kopf. Ihre Freundin war nun eine Witwe, für die Pia jetzt da sein musste. Auch wenn ihr eigenes Leid bereits so unermesslich groß war.

Sie dachte an ihren Bruder Markus. Er war Sandra in all den Jahren ein guter Mann gewesen, soweit Pia das beurteilen konnte. Ihr Bruder hatte während seiner Jugend nicht, wie sie selbst, mal hier und mal da eine feste Partnerschaft gehabt. Sandra war seine zweite Liebe gewesen. Und diese hatte bis jetzt gehalten. Vielleicht hätte sie für immer gehalten. Doch für immer war ihnen nun schonungslos geraubt worden.

Er kam nicht mehr zurück.

Sie schüttelte sich, um die deprimierenden Gedanken zu verscheuchen. Es war wichtig, sich jetzt aufzurappeln und um Felix zu kümmern. Sie war trotz allem Mutter. Angestrengt horchte sie in den Raum. Es war sehr verwunderlich, dass er offenbar noch schlief. Meist wachte ihr Sohn schon lange vor dem Wecker auf und forderte sie jeden Morgen auf, noch vor Beginn des Kindergartens etwas mit ihm zu spielen. Irritiert stand sie auf und folgte der Geräuschquelle, die sie geweckt hatte. Die Laute der Kaffeemaschine hatten ihr im ersten Moment fast so etwas wie Normalität vorgegaukelt. Bis ihr wieder bewusst geworden war, dass sie gestern ihren Bruder verloren hatte. Es wäre eine unaufrichtige Normalität gewesen, die im absurden Gegensatz zur grausamen Realität stand. Kraftlos stützte sie sich nach den wenigen Metern bis zur Küche am Türrahmen ab.

Dort stand Matthias. Ihr Mann. Ihr Gegenstück.

Er war gerade dabei, bemüht leise den Geschirrspüler auszuräumen. Ratlos hielt er das Nudelsieb in der Hand und überlegte, in welchen der Schränke er ihn hineinräumen sollte. Als sie ihn so beobachtete, durchfuhr sie ein kurzes, warmes Gefühl der Dankbarkeit. Sie sah ihm eine Weile zu, bis er sich schließlich entschied, den Sieb zu den Plastikschüsseln einzusortieren. Gute Wahl, dachte sie mit einem schwachen Lächeln. Er wollte ihr helfen und versuchte, sich nützlich zu machen. Danach würde er vieles wissen wollen. Er würde viele Fragen stellen zu den gestrigen Ereignissen. Wahrscheinlich all das, was sie sich selbst fragte. All die Dinge, von denen sie selbst kaum etwas wusste. Sie fühlte sich noch gar nicht bereit, darüber zu sprechen. Es würde Markus Tod nur noch ein weiteres Mal realer werden lassen. Irgendwie greifbarer. Aber sie wollte es gar nicht begreifen. Mit aller Kraft wehrte sie sich noch immer dagegen, diesen schmerzvollen Gedanken zuzulassen. Was hätte sie dafür gegeben, wenn es nur ein grausamer Traum gewesen wäre?

Er war doch irgendwie ein Teil von ihr. Schlagartig tauchte das Bild des kleinen, von Sommersprossen übersäten rotblonden Jungen in ihr auf. Schon von Kindesbeinen an waren sie ein Team gewesen. So vieles hatten sie zusammen durchgemacht und sich in all den Jahren gegenseitig Halt gegeben. Auch wenn sie im Kindesalter öfter mal aneinandergeraten waren, standen sie sich bis heute unglaublich nahe. Ihr Bruder war sein ganzes Leben lang immer für sie da gewesen, wie auch sie für ihn da gewesen war.

Ja, und natürlich hatten sie sich jetzt als Erwachsene nicht mehr jeden Tag gesehen. Auch nicht täglich voneinander gehört. Manchmal nicht einmal jede Woche. Aber das hatte für sie keine Rolle gespielt. Sie waren nicht nur blutsverwandt. Es bestand auch dieses starke seelische Band zwischen ihnen. Nun fehlte er am anderen Ende. Sie kniff die Augen voller Trauer zusammen.

In diesem Augenblick bemerkte Matthias, dass sie im Türrahmen stand. Seine warmen braunen Augen sahen in die ihren, von Schmerz erfüllt. Mit leidvollem Blick kam er auf sie zu und nahm sie ohne ein Wort in den Arm. Sie spürte seine festen, starken Arme um sich und seinen warmen Atem auf ihrer Haut. Es fühlte sich etwas entlastend an, sich dieser Geborgenheit für einige Zeit hingeben zu können. Sein Halt verlieh ihr wieder etwas Kraft. Sie war ihrem Mann sehr dankbar, dass er noch nichts sagte und sie sich einfach nur ein, zwei Minuten in seinen Armen fallen lassen konnte. So standen sie eine Weile da, bis sie ihm einen Kuss auf die Wange hauchte und zum Zeichen nickte, dass sie jetzt mit ihm darüber sprechen würde. Langsam setzte sie sich an den Küchentisch. Matthias schenkte ihr eine Tasse Kaffee ein und kam dazu. Der altbekannte Geruch von fein gemahlenen Bohnen stieg ihr aromatisch in die Nase. Wieder diese unaufrichtige

Normalität im Gegensatz zur absurden Realität, dachte sie traurig. Als könnte der Alltag einfach so weiterlaufen. Doch tatsächlich würde er nie wieder der Gleiche sein. Es schüttelte sie innerlich.

Als er ihr schließlich gegenüber saß, griff er nach ihrer Hand. Seine Stimme klang zugleich fürsorglich und betrübt. »Ich habe Felix schon in den Kindergarten gebracht und ihm erklärt, dass du etwas krank bist. Sonst hätte er dich sofort auf der Couch wecken wollen«, er machte eine kurze Pause, »Es muss alles so schrecklich gewesen sein, gestern. Pia, kannst du mir das alles irgendwie erklären? Warum ist Markus..?«, Er schaffte es nicht weiterzusprechen.

Felix war bereits im Kindergarten. Das war gut. Sie fühlte etwas Erleichterung. So hatte sie etwas Zeit sich zu sammeln, ehe sie ihrem kleinen Schatz gegenübertrat. Sie nahm einen tiefen Atemzug, um etwas Kraft für die nächsten Worte zu sammeln. Dennoch wurde ihre Stimme wieder brüchig, als sie ihm antwortete, »Danke. Ich... Matthias, ich... ich weiß es nicht. Aber ich werde dir erzählen, wie... wie es gestern war.«

Und so erzählte sie ihrem Mann bei einer surrealen, aromatisch duftenden Tasse Kaffee, wie sich der gestrige Abend zugetragen hatte, nachdem sie die Wohnung ihres Bruders betreten hatte. Matthias hörte ihr geduldig zu und unterbrach sie kein einziges Mal. Er gab ihr die Zeit, die sie brauchte, wenn ihr plötzlich die Worte fehlten, und ließ sie nur durch gelegentliche Veränderungen seiner Mimik erkennen, dass er ihr aufmerksam folgte. Als sie mit ihren Erzählungen zum Ende gekommen war, nahm er sie noch einmal fest in die Arme.

»Ich begreife das nicht, Pia«, sagte er schließlich.

»Ich weiß. Ständig frage ich mich, was gestern in dieser Wohnung vorgefallen ist, und ob er es gar selbst war oder jemand anderes?«

»Aber wer sollte ihm so etwas antun?«

Sie zuckte nur mit den Schultern.

»Du denkst doch nicht an Sandra, oder?«, Matthias Gesichtsausdruck sah mit einem Mal schockiert aus.

»Nein, natürlich nicht!«, beeilte sich Pia zu sagen.

»Das könnte ich mir auch im Leben nicht vorstellen. Die zwei sind seit Jahren ein Herz und eine Seele. Ich kann mich gar nicht erinnern, sie überhaupt einmal streiten gesehen zu haben«, argumentierte Matthias an.

»Nein. Ich glaube das auch keine Sekunde. Sandra kann schon mal temperamentvoll sein. Aber sie würde niemandem etwas antun und schon gar nicht Markus. Wenn sie je stritten, waren das Lappalien, wie sie bei uns eben auch mal vorkommen.«

»Mein Gott, die arme Nele!«, Matthias schüttelte ungläubig den Kopf. »Jetzt wächst sie weiter ohne ihren Vater auf. Das muss doch schrecklich sein für ein neunjähriges Mädchen.«

Pia nickte traurig. »Sie weiß es noch gar nicht, weil sie bei einer Nachbarin übernachtet hat. Ich muss die zwei jetzt unterstützen, wo es nur geht. Dabei... dabei ist es auch für mich so schwer.« Sie schniefte.

Er streichelte einige Male über ihre Hand. »Ich weiß. Markus, er war dein Bruder. Doch er war viel mehr, als nur Familie. Er war ein richtig toller Mensch." Matthias schloss die Augen, ehe er fortfuhr, »Ich hoffe, das alles klärt sich ganz schnell auf. Damit wir es irgendwie verstehen können. Pia, es tut mir so unglaublich leid.« Seine Augen wirkten glasig.

Matthias hatte sich für diesen Tag krankgemeldet, um für Pia und Sandra da zu sein. So konnten sie nach geraumer Zeit der traurigen Worte noch unzählige Überlegungen zu Markus sinnlosem Tod anstellen. Es war beinahe 12 Uhr mittags, als Sandra mit roten, zusammengekniffenen Augen zur Küchentür hereinkam. Sie nickte Pia und Matthias stumm zu und setzte sich zu ihnen an den Küchentisch. Pia informierte sie sogleich mit ruhiger Stimme, dass sie bereits bei Frau Schäffler angerufen habe. Sandras Nachbarin hatte sehr verständnisvoll reagiert und ihre Tochter und Nele für den heutigen Tag von der Schule zu Hause gelassen. Neles Schulsachen waren ja noch in der Wohnung. Sie wollte in dieser schweren Situation helfen, wo sie nur konnte. Das hatte sie ausdrücklich betont. Die beiden Mädchen durften jetzt zusammen spielen und später etwas fernsehen, bis Nele abgeholt werden würde. Pia hatte versprochen, sich gleich auf den Weg zu machen, sobald Sandra damit einverstanden war.

Ihre Schwägerin sah sie nur an. Dieser traurige Blick war beinahe unerträglich. Plötzlich weiteten sich ihre Augen. »Ich muss auch noch bei der Polizei anrufen. Außerdem muss ich bei meiner Arbeit anrufen und bei Markus Chef natürlich… Oh Gott…«, Sandra brach ab und begann abermals zu schluchzen.

»Du versuchst jetzt erst einmal, etwas zu essen. Matthias und ich kümmern uns um die nötigen Anrufe«, sagte Pia beruhigend.

»In Ordnung.« Sie nickte dankbar. Dann fügte sie

hinzu, »Und bitte hole Nele gleich, ja? Ich möchte sie hier bei mir haben.«

»Natürlich, ich mache dir eben zwei Brote und dann fahre ich gleich los.«

»Ich brauche nichts zu…«

»Du musst etwas essen. Zumindest eine Kleinigkeit!«, schnitt Pia ihr das Wort ab. »Du brauchst jetzt Kraft, gerade für Nele.«

Doch Sandra antwortete nicht. Gedankenverloren starrte sie geradeaus, als wäre sie der Situation geistig längst entflohen. Es muss so schwer für sie sein, dachte Pia betrübt. Sie waren alle fassungslos und trauerten, doch für Sandra gab es nun so vieles, was es zu erledigen gab. Ihr ganzer Alltag, ja ihr ganzes Leben würde sich von heute auf morgen ändern.

Am Nachmittag spielten Nele und Felix gemeinsam lautstark ein Brettspiel. Es schien als wären sie sich über den nächsten Zug nicht ganz einig. Pia hörte den Diskussionen der Kinder einen Moment zu. Es war das erste Mal, dass sie die Streitereien der Kinder als beruhigende Geräusche wahrnahm, die zumindest ein wenig Ablenkung verschafften. So schritt sie diesmal nicht so rasch ein, um die kleine Auseinandersetzung zu schlichten. Einige Stunden zuvor hatte Nele die Nachricht über den Tod ihres Vaters erwartungsgemäß nur sehr schwer aufgenommen. Das Mädchen hatte es im ersten Moment gar nicht richtig verstanden. Dann hatte sie eine Stunde lang nur geschrien und geweint, um kurz darauf verwirrt zu fragen, wann ihr Papa denn nun wiederkäme. Was das alles für sie und ihre Mutter bedeutete, war einfach noch nicht zu ihr durchgedrungen.

Wie sollte es auch? Sie war erst neun Jahre alt.

Selbst Sandra, Pia und Matthias standen immer noch unter Schock. Ihr kleiner Sohn Felix begriff es noch viel weniger. Er wusste mit seinen vier Jahren ja noch nicht einmal, was der Tod eigentlich bedeutete und dass er endgültig war. Umso dankbarer war Pia in diesem Augenblick als sie vom oberen Stockwerk über das Treppenhaus hörte, wie Nele ihren Cousin gerade maßregelte, dass sie sehr wohl die sechs gewürfelt hätte. Ein kleines Stückchen Normalität war gerade für die Kinder jetzt unglaublich wichtig. Sandra war in der Zwischenzeit erneut auf dem Sofa eingeschlafen und Matthias erledigte ein paar Einkäufe, damit in den nächsten Tagen alle fünf satt werden würden. Pia hatte unterdessen mit der Polizei telefoniert. Dort hatte sie erfahren, dass die Wohnung noch nicht freigegeben war, da das Schlafzimmer noch einmal ausführlich untersucht wurde. Doch sie würden Bescheid bekommen, wenn sie zumindest Neles Schultasche abholen könnten. Das würde ohnehin Pia übernehmen. Sandra hatte bereits gesagt, sie könne die Wohnung aus emotionalen Gründen gerade nicht betreten, was Pia absolut nachvollziehen konnte. Nachdem sie die Schultasche geholt hätte, würde sie auch bald die Polizeidienststelle aufsuchen. Am Telefon hatte der Polizist ihr nichts weiter gesagt. Aber sie musste wissen, ob es weitere Ermittlungen gab und wie diese aussehen würden. Sie konnte sich nach wie vor beim besten Willen nicht vorstellen, dass ihr Bruder tatsächlich Selbstmord begangen haben sollte. Auch wenn sie zugeben musste, dass einiges dafür sprach. Die Art und Weise, wie er, oder besser gesagt seine Leiche, aufgefunden worden war, sprach für einen Suizid. Diese Worte hatte einer der Polizeibeamten schon vorsichtig am Vorabend gewählt. Doch so war Markus nicht gewesen. Zudem hatten weder Sandra noch Pia irgendwo eine Art Abschiedsbrief gesehen. Sein plötzlicher Tod blieb ein Rätsel. Keiner von ihnen konnte sich zu diesem Zeitpunkt ausmalen, was geschehen war. Fakt war nur, dass sein Leben von heute auf morgen ausgelöscht worden war. Durch seine eigene Hand oder die Hand eines Gewaltverbrechers.

Pia spielte in Gedanken ihre letzten Begegnungen mit ihrem Bruder durch. Markus hatte all die Jahre nie betrübt, verzweifelt oder gar depressiv auf sie gewirkt. Er hatte eine wunderbare kleine Familie um sich. Nele war seit ihrer Geburt seine kleine Prinzessin. Sandra, die Frau, die ihm immer den Rücken freigehalten hatte. Beruflich war er zufrieden, aber sehr eingespannt gewesen. Seine Arbeit als Industriemechaniker hatte der jungen Familie oftmals einiges abverlangt. Markus hatte einen spitzen Ruf in seiner Branche genossen und war daher von seinem Chef oft bis nach Norddeutschland geschickt worden, um dort wichtige Baustellen zu unterstützen. Sandra und Nele hatten nicht selten bis zu zwei Wochen am Stück auf ihren Mann und Vater verzichten müssen. Es war noch gar nicht so lange her, erinnerte sich Pia, da hatte er begeistert von einer Lohnerhöhung gesprochen, die ihm sein Chef für das nächste Quartal zugesichert hatte. Doch auch wenn Markus häufig unterwegs gewesen war, hatte sich seine Frau nie beschwert. Zumindest soweit es Pia mitbekommen hatte.

Ich weiß doch, wen ich geheiratet habe, und ich vertraue Markus, war stets von ihrer Schwägerin zu hören. Und

Pia war sich sicher, dass diese Aussage auch der Wahrheit entsprach. Sie kannte Sandra wirklich gut. Beinahe täglich hörten sie sich mittlerweile am Telefon. Sie waren mit den Jahren und gerade auch als junge Mütter immer weiter zusammengewachsen und unternahmen viel gemeinsam mit den Kindern. Man hätte fast sagen können, dass Nele und Felix wie Geschwister aufwuchsen. Pia hätte es gewiss erkannt, wenn Sandra unaufrichtig gegenüber ihr oder ihrem Bruder gewesen wäre.

Irgendwann ging dieser schreckliche Tag dann endlich zu Ende. Den Abend verbrachte Sandra mit den Kindern vor dem Fernseher. Es lief ein modern animierter Kinderfilm, in dem ein kleines Mädchen einem Bären verschiedene Streiche spielte. Die Kinder kicherten immer wieder aufgeregt, während Sandra nur dasaß und mit leerem Blick in die flimmernde Mattscheibe starrte. Während Nele es schaffte, den Tod ihres Vaters zu verdrängen, wurde er ihrer Mutter immer schmerzvoller bewusst. Es war ihr richtiggehend anzusehen, dass sie nicht wirklich etwas von diesem Film mitbekam. Pia saß ebenso in den eigenen Gedanken versunken daneben. In ihrer Kehle ein Kloß. Sie dachte abermals darüber nach, welchen Grund Markus hätte haben können, sich das Leben zu nehmen. Und das auch noch klammheimlich, ohne eine letzte Botschaft.

Da kam Matthias zur Wohnzimmertür herein. Er war eine Runde joggen gegangen. Frische Luft für den Kopf. Verstehst du Pia?, hatte er gesagt.

Natürlich verstand sie. Auch sie hätte Klarheit für den Kopf gebraucht. Aber die konnte ihr keine frische Luft und auch sonst niemand geben. Es war eine Zumutung, hier völlig untätig herum zu sitzen, ohne die leiseste Ahnung, was gestern passiert war. Plötzlich fasste sie einen Gedanken. Sie hielt diese nagende Ungewissheit und diese unzähligen Fragen in ihrem Kopf nicht mehr aus. Sie musste schon heute mit der Polizei sprechen. Vielleicht hatten sie ja schon irgendetwas entdeckt. Irgendetwas, was zu einer Aufklärung beitragen würde. Antworten auf die unzähligen Fragen. Es war letztendlich für sie alle wichtig zu verstehen, was sich abgespielt hatte.

Nachdem Matthias sich gerade auch auf der Couch niederlassen wollte, hielt sie ihn auf und bedeutete ihm, mit in die Küche zu kommen. Dort bat sie ihn, für die nächste Stunde ein Auge auf Sandra und die Kinder zu haben, während sie außer Haus war.

Ich halte das nicht mehr aus. Ich muss jetzt zur Polizei fahren, hatte sie gesagt.

Er war einverstanden. Auch er wollte Antworten.

Um Sandra nicht aufzuwühlen, sagte sie ihr erst einmal nichts von ihrem Vorhaben. Sie wollte ihr noch keine falschen Hoffnungen machen. Matthias würde sich eine passende Ausrede einfallen lassen, warum sie so spät noch weggefahren war. Falls sie es überhaupt zur Kenntnis nahm. Eilig holte sie ihre warmen Stiefel und ihren schwarzen Mantel von der Garderobe. Es war bereits Ende Oktober. Die Nächte waren mittlerweile sehr kalt. Plötzlich kam ihr Weihnachten in den Sinn, während sie die breiten Knöpfe des Mantels in die dafür vorgesehenen Schlitze schob. Was würde das in zwei Monaten nur für ein schreckliches Weihnachtsfest werden? Ohne Markus. Gerade er hatte es geliebt, mit den Kindern kleine Rituale anlässlich des Christkindes abzuhalten. Er war förmlich darin aufgegangen, sich für Nele und Felix spannende Geschichten rund ums Fest auszudenken. Sie hatte es noch geradezu bildlich vor Augen, wie er am Heiligen Abend mit ihnen Süßigkeiten vor die Haustüre gelegt hatte, um die Rentiere anzulocken. Eilig schob sie ihre wehmütigen Erinnerungen beiseite und schlüpfte zur Haustür hinaus. Die Dunkelheit der Nacht hatte bereits die ganze Straße in ihren Schatten gehüllt. Es begann, langsam zu nieseln. Schlagartig kam ihr ein Spruch in den Sinn, den sie einmal bei einer Beerdigung gehört hatte. »Der Himmel weint, wenn ein Engel auf Reisen geht.« Traurig reckte sie ihr Gesicht gen Himmel und spürte die immer stärker werdenden kalten Tropfen auf ihrer Haut. Eiskalte Tränen. Sie ertappte sich dabei, erneut in Erinnerungen an ihren Bruder zu verfallen. Doch dann besann sie sich und nahm einen letzten tiefen Atemzug ehe sie zu ihrem Auto lief.

Die düstere Umgebung zog immer schneller, schier unaufhaltsam an ihr vorbei, während sie den Wagen auf der Hauptstraße beschleunigte. Der Regen war inzwischen stärker geworden. Fortwährend prasselten die unzähligen Tropfen gegen ihre Windschutzscheibe, während Pia stur auf die nasse Straße starrte, die vor ihr lag. Die Gefühle, die sie in diesem Moment durchlebte, fühlten sich genauso hilflos an wie die vom Regen durchtränkte Straße. Hilflos, ausgeliefert und düster. Die gestrigen Ereignisse hatten sie an den Rand ihrer emotionalen Belastbarkeit gebracht. Sie konnte sich nicht erinnern, schon einmal so eine Verzweiflung in sich getragen zu haben.

Pia, du darfst jetzt nicht zusammenbrechen!

Du musst dich weiter auf die Straße konzentrieren!, ermahnte sie sich selbst. Die ins Dunkel gehüllte Gegend zog weiter an ihr vorbei, nur etwas in das schwache Licht der Straßenlaternen getaucht. Da waren Jugendliche mit Zigaretten an Bushaltestellen. Neben ihnen standen große PET-Flaschen, die wahrscheinlich bunt gemischten Alkohol enthielten. Eine schwarze Katze sprang plötzlich aus einem der Vorgärten und beeilte sich, die Straße zu überqueren. Auch erblickte sie schemenhaft einen älteren Herrn mit Hut auf der gegenüberliegenden Straßenseite, der seinen Schäferhund zu dieser späten Uhrzeit noch Gassi führte. Irgendwann kam sie auf ihrem weiteren Weg zur Polizeistation an der Wasserwirtschaft vorbei. Ihre Augen wurden schwer, während ihr die Erinnerungen eines unbeschwerten Sommers rücksichtslos in ihren Kopf drangen. In diesem Biergarten haben sie noch bis in den Spätsommer hinein regelmäßig gemeinsam gesessen. Sie erinnerte sich, wie Nele Felix auf der Schaukel angeschubst hatte. Ihr Sohn hatte vor Freude gekreischt »Schneller, Nele!" und Markus hatte ihnen zugerufen, »Nele, Felix, kommt ihr bitte. Eure Pommes sind da.« Die Tränen stiegen ihr erneut in die Augen. Plötzlich wurde sie von all ihren Emotionen förmlich überrollt. Sie weinte und schluchzte laut in ihrem Auto ohne jegliche Scham vor sich hin. Er war einfach nicht mehr da. Wie viel hätten sie gemeinsam mit den Kindern noch erleben können? Wie viele dieser kostbarer Momente würde er nun verpassen? Er wird nun seine eigene Tochter nicht mehr als junge Frau erleben. Was könnte es Schlimmeres geben? Und wie hätte ihr Bruder wohl später als Großvater ausgesehen? Die Gedanken an eine Zukunft ohne ihn schmerzten sie zutiefst.

Ach, Markus. Warum nur?

Hast du deinem Leben wirklich selbst ein Ende gesetzt?

Was für einen wahnsinnigen Grund hätte es dafür geben können?

Oder gab es jemanden, der es so arrangiert hatte, dass es wie Selbstmord aussah? Aber wer könnte ihren Bruder so hassen?

Er war ein völlig normaler Mann gewesen. Ihr fiel einfach keine Situation ein, die in irgendeiner Art seltsam gewesen wäre. Da war nichts, was darauf hindeutete, dass er in dunkle Machenschaften verwickelt gewesen sein könnte oder schwerwiegende Probleme mit jemandem gehabt hätte.

Wehmütig musste sie an den kleinen Markus denken. Sein einziges Verbrechen war wohl gewesen, dass er ihr, als vielleicht sechsjähriger Junge heimlich den Adventskalender leer gefuttert hatte. Sie konnte sich noch gut an den prägenden Moment erinnern, als sie voller Erwartung die kleinen Türchen Anfang Dezember öffnen wollte und nur gähnende Leere vorgefunden hatte. Natürlich war sie mit ihren knapp fünf Jahren schreiend und weinend auf ihn zugelaufen und hatte ihn wütend auf die Schulter geboxt. Danach hatte sie ihn bei ihrer Mutter verpetzt.

»Petze, Petze, Petze!«, hatte Markus geschrien und ihr dabei frech die Zunge herausgestreckt.

Ja, natürlich hatten sie als Kinder öfter mal Auseinandersetzungen. Aber meistens haben sie fest zusammengehalten. Gerade wenn zwischen den Eltern mal wieder der Haussegen schief hing. Dann holte Markus schnell ein paar Polster der Gartenmöbel. Zusammen mit einigen Kissen und großen Decken hatten sie mithilfe zweier Stühle in seinem Kinderzimmer eine kleine Höhle gebaut. In die hatten sich die Geschwister dann ganz tief verkrochen, um sich vor einem elterlichen Sturm zu schützen.

»Warte, ich hole uns noch die Taschenlampe, Markus«, hatte Pia aufgeregt geflüstert.

»Ich will die mit den Dinos."

»Okay, ich bin gleich wieder da. Bleib du aber in der Höhle und pass gut auf, ja?«

»Natürlich, hier dürfen Mama und Papa nicht rein. Ich mache nur für dich wieder auf«, hatte ihr Markus versprochen.

»Genau!«, hatte sie daraufhin vergnügt gerufen und war eilig zum Regal gelaufen. Mit den zwei Taschenlampen bewaffnet, hatte sie dann vorsichtig die vorderste Decke der Höhle angehoben und war wieder zu ihm hinein geschlüpft. Wie in ihrem eigenen kleinen Schutzraum lagen sie dann Hüfte an Hüfte mit angezogenen Beinen und ließen die Taschenlampen durch die kleine Höhle wandern. Markus erzählte in diesen Momenten Geschichten von Drachen und Rittern, während Pia stets darauf pochte, dass auch eine Prinzessin und ein Kasperle mit in der Geschichte sein müssten. Mama und Papa hatten währenddessen im Wohnzimmer so lange weiter diskutiert, bis ihnen schließlich aufgefallen war, dass es um sie herum ungewöhnlich still im Haus geworden war. Irgendwann steckte dann ihre Mutter, Gudrun, den Kopf durch die Decke am Höhleneingang.

»Halt!«, hatte Markus sofort wütend geschrien. »Du darfst hier nicht rein!«

Ihre Mutter zog den Kopf langsam wieder heraus und fragte dann etwas gereizt durch die vorgehängte Decke, »Was muss ich denn tun, damit ihr rauskommt?«

»Wir kommen nicht heraus. Niemals! Das ist ganz alleine unsere Höhle«, hatte Markus ein weiteres Mal bekräftigt.

»Genau, Mama. Draußen bleiben!«, hatte Pia ihren Bruder sodann unterstützt.

»Na gut, aber in fünf Minuten geht ihr ins Bett. Es ist wirklich schon spät. Morgen ist wieder Kindergarten.«

»Ach Mama, ein bisschen noch«, hatte ihr Bruder versucht zu verhandeln.

»Fünf Minuten!«, waren Mamas letzte Worte gewesen ehe sie zurück zu Papa ins Wohnzimmer gegangen war.

Die Tränen waren immer weiter über ihre Wangen geflossen, als sie sich an diese besonderen Momente der kindlichen Unbeschwertheit erinnerte. Als sie irgendwann langsam versiegten, war es nicht mehr weit. Das Polizeirevier lag mitten in der Stadt. Sie hatte die richtige Straße bereits erreicht. In wenigen hundert Metern war sie dort. Kurze Zeit später sah sie dann schon auf der linken Straßenseite den weißen Schriftzug der Polizeidienststelle auf dem großen, hellblauen Gebäude. Das alte Gebäude wirkte mit seinen weiß eingerahmten Fenstern wie aus einer anderen Zeit. Es hatte fast etwas Bedrohliches in dieser Dunkelheit. Nur die weißen Letter POLIZEI strahlten auf dem dunkelblauen Schild mit dem hellen Mondschein um die Wette. Pia blinkte und bog in die dafür vorgesehenen Parkplätze ab. Sie versuchte, ihre Atmung zu kontrollieren, ehe sie den Motor schließlich ausstellte.

Würde sie jetzt Antworten bekommen?

Die warmen Erinnerungen an ihre gemeinsame Kindheit hingen noch in der Luft. Wenn sie das Auto verließ, würde sie erneut mit der grausamen Realität konfrontiert werden. Es scheute sie direkt davor, auszusteigen. Doch sie hatte ja keine Wahl. Sie musste diese Antworten bekommen.

Für sich. Für Sandra. Für Nele. Für sie alle.

Der Regen hatte nachgelassen, um einem stürmischen Wind Platz zu machen. Eine herrenlose Tüte flog vorbei. Instinktiv zog sie ihren Mantel enger als ihr der Wind beim Aussteigen schonungslos ins Gesicht blies. Ihre Schritte wurden schneller, um der Kälte zu entfliehen. Eilig griff sie nach dem kalten Geländer und stieg die fünf Stufen der Außentreppe hinauf. Einen Moment verharrte sie vor der Tür. Sie fror. Dann drückte sie erwartungsvoll die Türklinke nach unten und trat ein.

5.

Es war das erste Mal in ihrem Leben, dass sie durch diese Tür trat. Bisher war niemand aus ihrer Familie mit dem Gesetz in Konflikt geraten oder hatte sich in einer rechtlichen Notsituation befunden. Sie musste etwas Kraft aufwenden, um die schwere Tür aufzudrücken. Sofort stieg ihr ein ungewohnter Geruch in die Nase als sie den ersten Schritt über die Schwelle setzte. Es roch nach einer seltsamen Mischung aus altem Gemäuer und klinischem Reinigungsmittel. Offenbar war hier kürzlich durchgewischt worden. Eilig schob sie ihre kalten Finger in die Manteltasche, als die Tür hinter ihr ins Schloss zufiel. Doch die erhoffte Wärme fand sie darin nicht. Neugierig sah sie sich um. Sie fand sich in einem ungefähr sechs Meter langen und zwei Meter breiten Raum wieder, der wie eine kleine Eingangshalle wirkte. Sowohl die Wände als auch der Boden waren in einem unscheinbaren Grau gehalten. Ihr direkt gegenüber war eine große, milchige Glastür zu sehen. Wie automatisch steuerte sie darauf zu. Doch sie stellte sogleich irritiert fest, dass diese verschlossen war. Sie ließ ihren Blick weiter durch den Raum schweifen. Dann sah sie links von ihr eine Art Tresen mit kleiner Durchreiche. Von dort aus war bis zur Decke eine riesige

Glaswand gezogen worden, die die örtlichen Polizeibeamten augenscheinlich von Besuchern trennen sollte. An der rechten Wand standen nur drei karg wirkende schwarze Stühle aus hochwertigem Kunststoff. Sie fühlte sich sofort wie ein Eindringling. Hier war nichts, was zum Verweilen einlud. Aber was hatte sie erwartet? Dies hier war kein reguläres Geschäft. Es war die örtliche Polizeistation. Der Ort an dem Verbrechen aufgeklärt wurden. War es das?

Sie schaute durch die Glaswand des Tresens, um eine Person ausmachen zu können. Doch außer einem Computer, einer Tastatur, einem schnurgebundenen Telefon und unzähligen Schränken dahinter, sah sie nichts. Es dauerte gut zwei Minuten, in denen sie ratlos dastand, bis endlich ein junger Polizeibeamter erschien. Er stellte sich schließlich in gut einem Meter Abstand hinter die Glaswand und musterte sie neugierig. Sie schätzte ihn auf höchstens Mitte 20. Der Mann trug sein braunes Haar modisch frisiert nach hinten gegelt. Sein Kinn war glatt rasiert. Er war nicht der typische, schlichte Polizist, wie sie ihn erwartet hätte. Der junge Mann blickte sie weiter mit wachsamen, braunen Augen durch die Scheibe an und fragte sie dann, »Ja?«

Pia erschrak etwas. Die Stimme klang lauter als erwartet und hallte, als wäre ein Lautsprecher zugeschaltet worden. Da sie noch immer vom jungen Erscheinungsbild des Polizeibeamten irritiert war, verhaspelte sie sich etwas beim Formen ihrer Antwort. »Hallo, mein... mein Name ist Pia Sendtner. Ich bin die Schwester von... von Markus Schneider. Er ist gestern...". Sie stockte. »Also er wurde gestern tot aufgefunden. Ich bin hier, um zu erfahren, wie es nun weitergeht. Haben Sie schon etwas herausgefunden?«, brachte sie dann noch mühsam hervor.

Der Polizeibeamte nickte langsam und setzte sich an den Computer. Mit schnellen Fingern tippte er etwas in seine Tastatur und griff anschließend zum Telefonhörer. Sie konnte nicht genau verstehen, was der Mann sagte, aber es war offensichtlich, dass er jemanden zu sich ins Zimmer rief. Nachdem er sein Gespräch beendet hatte, stand er auf und sagte, »Einen Augenblick bitte, Kommissar Berger kommt gleich, um sie abzuholen. Sie können hier kurz Platz nehmen.« Er deutete auf die drei schwarzen Plastikstühle hinter ihr. Mit einem kurzen letzten Gruß entfernte er sich vom Tresen und verschwand wieder durch eine Hintertür aus dem Raum. Die Zeitangabe »gleich« war allerdings sehr gedehnt bemessen worden. Noch gute 20 Minuten lief Pia nervös in dem kleinen Vorraum auf und ab, ehe sie schließlich aufgab und sich auf einem der kargen Stühle niederließ. Sie vergrub ihren Kopf in den Händen und starrte auf den Boden. Erneut wehrte sie sich gegen die traurigen Bilder, die ihren Kopf zu überladen versuchten. Doch es war zwecklos. Immer wieder sah sie Markus.

Gute fünf Minuten darauf öffnete sich dann endlich die milchige Glastür vor ihr. Ein hochgewachsener Mann mittleren Alters mit rotblondem Haar ging auf sie zu. Sie erkannte ihn. Es war einer der Polizisten, die sie schon am Vorabend in Markus Wohnung befragt hatten. Der Mann blieb vor ihr stehen und korrigierte kurz den Sitz seiner Brille, ehe er fragte, »Frau Sendtner?«

Sie nickte.

»Ich bin Kommissar Berger. Wir kennen uns ja bereits. Bitte folgen Sie mir.«

Pia tat wie befohlen und folgte dem Kommissar durch einen langen Flur, der mit zahlreichen Aktenschränken gesäumt war. Vermutlich waren sie voll mit verschiedenen Mappen, die die Tragik der vergangenen Fälle in sich trugen. Sie hatte erwartet, dass die Atmosphäre in der Polizeidienststelle hektisch und geschäftig sein würde. Doch sie war unerwartet still, beinahe erdrückend. Kommissar Berger wies sie mit einer Hand an, in das letzte vom Flur abgehende Zimmer auf der rechten Seite einzutreten. Neugierig blickte sie sich um. Noch nie hatte sie ein echtes Vernehmungszimmer gesehen. Der Raum wirkte anders als die Vernehmungsräume, die sie aus zahlreichen Spielfilmen kannte. Er war mit einem großen, grauen Schreibtisch, einem zugehörigen schwarz und grau gemusterten Bürostuhl und zwei weiteren kargen, schwarzen Kunststoffstühlen bestückt, die sie schon aus dem Vorzimmer kannte. Auf dem Schreibtisch thronten ein Monitor und ein Drucker. Sonst war das Zimmer komplett leer. Pia wurde unangenehm vom grellen Licht der Deckenleuchten angestrahlt als sie sich setzte. Es gab nichts, was den Raum in irgendeiner Art und Weise gemütlich gemacht hätte. Sie fühlte sich zunehmend unwohl und rutschte ungelenk auf ihrem Stuhl herum. Hoffentlich dauert das hier nicht so lange, dachte sie insgeheim.

Kommissar Berger nahm auf dem großen Bürostuhl Platz und sagte, »Frau Sendtner, es ist gut, dass Sie noch einmal auf uns zukommen.« Sein Blick war freundlich.

Sie nickte wachsam.

»Ich werde unser heutiges Gespräch nutzen und Ihre Aussage richtig protokollieren. Ich möchte Sie informieren, dass ich unser Gespräch auch aufzeichnen werde«, unterstrich er seine Aussage und deutete auf eine Art Rekorder in seiner Hand. »Bevor wir beginnen, nehme ich ein weiteres Mal Ihre Personalien auf. Dann belehre ich Sie über Ihre Rechte und Pflichten.«

Als all dies geschehen war, musterte Herr Berger sie mit seinen leicht eingefallenen, hellen Augen und schob erneut seine Brille zurecht. Er schien abzuwarten, bis sie das Wort ergriff.

Sie fühlte sich für einen Moment von all den fremdartigen Eindrücken überfordert. Fieberhaft überlegte sie, wie sie nun anfangen sollte. Während sie nach den passenden Worten suchte, war es abermals der Kommissar, der die unangenehme Stille unterbrach, »Nun, fangen wir mit Ihren Fragen an. Was kann ich für Sie tun? Oder ist Ihnen noch etwas eingefallen, was Sie uns mitteilen möchten?«

Pia wurde kurz abgelenkt, weil in diesem Moment eine Polizistin den Raum betrat. Sie holte sich einen der Plastikstühle heran und zog ihn neben den Bürostuhl des Kommissars. Dann schaute sie Pia freundlich an und stellte sich kurz mit »Schmitzer« vor.

Pia hatte mittlerweile ihre Sprache wiedergefunden. »Na ja, ich bin hier, um zu erfahren, wie es jetzt weitergeht. Also ich meine Ihre Ermittlungen. Wissen Sie, wie ich es Ihnen schon gestern gesagt habe. Ich kann mir einen Selbstmord bei meinem Bruder einfach nicht vorstellen.«

Kommissar Berger musterte sie eine Sekunde zu lange, ehe er ihr antwortete, »Ich verstehe Sie, Frau Sendtner. Mein herzlichstes Beileid auch noch einmal an dieser Stelle. Das muss alles sehr schwer für Sie sein im Moment. Sehen Sie, im Augenblick gibt es leider sehr viel, was für einen Suizid Ihres Bruders spricht. Die Situation, in der wir das

Opfer aufgefunden haben, war ziemlich eindeutig. Auch wenn Sie Ihrem Bruder so eine Tat nicht im Geringsten zutrauen würden. Die Hinweise am Tatort sprechen hier eine klare Sprache. Wir konnten keine Spuren finden, die auf einen Einbruch oder einen Kampf hingedeutet hätten. Die Schusswunde stammt sehr wahrscheinlich von einem aufgesetzten Schuss an der rechten Schläfe«, er machte eine bedeutungsvolle Pause. Dann sah er ihr mitfühlend in die Augen und fuhr fort, »Doch da kein Abschiedsbrief gefunden wurde und weder Ihnen noch Ihrer Schwägerin diese Waffe bekannt ist, werden wir natürlich weitere Ermittlungen durchführen. Diese umfassen ausführliche Ermittlungen zur Herkunft der Waffe und ballistische Untersuchungen. Die Auswertung der Fingerabdrücke auf der Pistole habe ich leider noch nicht vorliegen. Wir werden bald Kenntnis darüber haben. Aber ich möchte Sie nochmals informieren, dass die Wahrscheinlichkeit eines Suizids sehr hoch ist. Deswegen bitte ich Sie, nicht allzu große Hoffnungen in unsere Ermittlungen zu setzen.«

Pias Augen wurden groß. Sie suchte eilig nach passenden Worten, um ihn vom Gegenteil zu überzeugen. »Aber es kann kein Selbstmord gewesen sein! Mein Bruder war glücklich! Er hatte eine wunderbare Familie, eine gut bezahlte Arbeit und einen sehr großen Freundeskreis. Er war beliebt, wissen Sie?«

»Natürlich verstehe ich das, Frau Sendtner. Wir müssen auch noch ein weiteres Mal ausführlich mit Ihrer Schwägerin Frau Schneider sprechen, wenn sie sich dazu in der Lage fühlt. Wir werden sie darum bitten, sich noch einmal selbst ausführlich in der Wohnung umzusehen. Es ist von großem Interesse, ob irgendetwas fehlt. Falls sie doch noch einen Abschiedsbrief oder eine Art Tagebuch findet, müssen wir es als Beweismittel beschlagnahmen. Zudem werden wir das Handy und den Computer von Herrn Schneider fürs Erste konfiszieren. Wir tun alles, was aus unserer Sicht möglich ist, um eine genaue Aufklärung für Sie zu erreichen. Das möchte ich Ihnen an dieser Stelle noch einmal versichern.«

»Kann ich denn irgendetwas tun, um zu helfen?«, fragte Pia hoffnungsvoll.

»Teilen Sie uns alles mit, was Ihnen wichtig erscheint. Eine mögliche Ursache für einen Suizid oder eine Vorgeschichte, die dazu passt, könnte uns weiterhelfen. Auch Informationen dazu, ob Herr Schneider mit irgendjemandem Differenzen hatte, hilft uns sehr für unsere Ermittlungen.«

»Und, wenn die Differenzen auch noch so klein erscheinen. Alles könnte wichtig sein«, fügte die Polizeibeamtin noch hinzu und schenkte ihr ein aufmunterndes Lächeln.

Pia nickte nachdenklich. Sie überlegte. Dann begann sie, den Polizeibeamten noch Einiges aus Markus Alltag zu erzählen. Außerdem gab sie ihnen die Namen von seinen Freunden und engeren Bekannten. Doch sie sah jedes Mal an den Gesichtern der Polizisten, dass nichts davon offenbar groß von Belang war oder in irgendeiner Art und Weise weiterhalf.

Eine halbe Stunde später verabschiedeten sich die Polizisten von ihr mit den Worten, »Ich denke, das wäre fürs Erste alles, danke, Frau Sendtner.«

Als sie zurück auf den Parkplatz trat, war es bereits nach 20 Uhr. Wieder war es eine sternenklare Nacht, die sich über den kühlen Herbsttag geschoben hatte. Der eisige Wind hatte etwas nachgelassen. Sie rief Matthias an und sagte ihm, dass sie bald zu Hause sein werde. Die Kinder schliefen. Sandra saß dagegen in der Küche über alten Fotoalben und weinte, berichtete er.

Ihr Herz wurde erneut schwer. Abermals kämpfte sie gegen die aufsteigenden Tränen an. Auf dem Nachhauseweg beschloss sie, noch an der Apotheke zu halten, um etwas Beruhigendes für Sandra zu besorgen. Der Schmerz konnte kaum auszuhalten sein. Die Gedanken an die Zukunft ohne ihren Mann und Neles Vater, waren vermutlich schier unerträglich. Als sie wenig später zwei kleine Päckchen voller Pastillen und die beiden Traubenzucker für Nele und Felix in die Mittelkonsole legte fuhr sie ihr Auto aus der Parklücke. Während der Autofahrt begann sie zu überlegen, was sie nun weiter tun konnte. Die Polizei ging also tatsächlich von einem Selbstmord aus. Sollte sie nun auch selbst diesen Gedanken zulassen?

Wie konnte sie herausfinden, was Markus in der letzten Zeit bewegt hatte?

Ob es wirklich so gewesen war?

Warum hatte sie denn dann nichts geahnt?

Noch nicht einmal seine Frau Sandra?

Vielleicht hatte er seine düsteren Gedanken auch nur einem Freund anvertraut. Oder gar niemanden?

Plötzlich fielen ihr siedend heiß ihre Eltern ein. Sie schlug sich eine Hand vor den Mund und riss die Augen auf. An sie hatte sie noch gar nicht gedacht. Sie hatte ihnen noch nicht einmal Bescheid gegeben, wurde ihr gerade bewusst. Mama und Papa wussten noch nicht einmal, dass ihr eigener Sohn tot war. Und das inzwischen schon seit über 24 Stunden.

Pia sah und hörte ihre Eltern in den letzten Jahren nur spärlich. Ihr Vater hatte vor rund zwölf Jahren ein attraktives Angebot für eine führende Position in der Nähe von Stuttgart bekommen. Dadurch hatten sich Gudrun und Rudolf Schneider entschieden, ihre Heimat Cham zu verlassen. Pia und Markus waren ohne groß zu überlegen hier geblieben. Sie waren damals schon junge Erwachsene und konnten sich nicht vorstellen, ihre Arbeitsplätze und den Freundeskreis aufzugeben. Durch die beträchtliche Entfernung war der Kontakt Stück für Stück etwas weniger geworden. Ihre Eltern kamen mittlerweile so gut wie nie zu Besuch und Pia selbst fuhr mit Felix vielleicht dreimal im Jahr die knapp vier Stunden bis nach Stuttgart. Sie blieben dann gute drei Tage dort, damit ihre Eltern den Enkel zumindest mit aufwachsen sehen konnten. Ihre Mutter gab sich wirklich Mühe mit Felix, wenn sie zu Besuch waren. Das musste Pia zugeben. Ihr Sohn konnte sich jedes Mal seine täglichen Mahlzeiten aus sämtlichen Lieblingsgerichten wählen. Ihre Mutter war eine sehr gute Köchin. Außerdem ging Oma Schneider täglich mit ihrem Enkel auf den nahegelegenen Spielplatz und Pia konnte ihre freie Zeit einem Buch widmen. Kamen sie ausgetobt zurück, setzte sich Oma Gudrun geduldig mit ihm hin, um etwas Aufwendiges aus Lego Duplo aufzubauen. Manchmal kam es Pia fast so vor, dass sich Gudrun Schneider wesentlich mehr Mühe mit ihrem Enkel gab als mit ihren eigenen Kindern damals.

Sie konnte sich noch gut erinnern, wie geschäftig ihre Mutter in früheren Jahren täglich mit einem Putzlappen in der Küche gestanden hatte. Dann hatte sie die Spüle mit festem Druck auf Hochglanz geschrubbt, um sich danach den restlichen Arbeitsplatten zu widmen. Sie hatte wirklich den ganzen Tag über fast pausenlos im Haushalt gearbeitet. Dabei wirkte sie stets sehr hektisch und machte auch den Kindern deutlich, dass sie nicht gestört werden wollte. Alles im Haus hatte einem bestimmten Reinigungsintervall unterlegen. Das Badezimmer beinahe täglich, das Wohn- und Schlafzimmer gut zweimal in der Woche, die Fenster und Böden wöchentlich und die Küche sowieso jeden Tag. Beim Kochen verausgabte sie sich auf ähnliche Art und Weise. Zu einem Hauptgericht mussten es immer mindestens zwei Beilagen und zwei verschiedene Salate sein. Und bei der Wäsche wurden sogar die Putzlappen gebügelt, damit sich diese ordentlich Naht an Naht im Schrank aneinanderreihen konnten. Im Vergleich zu Pia selbst, war ihre Mutter geradezu perfektionistisch gewesen, wenn es um Ordnung und Sauberkeit ging. Ihr Vater dagegen war nur sehr wenig zu Hause gewesen. Auch heute war er noch in Vollzeit berufstätig. Als Vertreter für Medizinprodukte war er oft für mehrere Tage am Stück unterwegs und selbst wenn er gerade im eigenen Ort arbeitete, war er meist erst spät abends nach Hause gekommen. War er dann doch einmal gerade zu Hause, wenn sie mit dem Enkelchen zu Besuch kam, versuchte sich Rudolf ebenso als guter Großvater zu zeigen. Es gelang ihm aber nicht besonders gut, musste Pia sich eingestehen. Er war als Vater schon eher ein traditioneller und pragmatischer Typ gewesen, der nicht viele Emotionen oder gar Gefühle gezeigt hatte. Als Großvater hatte sich das kaum geändert. Als sie noch Kinder gewesen waren, hatten sie zwar gemerkt, dass ihr Vater sie durchaus gern mochte, aber eine aufrichtige Liebe würde Pia heute nicht mehr unbedingt unterschreiben. Er war eben nicht der Typ dafür. Vielleicht hatte er es aber auch einfach nicht richtig zeigen können. Wer wusste das schon?

Markus Frau hatte ihren Schwiegereltern sicherlich auch nicht von Markus Tod berichtet. Markus hatte ohnehin schon seit mehreren Jahren keinen Kontakt mehr zu seinen Eltern gehabt. Daher kannte Sandra Gudrun und Rudolf kaum. Es war einfach zu lange her. Ihre Enkeltochter Nele hatten die Großeltern vielleicht zwei, oder dreimal als Baby gesehen. Dann war der Kontakt abgebrochen. Pia hatte nie so richtig verstanden, warum. Sie hatte auch nie eine klare Auskunft darüber bekommen. Ihre Eltern sagten ihr damals, dass sich ihr Bruder wohl für etwas Besseres hielt und Markus hatte auf ihre Nachfrage nur geantwortet, »Weißt du, ich konnte den Alten noch nie leiden.«

»Ja und was ist mit Mama?«, hatte sie ihn verdutzt gefragt.

»Mama zeigt auch nicht viel Interesse. Das passt schon so, glaube mir«, hatte er ausweichend abgewunken. Damit war das Thema für ihn erledigt gewesen.

In den ersten Jahren hatte sie noch oft über diesen abrupten Kontaktabbruch nachgedacht. Es fühlte sich einfach falsch an, dass Nele gar nichts über ihre Großeltern wusste. Zudem war es auch nie mehr ein stimmiges Weihnachten gewesen, wenn sie am 2. Feiertag alleine mit Matthias und später auch mit Felix zu ihren Eltern gefahren war. Markus und seine Familie hatten ihr einfach an diesem Tag gefehlt. Deshalb hatte sie es auch für eine lange Zeit nicht lassen können, einige Vermittlungsversuche zu starten. Doch egal, wie oft sie nachhakte und beschwichtigende Worte aussprach, Markus wollte nichts mehr davon wissen. Sie hatte es einfach irgendwann akzeptieren müssen. Manchmal versuchte sie noch, nach Gründen zu suchen, die vielleicht in ihrer Vergangenheit lagen. Warum hätte Markus sonst gesagt, »Ich konnte den Alten noch nie leiden.« Die Beziehung von Markus zu seinem Vater war wirklich nie sonderlich eng gewesen. Aber da hatte es auch keinen Unterschied zwischen den Geschwistern gegeben. Rudolf Schneider war eben viel unterwegs gewesen. Beruflich wie privat. Unter der Woche zog er als Vertreter durch verschiedene Städte und schlief dadurch oft auswärts. An den Wochenenden hatte er Stammtisch oder ging zum Kegelclub oder an den Schießstand mit langjährigen Freunden. In den Stunden, die er für seine Familie übrig hatte, war er ein guter Vater gewesen. Aber auch kein besonders Herausragender. Es war nie ein lockeres oder gar lustiges Spielen mit ihm gewesen. Er war in allem, was er tat, immer sehr korrekt und geradezu trocken. Dazu waren ihm einige Traditionen, wie die Einhaltung bestimmter Regeln in der Öffentlichkeit, oder die sonntägliche Kirche, in die die ganze Familie gesammelt zu gehen hatte, immer sehr wichtig gewesen. Obwohl Pia nie den Eindruck hatte, dass ihr Vater ein sonderlich gläubiger Mensch war. Und doch war es für ihn stets indiskutabel, sollten sie mal der Kirche sonntags fernbleiben wollen. Die Leute würden reden, sagte er. Das mochte er nicht. Das gehörte sich nicht. Ihre Mutter schuftete sich vermutlich auch für ihn stets im Haushalt ab, dachte Pia rückblickend. Sauberkeit, Reinlichkeit und ein gut sortierter Haushalt hatten immer einen hohen Stellenwert in ihrem Leben.

So war es noch heute. Pia glaubte inzwischen sogar, dass Gudrun sich dadurch auch mehr Anerkennung von ihrem Mann erhoffte. Gefühlt wollte sie die perfekte Hausfrau und Ehefrau sein. Das Muttersein dagegen kam dabei des Öfteren zu kurz. Pia konnte sich nur an wenige Momente erinnern, in denen Gudrun Schneider spielend mit ihnen am Boden gesessen hatte. Aber sie war im Großen und Ganzen eine fürsorgliche Mutter gewesen.

Durch die Eigenheiten ihrer Eltern hatten Pia und Markus einfach einander gehabt. Es war ein starker Zusammenhalt gewesen, wie sie heute umso mehr erkannte. Nicht umsonst war sein Tod so unglaublich schmerzhaft für sie. In diesem Moment wurde ihr bewusst, dass sie eines der wertvollsten Dinge in ihrem Leben verloren hatte.

Ihren Bruder, der so viele Jahre ihr Anker gewesen war.

Und nun sollte sie von heute auf morgen ihren Eltern berichten, dass ihr Sohn tot war. Der Sohn, den sie schon seit vielen Jahren weder gesehen noch gesprochen hatten. Und dass sich niemand erklären konnte, warum er nun tot war.

6.

Der würzige Duft ihres Kräutertees lag in der Luft und der morgendliche Sonnenschein versprach einen angenehmen Herbsttag. Doch ihre Gemüter passten nicht eine Sekunde zu diesem verheißungsvollen Morgen. Pia und Matthias saßen sich gegenüber am Frühstückstisch. Doch keiner von ihnen brachte nur einen einzigen Bissen herunter.

»Ich muss hinfahren. Ich kann das nicht am Telefon machen, verstehst du?«, sagte Pia.

»Natürlich. Sandra möchte mit Nele ohnehin eine Weile zu ihren Eltern ziehen«, sagte Matthias verständnisvoll.

»Das wird fürs Erste das Beste sein. Aber so schwer es mir fällt, ich glaube, es ist keine gute Idee, Felix mit zu meinen Eltern zu nehmen. Sie hatten seit Jahren keinen Kontakt mehr zu Markus. Ich habe wirklich keine Ahnung, wie sie die Nachricht aufnehmen werden«, gab Pia zu bedenken.

»Du hast recht und du weißt, ich würde dich ja gerne begleiten, aber ich kann mir nicht so plötzlich freinehmen.«

»Damit habe ich auch nicht gerechnet und ich finde, ich muss das auch alleine machen. Keine Sorge. Ich schaffe das. Sei du hier für Felix. Bekommt ihr das für drei Tage hin ohne mich?«, ihr Blick wurde unsicher.

»Natürlich, mache dir da wirklich keine Gedanken, Pia. Vormittags ist er ohnehin im Kindergarten und wegen der Nachmittage spreche ich mit meinen Eltern oder mit denen von Alexander. Dort war er ja schon öfter beim Spielen.«

»In Ordnung. Ich bin so schnell zurück, wie ich kann.«

Er nahm ihre Hand. »Das musst du nicht, Pia. Gib dir und deinen Eltern die Zeit, die ihr braucht. Das ist jetzt wichtig.« Damit gab er ihr einen Kuss auf die Stirn und verschwand ins Badezimmer.

Pia wusste, dass es Matthias gut hinbekommen würde. Die Vormittage waren, wie er sagte, mit dem Kindergarten abgedeckt und nachmittags konnte er sich die Aufsicht mit seinen Eltern teilen bis er selbst von der Arbeit zurück war. Petra und Wolfgang Sendtner wohnten nur ein paar Kilometer weiter. Die Rentner nahmen Felix auch sonst gerne zu sich, wenn Pia oder Matthias etwas vorhatten. Und Felix war mittlerweile ein wahrer Opa Wolfgang Fan geworden. Der Großvater punktete mit einem Oldtimer in der Garage und einer riesigen Modelleisenbahn im Keller, an der er gerne mit Felix bastelte. Mit der Zeit hatte er sich auch daran gewöhnt, dass ein Vierjähriger noch nicht besonders feinfühlig im Umgang mit der empfindlichen Bahn war, dachte Pia schmunzelnd. Sollten die Großeltern doch einen der Nachmittage etwas für sich geplant haben, gab es noch eine andere Lösung. Felix Kindergartenfreund Alexander wohnte nur eine Straße weiter. Seine Mutter hatte ihren Job seit der Geburt ihres Sohnes an den Nagel gehängt und war seitdem mit Leib und Seele Mama. Somit war der kleine Alexander eigentlich immer bei ihr zu Hause und er freute sich bisher jedes Mal, wenn Felix für einen Spielenachmittag vorbeikam.

Trotzdem war es hart für Pia, wenn sie an ihre bevorstehende Abreise dachte. Sie würde ihren kleinen Sohn sehr vermissen. Es war noch nie vorgekommen, dass sie ohne ihn über Nacht weg gewesen war. Aber ihre Vernunft sagte ihr auch, dass es unzumutbar für ihre Eltern sein würde, wenn sie ihnen von Markus Tod berichtete, während Felix ausgelassen um die Großeltern herumsprang. Zudem sollte auch Felix seine Großeltern fröhlich erleben, wenn er sie ohnehin schon so selten sah, und nicht bestürzt oder in tiefer Trauer um ihren Sohn. Felix konnte ja noch nicht verstehen, was es bedeutete, dass sein Onkel Markus tot war. Traurig dachte sie an das Gespräch als sie ihm vom Verlust seines Onkels erzählt hatte.

»Felix, ich möchte mit dir über etwas sprechen, das sehr wichtig ist, okay?«

»Was denn, Mami?«

»Weißt du, dein Onkel Markus ist leider gestorben. Das macht uns alle sehr traurig. Und er wird leider auch nicht mehr wiederkommen.«

»Wo ist denn Onkel Markus, wenn er gestorben ist?«, hatte Felix gefragt.

»Weißt du, wenn ein Mensch stirbt, dann kommt er in den Himmel zu den Engeln und schaut auf uns herunter.«

»Aber Mami, wann kommt er denn dann wieder heim von den Engeln?«, hatte Felix irritiert gefragt.

Sie musste die Tränen zurückhalten als sie ihm geantwortet hatte, »Gar nicht mehr, mein kleiner Schatz. Er ist jetzt für immer dort oben bei den Engeln.«

Sein Gesicht wurde betrübt, als er sagte, »Aber Mami, dann bin ich aber traurig.«

»Das ist völlig in Ordnung, dass du darüber traurig bist. Es ist wichtig, dass wir darüber sprechen und uns gegenseitig helfen.«

»Aber was macht er denn da dann im Himmel immer? Möchte er denn nicht wieder zu uns kommen?«

»Das kann er leider nicht. Weißt du, er passt auf, Felix. Er schaut zu uns herunter und passt auf Nele, Tante Sandra, dich und auf uns alle auf.«

»Kann ich dann gar nicht mehr mit ihm Fußball spielen?«, fragte er geknickt.

»Nein, Felix. Aber dein Onkel schaut dir vom Himmel aus immer zu, wenn du Fußball spielst. Versprochen.«

»Ganz echt, immer?«

»Jedes Mal. Versprochen, mein Schatz. Ich gehe kurz ins Badezimmer, okay?« Dann musste sie sich aus seinem Zimmer flüchten, damit er ihre Tränen nicht kommen sah.

Sie konnte noch hören wie er er ihr nachrief, »Dann möchte ich gleich heute noch Fußball spielen, Mami."

Sandra war mittlerweile selbst nochmal bei der Polizei gewesen und hatte ihre Aussage unterschrieben. Es war ein schwerer Gang für sie gewesen. Sie stand inzwischen fast 24 Stunden täglich unter Beruhigungsmitteln, weil sie Markus Tod nicht anders zu ertragen wusste. Nele dagegen hatte gute und schlechte Momente. In den schlechteren Momenten saß sie in einer Ecke, hielt ihre Beine fest umschlungen und wippte weinend hin und her. Es war ein schreckliches Bild für Pia. Zu sehr erinnerte es sie an den Tag als sie Sandra in genau dieser Haltung vor deren

Schlafzimmer vorgefunden hatte. Traurig, wütend und verzweifelt zugleich. In den seltenen guten Momenten schaffte Nele es, einfach nur Kind zu sein und mit Felix durchs Haus zu toben. Sie war ein unglaublich tapferes Mädchen. Aber dennoch einfach ein kleines Mädchen, welches seinen Vater urplötzlich verloren hatte.

Und noch immer wusste niemand den Grund. Wenigstens irgendeinen Grund, der diesen Schicksalsschlag vielleicht zumindest ein ganz kleines bisschen begreifbarer machen hätte können.

Pia half Felix, sich anzuziehen und fuhr ihn in den Kindergarten. Sie hatte die Erzieherin schon am Vortag über Markus Tod informiert, als sie ihren Sohn abgeholt hatte. Es war besser für Felix, unter ausgelassenen Kindern zu spielen, anstatt mit betrübten Erwachsenen zu Hause zu sitzen. Pia hoffte, dass ihr Sohn vormittags unter all den Kindern die Ablenkung fand, die ihm jetzt guttun würde. Doch es war natürlich möglich, dass ihr Sohn im Kindergarten über den Tod seines Onkels sprechen würde. So musste die Einrichtung informiert sein. Auch die Mitarbeiterinnen waren völlig betroffen über das, was Pia und ihrer Familie widerfahren war, und hatten mit freundlichen Worten ihre Anteilnahme gezeigt.

Als Pia ihren Wagen vom Kindergartenparkplatz lenkte, beschloss sie, noch einen Abstecher zum Feinkostladen zu machen. Eine Kleinigkeit wollte sie für ihre Eltern mitbringen, wenn sie dort so unangemeldet auftauchen würde. Sie hatte in diesem Punkt lange überlegt und dann entschieden, dass es wohl das Beste wäre, ohne vorherige Ankündigung nach Stuttgart zu fahren. Würde sie sich jetzt so spontan ankündigen, würden ihre Eltern sofort merken, dass etwas nicht stimmte. Sie schaffte es einfach nicht, ihnen am Telefon von Markus Tod zu erzählen.

Das kleine Feinkostgeschäft am Rande der Innenstadt führte exquisite Käsesorten und regionale Köstlichkeiten. Als große Käseliebhaberin kaufte Pia dort häufig verschiedene Sorten zum Abendbrot. Matthias beispielsweise liebte den regionalen Heublumenkäse. Sie wusste noch, dass es in einem der Regale auch fertig verpackte Geschenktüten gab. Dort wollte sie nach Möglichkeit Trüffelpralinen für ihre Mutter und einen regionalen Schnaps für ihren Vater erstehen.

Ein freundlicher Mann hielt ihr die Tür auf, als sie das Geschäft betrat. Sie nickte ihm dankbar zu. Ohne sich groß umzusehen, steuerte sie sogleich auf das entsprechende Regal mit den Geschenkartikeln zu.

Sie hatte sich noch nicht ganz entschieden, ob sie eine große oder zwei kleinere Packungen mitnehmen sollte, als sie plötzlich ein fröhliches »Ja, hallo!« hinter sich hörte.

Langsam drehte sie sich um und sah in die Augen von Florian Käsbauer. Der schlaksige, freundliche, manchmal aber etwas überhebliche Mann, war zusammen mit Markus zur Schule gegangen und über die Jahre einer seiner guten Freunde geworden. Im Sommer hatte sie ihn mit seiner Frau auch einige Male zusammen im Biergarten gesehen, wenn sie sich alle dort getroffen hatten. Sie musste ihn in diesem Moment ziemlich geschockt angesehen haben, denn er schüttelte sie kurz an der Schulter.

»Pia, hast du einen Geist gesehen?«, fragte er amüsiert.

Wieder begann ein Kloß in ihrem Hals immer weiter anzuschwellen. Sie versuchte ihn so schnell es ging hinunter zu schlucken. »Oh, entschuldige Florian. Ich war nur gerade so in Gedanken.« Eilig wand sie ihren Kopf zurück zum Geschenkregal, damit er ihr nicht direkt in die bereits feucht gewordenen Augen sehen konnte.

»Dir geht wohl eine Mütze Schlaf ab«, scherzte er, »Soll ich mal mit eurem Sohnemann reden?«

Pia lachte etwas gezwungen und drehte ihm ihr Gesicht aus Höflichkeit wieder zu. »Nein, nein, alles gut.«

»Ich komme momentan aber auch nicht viel zum Schlafen. Vielleicht hast du es schon gehört. Birgit möchte die Scheidung.« Sein Gesichtsausdruck wirkte irgendwie leicht verächtlich als er es sagte.

Pia zögerte mit ihrer Antwort. Sie fühlte sich etwas überfordert. Stammelnd brachte sie dann heraus, »Oh, ähm, das tut mir natürlich sehr leid, Florian. Das wusste ich nicht.«

Offenbar hatte er eine ausführlichere Antwort erwartet. Florian musterte sie irritiert. »Pia, was ist denn los? Du siehst wirklich nicht besonders gut aus«, er machte eine kurze Pause, »Also verstehe mich bitte nicht falsch. Du wirkst irgendwie gestresst.«

Ihr Herz reagierte schneller als ihr Kopf. Pias Augen wurden nun richtiggehend nass, bevor sie antworten konnte. Er würde es ohnehin bald mitbekommen. Sie wand den Kopf unsicher hin und her, als sie versuchte, die richtigen Worte zu finden. »Florian, ich... also ich, wahrscheinlich weißt du es noch nicht, aber...«

»Was weiß ich noch nicht?«, unterbrach er ihr Gestammel und runzelte die Stirn.

»Es ist wegen Markus, weißt du. Er ist tot«, brachte sie endlich leise hervor.

»Was?! Was redest du denn da?« Er riss die Augen auf.

»Ja, also seit zwei Tagen, oder drei? Ich habe kein Zeitgefühl mehr.« Sie schüttelte noch immer ungläubig den Kopf.

»Das ist doch verrückt. Was ist denn passiert?«, fragte er schockiert. Sie reagierte nicht gleich, was ihn dazu veranlasste, sie ungestüm in seine Arme zu ziehen. Der Versuch, sie zu trösten, war aber eher unangenehm für sie beide. So ließ er sie schließlich langsam wieder los und fragte, »Hey, das kann ich gar nicht glauben. Warum und wie?.« Sein Blick wirkte dabei immer noch vollkommen irritiert, als würde er ihr kein Wort glauben.

Dann konnte sie ihre Tränen plötzlich nicht mehr zurückhalten. Bitterlich fing sie an zu weinen im Angesicht eines Mannes, der der Freund ihres Bruders war oder gewesen war.

Florian Käsbauer wartete etwas ab und musterte sie immer wieder mit einem schockierten Gesichtsausdruck. Unbeholfen streichelte er ihren Rücken, während sie anfing zu schluchzen. Mittlerweile war auch die Verkäuferin auf sie aufmerksam geworden und beobachtete Pia ungeniert mit einem neugierigen Blick von der Ladentheke aus. Als Pia dies registrierte, schaffte sie es, sich wieder etwas zu sammeln. Dann begann sie leise, Florian von Markus Tod zu erzählen.

Er reagierte erwartungsgemäß fassungslos.

»Wir alle fragen uns, warum?«, sagte Pia und sah ihn dabei an.

Aus seinem Gesicht sprach ehrliche Entgeisterung. »Ja, aber das hätte doch keiner kommen sehen können«, murmelte Florian plötzlich nachdenklich.

»Wie meinst du das, Florian?«, fragte Pia verwirrt über seine Wortwahl.

»Ach nichts. Ich meine nur, es tut mir so leid, Pia. Oh Gott, wie muss es Sandra und Nele gehen? Wenn ich irgendetwas für euch tun kann, bitte, sagt es mir, ja?« Er drückte sie noch einmal kurz schwungvoll an sich. Dann wandte er sich mit einem kurzen Abschiedsgruß ab. Damit ließ er sie stehen und verschwand eilig aus dem Geschäft.

Pia blieb noch eine Weile konsterniert so stehen. Was war denn das jetzt? Und was hatte Florian damit gemeint »das hätte doch keiner kommen sehen können.« Natürlich hatte das keiner kommen sehen! Warum auch?, fragte sie sich irritiert. Verwirrt schüttelte sie den Kopf. Dann erinnerte sie sich wieder, warum sie hier stand und blickte zurück in das Regal mit den Geschenktüten. Rasch griff sie spontan nach einer der großen Tüten, die verschiedene Pralinen und zwei örtliche Schnapssorten enthielten, und ging zügig zur Kasse. Die Verkäuferin warf ihr dort einen mitfühlenden Blick zu. Offensichtlich hatte diese in ihrer Neugier genau mitbekommen, dass Pia geweint hatte. Beschämt drehte sie den Kopf halb weg, um zu signalisieren, dass sie nicht darüber sprechen wollte und fischte eilig den entsprechenden Betrag aus ihrer Geldbörse. Mit einem knappen Abschiedsgruß verließ sie das Geschäft.

7.

Sie stand am Bahnsteig und wartete, bis ihr Zug einfuhr. Der Herbst war bereits in den letzten Zügen. Dieser Tag fühlte sich schon sehr nach Winter an. Der Himmel war trist und die Wolken hingen tiefer als sonst. Ein kalter Wind pfiff an diesem frühen Morgen aus allen Seiten. Sie schlang die Arme dicht um ihren Mantel und zog die Schultern nach oben. Die große dunkelblaue Handtasche, in die sie ein paar Übernachtungssachen gepackt hatte, wog schwer an ihrem Unterarm. Als sie ihren Blick umherwandern ließ, registrierte sie, dass es viele Menschen waren, die mit ihr am Bahnsteig auf ihren jeweiligen Zug warteten. Einige waren sicher auf dem Weg zur Arbeit. Andere hatten vielleicht einen schönen Ausflug geplant. Doch wahrscheinlich hatte keiner unter ihnen bei seiner Ankunft eine so schwere Aufgabe vor sich wie sie. Pia warf einen Blick auf die Uhr. Es waren nur noch drei Minuten laut Fahrplan. Der Zug sollte jeden Moment einfahren. Plötzlich wurde sie an der Schulter angerempelt. Sie fiel fast hin. Erschrocken drehte sie sich um. Doch es handelte sich nur um ein paar Jugendliche in weiten Hosen und Bomberjacken, die längst weitergelaufen waren und sich ungeniert an den wartenden Passagieren vorbeidrängten. Sie schüttelte den Kopf als sie sah, wie einer von ihnen achtlos eine verglühte Zigarette auf den Boden fallen ließ.

Dann hörte sie ihren Zug kommen. Mit lauten, prasselnden Motorgeräuschen fuhr er in den Bahnhof ein.

Die leicht verschwommene Szenerie rauschte wie in einem Film scheinbar endlos an ihr vorbei. Fremde Häuser und große Wohnblöcke, dazwischen ein verlassener Spielplatz, gefolgt von dichten Wäldern und einem unbekannten Fluss. Die Landschaft wechselte zu schnell. Ihre Augen hatten Mühe, alles zu erfassen. Sie waren ohnehin schon müde und schwer. Die Trauer hatte nicht nur ihre Augen erfasst. Wie ein einhüllender Schatten hatte sie sich inzwischen um ihren gesamten Körper gelegt und ihre Beine schwer wie Blei werden lassen. In ihrem Kopf war nur noch Leere und die Last auf ihren Schultern war beinahe unerträglich.

Diese Endgültigkeit war für sie noch immer schwer zu begreifen.

Von heute auf morgen. Einfach so.

Jetzt hatte sie diese schwere Aufgabe und sie wusste nicht, was sie in den nächsten Stunden erwarten würde.

Plötzlich nahm sie im Augenwinkel eine Bewegung wahr.

Die Tür wurde ruckartig aufgerissen.

Sie schreckte kurz hoch und blickte in die Augen eines uniformierten Mannes. Es waren schöne, aber sehr hektische Augen. Leicht grünlich mit einem goldenen Schimmer am Rand der Iris. Auch wirkten sie etwas streng. Sein fester Blick signalisierte ihr, dass der Mann unter massivem Zeitdruck stand.

Mit einem freundlichen, aber bestimmten Ton sagte der attraktive Schaffner, »Fahrkarten, bitte.«

Sie war die einzige Person in ihrem Abteil. So war es nun an ihr, zu reagieren. Gezwungenermaßen richtete sie sich etwas auf. Dann griff sie unter den mit Samt überzogenen Sitz und zog dort ihre große dunkelblaue Handtasche hervor. Diese hatte sie für ihre Reise beinahe randvoll bepackt. Mühsam kramte sie einige Zeit darin und suchte nach ihrem ebenso dunkelblauen Geldbeutel.

Der Schaffner bedeutete ihr mit seinem Blick, dass sie sich bitte etwas beeilen möge.

Ihre Hände gehorchten. Sie wühlten schneller und noch tiefer. Unter ihrem weichen, braun gemusterten Schal zog sie schließlich den Geldbeutel hervor und reichte dem geschäftigen Mann mit den schönen Augen ihre Fahrkarte. Mit einem Nicken knipste der Schaffner diese eilig ab und verschwand sekundenschnell wieder aus ihrem Abteil. Was er zurückließ, war nur die wiederkehrende erdrückende Stille, die vom leisen Rauschen der Fahrgeräusche des Zuges untermalt wurde. Sie verstaute ihre Handtasche zurück unter dem Sitz. Die düsteren Gedanken waren bereits dabei, sich wieder in ihrem Kopf auszubreiten. Doch durch die kurze Störung fühlte sie sich nun wieder etwas wacher und klarer. Eilig schob sie all ihre Trauer so gut es ging beiseite und konzentrierte sich auf den Film, der vor ihrem Fenster vorbeizog. Ein Blick auf die Uhr sagte ihr, dass es bereits 8:34 Uhr war. Sie war mittlerweile also fast zwei Stunden unterwegs und sie merkte es schon am ganzen Körper. Alle Glieder schmerzten. Sie streckte sich ungeniert. Es war wahrlich ein Segen, ein ganzes Zugabteil für sich zu haben. Sie konnte hier ziemlich tun und lassen, was sie wollte. Wann hatte sie sonst in ihrem Alltag schon mal die Gelegenheit, einfach in Ruhe nur ihren Gedanken nachzuhängen? Abzuschalten und irgendwie herunterzufahren. Doch diese Zeit für sich, die normalerweise eine Wohltat gewesen wäre, fühlte sich in diesem Augenblick an wie die blanke Folter. Mit ihrem wachen Geist kamen auch wieder die Gedanken an den Grund ihrer Reise zurück. Warum wolltest du keinen Kontakt mehr zu unseren Eltern, Markus? Und nun ist das Letzte, was sie von dir hören, dein Tod. Bedrückt verzog sie das Gesicht und wandte es erneut in Richtung Fenster. Gerade fuhren sie an einem alten Güterbahnhof vorbei. Die verrosteten Waggons in der alten, heruntergekommenen Umgebung unterstrichen ihre melancholische Stimmung regelrecht.

Verlassen wirkte der alte Bahnhof.

Verlassen und mit all dem Gerümpel irgendwie durcheinander und hilflos.

Verlassen von einem wichtigen Menschen, der ihn in seinen jüngsten Jahren geleitet hatte. Der sich um ihn gekümmert hatte.

Und ratlos, wie es nun ohne diesen Menschen weitergehen sollte.

Genau so, wie sie sich fühlte.

Sie überlegte, mit welchen Worten sie ihren Eltern gegenübertreten sollte. Vielleicht sollte sie sich erst einmal hereinbitten lassen und etwas Alltägliches von Felix erzählen. Doch alleine die Vorstellung daran ließ sie sich wie eine Betrügerin fühlen. Alltäglich und normal war jetzt nichts mehr. Ihr Bruder, der Sohn, der Onkel und so vieles mehr, was Markus repräsentiert hatte, war einfach weg. Er fehlte einer ganzen Reihe von Menschen und natürlich würde er auch ihren Eltern fehlen. Egal, was zwischen ihnen vorgefallen war.

Er fehlte einfach in dieser Welt, dachte sie betrübt.

Wahrscheinlich sollte sie es einfach so schnell wie möglich hinter sich bringen. Die Worte geradewegs aussprechen. Es gab nichts zu sagen, was seinen Tod irgendwie leichter machen würde.

»Mama, Papa, ich muss euch etwas sagen. Markus ist tot.«

Wie werden sie reagieren?

Wie reagieren Eltern, die ihren eigenen Sohn seit gut acht oder neun Jahren weder gesehen noch gehört hatten? Wie fühlt es sich an, wenn einem das Kind entrissen wird, das einem mittlerweile ein ganzes Stück weit fremd geworden war?

Werden sie gar Schuldgefühle haben?

Pia hatte einfach keine Ahnung und keinerlei Vorstellung davon, was diese Nachricht in ihnen auslösen würde. Die zermürbenden Gedanken brachten sie an dieser Stelle aber auch nicht weiter. In wenigen Stunden würde sie es wissen. Sie wollte es jetzt einfach hinter sich bringen. Dann vielleicht noch ein oder zwei Tage bleiben, falls ihre Eltern Unterstützung in der Trauerverarbeitung brauchen würden. Anschließend wollte sie wieder schnell zurück zu ihrer eigenen kleinen Familie. Sie vermisste Felix schon jetzt. Der Abschied am Morgen war hart für sie gewesen. Erklärt hatte sie es ihrem Sohn bereits am Vorabend, so gut sie konnte. Heute hatte sie schon so früh zum Bahnhof aufbrechen müssen, dass er noch geschlafen hatte. Sie konnte ihm nur noch einen Kuss auf die Stirn hauchen und hatte leise versprochen, ganz bald wieder zurück zu sein.

Sie dachte mit einem Mal an sich selbst mit vier Jahren. Die Erinnerungen daran waren etwas verschwommen und durcheinander. Es waren kleine, bunte, aber auch ein paar triste, graue Fetzen, die sie nur schwer einem Alter zuordnen konnte. Da waren sie und Markus, wie sie durch den Garten tobten und in ein Planschbecken sprangen, für das sie längst zu groß geworden waren. Markus nahm beide Hände und spritzte mit schnellen Bewegungen Wasser in ihre Richtung. Sie hatte gekichert und es ihm gleichgetan. Die nächste Erinnerung führte sie auf eine Wiese und zeigte ihr, wie sie mit einem kleinen Sandeimer versucht hatten, verschiedene Insekten zu fangen. In einer großen, durchsichtigen Plastikkiste, in der Markus normalerweise seine Spielzeugautos aufbewahrte, hatten sie ihnen schon eine kleine Welt vorbereitet. Die Kiste war gut gefüllt mit kleinen Steinen, einigen Ästen, etwas Gras und ein paar Blumen. Doch jedes der eingefangenen Tierchen, welches sie vorsichtig in die Kiste setzten, hatte ganz schnell wieder die Flucht ergriffen. Es dauerte nicht lange, da waren alle eingeschleppten Bewohner wieder in ihre Freiheit gekrabbelt. Nicht ein Insekt hatte das von Kinderhand geformte Paradies zu schätzen gewusst, dachte Pia schmunzelnd. Die nächste Erinnerung zeigte ihr eine Episode, in der sie und Markus vielleicht neun und zehn Jahre alt gewesen waren. Sie hatten wie schon oft zuvor eine Vereinbarung getroffen.

»Du spielst mit mir eine halbe Stunde Barbie, dann mache ich mit dir dieses Parkhauszeug mit den Autos«, schlug die junge Pia vor.

»Na, gut«, hatte Markus gebrummt.

»Aber du darfst dem Ken nicht wieder den Kopf runtermachen, hörst du?.«

Natürlich hatte es ihr Bruder lustig gefunden und jedes Mal wieder ein Bein oder den Kopf der Puppen heruntergerissen. Sie sah sein schelmisches Grinsen noch förmlich vor sich. Laut schimpfend war sie dann wieder einmal durchs Zimmer gelaufen. »Ich spiele nie nie nie wieder mit dir Autos!«

Heute konnte sie darüber lachen. Sie lächelte dankbar vor sich hin, dass sie diese schönen Erinnerungen weiter in sich tragen durfte. Doch im nächsten Moment erinnerte sie sich, dass es auch schwere Tage gegeben hatte. Sie sah ihre Mutter gestresst vor sich, wie sie wieder einmal versucht hatte, die ganze Küche auf Hochglanz zu polieren.

»Mama, spielst du mit uns Memory?«, hatte die kleine Pia gefragt.

»Ich kann jetzt nicht. Ich muss das hier fertigbringen. Papa wird bald nach Hause kommen, Pia. Und schau mal bitte, woher kommt dieser Fleck? Ist das etwa Filzstift?«

»Ja, Mama. Ich wollte für...«

»Ab auf dein Zimmer. Das war ganz böse von dir! Weißt du, wie schwer ich das wieder herausbringe?«

Ihre Mutter war zwar immer um sie herum gewesen, aber irgendwie schien sie gedanklich oft abwesend gewesen zu sein. Sie hatte sich einfach viel zu viel Druck gemacht, alles ordentlich und sauber zu halten, dachte Pia für sich. Und Papa? Na ja, er hat eben viel gearbeitet. Oft hat er uns von seinen kleinen Geschäftsreisen etwas mitgebracht. Einmal waren es zwei Malblöcke, ein anderes Mal eine Mütze mit dem Logo einer Apotheke darauf oder auch mal ein Memory. Das war schön gewesen. Doch mit ihnen gespielt hatte er nur selten. Gudrun und Rudolf waren keine schlechten Eltern gewesen, doch sie hatten oft die falschen Prioritäten gesetzt. So empfand es zumindest Pia heute.

Es war kurz vor elf Uhr mittags, als der Zug endlich in den Stuttgarter Bahnhof einfuhr. So lange die Zugfahrt auch gewesen war, Pia fühlte sich nach den vergangenen vier Stunden nicht bereit, auszusteigen. Ihre Beine fühlten sich noch immer bleischwer an und ihr bevorstehendes Vorhaben machte ihr den Ausstieg nicht leichter. In letzter Minute schaffte sie es dann endlich, sich aufzuraffen, und verließ niedergeschlagen mit den anderen aussteigenden Passagieren den Zug.

Nur einige Minuten später saß sie schon in einem Taxi, welches sie geradewegs in die Goethestraße zu ihren Eltern bringen sollte. Still starrte sie an die Decke des Autos und genoss die letzten ruhigen Minuten, bevor sie ihren Eltern gegenübertreten würde.

Markus ist tot. Markus ist tot. Markus ist tot.

Es hallte unentwegt durch ihren Kopf.

Zwölf Minuten später hielt das Taxi. Eine viel zu kurze Zeit.

Sie waren da.

Das macht 12,65 Euro, gnädige Frau.

Hier sind 15 Euro, der Rest ist für Sie.

Danke.

Der Taxifahrer stieg aus, um ihr die Beifahrertür zu öffnen. Es war soweit. Mit klopfendem Herzen stand sie schnell atmend vor dem hellgrauen Reihenhaus ihrer Eltern. Der Vorgarten wirkte, trotz der ungemütlichen Herbstwitterung, sehr gepflegt. Wie immer, dachte sie und verzog instinktiv den Mundwinkel. Ihre Mutter hätte ihr all die mittlerweile karg gewordenen Bäumchen sofort beim Namen nennen können. Gudrun war schließlich die perfekte Hausfrau, drinnen, wie draußen. Für einen kurzen Moment schämte sie sich für ihre Gedanken. Ihre Mutter war eine fleißige Frau. Daran gab es nichts zu rütteln. Pia hatte sich noch nie viel aus Pflanzen gemacht. Matthias hatte schnell gelernt, dass zum Valentinstag die Schachtel Pralinen die bessere Wahl war.

Ihr Blick fiel auf die Einfahrt. Sie sah darin kein Auto stehen. Waren sie überhaupt zu Hause? Vielleicht war ihr Vater in der Arbeit. Das war sogar wahrscheinlich. Ihre Mutter erledigte in dieser Zeit oft Besorgungen. Pia erkannte, dass all ihre Gedanken nur ein zweckloses Aufschieben des Unvermeidlichen waren.

Ich muss klingeln, erinnerte sie sich mit Nachdruck.

Ich muss es jetzt hinter mich bringen.

Ihr Zeigefinger tat, was er tun musste.

Schneider.

Die schrille Glocke ertönte.

Dann hörte sie beinahe eine ganze Minute lang nichts. Sie war kurz davor, erneut zu klingeln. Aber dann nahm sie wahr, dass jemand im Haus war.

Da waren Schritte. Sie kamen näher.

Die Tür öffnete sich.

Aber auf diesen Anblick war Pia nicht gefasst.

8.

Die Frau, die ihr die Tür geöffnet hatte, wirkte wie eine Fremde. Auch wenn es sich definitiv um Gudrun Schneider handelte. Ihre Mutter bot einen ungewohnten Anblick. Wenn Pia sonst ihren Besuch angekündigt hatte, war die Haustür von Gudrun Schneider stets mit akkurat geföhntem Haar und in unauffälliger, aber ordentlicher Kleidung geöffnet worden. Die Frau, die in diesem Moment vor ihr stand, wirkte ganz anders. Pia musterte die geblümte Jogginghose, die nach ihrer Optik zu urteilen schon sicher mehrere Jahre alt war. Doch Pia hatte diese Hose noch nie an ihrer Mutter gesehen. Darüber trug Gudrun Schneider den Pia sehr wohlbekannten altroséfarbenen Bademantel. Mit beiden Armen hielt sie ihn eng zusammen, während sie überrascht in Pias Gesicht sah. Das Gesicht ihrer Mutter glänzte dabei. Vermutlich hatte sie kurz vorher eine sehr reichhaltige Creme aufgelegt. Auf dem Kopf trug sie ein lavendelfarbenes Handtuch, welches zu einem Turban gesteckt war. Die Augen ihrer Mutter signalisierten anfangs vehement, dass es gerade wirklich sehr unpassend war. Doch als sie erkannte, wer vor ihr stand, wurden ihre Augen groß und fragend. Erstaunt fragte sie, »Pia? Was machst du denn hier? Mit dir habe ich ja jetzt überhaupt nicht gerechnet. Ich war überzeugt, dass es der Paketbote wäre.«

Pia war noch damit beschäftigt, die ungewöhnliche Erscheinung ihrer Mutter zu mustern, sodass sie einen Moment mit ihrer Antwort zögerte. »Äh, äh Mama, hallo.«

»Ich wusste gar nicht, dass du kommst. Habe ich irgendetwas vergessen?«, fragte ihre Mutter. Während sie das sagte, sah sie sich suchend um. Dann fragte sie, »Und wo ist denn Felix?«

Pia nahm all ihren Mut zusammen und sagte: »Mama, kann ich eben hereinkommen? Ich muss mit euch sprechen.«

Gudrun Schneider schaute irritiert zu ihrer Tochter. Dann nickte sie schnell, »Natürlich, ist denn etwas passiert?«

Pia entschied sich, die Frage zu ignorieren und schlüpfte an ihrer Mutter vorbei ins Haus. Rasch streifte sie Stiefel und Mantel ab. Dann griff sie nach ihrer Handtasche, die sie inzwischen am Boden abgestellt hatte, und ging damit in Richtung Küche. Ein appetitanregender Geruch nach würzigem Braten kam ihr bereits im Hausflur entgegen. Ihre Mutter folgte ihr. Die Verwirrung stand ihr weiter ins Gesicht geschrieben.

»Du hast dich doch nicht von Matthias getrennt, oder?«, fragte ihre Mutter unsicher. Pia meinte, einen Vorwurf mitschwingen zu hören.

Sie schüttelte etwas belustigt den Kopf, »Nein, das habe ich nicht. Keine Sorge.« Sie warf von der Küche aus einen Blick durch die offene Tür zum Wohnzimmer. »Wo ist denn Papa? Ich möchte gerne mit euch beiden sprechen.«

Gudrun sah sie weiter erstaunt an. Dann wanderte ihr Blick zur großen Küchenuhr. Sie nickte vor sich hin. Dann gingen ihre Augen sogleich weiter zum Backofen, in dem vermutlich irgendein Braten vor sich hinbruzelte.

»Dein Vater wollte gegen 13 Uhr zum Mittagessen zurück sein. Er hat einen Termin in Ludwigsburg. Eigentlich müsste er in der nächsten halben Stunde ankommen«, ihre Stimme wurde bestimmend, »aber, sag doch jetzt! Was ist denn los?«

»Dann ist Papa also bald zurück. Mama, ich möchte wirklich auf ihn warten. Es ist wichtig, dass ich es euch gemeinsam sage. Bitte, habe ein bisschen Geduld. Ich gehe kurz ins Badezimmer, ja?«

»Du machst mich ganz verrückt, Pia!«, rief ihre Mutter und warf theatralisch ihre Hände in die Luft.

Doch Pia schenkte ihr nur ein schiefes Lächeln und lief bereits los. Eilig schloss sie die Tür des Badezimmers hinter sich und lehnte sich mit dem Rücken an daran. Sie atmete tief durch. Dann stützte sie sich mit ihren Händen am Waschbecken ab und schaute sich eingehend im Spiegel an. Der Spiegel hielt ihr schonungslos vor Augen, wie sie sich fühlte. Eine gestresst wirkende Frau mit tiefen Augenhöhlen, die Angst hatte, vor dem, was gleich auf sie zukommen würde. Es war als wäre sie in den letzten Tagen gealtert. Sie versuchte, sich langsam etwas zu beruhigen, und drehte den Wasserhahn auf. Nachdem sie sich gründlich die Hände von der langen Zugfahrt gewaschen hatte, spritzte sie sich noch etwas Wasser ins Gesicht. Als sie damit fertig war, ließ sie sich weiter viel Zeit und beschloss, vom Badezimmer aus auch gleich Matthias anzurufen. So könnte sie vielleicht die restliche Zeit totschlagen, bis ihr Vater aus Ludwigsburg zurückkommen würde. Ihr war klar, dass ihre Mutter sie schonungslos belagern würde, sollte sie bereits vorher zurück in die Küche kommen. In diesem Moment hatte sie sogar absolutes Verständnis für ihre Ungeduld.

Doch Matthias hob enttäuschenderweise nicht ab. Wenig später, als sie abwartend auf der Toilette saß und sich unentwegt mit den Fingern durchs Haar fuhr, rief er dann aber glücklicherweise zurück. Endlich! Als sie den Anruf annahm, fühlte sie sich etwas sicherer, um nun auch das Badezimmer verlassen zu können. Es war bereits nach 13 Uhr. Ihr Vater sollte eigentlich längst hier sein. Falls nicht, würde ihr ihre Mutter wohl kaum ins Gespräch fallen. Dafür kannte sie die höfliche und zurückhaltende Gudrun Schneider zu gut. Als sie sich am Handy schließlich mit einem kurzen »Ja« meldete und langsam aus dem Badezimmer trat, sah sie ihre Mutter bereits abwartend im Türrahmen der Küche stehen.

»Hallo, Pia«, hörte sie zeitgleich aus dem Handy.

»Hallo, Matthias. Ich bin gut angekommen. Ist bei euch alles in Ordnung?«

»Ja, ich habe Felix gerade vom Kindergarten abgeholt. Wir steigen jetzt ins Auto und fahren zu Oma Petra. Hast du es ihnen schon gesagt?«

»Nein, ich warte noch, bis mein Vater nach Hause kommt. Er müsste bald da sein. Gib mir mal, Felix, bitte.«

Sie konnte hören, wie Matthias das Handy weiterreichte und im Hintergrund sagte, »Die Mama ist für dich dran.« Dann raschelte es für einen Moment und kurz darauf war die dünne, helle Stimme ihres Sohnes zu hören, »Mama,

Mama! Ich war heute das Morgenkind im Kindergarten. Stell dir vor! Und ich durfte den Tag und das Datum sagen.« Ihr Herz ging regelrecht auf als sie hörte, wie fröhlich und aufgeregt Felix klang.

»Wie schön, mein Großer! Das hast du sicher ganz toll gemacht. Hattest du einen guten Kindergartentag?«, fragte sie.

»Ja, und die Kerze durfte ich auch noch anzünden! Richtig mit einem Feuerzeug!«

»Und du hast sicher ganz gut aufgepasst damit, oder?«

»Ja, Mama!" Dann wurde seine Stimme ruhiger. »Mama, wann kommst du?«

»Ganz bald, mein Schatz. Nur noch ein- oder zweimal schlafen, dann bin ich wieder da, ja?«

»Ist das ganz schnell, Mama?«

»Ja, ich mache ganz schnell, versprochen.«

»Tschüss, Mami.«

»Ich habe dich lieb, Felix.«

»Ich habe dich auch lieb, Mami.« Seine Stimme klang bereits entfernt, als hätte er das Handy bereits vom Ohr genommen. Nach einem kurzen Rascheln war Matthias wieder am Apparat. »Es ist wirklich alles in Ordnung. Mache dir bitte keine Sorgen, Pia. Oma Petra ist schon völlig aus dem Häuschen, weil Felix den Nachmittag bei ihnen verbringen darf. Wahrscheinlich ist sie schon dabei, mindestens zehn Pfannkuchen zu machen.«

Pia musste lachen. Dann sagte sie, »Ist gut. Vielleicht sagst du ihr, er soll dazwischen auch wenigstens etwas Obst essen. Ich vermisse euch. Gib Felix bitte einen Kuss von mir." Ihr Herz schmerzte als sie das Gespräch beendete. Wie gerne wäre sie gerade bei Matthias und Felix im Auto gesessen. Die Trennung von Felix setzte ihr am meisten zu. Doch vielleicht könnte sie auch morgen schon wieder nach Hause fahren.

Ihr Vater war in der Zwischenzeit leider immer noch nicht aufgetaucht. So musste sie sich jetzt etwas einfallen lassen, um ihre Mutter weiter zu vertrösten. Als sie sich umsah, konnte sie Gudrun aber nirgends ausmachen. Dann hörte sie, dass ihre Mutter glücklicherweise mittlerweile im Badezimmer verschwunden war. Wahrscheinlich, um sich weiter zu frisieren. Pia atmete erleichtert auf und setzte sich in die Küche. Ihr Magen grummelte bereits unangenehm. Offenbar wurde er durch den duftenden Braten noch förmlich angestachelt. Gute zehn Minuten später erschien ihre Mutter in blauer Jeans und einem hellbraunen Pullover, mit perfekt frisiertem Haar in der Küche. Sie setzte sich zu Pia an den Küchentisch und sah sie herausfordernd an. Pia begann fürs Erste von Felix zu erzählen. Doch ihre Mutter wollte sich nicht recht ablenken lassen. Immerzu versuchte sie ihre Tochter dazu zu bewegen endlich mit ihrem Anliegen rauszurücken. Pia schwieg daraufhin konsequent und musste zusehen, wie ihre Mutter unruhig am Stuhl hin und her rutschte. Es war wahrlich eine unangenehme Situation in der sie sich befanden.

Kurz darauf hörten sie endlich den lang ersehnten Schlüssel im Haustürschloss. Gudrun hatte es natürlich auch gehört und sprang sogleich vom Stuhl auf, um aufgeregt zur Haustür zu laufen. Dort hörte Pia, wie sie mit gedämpfter Stimme ihren Mann informierte, dass ihre Tochter überraschenderweise gekommen sei. Ihr Vater kam einen Moment später mit einem ebenso irritierten

Blick, wie ihn ihre Mutter bei Pias Ankunft aufgesetzt hatte, in die Küche.

»Pia, äh... wie schön. Doch was hat es mit deinem plötzlichen Besuch auf sich?«, fragte er verwirrt.

Sie konnte an seiner Körperhaltung sehen, dass ihrem Vater etwas unwohl bei ihrem Anblick war und sie wusste auch, warum. Er mochte es einfach nicht, wenn etwas nicht geplant war oder sich seiner Kontrolle entzog. Sie glaubte sogar zu erkennen, dass er etwas verärgert über ihren unangekündigten Besuch war. Pia sah über diesen Umstand hinweg und reichte den beiden erst einmal die Geschenktüte aus dem Feinkostladen. Ihre Mutter nahm das Päckchen dankend an sich und legte es dann aber auch ebenso schnell wieder zur Seite. Erwartungsvoll blickte sie zu ihrer Tochter.

Pia forderte ihre Eltern auf, »Setzt euch bitte zu mir. Ich muss euch etwas sagen.«

Gudrun und Rudolf warfen sich einen undefinierbaren Blick zu. Anschließend folgten sie aber Pias Aufforderung und ließen sich auf den beiden Stühlen der gegenüberliegenden Tischseite nieder.

Pia zögerte noch einen Moment. Ihr Blick wurde ernst. »Es tut mir wirklich sehr leid, dass ich euch so überfalle und das jetzt sagen zu müssen. Ich bin heute zu euch gefahren, weil etwas passiert ist, was ich euch nicht am Telefon erzählen wollte und konnte.« Ihr Herz klopfte ihr förmlich bis zum Hals, als sie ihre Worte wählte.

»Nun sag schon, Pia«, drängte ihre Mutter.

»Markus ist tot«, brachte Pia mühsam hervor und schaute ihre Eltern traurig an.

Gudrun und Rudolf regten sich nicht. Stumm saßen sie

da und sahen sie eine Weile mit großen Augen an. Dann richtete ihre Mutter plötzlich den Blick zum Fenster ab. Ihr Vater starrte dagegen mit leerem Blick auf die Tischplatte. Es folgte eine unangenehme, langanhaltende Stille.

Pia spürte, wie ihr die Tränen in die Augen stiegen. Sie kämpfte hartnäckig dagegen an, um es ihren Eltern nicht noch schwerer zu machen. Das beinahe erdrückende Schweigen hing wie eine riesige Wand zwischen ihnen. Die schlechte Nachricht verteilte sich gefühlt immer weiter, wie ein schwerer Dunst, der Stück für Stück den ganzen Raum einnahm. Die Luft hätte man förmlich schneiden können, dachte Pia. Geradezu hilflos musterte sie fortwährend ihre Eltern. Doch diese sagten kein Wort. Da war einfach nur dieses bedrückende Schweigen. Pia versuchte, die richtigen Worte zu finden ehe sie weitersprach. »Ich weiß. Es ist einfach schrecklich. Sandra, seine Frau, hat ihn gefunden. Er lag im Schlafzimmer. In seinem eigenen Blut. Da war eine Waffe. Niemand weiß, was genau passiert ist. Die Polizei ermittelt noch.«

Ihre Eltern rührten sich auch daraufhin nicht. Sie saßen immer noch da und starrten ins Nichts. Pia griff instinktiv nach der Hand ihrer Mutter. Gudrun erschrak für einen kurzen Moment und entzog ihr diese sofort. Dann zeigte sie endlich eine Reaktion. Es war ein leises Murmeln. »Ja ja, das ist schrecklich." Nur einen Moment später richtete sie sich abrupt auf. »Ich muss eben an die frische Luft."

»Warte, Mama! Soll ich mit...«

»Nein, nein, Pia. Ich muss kurz alleine raus«, rief ihre Mutter, während sie schon aus der Küche lief.

Mit wehmütigem Blick hörte sie zu, wie ihre Mutter an der Garderobe hantierte und vermutlich nach ihrer Jacke und Schuhen griff. Dann wurde die Haustür geöffnet und einen Moment später auch schon wieder geschlossen. Pia schaute ihren Vater an. Er saß weiter nur da und starrte in die Tischplatte. Sie stand auf und wollte vorsichtig die Arme um ihn legen. »Papa ...«, setzte sie an.

Doch auch er schob sie sanft, aber bestimmt zur Seite.

Pia war in diesem Moment völlig ratlos. Sie hatte mit unzähligen Fragen gerechnet. Wie ist das passiert? Warum? Wer? Oder einem heftigen Gefühlsausbruch. Weinen oder gar Schreien. Irgendetwas in dieser Art, aber es kam einfach nichts. Sie gab schließlich auf. »Papa, ich lasse dir etwas Zeit und gehe jetzt ins Gästezimmer. Ich bin da, wenn ihr reden wollt.«

Er reagierte wieder nicht.

Sie tätschelte ihm im Vorbeigehen kurz die Schulter. Dann war sie noch geistesgegenwärtig genug, den Ofen, in dem immer noch etwas vor sich hin brutzelte, auszustellen und ging aus der Küche.

Seit fast einer Stunde lag sie nun weinend im Gästezimmer und starrte an die Decke. Ihre Eltern hatten reagiert, als ständen sie unter Schock. Das war ja irgendwie normal. Doch ansonsten hatten sie keine weitere Reaktion gezeigt. Warum waren keine Fragen von ihnen gekommen? Keine Schreie. Keine Tränen. Da war einfach nichts gewesen. Sie hatte vieles erwartet, aber nicht das.

In Gedanken hatte sie ihre Eltern völlig aufgelöst erlebt. Doch dies war in jeglicher Hinsicht ausgeblieben. Was ging gerade in ihnen vor? Konnten sie es vielleicht noch gar nicht annehmen? Wollten sie es nicht wahrhaben? War die Nachricht überhaupt richtig zu ihnen durchgedrungen?

Nach endlosen Minuten, in denen sich ihr Gedankenkarussell unaufhaltsam gedreht hatte, war sie plötzlich eingeschlafen. Sie schlief tief und lange und sie träumte wirr. Als sie Stunden später vom Klingeln ihres Handys wach wurde, konnte sie durchs Fenster sehen, dass es bereits dunkel geworden war. Rasch rieb sie sich die Augen und nahm den eingehenden Anruf entgegen.

Es war Matthias. Er wollte wissen, wie das schwere Gespräch verlaufen war.

Pia erzählte es ihm und fragte nach Felix.

Alles sei in bester Ordnung, sagte Matthias, aber er vermisse seine Mama.

Ein kleiner Stich ins Herz. Sie schloss die Augen. Dann sagte sie, gib ihm einen Kuss, ich komme bald nach Hause.

Natürlich. Wir schaffen das.

Dann legten sie auf.

Oh, Markus. Warum das alles nur?

Wie viele Stunden waren wohl vergangen seit sie eingeschlafen war? Der Dunkelheit nach zu urteilen, wahrscheinlich fünf Stunden oder mehr. Sie warf einen Blick auf die Uhr am Handy. Es war tatsächlich schon nach 17 Uhr. Sie beschloss, nach ihren Eltern zu sehen. Mittlerweile mussten sie die Nachricht etwas verdaut haben. Zumindest müssten sie jetzt bereit sein, etwas dazu zu sagen. Vielleicht könnte sie nun etwas für sie tun. Pia wollte für ihre Eltern da sein. Aus diesem Grund war sie letztendlich hierhergekommen.

Langsam horchend ging sie hinunter in den Flur. Durch die offenstehende Wohnzimmertür konnte sie hören, dass ihr Vater vor dem Fernseher saß. Sie ging weiter zur

Küche und sah, wie ihre Mutter gerade dabei war, für das Abendessen aufzudecken.

Sie warf ihrer Tochter einen neutralen Blick zu und nickte. Ohne, dass Pia überhaupt die Gelegenheit hatte, das Wort zu ergreifen, sagte ihre Mutter in diesem Moment, »Pia, da bist du ja. Es gibt Rollbraten. Den magst du doch noch, oder? Komm, hilf mir bitte beim Aufdecken. Du kannst außerdem noch zwei Flaschen Wasser aus der Vorratskammer holen.«

Pia stand für einen Moment stocksteif im Türrahmen. Dann sah sie ihre Mutter fassungslos an, »Mama, willst du nicht erst darüber sprechen, was...«

Ihre Mutter unterbrach sie ungewohnt scharf, »Jetzt nicht, wir essen. Hol bitte jetzt die zwei Flaschen Wasser.«

Pia blieb fast die Luft weg. Ihre Augen wurden groß. Langsam ging sie rückwärts aus der Küche und machte sich auf den Weg in die Vorratskammer. Was war denn das? Warum wollte ihre Mutter nicht mit ihr über Markus Tod reden? Weshalb stellte sie keine Fragen? Wollte sie ernsthaft einfach zur Tagesordnung übergehen? Vielleicht stand sie einfach noch unter Schock.

Pia kam kurze Zeit später zurück in die Küche und stellte die zwei Flaschen Wasser auf den Esstisch. Ihre Mutter drehte sich exakt in diesem Augenblick von der Herdplatte zu ihr um und deutete auf einen der Hängeschränke.

»Und nun hole bitte noch drei Gläser für uns. Sie sind da oben, im Schrank.«

»Ich weiß", erwiderte sie knapp und tat erneut wie befohlen. Dabei beobachtete sie ihre Mutter stirnrunzelnd. Diese füllte gerade in altbewährter Geschäftigkeit Knödel und Rotkohl in verschiedene Servierplatten. Sie wirkte so betriebsam in ihrem Territorium wie eh und je und ließ sich durch Pias Blick erst gar nicht aus der Ruhe bringen. Ein Bild, das viele Erinnerungen in Pia wachrief. Völlig in ihrem Element ließ sich Gudrun Schneider auch dieses Mal durch nichts beirren. Noch nicht einmal durch die Nachricht ihres toten Sohnes dachte Pia fassungslos. Es fröstelte sie förmlich.

War das wirklich noch der Schock oder gar eine Schutzhaltung?

Sie wusste es nicht. Vielleicht würde ihre Mutter beim Essen etwas zur Ruhe kommen und dann beginnen, ihre Fragen zu stellen.

»Nun hole deinen Vater. Das Essen ist fertig«, kam auch schon die nächste Anweisung.

»Ist gut«, murmelte Pia nur halbherzig und machte sich auf den Weg ins Wohnzimmer.

Ihr Vater schaute gerade die Nachrichten. Sie ging um die Couch zu ihm herum und sagte brav wie aufgetragen, »Papa, das Essen ist fertig, sagt Mama.«

Ihr Vater hob noch nicht einmal seinen Kopf. Er nickte nur vor sich hin und griff nach der Fernbedienung. Mit einem leisen Zischen erlisch das flimmernde Bild am Fernseher und wurde schwarz. Dann erhob er sich etwas schwerfällig und ging gemächlich in die Küche.

Völlig irritiert über die Reaktion ihrer Eltern, beschloss Pia, ihnen einfach noch etwas Zeit zu geben. Vielleicht standen sie tatsächlich noch dermaßen unter Schock. So saßen sie eine Zeit schweigend zu dritt am Küchentisch und aßen gemeinsam Rollbraten, Knödel und Rotkohl mit Tomatensalat und grünem Blattsalat. Irgendwann war es dann ihre Mutter, die anfing, zu sprechen. »Ich hoffe, es schmeckt euch. Wie war dein Vormittagstermin, Rudolf?«

Pia blieb fast das Stückchen Knödel im Hals stecken, sodass sie laut husten musste. Ihre Mutter reichte ihr wortlos eine Serviette. Sie nahm die Serviette zaghaft an sich und starrte ihre Mutter entsetzt an. Doch diese wich ihrem scharfen Blick ungeniert aus. Pia fühlte sich immer mehr wie in einem falschen Film. Ihr wurde eine geheuchelte Normalität vorgegaukelt, um die schlimme Nachricht nicht an sich ran zu lassen. Um sie nicht wahr werden zu lassen? War das wirklich eine normale Schockreaktion von ihren Eltern? Pia war mittlerweile völlig ratlos, wie sie sich nun verhalten sollte. Sie konnte diese schwarze Komödie unmögliche mitspielen. Schweigend ließ sie ihren Vater von seinem Beratungstermin bei einer Apotheke in Ludwigsburg erzählen und wartete ab, wie sich das Gespräch am Tisch weiterentwickeln würde.

Es blieb dabei.

Ihre Eltern sprachen vom heutigen Tag als wäre es ein Tag wie jeder andere. Irgendwann hielt es Pia nicht mehr aus. Ihr Ton wurde fest und beinahe feindselig als sie sagte, »Habt ihr verstanden, was ich euch heute Mittag gesagt habe?«

Weder ihre Mutter noch ihr Vater reagierten auf ihre Frage. Sie aßen betont desinteressiert weiter als hätte sie nie etwas gesagt.

Pia wurde lauter. »Markus ist tot! Versteht ihr das?«

Ihr Vater wandte nicht mal den Blick in ihre Richtung. Er schaute unablässig weiter in seinen Teller, während er ruhig antwortete, »Nicht jetzt, Pia.«

»Aber Papa, euer Sohn ist tot! Markus! Hörst du das? Das muss doch irgendetwas in euch auslösen?!«

Wieder keine Reaktion. Nur zwei stumm essende Gesichter, die in ihre Teller versunken schienen.

Pia wurde immer ungehaltener, »Mama! Ihr habt eine Enkeltochter! Sie wächst jetzt ohne Vater auf. Wollt ihr nicht zumindest Nele…«

Unwirsch unterbrach ihr Vater sie plötzlich mit einem beinahe aggressiven Ton, »Hör auf, Pia! Ich will jetzt nichts davon hören!«

Fassungslos ließ Pia abrupt ihr Besteck auf den Teller fallen. Es halte laut klirrend durchs Esszimmer. Ihre Eltern aßen jedoch stumm weiter, als wäre nichts gewesen, während Pia selbst keinen einzigen Happen mehr hinunterbrachte. Schockiert saß sie bis zum Ende des gemeinsamen Abendessens einfach nur da und hatte keine Ahnung, was sie jetzt tun sollte.

Der Rest des Abends verlief genauso weiter. Ihre Eltern taten die Dinge, die sie immer taten. Sie hatten sämtliche Ausflüchte, um nicht mit Pia über Markus sprechen zu müssen, und irgendwann waren sie ohne ein weiteres Wort in ihr Schlafzimmer verschwunden. Pia lag noch stundenlang wach in ihrem Gästebett und überlegte, was sie noch tun könnte. Bittere Tränen liefen ihr über die Wangen, während sie an ihren Bruder dachte. Oh Markus, ich hoffe, du siehst nicht von dort oben zu, wie verrückt sie sich verhalten.

War der Zwist zwischen ihrem Bruder und ihren Eltern so groß gewesen, dass nicht mal sein Tod daran etwas änderte? Hatte ihr Bruder irgendetwas getan, das seine Eltern so sehr verärgert hat, dass ihnen sogar sein Tod egal war?

Unmöglich, nicht Markus!, dachte sie und schüttelte immer wieder langsam den Kopf vor sich hin.

9.

In dieser Nacht hatte sie kaum geschlafen. Die zermürbenden Gedanken hatten sich unaufhaltsam mit frühkindlichen Erinnerungen vermischt. Alles hatte sich schier endlos um Markus, ihr gemeinsames Aufwachsen, ihre Eltern und eine befremdliche Zukunft ohne ihren Bruder gedreht. Langsam öffnete sie ihre vom Weinen geröteten Augen. Die Sonnenstrahlen fielen bereits durch einen kleinen Spalt im Rollladen. Mit Sicherheit waren ihre Eltern längst aufgestanden. Zumindest dachte sie, dass sie schon jemanden im Haus hantieren hörte. Es graute ihr davor, aufzustehen. Sie hatte nicht die geringste Lust, ihren Eltern gegenüberzutreten.

Wie würden sie sich heute verhalten?

Würden sie heute mit ihr sprechen wollen?

Und falls nicht, wie sollte es weitergehen?

Konnte sie dann heute einfach so wieder abreisen, ohne dass sie wusste, wie es ihren Eltern weiter mit dem Wissen um Markus Tod ergehen würde? Aber wie lange sollte sie noch hier bleiben, sollten sie sich weiter weigern, darüber zu sprechen? Ihre Miene wurde traurig. Ich möchte nach Hause. In mein Zuhause. Zu Felix und Matthias, dachte sie betrübt. Und egal, wie sich diese Situation weiterentwickelt, ich werde heute Abend zurückfahren, sagte sie sich fest entschlossen. Um ihr Vorhaben zu untermauern, rief sie den Internetbrowser auf ihrem Handy auf. Mit ein paar schnellen Klicks buchte sie sich das entsprechende Zugticket.

Nach einer halben Stunde rappelt sie sich auf und ging langsam die Treppen hinunter. Ihre Mutter saß bereits frisch eingekleidet am voll gedeckten Frühstückstisch und trank gerade von ihrer Tasse Tee. Auf ihrem Teller lagen noch ein paar Krümmel sowie ordentlich nebeneinander abgelegt das benutzte Besteck. Auf dem Platz ihres Vaters stand eine halbvolle Tasse Kaffee und ein Teller mit seinen nicht vertilgten Resten. Doch er selbst war nicht mehr zu sehen.

Ihre Mutter bemerkte offenbar, was sie sich fragte. »Guten Morgen Pia, dein Vater ist schon zur Arbeit gefahren.«

»Guten Morgen, Mama«, brachte Pia so freundlich wie möglich heraus.

»Was hast du heute vor?«, fragte ihre Mutter neugierig.

Pia war sich nicht sicher, aber sie meinte, dass der Ton ihrer Mutter etwas forsch klang. Sie wirkte angespannt. Das Gefühl, dass sie hier ein unerwünschter Gast war, verdichtete sich langsam. Sie versuchte, ihre Antwort so nett und beschwichtigend wie möglich klingen zu lassen. »Ähm, naja, wenn es für euch in Ordnung ist, würde ich heute Abend wieder den Zug nach Hause nehmen. Aber falls ihr mich noch...«

»Natürlich, ist das in Ordnung«, fiel ihr ihre Mutter ins Wort. Im nächsten Moment stand sie schon eine Spur zu hastig auf und begann ihr Geschirr zur Spüle zu tragen.

»Du willst also nicht...?«, Pia ließ den Satz offen.

»Nein, jetzt nicht. Ich habe einen Termin zur Zahnreinigung. Ich muss gleich los«, betonte ihre Mutter, mit ihrem schmutzigen Geschirr hantierend. Während sie das sagte, hielt sie ihren Blick fest auf die Spüle gerichtet. Dann fügte sie noch hinzu, »Frühstücke nur du in Ruhe.« Sie ging zum Kühlschrank und öffnete ihn. »Brauchst du noch etwas?«

Pia ließ ihren Blick über die verschiedenen Lebensmittel am Küchentisch wandern. Ihre Mutter hatte sich wieder einmal richtig Mühe gegeben. Die verschiedenen Wurst- und Käsesorten waren mit Petersilie und ein paar Gemüsesticks am Rand der Platte garniert. Außerdem standen da Butter in bereits portionierten Häppchen, verschiedene Gläser Marmelade und ein geflochtenes Körbchen mit zwei Scheiben Brot sowie einem restlichen Brötchen.

»Nein, danke. Es ist genug da. Ich kann ohnehin im Moment nicht viel essen.«

Gudrun ignorierte den von Pia bewusst gesetzten Kommentar ein weiteres Mal geflissentlich. Eine gute viertel Stunde später hatte ihre Mutter dann auch schon mit einem knappen »Tschüss« die Haustür hinter sich geschlossen.

Pia schnaufte. Zumindest war mit ihren Eltern nun auch die angespannte Luft verschwunden. Aber wofür war sie überhaupt hierher gekommen? Wenn ihre Eltern ohnehin nicht mit ihr darüber reden wollten, hätte sie die Nachricht von Markus Tod durchaus auch per Telefon übermitteln können. Sie begann sich zunehmend über sich selbst zu ärgern. Der Aufwand, nach Stuttgart zu kommen, war offenbar völlig umsonst gewesen. Sie hätte Zuhause bei ihrem Sohn bleiben sollen. Was sollte sie jetzt mit diesem angefangenen Tag alleine im Haus ihrer Eltern anfangen? Sie konnte ja nicht einfach klammheimlich verschwinden und einen früheren Zug zurück nach Cham nehmen, solange alle aus dem Haus waren. Das hätte sich trotz der angespannten Stimmung irgendwie falsch angefühlt. Außerdem hatte sie ihr Zugticket ohnehin erst für den Abend gebucht.

Als sie eine Kleinigkeit gefrühstückt hatte, ging sie ins leere Wohnzimmer und griff nach ihrem Handy, um mit Matthias zu sprechen. Er nahm nach dem zweiten Freizeichen ab und wollte sogleich wissen, wie die Lage mit ihren Eltern inzwischen war. Nach ein paar aufmunternden Worten seinerseits schilderte er ihr, dass bei ihm und Felix, wie zu erwarten, alles in Ordnung sei. Ihre beiden Männer erwarteten sie freudig, wenn sie heute Nacht nach Hause kommen würde, versprach er ihr am Ende des Gesprächs. Mit einem ausgesprochenen Kuss zum Abschied legte sie schließlich auf. Nach diesem Anruf ging es ihr mental immerhin etwas besser. Sie nutzte ihre freie Zeit für einen weiteren Anruf und wählte die Nummer ihrer Schwägerin. Sandra hob tatsächlich ab. Pia konnte deutlich an ihrer langsamen Artikulation hören, dass ihre Schwägerin offensichtlich immer noch unter Beruhigungsmitteln stand. Doch es ging ihr zumindest den Umständen entsprechend gut bei ihren Eltern, teilte diese ihr mit. Nele hatte immer wieder Phasen, in denen sie viel schrie und weinte, doch es wurde ein kleines Stück besser. Die Polizei hatte bedauerlicherweise bisher keine Neuigkeiten, erzählte Sandra enttäuscht weiter. Doch die Ermittlungen hielten weiter an. Eine Fremdeinwirkung hielt Kommissar Berger leider immer noch für sehr unwahrscheinlich. Doch zu einhundert Prozent ausschließen können sie es noch nicht. Die Kopfwunde stammte eindeutig von einem aufgesetzten Schläfenschuss entweder durch Suizid oder Fremdeinwirkung.

Pia versuchte ihrer Schwägerin noch ein paar aufbauende Worte zu schenken. »Ich bin da. Wir schaffen das. Irgendwann wird es ein ganz kleines Stückchen weniger wehtun, auch wenn alles gerade so ausweglos scheint. Versprochen.«

Unschlüssig saß sie nun da. Aus Langeweile scrollte sie auf ihrem Handy im Internet durch eine Boulevardzeitung. Aber es spielte dieses Mal keine Rolle, was sie las. Alles wirkte plötzlich unwichtig und belanglos. Energisch schloss sie den Browser und lies ihr Handy resignierend neben sich auf das ockergelbe Sofa ihrer Eltern fallen. Dann lehnte sie sich mit geschlossenen Augen zurück, um nur erneut in traurige Gedanken zu verfallen. Doch sie wollte nicht schon wieder über Markus Verlust nachdenken. Es raubte ihr unentwegt so viel Kraft. So überlegte sie, wie sie die weitere Zeit bis zum Eintreffen ihrer Mutter noch für sich nutzen konnte. Als ihr Blick auf ein Foto von Felix fiel, das auf der Anrichte im Wohnzimmer stand, hatte sie schlagartig einen schönen Einfall. Vielleicht könnte sie nach einigen alten Fotos oder Fotoalben suchen. Nach ein paar schönen und bleibenden Erinnerungsfotos von einem jungen Markus, die sie für Sandra und ihre Familie mit dem Handy abfotografieren könnte. Pia warf einen Blick auf die Uhr ihres Handys. Ihre Mutter hatte vor ungefähr einer halben Stunde das Haus verlassen. Somit hatte sie sicher noch mehr als eine Stunde Zeit, um sich ein bisschen umzusehen. Vielleicht war es nicht ganz richtig, in den Sachen ihrer Eltern zu wühlen, während diese außer Haus waren. Aber so wie sie sich verhalten hatten, war es auch sehr unwahrscheinlich, dass sie ihr freiwillig die alten Fotoalben zeigen würden. Sie merkte, wie ihr ihr Einfall plötzlich zu einer besseren Laune verhalf. Euphorisch beschloss sie, es zu riskieren und das Haus nun selbst nach Erinnerungen zu durchsuchen. Für ihre Familie. Und vor allem für Markus Frau und seine Tochter.

Zufrieden mit sich, stand Pia vom Sofa auf. Ihr Blick wanderte durchs Wohnzimmer. Wo bewahrten ihre Eltern wohl die Fotoalben vergangener Jahre auf?, überlegte sie. Wo hatten sie in diesem Haus der Vergangenheit ihren Platz eingeräumt? Es mussten einige Alben vorhanden sein. Sie konnte sich zumindest dunkel daran erinnern, als Kind einmal alte Fotoalben in den Händen gehalten zu haben. Ihre Eltern hatten sie bestimmt mit nach Stuttgart gebracht. Sie musterte die etwas altbackene, buchehölzerne Wohnzimmerwand. Diese bestand, wie sie es von vielen Leuten aus der vorherigen Generation kannte, hauptsächlich aus einem großen Vitrinenschrank links neben dem Fernseher und einem großen Regalschrank, rechts neben dem Fernseher. In die gläserne Vitrine hatte ihre Mutter hochwertige Wein- und Biergläser eingeräumt. Die offenen Regale auf der rechten Seite waren dagegen mit verschiedenen Romanen und Sachbüchern gefüllt. Sie hatte ihre Mutter noch nie mit einem Buch in der Hand gesehen, kam es ihr plötzlich in den Sinn und auch ihr Vater beschränkte sich auf die Tageszeitung. Das darunterliegende Fach zum Aufklappen war eine Möglichkeit, um Fotoalben aufzubewahren. Pia ging zielsicher darauf zu und öffnete die quietschende Klapptür. Ihr Blick wanderte über die zahlreichen Dinge, die sich darin befanden. Sie stieß darin aber nur auf verschiedene Schnapsflaschen, Pralinen, Schokoladentafeln und einige Päckchen, die verschiedene kandierte Nusssorten enthielten. Hier würde also auch ihr Geschenk landen. Enttäuscht schloss sie den Deckel wieder und ging in die Hocke. Auf Bodenhöhe hatte der Schrank noch zwei Fächer mit normalen, ungefähr 30 Zentimeter hohen Schwingtüren. Doch Pia erspähte darin nur ein paar Kerzen und die zugehörigen Halter beziehungsweise Teller. Enttäuscht verließ sie das Wohnzimmer. Vielleicht hatte sie im Flur mehr Glück. So durchsuchte sie ausführlich die Kommode, die sich unter dem großen Wandspiegel befand. Doch nur einige Mützen, zahlreiche Schals und ein paar alte Schlüsselanhänger waren die einzigen Schätze, die das Möbelstück behütete. Sie sah sich weiter um. Aber ansonsten gab es im Erdgeschoss keine weiteren Aufbewahrungsmöglichkeiten, die Fotoalben hätten bergen können. Sie zuckte mit den Schultern. Doch sie gab nicht auf und ging mit bedächtigen Schritten weiter ins obere Stockwerk. Die kleine Kommode, die hier im Flur stand, war voll mit Medikamenten und Verbandsmaterial. Ihr Blick fiel auf die Türen, die vom Flur im ersten Stock abgingen. Das Schlafzimmer ihrer Eltern mied sie. Es war einfach zu privat, sagte sie sich und sie glaubte dort auch nicht ernsthaft etwas zu finden. Im großen Badezimmer war es natürlich auch zwecklos zu suchen. Ein letztes Zimmer blieb. So ging sie über, das Gästezimmer zu durchsuchen, in dem sie schon die Nacht verbracht hatte. Die wenigen schwarzen Schränke, die es beinhaltete, waren allerdings weitgehend leer. Das

Einzige, was sie zwischen die Finger bekam, waren Bettwäschegarnituren und Blumenvasen in verschiedenen Größen. Ratlos stand sie wieder da und schaute aus dem Fenster, während sie weiter überlegte. Das Haus war nicht unterkellert und in dem kleinen Holzschuppen im Garten würden ihre Eltern wohl kaum Fotoalben lagern. Sie zuckte mit den Schultern, wie um sich selbst zu sagen, zumindest habe ich es versucht! Doch kurz bevor sie ihre Suche schon aufgeben wollte, fiel ihr Blick plötzlich an die Decke im Flur. Ein kleiner Ring aus Stahl oder Eisen stand ungewöhnlich ab. Er versprach, dass es hier höchstwahrscheinlich noch einen Dachboden gab. Ihr wurde plötzlich etwas heiß. Ihre Hände fingen an, zu schwitzen. Es war ihr tatsächlich noch nie bewusst aufgefallen, dass dieses Haus auch über einen Dachboden verfügte. Aber sie hatte auch noch nie darüber nachgedacht. Sie spürte, wie es in ihren Fingern kribbelte. Die Neugier hatte sie gepackt und war nicht mehr bereit, loszulassen, ehe sie dort nach oben stieg. Sie fühlte sich plötzlich wie ein kleines Kind, das Detektivin spielen wollte. Hoch motiviert suchten ihre Augen den kleinen Flur nach einem langen Stab mit Haken ab. So etwas braucht man doch, um eine Luke zu öffnen, oder? Er war sicher irgendwo griffbereit in der Nähe, so wie sie ihren pragmatischen Vater kannte. Nach knapp zwei Minuten fand sie ihn tatsächlich. Als sie in der Hocke den Boden absuchte, blitzte der silberne Haken plötzlich hervor. Der knapp einen Meter lange Holzstab war unauffällig unter die kleine Kommode mit den Medikamenten geschoben worden. Sie führte den kleinen Eisenhaken, der sich am oberen Ende des Stabes befand, in den Ring der Decke ein und zog daran. Erst einmal passierte unerfreulicherweise gar nichts. Sie versuchte es erneut mit etwas mehr Schwung. Und sie brauchte letztendlich wirklich immens viel Kraft dafür. Doch plötzlich hatte sie es geschafft und die Luke gab laut knarrend nach. Waren die ersten Zentimeter geschafft, schwang sie geradezu schlagartig auf. Zufrieden schaute sie in das große Loch, das die geöffnete Luke nun endlich freigegeben hatte. Doch sie konnte noch nicht viel erkennen. Nur ein leicht abgestandener, staubiger Geruch wehte ihr vom Dachboden aus entgegen. Verheißungsvoll glänzte die große, ausziehbare Leiter, die an der Innenseite der Dachbodenluke befestigt war, nun vor ihren Augen. Sie packte begeistert zu. Mit einem lauten Schleifgeräusch ließ sie sich Stück für Stück nach unten ziehen. Eine sich steigernde Aufregung machte sich in Pia breit. Konzentriert hörte sie noch einmal in den unteren Stock. Doch alles schien ruhig. Sie war noch mutterseelenallein in diesem Haus. Vorsichtig stieg sie mit dem Handy in der Hand die dünnen Sprossen zum Dachboden hinauf.

Der große Raum war unerwartet hell. Durch die vier gegenüberliegenden Dachfenster fiel das warme Sonnenlicht des freundlichen Herbsttages geradezu auffordernd herein. Sie konnte zahlreiche Staubpartikel im Lichtschein unentwegt miteinander tanzen sehen, als sie einen Moment auf der Stelle verharrte und die Atmosphäre auf sich wirken ließ. Langsam schweifte ihr Blick über den gesamten Dachboden. Überall standen alte Kisten aus Karton oder Holz. Außerdem gab es einen Stapel mit verstaubten, weißen Plastikstühlen, zwei vermutlich ältere, eingerollte Teppiche und zwei kleinere Regale mit unzähligem Krimskrams, die sie noch aus ihrer Kindheit kannte. Sie war sehr verwundert, dass ihre Eltern die alten Regale bei ihrem Umzug aus Cham extra mit nach Stuttgart genommen hatten. Doch es stimmte, weder Gudrun noch Rudolf gehörten zu den Menschen, die sich gern von alten Dingen trennten.

Als sie ein paar Schritte ging und sich genauer umsah, erblickte sie unter einem der Dachfenster eine halboffene, dunkelgrüne Truhe mit einer roten und gelben Blütenverzierung. Das Holz hatte bereits mehrere Schrammen zu verzeichnen und zeugte davon, dass die Truhe vermutlich seit vielen Jahren im Besitz ihrer Eltern war. Der Deckel war nicht bündig geschlossen, da sie bis über den Rand gefüllt worden war. Durch den kleinen, offenen Spalt konnte sie bereits sehen, dass sie verschiedene Papiere, Hefte oder vielleicht sogar auch Fotos enthielt. Erwartungsvoll ging sie darauf zu und setzte sich vor ihr auf den Boden. Mit vor Nervosität feuchten Fingern hob sie den Deckel der Truhe vorsichtig an. Die Scharniere gaben ein so lautes, quietschendes Geräusch von sich als würde die Truhe förmlich protestieren, geöffnet zu werden. Einige lose Fotos fielen ihr sogleich entgegen. Endlich!, dachte sie. Sie hob die heruntergefallenen Bilder vom Boden auf. Das erste Bild zeigte ihre Großeltern mütterlicherseits, die leider bereits vor vielen Jahren verstorben waren. Sie kannte die Aufnahme noch nicht. Das ältere Paar war edel gekleidet, prostete sich mit halbvollen Weingläsern zu und lächelte glücklich in die Kamera. Das Bild könnte vielleicht von der Hochzeitsfeier ihrer Eltern stammen. Die Kleidung würde zu typischen Hochzeitsgästen zur damaligen Zeit passen, überlegte Pia. Sie sah sich das ältere Paar genauer an. Zwischen sich und ihrer Großmutter konnte sie eine gewisse Ähnlichkeit feststellen. Eine Ähnlichkeit, die sie mit ihrer Mutter nicht unbedingt teilte. Pias Haare waren mittelblond und sie hatte hellbraune Augen mit einem leichten Grünstich. Von der Statur her gehörte sie mit ihren knapp 1,60 Meter zu den kleineren Frauen. Klein, zart und eher schlank, würde man sie wohl bezeichnen. Ihre Mutter war dagegen brünett, hatte dunkelbraune Augen, war etwas stämmiger und bestimmt 1,75 Meter groß. Offenbar hatte Gudrun Schneider mehr Gene von ihrem Vater geerbt, stellte Pia fest. Denn Pias Großmutter war, wie sie selbst, eher eine zarte Erscheinung gewesen. Leider hatte sie ihre Oma nicht mehr kennengelernt. Zumindest nicht bewusst. Sie war verstorben als Pia gerade erst drei Jahre alt war. Aber sie schien eine sehr gepflegte Dame gewesen zu sein. Ihren Opa mütterlicherseits hatte sie bis zu seinem Tod vor gut 20 Jahren nur sehr wenige Male gesehen. Sie vermutete, dass er und ihr Vater Rudolf sich wahrscheinlich nicht besonders gut verstanden hatten. Sie legte die Aufnahme behutsam zur Seite. Das nächste Foto zeigte ihre Eltern Gudrun und Rudolf als Brautpaar. Diese Aufnahme kannte sie bereits. Das gleiche Bild hing seit Jahren sowohl damals in Cham als auch hier in Stuttgart in der elterlichen Küche genau neben der Wanduhr. Ihre Mutter sah in ihrem reinweißen Spitzenkleid auf eine kühle Art und Weise glücklich aus. Es war ein zurückhaltendes Lächeln, welches sie dem Fotografen schenkte. Ganz die brave, demütige Ehefrau und Hausfrau, dachte Pia. Ihr Vater dagegen hatte zwar einen freundlichen, aber sehr festen, bestimmenden Gesichtsausdruck. Er trug an ihrem Hochzeitstag ein dunkelbraunes Sakko und ein zum Brautkleid passendes, reinweißes Hemd. Ihre Eltern hatten sich wirklich ergänzt. Das hatte sie oft gedacht. Vater, der das Geld nach Hause brachte, und Mutter, die den Haushalt perfektioniert. Doch großartige Annäherungen zueinander oder ausgetauschte Zärtlichkeiten hatte sie nie zwischen dem Ehepaar gesehen. Das war keine Art von Beziehung in ihren Augen gewesen, wie Pia sie selbst hätte führen wollen. Das Ehe- und auch Familienleben wurde beherrscht von Traditionen, Regeln, Ordnung und Sauberkeit. Pia konnte sich nicht an viele Szenen erinnern, in denen sie ihre Eltern ausgelassen hatte lachen sehen. Doch sie waren sicherlich bis heute auf eine gewisse Art und Weise zufrieden miteinander.

Die restlichen, losen Fotos zeigten sie selbst mit Markus. Es war eine bewegende Aufnahme, auf der zu sehen war, wie sie ausgelassen durch den Garten tobten. Eine weitere mit strahlenden Kinderaugen, die auf den kitschig geschmückten Weihnachtsbaum gerichtet waren und ein Foto, das Pia mit ihrer lilafarbenen Schultüte vor der Chamer Grundschule zeigte. Himmel, war das lange her, schmunzelte sie. Sie selbst hatte leider keinerlei Erinnerung mehr an diesen besonderen Tag.

Gerührt legte sie die Fotos wieder zurück in die Truhe. Dann sah sie auch endlich den ersehnten kleinen Stapel Fotoalben darin. Sie zog ein etwas vergilbtes Album mit bordeauxroten Einband heraus. Vorsichtig blätterte sie sich durch die zahlreichen Seiten, die hauptsächlich ihre Eltern in jungen Jahren zeigten. Als sie auf ein Foto stieß, welches ihre Mutter als sehr junge Frau darstellte, hielt sie kurz inne. Ihre Mutter stand in einem gepunkteten Badeanzug an einem Strand und reckte die Hände wie vor Freude nach oben. Sie wirkte auf dieser Aufnahme richtiggehend fröhlich und sorglos. Pia musterte das Foto nachdenklich.

Warum war sie später nicht mehr so gewesen? War sie einfach nur erwachsen geworden? Oder war es ihr, fast schon zwanghafter Perfektionismus als Ehe- und Hausfrau, der sie seit unzähligen Jahren so geißelte? Weshalb hatte sie jeglichen Esprit plötzlich abgelegt? Sie legte das Album zurück und suchte weiter. Als sie ein dunkelgrünes Album mit dünnen, goldenen Streifen in den Händen hielt, fand sie tatsächlich noch ein paar bewegende und lustige Aufnahmen von Markus. Der kleine Markus mit Babybrei im Gesicht. Der etwas größere Markus auf einem Fahrrad oder der jugendliche Markus mit einer Fußballmedaille um den Hals. Bevor ihr abermals die Tränen in die Augen stiegen, fotografierte sie rasch die schönsten und bewegendsten Schnappschüsse ab und legte das Album zurück zu den anderen. Da war plötzlich wieder dieser Kloß in ihrem Hals. Die Fotos nahmen sie sehr mit. Instinktiv drückte sie ein Loses von sich und Markus kurz an ihr Herz und blickte hilfesuchend nach oben, als würde sie ein Zeichen vom Himmel erwarten. Doch sie erhielt natürlich keines. Traurig räumte sie alles zurück in die Truhe und schloss sie so vorsichtig, als würde sich etwas Heiliges darin befinden. Immerhin würde sie diese Erinnerungen nicht nur in Gedanken, sondern auch als abfotografierte Aufnahmen für ihre Familie, Sandra und Nele mit nach Hause bringen. Mit einer seltsamen, melancholischen Stimmung erhob sie sich wieder. Geistesgegenwärtig blickte sie auf die Uhr auf ihrem Handy. Es waren mittlerweile beinahe zwei Stunden vergangen. Ihre Mutter würde bald zurück sein. Sie musste den Dachboden jetzt verlassen. Die Reaktion ihrer Eltern, falls sie sie hier oben vorfinden würden, wollte sie sich nicht ausmalen. Eilig stand sie auf und drehte sich zurück zur Treppe. Da fiel ihr Blick auf eines der kleinen, alten Regale, welches dahinterstand. Es war voll mit Krimskrams, den sie kannte. Dort stand ein Pokal vom Schützenverein, der ihrem Vater gehörte, neben einer kitschigen, alten Teekanne aus Porzellan. Ein Erbstück, das Gudrun von ihrer Urgroßmutter anvertraut bekommen hatte. Außerdem waren dort ein paar alte Zinnkrüge, für die sich offenbar niemand mehr interessierte. Doch hinter dem Pokal konnte sie eine kleine Porzellanfigur ausmachen, die einen grauen, kurzbeinigen Dackel darstellte. Diese Figur zog ihren Blick seltsamerweise schlagartig auf sich. Sie ging etwas näher heran und zog sie hinter dem Pokal hervor. Der ungefähr 15 Zentimeter lange Dackel strahlte eine zerbrechliche, rührende Schönheit aus. Die Augen des Tiers wirkten auf verwunderliche Weise gleichzeitig frech, aber auch betrübt. Sein Blick war leicht von unten nach oben gerichtet. Ganz so, als hätte er etwas angestellt. Dabei waren seine schwarzen Ohren überproportional lang, im Vergleich zu seinem Gesicht und hingen gerade und schlaff nach unten. Sie hatte diese Figur noch nie gesehen. Irgendwie musste sie dabei an ihren Vater denken, der gerne einen Hund gehabt hätte. Ihre Mutter war jedoch immer dagegen gewesen. Schließlich würde der Hund aufgrund der zeitintensiven Arbeit von Rudolf ständig an ihr hängen bleiben und nur Dreck ins Haus bringen. Auf die Kinder wäre da sicher auch kein Verlass. Das waren ihre Worte gewesen, erinnerte sich Pia.

Sie hob den Dackel vorsichtig an, um zu sehen, ob irgendetwas über seine Herkunft am Boden der Figur zu finden wäre. Doch sie konnte keinerlei Schriftzug entdecken. Auf der Unterseite befand sich nur das kleine, ungefähr zwei Zentimeter große Loch, das viele Porzellanfiguren aufwiesen. In dem Moment registrierten ihre Augen jedoch etwas Ungewöhnliches. In dem gegossenen Loch der Porzellanfigur steckte eine Art Papier. Verwundert zog sie ihre Brauen nach oben. Ihre Finger machten sich sofort daran, das kleine Stück Papier zu ertasten, was gar nicht so einfach war. Nach mehreren Versuchen und längerem Hin- und Her Schütteln fiel das Stück Papier endlich so, dass sie es wie eine Pinzette mit beiden Fingern packen und herausziehen konnte. Es fühlte sich dicker an als normales Papier und hatte eine seltsam glatte Oberfläche. Eilig faltete sie es in der Mitte auseinander und blickte überraschenderweise auf ein Foto. Ihre Augen sahen es entgeistert an. Sie hatte diese Aufnahme noch nie zuvor gesehen. Schlagartig fing ihr Herz an zu klopfen und ein kleiner Schauer lief ihr über den Rücken. Was hatte das zu bedeuten?

Da waren zwei Personen zu sehen. Die eine kannte sie gut. Sie kannte sie sogar richtig gut. Das glaubte sie jedenfalls. Die andere Person hatte sie noch nie in ihrem Leben gesehen. Ihre Finger fingen an zu kribbeln. Nachdenklich richtete sie ihren Blick nach oben.

Plötzlich war hinter ihr ein Geräusch. Ein schnelles Poltern. Sie erschrak und riss die Augen auf.

10.

Urplötzlich stand sie stocksteif da und horchte in den Dachboden. Doch ihre Ohren rauschten förmlich vor Angst. Ihre zittrigen Finger hielten noch immer das geheimnisvolle Foto als sie sich langsam mit pochendem Herzen umdrehte.

Erleichterung.

Da war niemand.

Sie atmete ruckartig aus und ihre Glieder entspannten sich. Auch ihr Herz beruhigte sich langsam und näherte sich wieder seinem normalen Rhythmus. Irritiert sah sie sich um.

Dann erkannte sie die Quelle des Polterns. Eines der Fotoalben war aus der Truhe gerutscht und lag nun auf dem staubigen Holzboden. Es war nur der Aufprall des Albums, der sie so dermaßen erschreckt hatte. Sie schüttelte hastig den Kopf und schielt sich selbst einen Angsthasen. Doch diese schlagartige Unterbrechung ihrer Entdeckungsreise erinnerte sie auch daran, dass jederzeit ihre Eltern auf-tauchen könnten. Zumindest ihre Mutter. Sie beeilte sich, die außergewöhnliche Fotografie aus der Figur mit dem Handy abzulichten und schob sie vorsichtig zurück in den grauen Porzellandackel. Schnell stellte sie ihn zurück zum anderen Krimskrams ins Regal und ging über die Sprossen der Dachleiter zurück in den ersten Stock. Dort angekommen, horchte sie erneut. Sie konnte keinerlei Geräusche wahrnehmen. Es schien glücklicherweise noch niemand außer ihr im Haus zu sein. Scheppernd schob sie die Leiter nach oben und schloss die Luke. Dann legte sie den Stab hastig zurück unter die Kommode und lief hinunter ins Erdgeschoss.

Auch jetzt war noch alles ruhig. Sie konnte sicher sein. Es war noch niemand hier. Erneut atmete sie erleichtert durch. Keiner hatte etwas von ihrer Durchsuchung bemerkt. Sie konnte geradezu spüren, wie sich das Adrenalin in ihrem Körper langsam abbaute und sich ihre Atmung wieder normalisierte. Ihre Mutter würde allerdings jeden Moment nach Hause kommen. Erst in diesem Moment fiel Pia auf, dass sie noch immer ihren Schlafanzug trug. Sie hastete zurück ins Gästezimmer, um sich frische Unterwäsche aus ihrer Handtasche zu holen. Dann streifte sie sich ihre blaue Jeans und den weißen Strickpullover vom gestrigen Tag über. Während sie sich kurze Zeit später im Badezimmer frisch machte, hörte sie auch schon, wie jemand die Haustür ins Schloss fallen ließ. Trotz der unverfänglichen Situation in der sie sich mittlerweile befand, setzte das Herzklopfen erneut ein. Ihre Mutter war zurück. Pia spülte das restliche Zahnputzwasser aus und verließ das Bad.

Gudrun Schneider war gerade dabei, ihren dunkelbraunen Wollschal an die Garderobe zu hängen als Pia zu ihr in den Flur trat.

»Hallo, Mama«, versuchte es Pia mit einer wohlwollenden Stimme.

Ihre Mutter schaute sie im ersten Moment etwas unsicher an. Schlagartig spüre Pia wieder diese seltsam angespannte Atmosphäre zwischen ihnen. Ich bin hier der Eindringling, der die durchstrukturierte Tagesordnung stört, dachte Pia wieder. Ich sehe ihr eindeutig an, dass sie möchte, dass ich gehe.

»Hallo, Pia«, antwortete ihre Mutter nach einigen Sekunden angespannt. Ein schwaches Lächeln war auf ihren Lippen zu erkennen. Doch es wirkte nicht echt.

»Wie war es bei der Zahnreinigung? Ist alles in Ordnung?«, versuchte sich Pia freundlich zu erkundigen, um die Atmosphäre etwas aufzulockern.

»Na ja, wie es da eben so ist«, kam knapp von ihrer Mutter zurück. Dann fügte sie noch hinzu, »Aber meine Zähne sind in Ordnung, falls du das meinst.«

Pia wollte gerade erneut ansetzen als ihre Mutter ihr zuvorkam und sagte, »Ich kümmere mich gleich ums Essen.«

»Kann ich dir dabei helfen, Mama?«

»Nein, nein, ruhe dich nur etwas aus. Du hast ja wieder eine lange Reise vor dir«, winkte ihre Mutter ab und machte somit umso deutlicher, dass es für Pia an der Zeit war, wieder abzureisen. Damit ließ sie ihre Tochter allein im Flur stehen und verschwand in der Küche. Sekunden später war schon das Scheppern der ersten Töpfe zu hören, die sie geschäftig aus ihren Schränken zog.

Einige Zeit stand Pia noch etwas ratlos im Flur. Dann ging sie zurück ins Gästezimmer. Es war der Ort, an dem sie hier am meisten Zeit verbrachte. Wofür eigentlich?, fragte sie sich ein weiteres Mal ärgerlich. Doch immerhin hatte ihre kleine Entdeckungsreise am Dachboden etwas Erfrischendes in diesen Besuch gebracht. Sie legte sich auf das alte Bett aus Eichenholz und schaute die Fotos auf ihrem Handy an, die sie vor gut einer halben Stunde abgelichtet hatte. Insbesondere zog sie die geheimnisvolle Aufnahme aus dem Porzellandackel in den Bann. Wer war nur diese fremde Frau auf diesem Foto?

Und warum stand sie neben ihrem Vater?

Und weshalb sahen die Beiden so aus, als würden sie sich sehr nahestehen?

Und wieso war das Foto in dieser Porzellanfigur gewesen?

Es schrie förmlich danach, als wäre es bewusst darin versteckt worden. Als hätte es niemand darin finden sollen. Sie versuchte, das Foto etwas zu vergrößern, indem sie beide Finger von innen nach außen über ihr Display zog. Die Aufnahme wurde dadurch aber leider etwas unscharf. Nachdenklich betrachtete sie ihren Vater. Er war auf diesem Foto noch wesentlich jünger gewesen. Sie schätzte, dass es vor ungefähr 35-40 Jahren entstanden sein musste. Rudolf Schneider lächelte etwas unsicher, aber auch irgendwie gut gelaunt und gelöst in die Kamera. Sein Gesichtsausdruck war ein ganz anderer als er ihn sonst an den Tag legte. Irgendwie nicht so streng, dachte Pia. Ihr Vater hatte am Tag der Aufnahme ein lockeres Hemd in einem Grauton mit feinen Streifen getragen. Seine Haare waren damals noch dunkelbraun gewesen, ohne jegliche graue Strähne. Heute war es längst grau meliert und insgesamt auch wesentlich lichter. Ihr Blick wanderte weiter zu dieser unbekannten Frau. Pia vergrößerte auch hier die Aufnahme, bis sie etwas grobkörnig wurde, damit sie die

Frau im Detail betrachten konnte. Diese Frau hatte sie wirklich noch nie gesehen. Blonde, füllige, etwa kinnlange Locken schmiegten sich an einem zierlichen Gesicht entlang. Ihre Augen strahlten in einem hellen Braunton. Und sie strahlten wirklich. Zudem trug sie ein auffallendes, aber sehr schönes Make-up, welches ihre Weiblichkeit noch mehr zur Geltung brachte. Die Frau wirkte glücklich und irgendwie energetisch. Auf ihrem schwarzen Pullover reihten sich große rote Kirschen aneinander. Ein wohl sehr auffallendes Oberteil für die damalige Zeit, überlegte Pia. Der Kopf der Unbekannten wirkte sehr klein neben dem ihres Vaters. Es musste sich daher um eine eher kleine, zierliche Frau handeln. Trotzdem strahlten ihre Augen etwas Kraftvolles aus. Pia konnte sich nicht recht entscheiden, ob ihre Ausstrahlung von einem großen Selbstbewusstsein zeugte oder es eine abenteuerlustige Energie war, die hinter dieser zarten Erscheinung zu schlummern schien. Das Alter der attraktiven jungen Frau entsprach ungefähr dem ihres Vaters, mutmaßte sie.

Wer bist du bloß?, fragte Pia vor sich hin.

Sie dachte darüber nach, ob es eine Verwandte gewesen sein könnte. Ihr Vater hatte keine Schwester. Es hatte nur einen Bruder gegeben. Onkel Berthold war aber schon vor mehreren Jahren ums Leben gekommen. Herzstillstand hatte die Diagnose gelautet. Eines Tages war er an seinem Arbeitsplatz in einer Raffinerie plötzlich tot umgefallen. Einfach so. Das war sehr schlimm für seine damalige Lebensgefährtin Margit. Glücklicherweise ließ er keine Kinder zurück. Margit hatte Jahre danach noch einmal die Liebe gefunden, erinnerte sich Pia. Sie hatte die Frau ihres Onkels immer sehr gerne gemocht. Ihr offenes und herzliches Wesen war ganz anders gewesen, als die kühle, oft zurückhaltende Art ihrer Mutter. Vielleicht hatte Margit nach Bertholds Unfall sogar noch eine eigene Familie gründen können. Sie wusste es leider bis heute nicht. Der Kontakt war irgendwann in den Jahren nach Onkel Bertholds Tod abgerissen.

Nachdenklich inspizierte sie weiter das geheimnisvolle Foto. Es fiel ihr einfach keine plausible Erklärung ein, wer die Frau sein könnte und warum das Foto in dem kleinen Porzellandackel versteckt gewesen war. Sie könnte ihre Eltern danach fragen. Doch es schauderte sie bei diesem Gedanken. Zum einen würden sie dann wissen, dass Pia am Dachboden gewesen war und zum anderen spürte sie, dass es sich hier um etwas handeln könnte, von dem ihre Mutter vielleicht gar nichts wusste. Oder begann sie in eine völlig falsche Richtung zu fantasieren? Die Neugier und den Drang, es herauszufinden, ließen ihren Körper förmlich kribbeln.

Markus, könntest du mir vielleicht sogar sagen, wer das ist? Immerhin warst du ein gutes Jahr älter als ich, sagte sie mit einem kleinen Lächeln auf den Lippen und dem Blick nach oben gerichtet. Doch es kam natürlich auch hier keine Antwort.

Zu gern hätte sie gewusst, ob ihre Mutter diese Frau kannte und vor allem was ihr Vater zu diesem Foto erzählen könnte.

Die unterschiedlichsten Szenarien schossen ihr fortwährend durch den Kopf. Doch bei keinem konnte sie sich natürlich sicher sein, dass es der Wahrheit entsprach. Fakt war, sie wollte unbedingt herausfinden, was es mit dieser seltsamen Aufnahme auf sich hatte. Aber wie?

Vielleicht sollte sie doch versuchen, ihre Mutter darauf anzusprechen. Wenn sie gemeinsam mit ihrer Mutter auf den Dachboden ginge und die Figur dann, wie zufällig, erneut in den Händen halten würde, könnte sie diese unauffällig auf das Foto ansprechen. Die Neugier trieb sie förmlich an. Sie wollte es zumindest versuchen.

Beim späteren gemeinsamen Mittagessen wartete Pia auf einen günstigen Augenblick, um ihr Vorhaben einzuleiten. Ihr Vater würde erst abends nach Hause kommen, hatte ihr ihre Mutter bereits vor dem Essen mitgeteilt. Somit waren sie nur zu zweit am Mittagstisch. Mittlerweile hatte sie akzeptiert, dass ihre Eltern ohnehin nicht über Markus Tod sprechen wollten. Sie hoffte, dass sie eines Tages von selbst mit diesem Thema auf sie zukommen würden. Der Umstand, dass sie nun ihre spannende Entdeckung gemacht hatte, erleichterte es ihr, fürs Erste darüber hinwegzusehen.

Ihre Mutter war gerade dabei, geschäftig Pichelsteiner Eintopf in ihre beiden Teller zu schöpfen. Pia suchte nach ihrem Blick, um das Gespräch zu beginnen. Diese wich ihr aber, wie sie es bereits erwartet hatte, weiter aus. Also musste sie erst die Stimmung verbessern, um die Chance auf das Gelingen ihres Plans zu verbessern, überlegte Pia.

»Mama, es schmeckt richtig gut. Danke«, fing Pia das Gespräch unverfänglich an.

»Schön, dann iss genug. Du hast wieder eine lange Fahrt vor dir.« Ihre Mutter schenkte ihr ein kurzes kleines Lächeln, ehe sie den Kopf wieder ihrem Teller zuwandte.

»Hast du heute noch etwas vor?«

»Ich wollte noch die Fenster putzen und später einen

Kuchen backen.«

»Ich kann dir helfen, wenn du möchtest?«

»Aber dein Zug geht doch sicher bald? Felix wird schon auf dich warten.« Ihre Mutter legte einen hoffnungsvollen Blick auf.

Pia musste sich sehr zusammenreißen, um ihren aufkeimenden Ärger über die etwas provozierende Aussage nicht zu zeigen. Bemüht freundlich sagte sie, »Ja, Mama. Ich vermisse Felix auch schon sehr. Heute Abend um 20:44 Uhr geht mein Zug. Also habe ich noch etwas Zeit, um dir zu helfen.«

»Das ist wirklich nicht nötig, Pia.«

»Möchtest du mit mir nach dem Essen dann vielleicht noch etwas Spazierengehen, Mama?«

»Pia, dafür habe ich leider wirklich keine Zeit. Weißt du, wenn ich gewusst hätte, dass du kommst...«, sie ließ den Satz offen, fügte dann aber noch hinzu, »Ich hoffe, du bist mir nicht böse deswegen.«

Mit so etwas in der Art hatte Pia ohnehin gerechnet. Sie versuchte nun, ihr Vorhaben einzuleiten. »Mama, ich würde Felix gerne ein paar Fotos von früher zeigen. Kann ich mir die alten Fotoalben ansehen, während du beschäftigt bist? Ich kann ein paar der alten Aufnahmen einfach mit dem Handy für ihn abfotografieren.«

Ihre Mutter saß auf einmal stocksteif da. Ihrem konsternierten Gesichtsausdruck war anzumerken, dass sie sich gar nicht wohl in ihrer Haut fühlte. Pia meinte zu erkennen, dass sie offenbar fieberhaft nach Ausflüchten suchte. Himmel, was ging nur in ihr vor?, dachte sie verwundert.

»Ich werde natürlich für dich später nachsehen. Aber ich weiß nicht, ob wir noch die Alben von früher haben«, versuchte ihre Mutter ihr erneut auszuweichen.

Pia wurde langsam wütend. Das Verhalten ihrer Eltern war mittlerweile wirklich anstrengend und einfach nur noch seltsam. Sie entgegnete ihr aufgebracht, »Mama, du wirst doch Fotos aus unserer Kindheit aufgehoben haben!«

»Natürlich habe ich das«, beeilte sich ihre Mutter zu sagen, »Ich muss nur sehen, wo ich sie hingeräumt habe.«

»Tu das«, entgegnete Pia wütend, wobei ihr schon längst bewusst war, dass ihr Plan so nicht gelingen würde.

Missmutig saß sie weiter stumm da und schob Löffel für Löffel Pichelsteiner in ihren Mund, als sie plötzlich nicht mehr an sich halten konnte. Sie richtete den Blick fest auf ihre Mutter. »Ihr verhaltet euch sehr komisch. Ich weiß nicht, was los ist, aber seit ich euch von Markus Tod erzählt habe, weichst du mir ständig aus!«

Ihre Mutter fing an zu zittern. Pia konnte den Löffel förmlich hin und her schwingen sehen als sie sie weiter beobachtete. Sie hatte sogar den Eindruck, dass ihre Mutter mit den Tränen kämpfte. Dieser Anblick erregte irgendwie ihr Mitleid. Vorsichtig schob sie eine Hand über den Tisch und legte sie auf ihren Unterarm. Dabei sah sie sie einfühlsam an.

Auf diese leichte Berührung hin sprang diese aber hastig auf und rief schniefend, »Pia, ich kann das gerade nicht. Ich muss eben zur Toilette.« Damit ließ sie ihre Tochter alleine sitzen und lief aus der Küche.

Pia war gerührt und verwirrt zugleich. Nachdenklich blickte sie ihr nach. Dann starrte sie erneut völlig ratlos auf die noch leicht dampfenden Teller. Der Appetit war ihr nun vollends vergangen. Es waren bestimmt mehr als fünf Minuten vergangen, in denen sie reglos dasaß und nur vor sich hin gestarrt hatte, ehe sie sich wieder rührte. Ihre Mutter hatte offensichtlich vor, noch länger im Badezimmer zu bleiben. Es war regelrecht eine Flucht gewesen, wie sie schlagartig vom Tisch aufgesprungen war. Pia erkannte, dass weiteres Warten nutzlos wäre und stand auf, um den Tisch abzuräumen. Die Teller stellte sie in die Spüle und die Reste des Eintopfs verstaute sie im Kühlschrank. Ihre Mutter verblieb währenddessen weiter im Badezimmer, als hätte sie vor, darin ihr Nachtquartier aufzuschlagen. Pia zog sich erneut ins Gästezimmer zurück. Was hätte sie auch sonst groß tun sollen? In Gedanken versunken verbrachte sie den ganzen Nachmittag dort, beantwortete Textnachrichten und telefonierte mit Matthias.

Eines hatte sie jetzt für sich erkannt. Es war zwecklos.

Ihre Eltern würden nicht mit ihr über Markus Tod sprechen, auch wenn ihr der Grund schleierhaft erschien. Außerdem würde ihre Mutter auch sicher keine Fotoalben für sie heraussuchen oder sie gar mit auf den Dachboden begleiten. Sie konnte hier als Tochter nichts mehr tun.

Gegen 19 Uhr packte sie all die wenigen Habseligkeiten, die sie mitgebracht hatte, in ihre Handtasche und ging nach unten. Gudrun und Rudolf Schneider saßen längst beim Abendessen als sie in die Küche blickte. Vermutlich hatten sie Angst vor weiteren Konfrontationen mit ihrer Tochter und ihr daher nicht einmal mehr für das gemeinsame Essen Bescheid gegeben. Mit ihrer großen, dunkelblauen Handtasche unterm Arm stand Pia im Türrahmen der Küche und schaute die beiden resignierend an. Ihre Eltern wirkten plötzlich wie völlig Fremde in ihren Augen. Es war, als würde sie ein fremdes altes, spießiges Ehepaar dabei beobachten, wie sie in trockener Atmosphäre ihr

Abendbrot zu sich nahmen, dachte sie etwas bösartig.

Ihr Vater hob nicht einmal den Blick, obwohl ihm anzusehen war, dass er seine Tochter durchaus registriert hatte.

Ihre Mutter bemühte sich dagegen nach einigen Sekunden um ein wenig Normalität und sagte, »Oh, Pia. Du hast schon gepackt. Möchtest du noch etwas essen, bevor du fährst?«

»Nein, danke. Ich habe keinen Hunger, Mama«, sagte sie mit fester Stimme.

Daraufhin reagierte auch ihr Vater endlich. Er drehte seinen Kopf in ihre Richtung und sagte, »Ich esse eben noch fertig. Dann kann ich dich zum Bahnhof bringen".

»Nicht nötig. Ich wollte euch keine Umstände machen und habe mir ein Taxi gerufen«, erwiderte Pia knapp. Sie wollte noch nicht einmal mehr auf die beiden zugehen, um sich zu verabschieden. Ihr ganzer Körper sträubte sich gegen jegliche Nähe. Sie spürte in diesem Moment ohnehin, dass ihre Eltern keine Umarmung zum Abschied gewollt hätten. So atmete sie noch ein letztes Mal tief durch, ehe sie sagte, »Also, ich fahre dann. Wenn ich euch irgendwie helfen kann oder ihr irgendwann reden wollt, könnt ihr euch jederzeit bei mir melden. Das wisst ihr.«

Ihr Vater nickte kaum merklich.

»Danke, Pia. Schön, dass du da warst«, sagte ihre Mutter und schaute dabei in ihren Teller.

Pia musste sich zusammenreißen, um bei dieser Aussage nicht lauthals, verächtlich loszulachen. Was für eine Lüge, dachte sie. Doch sie blieb höflich und bemühte sich um ein neutrales Gesicht. Mit einem »Tschüss« verabschiedete sie sich letztendlich kurz und knapp von ihren Eltern und ging in Vorfreude auf ihr Zuhause in Richtung Haustür.

Sie glaubte, noch ein leises gemeinschaftliches »Tschüss, Pia« wahrzunehmen. Doch sie drehte sich nicht mehr um. Als sie in die Dämmerung hinaustrat, beschrieb ihr Gefühl eine unglaubliche Leere. Dieser Besuch war so unerwartet schlecht verlaufen, wie sie es niemals erwartet hätte. Jegliche Stimmung zwischen ihr und ihren Eltern war in den letzten beiden Tagen durchweg angespannt und unterkühlt gewesen. Eine derart unangenehme Atmosphäre, wie sie sie nie wieder erleben wollte. Sie wusste nicht, was sie nach den letzten beiden Tagen nun über ihre Eltern denken sollte. Weshalb hatten sie keine Reaktion auf Markus Tod zeigen wollen? Und was hatte es mit diesem geheimnisvollen Foto auf sich? Mit diesen Fragen im Kopf stieg sie in das wartende Taxi.

11.

Der Garten war erfüllt von fröhlichem Kinderlachen als die Sonne langsam hinter den hohen Bäumen verschwand. Ihre Schuhe strotzten nur so vom feinkörnigen Sand, den ihre Mutter später wieder mühsam herunterbürsten würde. Es klang vollkommen verrückt, aber manchmal hatte Pia das Gefühl gehabt, ihre Mutter war direkt enttäuscht gewesen, wenn sie die Schuhe nach dem Spiel im Garten mal nicht hatte putzen müssen. Fast so, als würden saubere Schuhe ihren bereits durchgeplanten Tagesablauf durcheinander bringen.

»Meine Burg ist fertig, Pia, guck mal!«

»So groß! Die ist ja riesig! Aber ich mag nicht mehr im Sandkasten bleiben. Was wollen wir als Nächstes spielen?«, rief sie aufgeregt.

»Verstecken! Spielen wir Verstecken, Pia. Ich zähle bis 20 und dann suche ich dich. Aber such dir ja ein gutes Versteck!«

»Okay, aber du musst ganz langsam zählen.«

»Na, los jetzt! Eins... zwei... drei... «

Die schöne Erinnerung legte sich so unglaublich warm um ihr Herz. Verstecken spielen, wie oft hatten sie das gemacht? Markus hatte es geliebt, auch wenn sie anfangs keine ebenbürtige Spielgefährtin abgegeben hatte. Sie erinnerte sich noch genau, wie er sie oft geschimpft hatte, »Mensch, Pia! Du kannst dich doch nicht zweimal hintereinander an der gleichen Stelle verstecken. Dann finde ich dich doch sofort.« Er hatte seine kleine Kinderstirn dabei richtig fest gerunzelt. Mit ihren knapp fünf Jahren hatte sie ein raffiniertes Versteckspiel aber noch nicht so recht verstanden. Sie hatte tatsächlich gedacht, dass der Busch hinter dem Schaukelgerüst einfach das beste Versteck von allen war. Natürlich hatte sich ihr Bruder darüber geärgert, dass sie sich nie ein anderes Versteck hatte suchen wollen. »So macht das keinen Spaß, Pia!«

In ihrer kindlichen Naivität hatte sie ihn dann gefragt, »Okay, wo soll ich mich dann jetzt verstecken, Markus?«

Sie musste plötzlich lachen beim Gedanken daran, was für ein Gesicht er erst dann gemacht hatte. Das sind meine Erinnerungen an dich, Markus. Die nimmt mir keiner weg, dachte sie wehmütig.

Während der Zug mit seinen monotonen Fahrgeräuschen weiter in Richtung Cham fuhr, schlief sie schließlich irgendwann ein. Wenig später wachte sie jedoch plötzlich von einem lauten Geräusch auf. Ihre Augen brauchten einen Moment, um die Quelle des Lärms auszumachen. Dann sah sie ihn. Ein Mann hatte die Tür zu ihrem Abteil aufgeschoben und war gerade dabei, sie wieder hinter sich zu schließen. Er drehte sich zu ihr um und schaute ihr freundlich in die Augen.

»Hallo, ist hier noch frei?«, fragte er unnötigerweise.

Sie hatte auch bei der Rückfahrt während der ersten Stunde das Glück gehabt, ein ganzes Abteil für sich zu finden, und sie wäre auch sehr gerne alleine geblieben. Sie fühlte sich immer ein wenig beobachtet, wenn im Zug oder Bus jemand so nah bei ihr saß. Es war einfach so ein beklemmendes Gefühl, dass sie in Gegenwart von Fremden nicht ganz sie selbst sein konnte. Doch sie wusste natürlich, dass sie in einem öffentlichen Zug keine Wahl hatte, wenn sich jemand zu ihr ins Abteil setzen wollte.

Somit bemühte sie sich um eine künstliche, aber freundliche Miene und sagte, »Hallo, ja, natürlich.« Nach diesen Worten drehte sie ihren Kopf zurück zum Fenster, um demonstrativ zu signalisieren, dass sie keine Lust auf ein weiteres Gespräch hatte.

Der Herr mittleren Alters mit seinem schütteren, grau-schwarzen Haar setzte sich ihr gegenüber, aber zwei Plätze weiter links von ihr. Zumindest hielt er so den maximalen Abstand, den er hier im Abteil zu seiner Mitreisenden wählen konnte. Aber er tat so, als hätte er nicht gemerkt, dass sie nicht an einer Unterhaltung interessiert war. Sie spürte förmlich, wie sich seine dunklen Augen an sie hefteten. Bald darauf begann er auch schon sie erneut anzusprechen, »Es ist sehr angenehm, wenn der Zug so leer ist, nicht wahr?«

Pia verdrehte innerlich die Augen und dachte, ja, es war schön als ich noch meine Ruhe hatte. Doch der schon früh gelernte Anstand zwang sie, eine angemessene höfliche Antwort zu formulieren. »Ja, das stimmt. Dann kann man ein wenig schlafen und zur Ruhe kommen«, versuchte sie ihr Desinteresse an einem Gespräch zu bekräftigen.

»Das ist mir leider noch nie während einer Zugfahrt gelungen. Ich bin unterwegs nach Hause. Es sind noch fast drei Stunden. Ich war auf Besuch bei meiner Schwester.

Sie hat zwei Jungs. Wissen Sie, meine beiden Neffen sind einfach wundervoll. Ich sehe sie viel zu selten. Jetzt überlege ich schon die ganze Zeit, was ich ihnen beim nächsten Besuch zum Geburtstag mitbringen könnte, sie sind jetzt drei, wissen Sie.«

Pia gab auf. Der Mann wirkte wirklich sympathisch und obwohl seine Augen sehr dunkel waren, strahlten sie eine gewisse Wärme aus.

»Sie könnten es mit Fußbällen versuchen. Die kommen normalerweise immer gut an bei kleinen Jungs«, schlug sie vor.

Der Mann richtete den Blick nach oben, als würde er einen Moment nachdenken. Dann sagte er, »Das ist eine gute Idee, denke ich. Ich danke Ihnen." Er machte eine Pause, ehe er fortfuhr. »Familie ist das Wichtigste im Leben, nicht wahr? Ich hoffe, Ihre Reise hat heute auch ein schönes Ziel.«

Diese Aussage verursachte einen kleinen Stich in Pias Herz. Sie spürte, wie sich ihr Hals plötzlich zuschnürte. Der Mann hatte offenbar bemerkt, dass sich ihr Gesichtsausdruck verändert hatte.

»Habe ich etwas Falsches gesagt?«, fragte er verwundert.

Pia konnte es sich nicht erklären, warum, aber sie sagte plötzlich, ohne richtig darüber nachzudenken, »Mein Bruder ist gestorben.«

»Um Gottes Willen!«, rief der Mann ehrlich besorgt, »Und ich rede Sie hier von wegen Familie voll. Das tut mir schrecklich leid für Sie.« Er machte eine bedeutungsvolle Pause, dann fragte er vorsichtig, »Es liegt noch nicht lange zurück, oder?«

Und da begann Pia zu erzählen. Sie erzählte ihm alles. Vom schrecklichen Auffinden ihres Bruders, wie nahe sie sich gestanden hatten, wie schwierig es jetzt für Sandra und Nele war, wie komisch sich ihre Eltern verhielten und dass sie ein seltsames, geheimnisvolles Foto am Dachboden gefunden hatte. Als sie ihre Erzählung beendet hatte, hielt sie mit ihrer Verzweiflung nicht mehr hinter dem Berg und begann, zu weinen. Der fremde, sympathische Mann hatte ihr die ganze Zeit über aufmerksam zugehört, ohne ihre Schilderung zu kommentieren. Ohne ein Wort reichte er ihr anschließend ein Taschentuch. Als ihre Tränen versiegten, wurde ihr diese befremdliche Situation bewusst, in die sie sich nun selbst gebracht hatte. »Das ist mir jetzt total unangenehm, entschuldigen Sie bitte.«

Der Mann schaute sie mitfühlend an und sagte, »Aber nicht doch. Ich finde es gut, dass sie alles mal ausgesprochen haben. Es tut mir sehr leid, dass Sie all dies durchmachen müssen.«

Pia schaffte es nur, ein dankbares Lächeln hervorzubringen.

»Es muss sehr hart für Sie sein. Ich kann sehen, dass Ihnen Ihr Bruder sehr wichtig war.«

»Ja, das war er. Es tut mir leid, dass Sie sich das jetzt alles anhören mussten. Das war wirklich sehr unpassend von mir«, sagte sie etwas beschämt.

»Aber, nein. Ich bin dankbar, dass Sie diesen Schicksalsschlag mit mir geteilt haben. Ich denke, das war wichtig für Sie und außerdem auch sehr mutig, wie ich finde.«

Pia nickte dankbar. »Es hat gut getan, alles loszuwerden. Ich hatte das Gefühl, mein Kopf platzt irgendwann. Nun fühle ich mich etwas besser, aber ich weiß einfach nicht, wie es jetzt weitergehen soll.«

Der freundliche Mann sah sie nachdenklich an. Dann sagte er, »Aber müssen Sie das denn zum jetzigen Zeitpunkt schon wissen? Manchmal hilft es schon, etwas abzuwarten, um die Dinge klarer zu sehen. Aber ich kann sehr gut verstehen, dass Sie herausfinden möchten, wer diese Frau auf dem Foto ist.« Er machte eine kurze Pause und schien einen Moment zu überlegen. »Mir würde es wohl genauso gehen. Es ist sicher sogar richtig spannend die Hintergründe darüber zu erfahren.«

»Es beschäftigt mich, ja. Wahrscheinlich ist es wirklich nur ein harmloses Foto, ohne jegliche weitere Bedeutung. Nur eine alte Schulfreundin oder irgendetwas in dieser Art. Aber ich bin einfach neugierig geworden.«

»Schulfreundin...,« überlegte der Mann laut, »da haben Sie gerade etwas Interessantes gesagt. Vielleicht kann ich Ihnen sogar ein wenig bei der Nachforschung helfen.«

»Wie meinen Sie das?«

»Sie sagten, Ihre Eltern kommen auch ursprünglich aus Cham, oder?«, fragte er sodann.

»Ja, warum fragen Sie?«

»Und das Foto könnte auch aus der Schulzeit Ihres Vaters stammen?«

»Ja, vom Alter her würde es passen oder nur wenige Jahre später, denke ich.«

»Wissen Sie, ich habe mich noch gar nicht vorgestellt.« Er machte eine bedeutungsvolle Pause. »Mein Name ist Karl Freisinger. Ich bin Rektor an der Realschule in Cham. Aber erst seit ein paar Jahren. Ich war vorher in München angestellt und dort als Rektor tätig, wissen Sie.«

Pia schaute den Mann genauer an. Sie glaubte, ihn noch

nie in Cham gesehen zu haben. Zumindest nicht bewusst. Dann schlug sie sich plötzlich ihre Hände vor ihr Gesicht, »Oh, nein! Mein Sohn Felix wird dann vielleicht irgendwann Ihre Schule besuchen. Das ist mir jetzt aber wirklich furchtbar peinlich.«

Karl Freisinger lachte. Dann beschwichtigte er sie, »Das muss Ihnen doch nicht peinlich sein. Noch einmal, ich finde es sehr mutig von Ihnen, dass Sie sich mir anvertraut haben. Und, wie gesagt, vielleicht kann ich Ihnen sogar bezüglich des Fotos helfen. Wie ist denn eigentlich Ihr Name?«

»Entschuldigen Sie, mein Name ist Pia Sendtner. Was meinen Sie damit, dass Sie mir vielleicht helfen können?«

»Wenn das Foto eine Frau zeigt, die auch hier in Cham aufgewachsen ist, wäre es gut möglich, dass sie in den Jahrbüchern unserer Schule zu finden ist. Sollte das nicht der Fall sein, kann ich natürlich auch ehemalige Lehrer danach fragen, ob ihnen diese Frau bekannt vorkommt.«

In Pias Kopf ratterte es. Das klang alles plausibel. War es möglich, dass sie so herausfinden könnte, wer die Frau war? Vielleicht. Sie konnte ihr Glück über diese Begegnung in diesem Moment noch gar nicht richtig fassen. »Wow, ich danke Ihnen, Herr Freisinger. Das ist sehr freundlich von Ihnen. Ich denke, ich nehme es gerne an«, sagte sie mit hoffnungsvollen Augen.

»Karl. Nennen Sie mich doch Karl, wo wir schon so viel Privates geteilt haben. Natürlich gibt es da dieses kleine Datenschutzproblem. Aber ich möchte Ihnen helfen und da finden wir sicher einen Weg«, sagte er freundlich.

»Okay, Karl, ich bin Pia«, sagte sie mit einem breiten Lächeln.

Er quittierte es ebenso mit einem Lächeln und sah anschließend aus dem Fenster. »Die nächste Haltestelle ist schon die unsere. Den Rest der Woche habe ich noch Urlaub. Aber komm doch Montagvormittag im Rektorat vorbei, Pia. Dann werden wir sehen, ob wir gemeinsam etwas herausfinden können.«

Urplötzlich wurde sie von einer Begeisterung gepackt und malte sich gedanklich schon aus, wie sie mit Karl gemeinsam die Jahrbücher vergangener Schulklassen durchforstete. Eintauchen in die Schulzeit ihrer Eltern und vielleicht dabei etwas Interessantes über Ihren Vater herausfinden. Es versprach richtiggehend spannend zu werden!

Als der Zug hupend in den Chamer Bahnhof einfuhr, bedankte sie sich noch einmal herzlich bei dem hilfsbereiten Mann. Regelrecht beflügelt stieg sie aus und war froh, jetzt einen Punkt zu haben, an dem sie ansetzen konnte. Ein kleiner Lichtblick, der ihr immerhin ein wenig aufregende Ablenkung verschaffen würde, in den letzten so düsteren Tagen.

Es war schon nach Mitternacht als sie müde und geschafft die Haustür aufschloss. Es fühlte sich unglaublich gut an, wieder zu Hause zu sein. Matthias war längst auf der Couch eingeschlafen. Er schreckte kurz hoch, als sie das Wohnzimmer betrat und das Licht einschaltete. Sie musste für einen Moment schmunzeln, weil im Hintergrund der Fernseher noch eingeschaltet war und darin wieder einer dieser schießwütigen Kriegsfilme lief. Ihr Mann zog sie sofort zur Begrüßung liebevoll in seine Arme und gab ihr einen langen Kuss. »Komm her. Du bist wieder da. Wie schön«, sagte er mit einer sehr müden Stimme.

»Ja, endlich«, sagte sie. »Ich muss dir so viel erzählen, Schatz.«

Er runzelte kurz die Augenbrauen. Dass ihre Eltern sich so seltsam verhalten hatten, wusste er bereits von ihren Telefonaten. Von dem ominösen Foto aus dem Dachboden und ihrer Begegnung im Zug noch nicht.

»Aber wir machen das morgen. Ich schaue kurz nach Felix und dann legen wir uns ins Bett, ja?«, fragte sie ihn mit einem Lächeln auf den Lippen.

»Gute Idee«, nickte er und blinzelte ihr kurz zu. Sie lachte, als sie erkannte, dass er es als besondere Einladung aufgefasst hatte. Zu gut kannte sie diesen Blick.

Mit leisen Schritten näherte sie sich dem Kinderzimmer. Sie spürte, wie eine angenehme Wärme ihren Körper durchflutete, als sie ins Zimmer ihres Sohnes ging. Felix hatte seinen großen, braunen Stoffhasen im Arm, den sie vor einigen Jahren zusammen »Hase Norbert« getauft hatten. Seine Bettdecke war wieder etwas weggerutscht und gab seine kleinen Füße frei. Sie deckte ihn, wie schon so oft, wieder zu und gab ihm einen Kuss auf die Stirn.

»Schlaf gut, mein Großer. Ich hab dich lieb«, flüsterte sie leise. Damit ging sie aus seinem Zimmer und lag wenige Minuten später in ihrem eigenen Bett, um sich ganz dicht an Matthias zu schmiegen. Das Letzte, was sie dachte, war, ich bin so froh, dass ich euch habe. Ihr seid gerade mein ganzer Halt. Dann fing Matthias an, sie zärtlich zu küssen und verscheuchte damit schon bald all ihre aufwühlenden Gedanken.

12.

»Da ist mein Schwert und damit kämpfe ich jetzt gegen dich, du böser Ritter!«

»Nein, ich bin der gute Ritter und außerdem gehört mir die Prinzessin. Also gib sie her!«

»Nein, du musst der böse Ritter sein, Nele! Und der König und die Prinzessin gehören mir, weil das meine Spielsachen sind!«

»Das ist doof, dann spiele ich nicht mit dir! Das ist sowieso nur etwas für Babys!« Damit warf Nele die kleine silberfarbene Ritterfigur in die Ecke.

»Hey, ihr zwei. Hört bitte auf zu streiten. Ihr könnt doch beide gute Ritter sein und gemeinsam gegen den bösen Drachen kämpfen?«, schlug Pia vor.

»Aber wir haben gar keinen richtigen Drachen, Mama!«, protestierte ihr Sohn.

»Wie wäre es denn mit diesem Kuscheltier als Drachen?«, Pia hob erwartungsvoll einen kleinen Dinosaurier hoch.

»Das ist aber gar kein Drache! Das ist ein Stegosaurus!«, kam es sogleich von Nele.

Pia sah einen Moment anerkennend auf ihre Nichte.

»Toll, Nele! Was du alles weißt! Aber dieser Stegosaurus sieht doch auch so super gefährlich aus wie ein Drache und er kann sicher auch beißen.« In Gedanken notierte sie sich gleich »Drache« als mögliches nächstes Geburtstagsgeschenk.

Es dauerte noch gut zehn Minuten bis sie Nele und Felix mit einer hastig ausgedachten Geschichte zu einem weiteren gemeinsamen Spiel animieren konnte. Doch schließlich funktionierte es. Erleichtert stieg Pia kurz darauf die Treppe hinunter, um sich ihrem restlichen Haushalt widmen zu können solange Felix Cousine zu Besuch war. Während sie anfing, die Arbeitsflächen in der Küche abzuwischen, hörte sie auch schon bald fröhliches Kinderlachen aus dem ersten Stock. Offenbar hatten die beiden im Spiel wieder zueinander gefunden. Es wurde Pia warm ums Herz, bei dem Gedanken, dass Nele zumindest hin und wieder fröhlich sein konnte.

Mittlerweile war es drei Tage her seit sie in Stuttgart in den Zug nach Hause gestiegen war. Sie hatte die folgenden Tage genutzt, um ein paar Sachen für ihren Chef abzutippen, ausgiebig mit Felix zu spielen und einfach wieder etwas zu sich zu kommen. Einmal hatte sie auch Sandra und Nele besucht, die noch immer bei Sandras Eltern wohnten. Wie zu erwarten, war es weiter sehr schwer für sie. Sandra schleppte sich fast ausschließlich mit ihren Beruhigungstabletten durch die Tage. Ihre Nichte Nele dagegen zeigte zunehmend trotziges und weinerliches Verhalten, welches wohl aufgrund der Trauer um ihren Vater ausgelöst wurde. Das Mädchen fing gerade erst an zu begreifen, dass ihr Vater wirklich nicht mehr zu ihnen zurückkommen würde. Pia erinnerte sich an das

Gespräch zwischen ihr und ihrer Schwägerin und hoffte, dass es Sandra für die Zukunft etwas Mut gemacht und ihr gezeigt hatte, dass sie zukünftig auf Pia und Matthias bauen könnte.

»Sandra, ich verstehe, dass es dir so furchtbar schlecht geht, und sicher ist es mit Nele gerade nicht einfach. Ich habe auch absolut Verständnis dafür, dass du diese Beruhigungstabletten noch eine Zeit lang nehmen möchtest. Aber ich mache mir wirklich langsam Sorgen um dich.« Wahrscheinlich stand es ihr nicht zu, darüber zu urteilen. Doch sie machte sich zunehmend Gedanken, um die mentale Gesundheit ihrer Schwägerin. Sie konnte diese Pillen nicht ewig nehmen. Der Verarbeitungsprozess konnte wahrscheinlich erst richtig mit einem klaren Kopf einsetzen.

»Sie machen es ein bisschen erträglicher«, hatte ihre Schwägerin leise geantwortet.

»Ich kann das wirklich nachvollziehen. Aber es ist auch gefährlich, wenn du sie zu lange nimmst. Du darfst dich dabei nicht verlieren.«

»Alles verändert sich jetzt. Nele hat zu ihrem Vater aufgesehen, weißt du? Sie ist so traurig, aber auch wütend darüber, dass er nicht mehr zurückkommt. Gestern hat sie mit Absicht einen Teller auf den Boden geworfen. Ich habe einfach Angst davor, wie es jetzt weitergehen soll und ich weiß nicht, wie ich mit ihren trotzigen Anfällen umgehen soll.«

»Dass Nele auch wütend ist über den Verlust ihres Vaters, ist ganz normal, denke ich. Gib ihr ein bisschen Zeit und versuche einfach nur, für sie da zu sein. Ihr Verhalten wird sich bald bessern. Ganz bestimmt. Ich weiß, diese schwerwiegende Veränderung für euch als Familie kann wirklich beängstigend sein. Aber bitte denk daran, dass du nicht alleine bist.«

»Es ist einfach so unglaublich schwer, loszulassen.«

»Ich weiß. Auch mein erster Gedanke, wenn ich morgens aufwache, ist, bitte lass es nicht wahr sein. Wir vermissen ihn alle so schrecklich. Bitte denk immer daran, Matthias und ich, wir sind hier. Du musst da nicht alleine durch.«

»Danke, Pia.«

»Ich glaube ganz fest daran, dass du sehr stark bist. Du kannst all diese Veränderungen meistern. Es wird eine Zeit kommen, in der es ein kleines bisschen leichter wird. Wir werden immer an deiner Seite stehen, okay?«

»Danke, Pia. Das bedeutet mir viel«, hatte sie gesagt und mit traurigen Augen genickt.

Danach hatten sie vereinbart, dass Nele diesen Nachmittag zu ihnen zum Spielen vorbeikommen würde, damit sie ein wenig Ablenkung findet.

Trotz des abweisenden und fast schon unfreundlichen Verhaltens ihrer Eltern machte Pia sich seit ihrer Abreise auch Sorgen um diese. Irgendwie hatte sie das Gefühl, dass sie sich nach dieser schweren Nachricht um ihre Mutter und ihren Vater kümmern sollte. Sie hatten seither nicht ein Wort zu Markus Tod verloren. Und egal, was Pia in Stuttgart versucht hatte, sie hatten ja auch nicht reden wollen, oder? Es war ein komisches Gefühl, dass sie in so einer unglücklichen Gesamtatmosphäre abgereist war. Zweimal hatte sie nun versucht, ihre Eltern telefonisch zu erreichen. Doch niemand hatte den Hörer abgenommen. Mehr konnte sie aktuell nicht für sie tun. Zudem musste sie jetzt auch nach vorne schauen – für sich und ihre Familie. Es fühlte sich noch immer so an, als wäre auch ein Teil von ihr gestorben.

Der restliche Spielenachmittag war zwischen den Kindern glücklicherweise weitgehend friedlich abgelaufen. Dadurch war auch Pia mit ihrem gestecktem Haushaltspensum fertig geworden und konnte sich auf einen entspannten Abend freuen. Nele hatte sie später noch angefleht, ob sie nicht bei ihrem Cousin übernachten könne. Daraufhin hatte Pia ihrem Sohn das Versprechen abgenommen, dass er dann aber die ganze Nacht mit Nele in seinem Zimmer schlafen würde und nicht wieder kurz nach dem Einschlafen das elterliche Schlafzimmer aufsuchen würde. Sandra hatte am Telefon eingewilligt. Für sie war es eine kleine Entlastung und für Nele eine weitere Ablenkung vom Anblick ihrer traurigen Mutter. Matthias holte nach Feierabend Neles Übernachtungssachen und den Schulranzen, damit Sandra auch am nächsten Morgen nicht extra aufstehen musste.

Kurz nachdem Pia Nele am nächsten Morgen bei der Schule abgesetzt hatte, hielt sie mit Felix auf der Rücksitzbank schließlich beim Kindergarten. Es war ihm immer noch anzusehen, dass er diese Nacht wohl nicht besonders viel geschlafen hatte. Tatsächlich war er erst um 2 Uhr morgens ins elterliche Bett gekrochen. Das hatte Pia positiv überrascht. Ihr war klar gewesen, dass er nicht die ganze Nacht in seinem Zimmer bleiben würde. Doch normalerweise kam er schon weit vor Mitternacht. Sie vermutete allerdings, dass er und Nele bis dahin auch noch nicht geschlafen hatten. Zumindest sprach sein müder

Gesichtsausdruck im Rückspiegel stark dafür.

»Komm, mein Großer, und vergiss deinen Rucksack nicht.«

»Nimm du ihn, Mama«, protestierte Felix.

»Nein, es ist dein Kindergartenrucksack. Ich weiß, dass du ihn selbst tragen kannst«, sagte sie streng, fügte jedoch ein Augenzwinkern hinzu.

Als sie an der Garderobe standen, sah Pia, dass bereits viele Kinder in seiner Gruppe eingetroffen waren. Felix streifte gewohnt langsam seine Schuhe ab und trödelte dabei etwas herum.

»Hallo Pia.« Plötzlich stand Alexanders Mutter Natalie vor ihr.

»Guten Morgen, Natalie. Danke, dass Felix letztes Mal bei euch spielen durfte. Er hatte sehr viel Spaß und erzählte natürlich, dass Alexander viel coolere Spielsachen hätte als er«, sagte Pia mit einem breiten Grinsen.

»Das sagen sie immer, egal, wo sie sind, oder?« Sie lachte. Dann fügte sie hinzu, »Die Jungs verstehen sich so gut. Felix kann jederzeit wieder kommen und ich wollte dich eh noch ansprechen. Mein herzlichstes Beileid wegen deines Bruders.« Sie senkte etwas den Blick.

Pia nickte und fasste sie kurz an der Schulter an. »Danke, das ist sehr nett von dir. Wir bemühen uns, es Felix nicht so spüren zu lassen. Melde dich, wenn Alexander auch wieder mal zu uns zum Spielen kommen möchte.«

»Natürlich, ich schreib dir dann. Tschüss, Pia.« Sie hielt zur Bekräftigung ihr Handy in die Höhe und winkte ihr noch freundlich zum Abschied.

Pia warf einen Blick auf ihren Sohn. Felix war immer noch dabei, seine Jacke umständlich auszuziehen, als Pia noch von zwei weiteren Müttern angesprochen wurde. Alle wollten ihr aufrichtiges Beileid aussprechen. Pia bedankte sich jedes Mal freundlich. Doch es wurde ihr zunehmend unangenehm, auf Fragen zu Markus Tod eingehen zu müssen. Sie wollte so schnell es ging aus dem Kindergarten flüchten. Deshalb drängte sie ihren Sohn, »Los jetzt, Felix! Gleich beginnt der Morgenkreis. Du willst doch sicher neben Alexander sitzen, oder?«

Als sie Felix kurze Zeit später endlich mit einem Abschiedskuss in seine Gruppe entlassen hatte, lief sie zügig zurück zu ihrem Auto. Die ganzen Beileidsbekundungen holten alles wieder hoch. Erleichtert, nun wieder für sich allein zu sein, ließ sie sich auf den Fahrersitz fallen und atmete kurz durch, ehe sie den Motor startete. Die Erinnerungen, wie sie Markus in seinem eigenen Blut vorgefunden hatte, versuchten sich wieder schonungslos in ihre Gedanken zu schieben. Sie drehte das Radio lauter und versuchte sich krampfhaft abzulenken, während sie den Wagen zurück auf die Straße steuerte. Als nach einem ihr unbekannten Popsong plötzlich "Somewhere over the rainbow" anlief, drückte sie energisch den Aus-Knopf und konzentrierte sich auf ihr heutiges Ziel. Ihr kleiner Lichtblick, der eine gewisse Spannung in ihr auslöste. Sie hatte schon sehnlichst auf den Montagmorgen hingefiebert. Matthias hatte nicht so euphorisch wie sie selbst auf ihre Erzählung über das geheimnisvolle Foto in der Dackelfigur reagiert. Er hatte es als etwas völlig Unspektakuläres eingestuft. »Pia, das ist sicher nur eine Schulfreundin oder so. Vielleicht habt ihr als Kinder das Foto sogar selbst in den Dackel geschoben, weil ihr euch einen Spaß daraus machen wolltet?«

»Aber dann würde ich mich doch zumindest an diese Figur erinnern, meinst du nicht?«, hatte sie widersprochen.

Egal was Matthias dachte, Pia selbst brannte es förmlich unter den Nägeln, mehr darüber herauszufinden. Sie wollte unbedingt wissen, wer diese Frau war und warum das Foto in dem kleinen Porzellandackel versteckt gewesen war. Vielleicht würde sie diesem Rätsel heute schon näher kommen.

Obwohl sie schon seit einer halben Ewigkeit nicht mehr dort gewesen war, fand sie die richtige Straße sofort wieder. Schließlich hatte sie ihr ganzes Leben in Cham verbracht und kannte fast jeden noch so kleinsten Winkel. Wenig später stellte sie ihr Auto schon auf einem der freien Parkplätze vor der Chamer Realschule ab. Wenngleich sie während der Autofahrt noch relativ ruhig war, begann ihr Herz vor Aufregung zu rasen, als sie die Eingangshalle der Schule betrat. Urplötzlich fühlte sie sich wie in einem Déja-vu. Wie lange war ihre Schulzeit her? Es mussten mittlerweile knapp zwanzig Jahre sein.

Wie automatisch liefen ihre Füße zügig den langen Gang entlang, bis sie vor der Tür des Rektorats stand. Es war das zweite Mal in ihrem Leben, dass sie diesen Raum betrat. Das erste Mal war es aufgrund eines Fehlverhaltens während ihrer Schulzeit gewesen. Pia hatte sich heimlich während des Unterrichts mit ihrer Banknachbarin Sarah kleine Zettelchen mit geheimen Botschaften zugesteckt. Fatalerweise war es ihrem Rechnungswesenlehrer, Herrn Schwärzler, irgendwann aufgefallen. Plötzlich stand er ohne jegliche Vorwarnung neben ihrem Tisch und fischte sich den Zettel, der bereits unzählige kleine Botschaften der beiden Mädchen enthielt, unter Sarahs Heft heraus.

Der Tag war auch noch ein denkbar schlechter zum Auffliegen gewesen. Denn Pia hatte nur zwei Minuten vorher darauf geschrieben, dass die hässliche dunkelbraune Cordhose von Herrn Schwärzler wohl noch aus dem Mittelalter stammen müsste. Ihr Lehrer ließ es sich natürlich nicht entgehen, den Zettel noch in diesem Moment in aller Ausführlichkeit durchzulesen, als er noch neben ihrem Tisch stand. Pia konnte sich bis heute an keine andere Situation in ihrem Leben erinnern, in der sie dermaßen rot angelaufen war. Sobald Herr Schwärzler all ihre Gehässigkeiten über ihn gelesen hatte, ließ er Sarah und Pia aufstehen und ging mit ihnen unverzüglich ins Rektorat. Die damalige Rektorin führte daraufhin eine lange, unangenehme Unterhaltung mit den beiden jungen Mädchen. Dabei wurden sie in allen Einzelheiten aufgeklärt, wie vorbildliches Benehmen während des Unterrichts auszusehen hatte. Anschließend ließ sie die Mädchen satte zwei Stunden nachsitzen. Pia schüttelte die unschöne Erinnerung eilig ab und betrat das Rektorat. Im Vorzimmer wurde sie freundlich von einer jungen Frau begrüßt. Die brünette Frau, die sie nun aufmerksam musterte, war ihr nicht bekannt. Wie auch? Sie war mindestens zehn Jahre jünger als sie selbst. Pia sagte ihren Namen und informierte die Vorzimmerdame kurz und knapp, dass Herr Freisinger sie heute Vormittag erwarten würde.

Seine Assistentin nickte daraufhin und griff zum Telefon. Einen Moment später sagte sie, »Herr Freisinger wird bald hier sein, warten Sie gerne dort drüben.«

Pia lächelte dankbar und blickte in die Richtung, in die die Vorzimmerdame gezeigt hatte. Rechts von ihr standen zwei orangefarbene Ledersessel. Pia tippte auf Kunstleder, nebst kleinem hölzernen Beistelltisch und eine kleine Yuccapalme.

Wow, wie modern!, ging es Pia verwundert durch den Kopf, als sie auf einen der Sessel zuging und sich abwartend niederließ. Während ihrer Wartezeit sah sie sich aufmerksam um und bemerkte, dass sich hier noch mehr verändert hatte. Das ganze Mobiliar wirkte moderner und frischer als bei ihrem letzten Besuch. Doch ihre Schulzeit war eben auch schon lange her.

Karl Freisinger kam nur drei Minuten später mit einem freundlichen, aufmerksamen Blick zur Tür herein. Er begrüßte Pia mit einem Lächeln und bat sie durch eine weitere Tür in sein Büro. Dort bot er ihr den Platz auf der anderen Seite seines Schreibtisches an und ließ sich auf einem großen, ziemlich wuchtigen Bürostuhl nieder. Pia merkte sofort, dass sie durch seine angenehme, warme Art langsam ihre Anspannung verlor.

»Wie schön, dass du gekommen bist, Pia. Ich habe heute Morgen schon an dich und deine Geschichte gedacht.«

»Ich möchte dir auch noch einmal herzlichst für dein Angebot danken, Karl.« Sie sah sich interessiert um. »Das ist wirklich ein tolles Büro. Richtig edel, mit dem glänzenden, schwarzen Schreibtisch, und die Bilder an der Wand sehen richtig teuer aus«, sagte sie anerkennend. Sie hatte wirklich keine Ahnung von Kunst, aber die Bilder wirkten irgendwie besonders. Die dargestellten Personen waren irgendwie leicht verzerrt und proportional nicht ganz richtig gemalt. Doch der Maler hatte es geschafft, deren Mimik sehr ausdrucksstark auf die Leinwand zu bringen, sodass jeder sofort erkennen konnte, was sie gerade fühlten. Ihr Blick blieb etwas länger an einer Person hängen, die eine brünette Frau darstellte. Es wirkte, als würde diese Frau den Blick nachdenklich nach oben richten und sich fragen, was das Leben noch für sie bereithielt. Pia glaubt ihn ihren Augen Hoffnung und Sehnsucht zu lesen.

Karl Freisinger unterbrach ihre Gedanken, als er lachte. »Expressionismus. Das war der exquisite Geschmack meines Vorgängers. Die Bilder sind von irgendeinem Künstler aus Österreich. Ich habe seinen Namen vergessen. Aber wenn du genauer hinsiehst, siehst du, dass es nur Kunstdrucke sind. Daher hat sie der damalige Rektor Herr Klima hier hängen lassen, als er die Schule wechselte. Für meinen Geschmack sind sie ja etwas abstrakt. Aber ich habe mich mittlerweile an sie gewöhnt. Nun, du hast die betreffende Aufnahme auf deinem Handy dabei, oder?«

»Ja, natürlich. Einen Moment.« Sie zog ihr Handy aus der Jackentasche und suchte das besagte Foto. Dann reichte sie ihm das Mobiltelefon über den Schreibtisch.

Der Rektor musterte die abgelichtete Aufnahme sehr aufmerksam. »Eine hübsche junge Frau ist das." Er griff zu seiner Computermaus. »Dann schauen wir mal. Vielleicht widmen wir uns erst mal den Jahrbüchern, bevor ich die älteren Lehrer der Belegschaft damit behellige. Aber wie gesagt, mit dem sensiblen Thema Datenschutz kann ich in dieser Angelegenheit wirklich Probleme bekommen. Normalerweise würde ich so etwas auch nicht tun, musst du wissen. Aber du hast mir unglaublich leid getan mit deiner Geschichte«, sagte er wohlwollend. »Da war bei meinem übereifrigen Angebot mein Herz wohl schneller als mein Verstand.« Als er diesen Satz beendet hatte, lachte er ausgelassen.

Pia schaute etwas beschämt, lächelte aber dann. »Ich

weiß das wirklich sehr zu schätzen und bin dir sehr dankbar, Karl. Du kannst dich wirklich auf mich verlassen. Niemand wird hiervon erfahren«, bekräftigte sie ihr geplantes Unterfangen.

»Na gut, dann wollen wir mal anfangen. In welchen Jahren ist dein Vater bei uns zur Schule gegangen?«

»Nach meiner Überlegung müssten es die Jahre 1972-1975 gewesen sein«, sagte Pia etwas unsicher.

»Wir schauen einfach mal, was wir finden«, sagte er zuversichtlich. »Rudolf Schneider sagtest du, oder?«

»Genau. Hast du denn alle Jahrbücher aus dieser Zeit hier?«

Er deutete stolz auf den Bildschirm seines Computers. »Die wurden alle in den letzten fünf Jahren auf der Festplatte archiviert. Wir können alle Schüler bis 1952 nachverfolgen. Ist das nicht toll? Natürlich haben die Fotos eine unterschiedliche Qualität in Abhängigkeit der Jahrgänge.«

»Wow«, sagte Pia anerkennend und wurde zunehmend optimistisch. »Dann sollten wir ja in jedem Fall etwas finden.«

Karl Freisinger gab die von Pia genannten Jahrgänge in den Computer ein und klickte sich einige Minuten durch die archivierten Dateien. Plötzlich nickte er vor sich hin und drehte den Monitor in Pias Richtung, damit sie die erste Gruppenaufnahme einiger Schüler mit begutachten konnte. Voller Elan begann sie, die verschiedenen Jugendlichen des etwas grobkörnigen Klassenfotos zu mustern. Nach einiger Zeit konnte sie darauf allerdings weder ihren Vater noch die unbekannte Frau zwischen den Schülern ausmachen. Auch die nächsten beiden Klassenfotos, die ihr Karl mit vielversprechender Miene zeigte, brachten sie nicht weiter. Dann rief er das vierte Foto auf. Pia sah wiederum genau in all die Gesichter der verschiedenen Schüler.

Dann sagte sie plötzlich, »Halt. Ich glaube, das ist tatsächlich mein Vater.« Sie deutete eifrig auf einen jungen Mann in der zweiten Reihe.

Karl nickte und warf sogleich einen Blick auf die Namen unter dem Foto. Mit hochgezogenen Augenbrauen sagte er nur einen Moment später, »Genau, da steht es ja: Rudolf Schneider. Sehr gut, dann haben wir ja deinen Vater schon mal gefunden.«

Pia musterte das Foto ein weiteres Mal noch genauer und blickte auch abwechselnd dazu auf das Handyfoto. Langsam sagte sie dann, »Ich glaube, dass ich diese Frau aber nicht darauf erkennen kann.« Sie reichte Karl abermals ihr Handy, damit auch er sich noch einmal selbst vergewissern konnte.

Nachdem seine Augen alle Schüler abgetastet hatten, sagte er, »Ich sehe da leider auch keine Ähnlichkeit mit dieser Dame.« Er schien kurz nachzudenken. »Ich werde einfach noch einmal die Aufnahme der Parallelklasse aufrufen und ein oder zwei Jahrgangsstufen darunter. Vielleicht können wir auf diesem Weg herausfinden, ob dein Vater mit dieser Frau zur gleichen Schule gegangen ist.«

»Danke, das wäre toll.«

Karl zeigte ihr im Minutentakt noch weitere Fotos der unterschiedlichen Klassen. Bei einem konnte sie sogar ihre Mutter erkennen. Sie war eine Jahrgangsstufe unter ihrem Vater auf diese Schule gegangen. Doch weder Karl Freisinger noch sie selbst stellten bei einer der Schülerinnen eine gewisse Ähnlichkeit zu dieser unbekannten Frau fest.

Am Ende verzogen sich Pias Mundwinkel enttäuscht nach unten.

Sie zuckte mit den Schultern. »Macht nichts. Einen Versuch war's wert. Es war wirklich toll, dass du mir so viel Zeit geschenkt hast. Aber eine gemeinsame Schullaufbahn mit der Frau auf dem Foto kann ich damit wohl ausschließen.«

»Ja, zumindest nicht auf unserer Realschule. Wirklich schade. Aber ich werde, wie ich dir bereits bei der Zugfahrt versprochen habe, noch ein paar Lehrer ansprechen, die schon länger hier sind. Natürlich nur, wenn du mir die Aufnahme weiterschicken möchtest«, sagte Karl.

Pia beeilte sich zu nicken und bat ihn sogleich um seine Handynummer.

»Sollte sich noch irgendetwas Interessantes für dich ergeben, melde ich mich selbstverständlich gleich bei dir, in Ordnung?«

»Das wäre toll. Ich bin dir sehr dankbar für deine Zeit.« Da sie bestimmt eine Stunde damit verbracht hatten, die Aufnahmen zu sichten, versprach Pia, sich in naher Zukunft erkenntlich zu zeigen. Karl schlug dies erwartungsgemäß vehement aus, schließlich sei es ja seine eigene Idee gewesen. Etwas enttäuscht über ihre ergebnislose Suche verabschiedete sich Pia und verließ das Rektorat. Als sie über den Parkplatz zu ihrem Auto lief, stellte sie sich andauernd die Frage, wie sie sonst etwas über diese Frau herausfinden könnte, ohne ihre Eltern danach fragen zu müssen. Hoffentlich würde ihr noch die zündende Idee kommen. Sie hatte nun noch gut ein, zwei Stunden für sich, um ein paar Einkäufe zu erledigen. Dann würde es eh schon an der Zeit sein, Felix wieder aus dem Kindergarten abzuholen. Doch so groß die Enttäuschung auch war, dass sie über die Jahrgangsfotos nichts herausfinden hatte können, so groß war mittlerweile auch ihr Ansporn geworden, das Geheimnis um dieses versteckte Foto zu lüften. Sie würde weiter recherchieren, nahm sie sich fest vor.

Und plötzlich hatte sie auch eine Idee.

13.

Sie schlug die Augen auf. Markus ist tot. Es war wieder der erste Gedanke, der ihr nach dieser Nacht in den Sinn gekommen war. Und es war abermals nicht nur ein böser Traum, sondern bittere Realität. Wie lange würde das noch so weitergehen?

Immerhin war es eine gute Nacht gewesen. Eine Nacht, in der sie endlich mal wieder etwas mehr Schlaf gefunden hatte. Sie hatte auch geträumt. Doch was, daran konnte sie sich nicht mehr erinnern. Es war ein neuer Tag, der vor dem Rollladen wartete und hereingelassen werden wollte. Ein neuer Tag, mit möglicherweise einer neuen Chance, der Wahrheit rund um das geheimnisvolle Foto auf die Spur zu kommen. Ja, der vielleicht auch endlich neue Erkenntnisse brachte rund um Markus Tod. Pia beschloss, heute noch einmal Kommissar Berger aufzusuchen. Seit ihrem letzten Besuch war mittlerweile über eine Woche vergangen. Genug Zeit, in der die Polizei in ihren Ermittlungen inzwischen weiter gekommen sein sollte. Es war nun einmal immens wichtig für sie und ihre Familie endlich zu erfahren, ob sich Markus wirklich selbst das Leben genommen hatte. Noch immer stellte sie sich täglich unzählige Fragen.

Hatte ihr Bruder zu wenig Vertrauen, um sich ihr anzuvertrauen?

Hatte sie irgendetwas in seinem Leben übersehen?

Hätte sie irgendetwas für ihn tun können?

Hätte sie es verhindern können?

So betrat sie nach zwei Stunden erneut voller Hoffnung die Chamer Polizeistation. Diesmal saß eine Polizeibeamtin mit kurzen blonden Haaren hinter der Glaswand im Vorzimmer. Diese informierte Pia, nachdem sie den Grund ihres Besuches erfragt hatte, dass Kommissar Berger gerade nicht im Hause sei. Sie versprach ihr aber, ihm Pias Besuch auszurichten, sobald er vom Außendienst zurückkäme. Er würde sie dann später zurückrufen.

Ernüchtert trat sie nach draußen und ging zu ihrem Auto. Für einen Moment blieb sie unschlüssig, mit dem Schlüssel in der Hand, vor der Fahrertür stehen. Sie schaute auf die Uhr ihres Handys und überlegte, wie sie den restlichen Vormittag nun noch sinnvoll nutzen konnte. Die heutigen Aufgaben im Home-Office waren bereits erledigt. Es waren nur wenige Aufträge, die sie von ihrem Chef zugeschickt bekommen hatte. Jetzt hatte sie noch über eine Stunde Zeit, ehe sie Felix vom Kindergarten abholen musste. Das sollte genug sein, um ihre neue Idee anzugehen. Es war zwar sehr spontan, aber sie hatte ohnehin nicht vor, sich bei diesem Besuch bewusst anzukündigen. Mit ihrem Besuch würde definitiv niemand rechnen, dachte sie belustigt. Die vielversprechende Idee war ihr gestern nach ihrem erfolglosen Treffen mit Karl Freisinger gekommen.

Sie setzte den Blinker diesmal nach rechts, statt nach links. Ihr Ziel lag heute in einer ganz anderen Richtung als ihr regulärer Nachhauseweg. In Gedanken malte sie sich bereits aus, wie das Gespräch verlaufen könnte, sollte sie die gewünschte Person antreffen. Aufgeregt dachte sie daran, was es bedeuten würde, anschließend mit einer nützlichen Information zurückfahren zu können. Hoffentlich war ihr Gegenüber ihr wohlwollend gestimmt. Denn das konnte sie beim besten Willen nicht mit Sicherheit sagen. Die Vergangenheit hatte hier einen Schatten geworfen, den sie nicht hätte beeinflussen können.

Nach gut drei Kilometern bog sie auf die Straße, die sie schon ihr ganzes Leben lang kannte. Riedstraße. Hier hatte sie ihre gesamte Kindheit verbracht. Es war irgendwie seltsam, diese Umgebung nun mit den Augen einer Erwachsenen zu mustern. Alles kam ihr viel kleiner und kompakter vor als noch vor 30 Jahren. Nachdenklich hing ihr Blick am Fahrerfenster. Sie kam an dem kleinen Spielplatz drei Straßen weiter vorbei. Er wirkte bereits richtig alt und marode. Pia wunderte sich, dass er in diesem Zustand überhaupt noch genutzt werden durfte. Aber sie erinnerte sich, vor kurzem einen Artikel in der Regionalzeitung gelesen zu haben, dass die Stadt wohl vorhatte, viele der umliegenden Spielplätze zu renovieren. Dieser würde auf der Prioritätenliste sicher ganz weit oben stehen. Ihr Blick fiel auf zwei nebeneinanderliegende Bäume, die in der Nähe des damaligen Hauses von Michael Bremer standen. Sie wusste noch wie heute, wie sie die hohen Kastanienbäume als Kinder oft als Seitenpfosten für ein Fußballtor genutzt hatten. »Tor, Tor!", hallten ihr die damaligen Kinderschreie durch den Kopf. Dabei musste sie lächeln.

Sie war zwar wirklich keine besonders gute Fußballerin gewesen. Aber es hatte ihr immer riesigen Spaß gemacht, mit den Jungen aus der Nachbarschaft zu spielen. Vor allem, wenn sie schon mit ihren zarten zehn Jahren ein Auge auf einen der Jungs geworfen hatte. Michael Bremer, der Junge mit dem hellbraunen Haar, das ihm ständig in die Stirn fiel, war einer der Ersten gewesen, der ihr zartes Kinderherz gebrochen hatte, weil er ihre stille Liebe nicht erwidert hatte. Davon war sie zumindest damals ausgegangen. Schließlich hatte sie es nie gewagt, über ihre kindlichen Gefühle zu sprechen. Doch sie hatte auch damals wohl schon recht behalten, denn mittlerweile wusste sie, dass er homosexuell ist und mit seinem Lebenspartner Kai in Berlin wohnte. Mittlerweile waren seine Haare Wasserstoffblond gefärbt und er trug sie streng nach hinten gegelt. Trotz des veränderten Erscheinungsbildes, war er immer noch äußerst attraktiv. Das wusste sie von ihrer Freundin Andrea, die ihr bei einem Besuch im Café verschiedene Profile der Freunde aus Kindheitstagen in einem sozialen Netzwerk gezeigt hatte. Es war schon interessant, wohin sich die Kinder von damals alle entwickelt hatten. Eine ihrer ehemaligen Schulfreundinnen war sogar bei einem sehr großem Sender Radiomoderatorin geworden. Es passte zu Nina, die schon damals unglaublich redegewandt und ausdrucksstark aufgetreten war. Auch das hatte sie nur zufällig über Matthias mitbekommen. Sie selbst hörte in der Regel kaum mehr Radio im Auto, seit Felix auf der Welt war. Bei dem ununterbrochenem Kindergeschnatter hätte sie ohnehin keiner Berichterstattung folgen können und gegen moderne Popmusik protestierte ihr kleiner Sohn auf der Rücksitzbank ein jedes Mal inständig. Ihre Augen befassten sich weiter mit den Wohnhäusern, die sich an der Straße reihten. Viele hatten sich kaum verändert. Vielleicht mal ein neuer Anstrich oder ein neuer Zaun. Aber ansonsten schien alles hier, wie es immer gewesen war. Als wäre die damalige Zeit hier plötzlich stehengeblieben. Sie konnte aber zwei Neubauten entdecken, auf deren Grund früher nur eine Wiese gewesen war. Wieder dachte sie, dass alles hier für sie viel größer gewirkt hatte, als sie noch ein junges Mädchen war.

Als sich endlich das richtige Haus in ihr Sichtfeld schob, parkte sie ihr Auto auf der rechten Straßenseite. Da die Riedstraße nur eine kleine Nebenstraße war, die nicht viel befahren wurde, würde sich hier gewiss niemand an ihrem Auto stören. Sicherheitshalber kontrollierte sie noch einmal beim Aussteigen, dass man einspurig leicht vorbeikam.

Mit einer seltsamen Mischung aus Heimatgefühl und Beklemmung betrachtete sie ihr früheres Elternhaus. Hier hatte sie die ersten Zähnchen bekommen. Hierhin war sie von der Schule nach Hause gelaufen und hier hatte sie in einem kleinen pinken Sparschwein für ihren Führerschein gespart und, vor allen Dingen, hatte sie hier viele Träume für ihre Zukunft geschmiedet. Einige davon hatten sich erfüllt. Andere nicht. Doch egal, was sie sich früher vorgestellt hatte, heute war sie sehr zufrieden mit dem, was sie hatte. Ja, sie war glücklich. Aber Markus Tod stellte all dies plötzlich auf eine unheilvolle Art in den Schatten, weil er ihr gezeigt hatte, wie schnell und unverschuldet einem wieder alles entrissen werden konnte. Von heute auf morgen. Sie riss sich aus ihren melancholischen Gedanken und konzentrierte sich wieder auf ihr altbekanntes Haus.

Ihr Elternhaus hatte sich trotz der vielen Jahre nur wenig verändert. Die Nachmieter hatten die Fassade zwar neu streichen lassen, aber sie hatten dafür offenbar den gleichen weißen Farbton gewählt, den das Haus schon während ihrer Kindheit an den Außenwänden getragen hatte. Sogar die Vorhänge in den Fenstern wirkten denen ähnlich, die ihre Mutter damals ausgewählt hatte. Nur der Garten sah verändert aus. Statt des alten, abgenutzten Schaukelgerüstes, standen darin jetzt moderne Gartenmöbel in Loungeoptik. Aufgrund der herbstlichen Witterung waren sie allerdings mit großen Planen abgedeckt worden. Vermutlich waren in das Haus junge Erwachsene eingezogen und in ein paar Jahren würde dann hier vielleicht wieder ein neueres Schaukelgerüst stehen. Die Menschen passten ihre Umgebung ihren Lebensumständen an. Der Garten an sich wirkte zudem nicht mehr so gepflegt wie früher. Er war nicht direkt verwildert, aber die Pflanzen und das Beet waren bei Weitem nicht mehr so akkurat angeordnet, wie es damals bei ihrer Mutter der Fall gewesen war. Dann fiel ihr Blick auf den großen Baum. Der alte Ahornbaum stand tatsächlich noch. Sie dachte an die knapp drei Zentimeter große Narbe, die sie am rechten Knie trug, und warf dem mächtigen Baum einen anklagenden Blick zu. Als Kind hatte sie sich damals ziemlich wehgetan, als sie heruntergefallen war. Sie konnte sich noch gut an die zahlreichen Pflaster mit den lustigen Bärchen darauf erinnern, die sie in Massen über die blutenden Wunden an ihren Handballen und auf das rechte Knie geklebt hatte. Eigentlich hätte die stark aufklaffende Wunde am Knie genäht werden müssen, aber ihre Mutter hatte es als nicht so schlimm eingestuft. Wahrscheinlich war sie in diesem

Moment auch einfach etwas überfordert gewesen, weil Pia den ganzen Badezimmerboden vollgeblutet hatte. Dieses Malheur zu beseitigen stand in der Prioritätenliste weiter oben.

Sie schob die aufkeimende Erinnerung beiseite. Ihr Elternhaus war heute nicht ihr Ziel. Sie kannte dessen Nachmieter auch gar nicht persönlich. Doch sie kannte ihre ehemaligen Nachbarn, die auch noch heute dort wohnten. Somit lag ihr Ziel für diesen Moment rechts von ihrem Elternhaus. Es war das Haus, in dem Manfred und Rosi Gruber wohnten. Das Ehepaar war in einem ähnlichen Alter wie ihre Eltern. Als die Grubers vor rund 30 Jahren dort einzogen, hatte sich sogar ziemlich schnell eine gute Freundschaft zwischen den Paaren entwickelt. Manfred und ihr Vater hatten sich schon aus der Schulzeit gekannt. Auch, wenn die beiden Männer sehr unterschiedlich waren, hatten sie immer wieder einen Grund gefunden, im Sommer abends auf der Terrasse ein Bier zusammen zu trinken. Pia hatte das kinderlose Ehepaar sehr gemocht und das nicht nur, weil ihnen Rosi oft über den Zaun Süßigkeiten zugesteckt hatte. Irgendetwas jedoch hatte die gute Freundschaft vor vielen Jahren entzweit, noch lange bevor ihre Eltern weggezogen waren. Sie wusste nicht, was geschehen war. Den Kindern wurde damals natürlich nichts erzählt. Das war eben eine »Erwachsenensache« gewesen. Danach hatten sich die Grubers und ihre Eltern irgendwann nicht einmal mehr gegrüßt. Vielleicht würde sie heute sogar den Grund dafür erfahren. Der damalige Kontaktabbruch war nun ihre Chance, etwas herauszufinden. Denn sie konnte sicher sein, dass weder Manfred noch Rosi ihren Eltern von ihrem heutigen Besuch erzählen würden. So würde sie weitgehend offen sprechen können. Aber sie war sich dagegen auch sehr unsicher, wie die Grubers ihr gegenüber mittlerweile eingestellt waren. Hoffentlich waren sie überhaupt zu Hause, dachte Pia. Doch das Ehepaar müsste mittlerweile in der Rente sein. Sie konnte sich nicht vorstellen, dass Manfred so lange berufstätig sein würde. Er war in ihren Augen nie so pflichtbewusst und engagiert wie ihr Vater gewesen.

Sie ging auf das in einem zarten Gelbton gestrichene Haus zu. Die dazugehörige Garage der Grubers war geschlossen, so konnte sie nicht ausmachen, ob das Auto da war. Zielsicher öffnete sie die Tür zum Vorgarten und ging die letzten drei Schritte bis zur Haustür. Nach einem tiefen Atemzug sammelte sie ihren ganzen Mut und drückte den Klingelknopf. Er befand sich neben dem stahlgrauen Briefkasten, in dem ein paar Werbeflyer hingen. Als sie ungeduldig wartete, sah sie auf den großen, terrakottafarbenen Blumentopf, der neben der Haustür stand. Die Blumen oder Pflanzen, die sich einmal darin befanden hatten, hatten den kalten Herbst nicht überlebt. Es war nur noch ein kleines, trostloses und viel zu trockenes Gestrüpp zu sehen. Wahrscheinlich bist du längst tot, dachte Pia. Das hätte es bei Gudrun Schneider nicht gegeben. Sie musste für einen Moment über ihren eigenen kleinen Spaß schmunzeln. Pia war noch mit dem Blick beim Blumentopf, als ihr mit einem Mal die Haustür geöffnet wurde.

Die kleine, etwas untersetzte Rosi Gruber stand in der Tür und brachte Pia mit ihrem Aufzug völlig aus der Rolle. Rosi hatte sich über die Jahre offenbar kaum verändert. Nur ihr Stil war noch gewagter geworden. Ihre

Hose war eine hellrosafarbene Fitnessleggins, wie sie Pia schon öfter bei verschiedenen Influencern auf sozialen Plattformen gesehen hatte. Die Füße dazu steckten in Birkenstockschuhen mit Zebramuster. Dazu hatte sie ein weißes T-Shirt kombiniert, auf dem groß in glitzernden Buchstaben »Wow« stand. Außerdem trug sie an die zehn leuchtend bunte Lockenwickler im Haar.

Pia zwang sich für einen kurzen Moment auf ihre eigenen Schuhe zu starren, damit sie nicht in ein schallendes Gelächter ausbrechen würde. Dann riss sie sich endlich zusammen und sagte fröhlich, »Hallo, Rosi. Du erinnerst dich sicher an mich, oder?«

Rosi Gruber hatte die Augen bereits bei ihrem ersten Anblick etwas zu übertrieben aufgerissen und sagte nun, »Ja, Mensch Pia. Hallo! Aber was machst du hier?« Suchend schaute sie an Pia vorbei, ob sie noch jemanden dabei hatte.

»Ja, ich weiß, das ist eine Überraschung, oder? Ich würde gerne kurz mit Manfred und dir sprechen. Es dauert auch nicht lange.«

Rosis Gesicht war ein einziges Fragezeichen.

»Äh, Rosi?«, fragte Pia noch einmal.

Dann beeilte sich diese aber zu sagen, »Ja, komm rein. Das ist mal eine Überraschung! Manfred sitzt vor dem Fernseher. Ich muss mir aber noch eben die Lockenwickler herausmachen.«

Pia nickte dankbar und folgte ihr ins Haus.

»Manfred, wir haben Besuch!«, rief Rosi, während sie zur Küche liefen ins Wohnzimmer hinein, wo gerade lautstark der Fernseher lief. Wobei sie das Wort Besuch unglaublich lang zog.

»Häh, wer denn?«, kam es ungeniert aus dem Wohnzimmer. Man konnte aus Manfreds Tonlage förmlich heraushören, dass er keine große Lust auf Besuch hatte und sich deutlich gestört fühlte.

»Das glaubst du nie!«, sagte Rosi und lachte.

Darauf kam aus dem Wohnzimmer nur noch ein verächtliches Schnauben. In der Küche deutete Rosi auf die mittlerweile schon sehr abgenutzte Eckbank. »Setz dich einfach dahin. Ich gehe nochmal kurz ins Bad, wegen meiner Haare. Das dauert auch nicht lange.«

Pia ließ sich auf dem abgewetzten Polster nieder und überlegte, ob es damals schon die gleiche Eckbank gewesen war. Aber sie konnte sich nicht mehr richtig erinnern. Neugierig schaute sie sich um. Sie sah einen Mondkalender vor ihr an der Wand hängen, der offenbar ein Werbegeschenk der örtlichen Apotheke war. Neben einer Küchenuhr, aus der ein Kuckuck herausschaute, hing auch hier das Hochzeitsfoto dieses Ehepaars, wie sie es schon von ihren Eltern kannte. Rosi trug darauf ein sehr pompöses Brautkleid, welches Pias Freundin Andrea heute als »Tüllmonster" betiteln würde. Für die damalige Zeit war es wohl sehr gewagt gewesen. Pia bewunderte die kleine, dralle Frau für ihren Mut. Rosi Gruber hatte sich nie darum geschert, was die Leute von ihr dachten. Es war eine gesunde Einstellung, wie Pia fand. Ihr Blick schweifte weiter zu den Küchenschränken. Die klassischen Möbel aus Buchenholz hatten mittlerweile deutliche Abnutzungserscheinungen, erfüllten aber noch voll ihren Zweck, soweit sie das beurteilen konnte. Sie schätze das Alter der Küche auf ungefähr 30 bis 40 Jahre. Wahrscheinlich war sie noch dieselbe wie damals. Obwohl es für sie keinerlei Rolle spielte, überlegte sie, ob auch die elektrischen Geräte wohl all die Jahre überstanden hatten. Irgendwie wirkte diese verlebte Einrichtung auf eine unkomplizierte Art und Weise sympathisch. Der Umstand, dass die Einrichtung des Hauses bereits viele Jahre auf den Buckel hatte, Rosi Gruber aber die neusten Outfits aus der Welt der Influencer trug, belustigte Pia. Sie hatte Rosi schon als Kind als sehr lustig und unkompliziert erlebt. Eine Frau, die ihr Herz buchstäblich auf der Zunge trug. Egal, wann man sie traf, sie war auf eine witzige und quirlige Art immer sympathisch gewesen. Ihr Mann Manfred dagegen hatte Pia als Kind an einen gut beleibten, brummigen Bären erinnert. Gemütlich, bequem, etwas mürrisch, aber auch irgendwie freundlich. Wenn man ihn besser kannte, wusste man, dass er nicht alles so ernst meinte, wie es sich oft mit seiner mürrischen Tonlage anhörte. Was war wohl damals vorgefallen, dass ihre Eltern und die Grubers seither kein Wort mehr miteinander wechselten?

Pia war noch völlig in ihre Gedanken vertieft als Manfred Gruber dann auch schon seinen Kopf durch die Küchentür steckte. Er hatte sich, trotz Rosis Ankündigung, dass Besuch da sei, nicht umgezogen, stellte Pia amüsiert fest. Sein Aufzug erinnerte sie an so manche Sendung, die mit drittklassigen Schauspielern besetzt nachmittags im Fernsehen lief. Er trug eine lange, dunkelgraue Jogginghose, die offenbar schon sehr oft gewaschen worden war, und einige kleine Löcher aufwies. Das weiße Feinrippunterhemd dazu war das Einzige, was seinen Oberkörper bedeckte. Pia konnte darauf ein paar kleine rote Flecken ausmachen, die von Ketchup stammen könnten. Unter den Achseln quollen in verschiedenen Richtungen dunkle

Haare hervor.

Er rümpfte kurz seinen Schnauzer. »Ja, das glaube ich jetzt nicht«, sagte Manfred Gruber verwirrt, als er sie an seinem Küchentisch entdeckte. Seine Stimme klang tief und überrascht.

»Ich weiß. Hallo Manfred! Es tut mir leid, dass ich euch jetzt so überfalle«, sagte Pia entschuldigend mit einem Lächeln.

In dem Moment näherte sich auch schon die helle, flötende Stimme von Rosi,

»So, ich bin jetzt fertig.« Ihr Blick fiel auf ihren Mann, der immer noch perplex im Türrahmen stand, »Jetzt setz dich schon hin, Manfred. Die Pia möchte mit uns über irgendetwas sprechen.«

»Die Schneider Pia. Ich glaub, ich spinne!«, brummte er und fing an zu lachen.

»Sendtner heiße ich jetzt«, sagte Pia freundlich, »Aber das spielt ja auch gar keine Rolle.«

»Dann eben Sendtner. Da bin ich ja jetzt mal gespannt, was dich zu uns führt!«, sagte Manfred noch immer verwirrt und setzte sich links von Pia auf einen der Küchenstühle.

Rosi nahm gegenüber von ihr Platz, um dann gleich eilig wieder aufzuspringen mit der Frage, »Magst du denn was trinken Pia? Ich hätte…«

Pia unterbrach die quirlige Frau freundlich, »Mach dir keine Umstände, Rosi. Es dauert nicht lange. Ich bin froh, dass ihr mir kurz eure Zeit schenkt.«

»Ja, es ist schön, dich mal wieder zu sehen. Gut, siehst du aus! Ach Gott, wie lange ist das nun her?«, überlegte Rosi.

»Ich glaube, an die 20 Jahre müssten es jetzt sein. Aber ich habe euch noch in so guter Erinnerung. Es war schade, dass dann dieser Streit entstanden ist.«

»Reicht das überhaupt?" Er sah nachdenklich nach oben, dann winkte er ab. »Ach, mit dir und Markus gab es ja nie Probleme. Das war nur dein Alter, der mir so auf den Zeiger ging«, sagte Manfred abfällig und machte eine wegwerfende Handbewegung.

Pia atmete auf. Sie war sehr erleichtert, dass die Grubers so locker und sympathisch mit ihr umgingen. Das hätte auch ganz anders aussehen können. Manfreds Aussage trieb nun auch ihre Neugier an, was wohl damals vorgefallen war. So fragte sie das Ehepaar vorsichtig, »Was ist denn damals zwischen euch vorgefallen, dass meine Eltern nicht mehr mit euch gesprochen haben?«

»Ach, Pia. Lass gut sein, das sind alte Kamellen«, winkte diesmal Rosi ab.

»Ich würde es aber sehr gerne verstehen, weil ich euch immer sehr gerne hatte.«

»Das ist sehr schön zu hören, liebe Pia«, sagte Rosi.

»Dein Vater ist einfach ein Depp!«, schimpfte Manfred plötzlich.

»Mane! Jetzt sag mal! Das kannst du doch nicht sagen!«, wies ihn Rosi scharf zurecht.

Daraufhin gab er nur ein lautes Schnauben von sich.

»Ist schon gut. Mich interessiert eure Sichtweise wirklich«, versuchte es Pia erneut.

»Also ich will ehrlich zu dir sein, mein Kind. Dein Vater hat uns des Öfteren von oben herab behandelt und irgendwann wurde uns das einfach zu bunt. Der genaue Vorfall wäre jetzt zu ausfernd«, erklärte Rosi.

»Ich habe ihm dann mal ordentlich die Meinung gegeigt. Das hat er wohl nicht vertragen der feine Herr"«, ergänzte Manfred und gab dazu wieder ein undefinierbares Brummen von sich.

Pia wartete noch etwas ab, merkte aber dann, dass das Ehepaar Gruber einfach nicht mehr dazu sagen wollte. So akzeptierte sie diese ungenaue Information für sich und kam zu ihrem eigentlichen Anliegen. Dazu zog sie ihr Handy aus der Manteltasche. »Ich bin heute gekommen, um euch nach jemandem zu fragen.«

»Uns? Warum? Nach wem...«, fragte Manfred.

Doch Rosi fiel ihm gleich ins Wort, »Jetzt lass das Mädchen doch mal ausreden, Mane!«

Pia warf Rosi einen dankbaren Blick zu. Dann suchte sie auf ihrem Handy die Aufnahme heraus und vergrößerte das Foto, sodass nur die unbekannte Frau zu sehen war. Erwartungsvoll zeigte sie das Display Rosi und anschließend Manfred.

»Ich weiß, es ist ein sehr altes Foto, aber kennt ihr diese Frau oder habt ihr sie schon einmal gesehen?«

14.

Pia wartete ungeduldig auf eine Antwort ihrer ehemaligen Nachbarn. Sie war so angespannt, dass sie es kaum wagte zu atmen. Die Gesichter von Rosi und Manfred waren zu diesem Zeitpunkt noch nicht lesbar für sie. Immerhin hatten sie ihre Frage auch noch nicht sofort verneint.

Rosi griff nach ihrem Handgelenk und zog die Hand, in der Pia ihr Handy hielt, noch weiter zu sich, »Lass mich mal etwas genauer sehen, Schätzchen.«

Auch Manfred kniff die Augen noch weiter zusammen und legte sein Gesicht fast an das von Rosi, damit auch er einen besseren Blick auf das Handy erhaschen konnte.

Dann meinte Pia plötzlich eine Veränderung in ihren Gesichtern zu sehen. Ungeduldig vor Neugier fragte sie, »Und?«

Rosis Blick blieb aber stumm an ihrem Handy haften. Schließlich nickte sie langsam.

Pia wurde zunehmend nervös. »Was? Wer? Nun spannt mich doch nicht so auf die Folter!«, sagte Pia eine Spur zu forsch.

»Was meinst du Mane?«, fragte Rosi und schaute zu ihrem Mann, um sich offenbar noch einmal rückzuversichern. »Das ist sie schon, oder?«

Pias Herz machte bei dieser Aussage einen Sprung.

Manfred nickte daraufhin mehrmals und sagte dann endlich an seine Frau gerichtet, »Ich würde schon sagen.«

Pia fühlte sich, als würde sie jeden Moment vor Neugier platzen. »Und wer ist das jetzt?«

»Das müsste die Obermayer Kathrin sein«, sagte Rosi kurz und knapp.

»Genau«, kam es brummend von Manfred.

Obermayer Kathrin, Obermayer Kathrin, Obermayer Kathrin, ging es wie in Dauerschleife durch Pias Kopf. Der Name sagte ihr gar nichts. Sie sah erneut abwartend zum Ehepaar Gruber.

Rosi schaute immer noch nachdenklich auf das Foto. Dann sagte sie ruhig, »Da war sie dann aber wirklich noch sehr jung.«

Manfred war bereits dabei, aufzustehen. Er schaute ein letztes Mal zu Pia, ehe er sagte, »Jetzt kommen die Nachrichten, Pia. Ich muss. Schön, dass du bei uns vorbeigeschaut hast.«

Sie bedankte sich bei Manfred und richtete sich dann wieder an seine Frau, »Wer ist denn diese Obermayer Kathrin?«

»Na, sie ist mit mir zur Schule gegangen«, informierte sie Rosi. »Ich hatte aber nicht viel mit ihr zu tun. Sie war auch nur in meiner Parallelklasse. Ein hübsches, taffes Mädchen war sie gewesen, aber natürlich nicht so gutaussehend wie ich.« Rosi ließ ihre Brauen hüpfen und lachte lauthals los.

Pia lächelte ihr freundlich zu und ging höflich auf ihren Spaß ein, »Natürlich nicht, Rosi! Du bist auch heute noch

hieß die nochmal?« Rosi schaute nachdenklich nach oben. »Ach, mir fällt der Name nicht mehr ein«, winkte sie schließlich ab, »aber Kathrin war das, ja. Sie hatte sich verändert. Irgendwie hatte sie sich gehen lassen, finde ich. Aber ich habe sie, wie gesagt, auch wirklich nur ganz kurz gesehen.«

»Wann war das?«

»Ach Schätzchen, das ist sicher schon gute 20 Jahre her.«

Pia nickte und erkannte, dass es hier nicht mehr herauszufinden gab. Sie bedankte sich ganz herzlich bei Rosi und verabschiedete sich von den Grubers.

Immerhin hatte sie jetzt einen Namen.

Während sie wieder zurück in die Stadt fuhr, um Felix vom Kindergarten abzuholen, überlegte sie, wie sie mehr über diese Kathrin Obermayer in Erfahrung bringen könnte. Es würde nicht leicht werden. Diese Frau hatte wahrscheinlich mittlerweile geheiratet und einen anderen Nachnamen. Es war gut möglich, dass sie längst nicht mehr in Cham wohnte. Vielleicht sogar in Regensburg?

Noch am Parkplatz des Kindergartens zog sie ihr Handy aus der Manteltasche und rief den Internetbrowser auf. Mit schnellen Fingern tippte sie den Namen in die Suchmaschine: Kathrin Obermayer.

Fünf Treffer.

Sie scrollte sich langsam durch die aufgelisteten Suchergebnisse. Doch die entsprechenden Fotos und Artikel, die zu einer Kathrin Obermayer erschienen, passten nicht zu ihrer Frau auf dem Foto. Die Dame, die die Suchmaschine mit dem gleichen Namen ausgespuckt hatte, war bestimmt um die 30 Jahre jünger, als Kathrin heute es sein müsste. Zudem stammten die Artikel aus Norddeutschland. Die restlichen Artikel enthielten nur jeweils den Vor- oder Nachnamen ihres Suchbegriffes. Nutzloserweise las sie Schlagzeilen wie »Kathrin Oberbeck gewinnt die Olympiade« oder »Martina Obermayer ist die neue Schützenkönigin in Regenstauf.« Eilig schloss sie die Suchmaschine wieder und versuchte es weiter über zwei soziale Netzwerke. Doch auch hier ergaben sich keine passenden Treffer. Resignierend steckte sie ihr Handy zurück in die Manteltasche. Die alltäglichen Pflichten riefen ohnehin. Sie stieg aus dem Auto und lief zum Eingang des Kindergartens.

Felix beschwerte sich bei ihrer Ankunft sogleich, dass er gerade mit Leon spielen würde und jetzt noch länger im Kindergarten bleiben wolle. Pia erklärte ihrem kleinen Sohnemann daraufhin freundlich, aber bestimmt, dass der Kindergarten feste Zeiten hatte. Es war wahrlich jeden Tag eine Überraschung, wie Felix auf den Kindergarten reagierte. Manchmal wollte er erst gar nicht hin. Dieses Mal wollte er nicht abgeholt werden und das nächste Mal will er viel früher abgeholt werden, dachte sie belustigt. Maulend, aber folgsam setzte er sich dann schließlich doch zu ihr ins Auto. Sie warf einen prüfenden Blick in den Rückspiegel.

»Felix, schnalle dich bitte noch an.«

»Nein!«

»Felix! Du hast das schon ganz oft selbst geschafft. Ich weiß, dass du es kannst.«

»Mach du das doch, Mama!«, rief er trotzig.

»Felix. Ich weiß, dass du gerade wütend bist, weil du noch mit Leon spielen wolltest. Das verstehe ich. Dann warte ich, bis du dich wieder beruhigt hast. Ich fahre so lange nicht los, bis du dich angeschnallt hast.« Diesen Erziehungstipp hatte sie mal in einer Familienzeitung gelesen. Ihre Nerven stellten sich sogleich auf eine harte Probe ein. Doch ihr Sohn knickte tatsächlich bereits nach ungefähr einer halben Minute ein. Stolz auf sich, die Ruhe bewahrt zu haben, startete sie schließlich den Motor.

Als Pia eine Stunde später zu Hause gerade dabei war, mit Felix eine Runde Memory zu spielen, klingelte ihr Handy. Es war eine unbekannte Nummer. Ein unangenehmer Schauer lief ihr über den Rücken. Seit Sandras panischem Anruf vor einigen Wochen löste eine unbekannte Nummer immer aufwühlende Emotionen in ihr aus. Es war wirklich ein verrückter und unglaublicher Zufall gewesen, dass Sandra ihre Anruferkennung genau an diesem Tag ausgeschaltet hatte, damit Nele ihrem Vater ein paar Stunden vorher einen Streich spielen hatte können.

Ihre Aufregung war dieses Mal glücklicherweise umsonst.

Kommissar Berger war am Telefon.

»Entschuldige, Felix, ich muss eben telefonieren gehen. Du darfst dir eine Süßigkeit aus der Vorratskammer aussuchen und dann spielst du ein bisschen alleine im Zimmer, okay? Es dauert nicht lange, dann spielen wir wieder zusammen«, sagte sie zu ihrem Sohn und ging mit dem Handy am Ohr ins Bürozimmer.

»Danke, für Ihren Rückruf und dass Sie kurz gewartet haben, Herr Berger«, sagte sie sodann in den Hörer, »jetzt kann ich offen sprechen. Wissen Sie, ich mache mir noch immer sehr viele Gedanken, ob mein Bruder wirklich

Suizid begangen hat. Mir ist auch wirklich keine Vorgeschichte mehr eingefallen, die dazu passen könnte. Nun setze ich natürlich große Hoffnungen in Ihre Ermittlungen und hoffe, Sie können mir schon etwas sagen.«

Kommissar Berger räusperte sich hörbar, »Ich verstehe natürlich Ihr Interesse an den Ermittlungen, Frau Sendtner. Auch uns ist selbstverständlich daran gelegen, eine schnelle Aufklärung zu erreichen. Aber wie Sie sich ja sicher denken können, kann ich über den Ermittlungsstand nicht sprechen, solange mir nichts Eindeutiges vorliegt.«

Enttäuscht sagte Pia, »Natürlich. Aber ich hatte mir erhofft, Sie könnten mir doch etwas mehr sagen.«

Sie konnte förmlich spüren, wie der Kommissar mit sich kämpfte. Schließlich sagte er, »Nur so viel Frau Sendtner, wir haben Grund zur Annahme, dass die Ermittlungen ausgeweitet werden sollten.«

Sie bekam schlagartig eine Gänsehaut und war für einen Moment unfähig, etwas zu sagen.

Kommissar Berger fügte noch hinzu, »Ich denke, Sie haben verstanden, Frau Sendtner.«

»Ich denke schon, danke, Herr Berger«, sagte sie langsam.

Dann hatte er aufgelegt.

Pia war wie paralysiert. Sie stand noch etliche Minuten bewegungslos in ihrem Büro und versuchte, zu begreifen, was Kommissar Berger ihr da gerade am Telefon angedeutet hatte.

15.

Ihr Herz schlug schneller. Die Gedanken überschlugen sich. Unfähig sich zu bewegen, stand sie weiter nur da und starrte an die Zimmertür ihres Büros. Die Annahme, dass Markus vielleicht wirklich ermordet worden war, löste das reinste Gefühlschaos in ihr aus.

Mein Bruder, ein Mordopfer? Fassungslos schüttelte sie den Kopf.

So unglaublich diese Vorstellung auch war. Sie versuchte, den Gedanken einen Moment auf sich wirken zu lassen. Zum einen war es sogar ein erleichterndes Gefühl, dass er nicht selbst die Waffe gegen sich gerichtet hatte. Zum anderen war sie zutiefst schockiert und betroffen, dass es einen Menschen gab, der ihrem Bruder das angetan haben könnte. Eine Welle der Wut stieg in ihrem Bauch auf, als ihr bewusst wurde, dass jemand sein Leben beendet hatte, wo Markus doch noch so viel vor sich gehabt hätte. Dass ihr womöglich jemand ihren Bruder genommen hatte.

Wer könnte Markus derart hassen?

Und wenn es da jemanden gab, wie konnte es sein, dass Sandra nichts davon wusste? Ihre Finger suchten eilig nach der Telefonnummer ihrer Schwägerin. Sie wollte

Sandra sofort anrufen, um mit ihr über die Aussage des Kommissars zu sprechen. Doch dann hielt sie inne. Es war schwierig vorherzusagen, was diese Nachricht in Sandra auslösen würde. Vielleicht hatte Kommissar Berger Sandra diesen Hinweis noch gar nicht gegeben. Außerdem, auch wenn der Kommissar jetzt nur bei ihr so etwas angedeutet hatte, hieß das noch lange nicht, dass es den Tatsachen entsprach. Bisher war es nur eine Vermutung. Pia wusste einfach nicht, was gerade das Richtige war. Sie wollte etwas tun, aber das Gefühl, diese Information einfach zur Kenntnis zu nehmen, ohne etwas ausrichten zu können, machte sie fast wahnsinnig. Die Umstände rund um Markus Tod verdichteten sich zunehmend zu einem undurchsichtigen Strudel.

In diesem Augenblick hörte sie Felix rufen. Er wurde ungeduldig. Schnell lief sie ins Badezimmer und spritzte sich etwas Wasser ins Gesicht, um wieder ein bisschen klarer zu werden. Ihre Augen wirkten etwas eingefallen, als sie sich im Spiegel musterte. Doch das spielte gerade keine Rolle. Der Alltag rief. Mit zügigen Schritten ging sie zu ihrem Sohn nach oben ins Kinderzimmer. Wie sie es auch nicht anders erwartet hatte, war das Zimmer bereits verwüstet. Überall hatte er sämtliche Bauteile und verschiedene Autos aus seinem Regal gezogen und nach dem Spielen einfach achtsam am Boden liegen gelassen. Sie sah ihn mit hochgezogenen Augenbrauen an. Er war gerade dabei, einen alten Luftballon aufzublasen. Wobei sich die Größe des labbrigen Luftballons dabei nicht um den geringsten Zentimeter veränderte. Sie war jetzt nicht in der Stimmung, mit dem Fünfjährigen über das Aufräumen seiner Spielsachen zu diskutieren. Bemüht heiter setzte sie sich zu ihm auf den Boden und sagte, »Der Luftballon ist leider schon kaputt. Du musst ihn auch ein wenig fester mit den Lippen umschließen, um Luft hineinzubekommen. Ich werde später nachsehen, ob ich noch welche für dich in der Kommode habe. Aber jetzt lass uns zusammen etwas Schönes für Tante Sandra malen. Sie wird uns mit Nele bestimmt bald mal wieder besuchen kommen. Ich helfe dir bei deinem Bild. Hast du Lust?«

»Ja!«, rief er vergnügt, »ich male ihr ein ganz schnelles Auto. Aber du musst es mir vormalen, Mami, bitte! Und ich male es dann wieder aus!«

»Das ist eine super Idee, mein Schatz«, sagte sie zu ihm und küsste ihn auf die Wange.

Als Felix nach dem Abendessen im Wohnzimmer noch eine Kindersendung gucken durfte, saß Pia mit Matthias in der Küche. Er erzählte ihr von seinem stressigen Arbeitstag und einem Kollegen, der einfach nichts auf die Reihe bekam. Pia musterte ihren Mann nachdenklich. Seine entschlossenen grauen Augen strahlten sowohl eine leichte Unnahbarkeit aus als auch eine lebendige Intelligenz. Das markante Kinn mit den kleinen Grübchen verlieh ihm einen starken Charakter. Sie wusste es noch wie heute, wie sie sich damals auf einer Autoschau begegnet waren und sie sofort von ihm fasziniert gewesen war. Diese geheimnisvolle Unnahbarkeit, die er so präsent ausgestrahlt hatte, hatte sie wie magisch angezogen. Auch er hatte sehr schnell ein Auge auf sie geworfen. Doch die ersten Monate waren nicht leicht zwischen ihnen gewesen. Matthias war kein Mann, der einem sein Herz einfach so vor die Füße legte. Es hatte einige Ausdauer von Pias Seite gebraucht, ehe eine stabile Beziehung daraus geworden war. Doch es hatte sich gelohnt. Sie hatte das Gefühl, dass seine Liebe zu ihr die Jahre über sogar noch weiter gewachsen war. Inzwischen machte er ihr des Öfteren sogar kleine Überraschungen, die am Anfang ihrer Beziehung nicht ansatzweise vorstellbar gewesen wären.

Plötzlich registrierte sie, dass er seine Erzählung über den unfähigen Arbeitskollegen beendet hatte. Er sah sie erwartungsvoll an, als würde er eine Reaktion von ihr erwarten.

»Pia?«

»Entschuldige, ich war gerade in Gedanken.« Sie machte ein verständnisvolles Gesicht und beschwichtigte ihn, nicht zu hart zu seinem Kollegen zu sein. Schließlich war dieser erst fast halb so alt wie Matthias selbst. Aber auch an ihr war es nicht vorbeigegangen, dass einige junge Erwachsene mittlerweile eine ganz andere Einstellung zum Arbeitsleben hatten als sie selbst mit Anfang 20. Ausnahmen gab es natürlich immer. Doch die Punkte Freizeitgestaltung und Persönlichkeitsentwicklung waren mittlerweile auf der Prioritätenliste vieler jungen Leute ganz weit nach vorne gewandert. Sie hoffte sehr, dass Felix später eine dieser Ausnahmen sein würde. Das Privatleben sollte natürlich wichtig bleiben, überlegte sie. Doch ein ähnlich großes Engagement sollte auch im Berufsleben ausgelebt werden, nach ihrem Empfinden. Viel zu viele Branchen litten mittlerweile unter der jetzigen Situation. Vielleicht hatten sie das Glück, dass Felix seinen späteren beruflichen Weg tatsächlich mit großem Eifer und Motivation einschlagen würde. Aber bis dahin würden sie als Eltern noch viel Zeit haben, um ihm so viele Werte wie möglich zu vermitteln. Hoffentlich würde es ihnen gelingen.

Matthias fragte Pia noch nach Felix Kindergartentag und lachte, als er hörte, dass sein Sohn diesmal sogar gerne länger dort geblieben wäre. Anschließend erzählte Pia ihm noch von Kommissar Bergers Anruf.

Sein Gesichtsausdruck wurde ernst. »Das hört sich aber wirklich danach an, als würden sie nicht mehr von einem Selbstmord ausgehen«, sagte Matthias nachdenklich.

»Ja, oder? Ich bin mir jetzt total unschlüssig, ob ich Sandra davon erzählen soll.«

»Ich würde da lieber noch etwas abwarten, Pia. Wir sollten ihr keine falschen Hoffnungen machen. Sie fängt gerade erst an, seinen Tod zu verarbeiten«, gab Matthias zu bedenken.

»Ich denke, du hast recht.«

»Aber der Gedanke daran, dass jemand deinen Bruder ermordet hat, ist wirklich total grotesk. Ich kenne wirklich niemanden, der je schlecht über Markus gesprochen hat.«

Da konnte sie ihm nur zustimmen. Pia erzählte Matthias weiter von ihrem Überraschungsbesuch beim Ehepaar Gruber. Er schüttelte immer wieder den Kopf, während er ihr aufmerksam zuhörte. Er konnte es gar nicht glauben, wie viel Engagement seine Frau in die Auflösung des Geheimnisses um dieses mysteriöse Foto steckte.

»Du bist wirklich verrückt, Pia! Meine Frau, die Detektivin«, sagte er und musste dann loslachen, »ich kaufe dir jetzt dann noch so eine riesige Lupe und einen richtigen Sherlock Holmes Hut.«

»Du Idiot!«, rief Pia und boxte ihn lachend in die Schulter. »Du wirst schon sehen. Wahrscheinlich finde ich einen richtigen Skandal heraus. Zum Beispiel, dass sie

Papas heimliche Schwester war oder so.«

Er sah sie belustigt an und verdrehte die Augen, »Ganz bestimmt, Pia.«

Sie setzte eine beleidigte Miene auf, worauf er sie schnell in seine Arme zog. »Ich finde das ja ganz süß mit deinem kleinen Detektivprojekt. Wenigstens bist du dann ein wenig abgelenkt. Ich weiß ja, wie nah ihr euch standet.«

Pia nickte betrübt. Doch sie wollte sich nicht ablenken lassen und das Thema trotz seiner versöhnlichen Worte noch weiter besprechen. Matthias war ein gescheiter Kopf. Sie erhoffte sich eine gute Idee von ihm, wie sie weiter vorgehen könnte. Wenn sie jetzt schon einmal den Namen der unbekannten Frau hatte, wollte sie auch endlich herausfinden, in welcher Beziehung sie zu ihrem Vater stand. Nach einigen Minuten gab ihr Matthias dann tatsächlich den entscheidenden Tipp. »Wenn Rosi Gruber in ihrer Parallelklasse war, findest du vielleicht noch jemanden, der zu dieser Zeit auf der Mittelschule war. Offenbar hat diese Kathrin ja früher auch in Cham gewohnt, wenn sie hier zur Schule gegangen ist. Vielleicht gibt es hier jemanden, der noch heute mit ihr befreundet oder zumindest besser bekannt ist.«

»Daran habe ich auch schon gedacht. Aber ich habe kaum mit Leuten zu tun, die im Alter meiner Eltern sind, und ich weiß natürlich nicht, wo sie dann alle auf der Schule waren. Vielleicht müsste ich mich einfach ein bisschen durchfragen, wenn ich irgendwie weiterkommen will.«

»Meine Mutter weiß sicher nichts darüber. Sie kommt ursprünglich aus München und ist ja nur für meinen Vater hierhergezogen. Doch mein Vater kennt durch seine frühere Tätigkeit als Beamter eine Menge Leute. Du könntest ihn nach dieser Kathrin fragen?«

Pia küsste Matthias stürmisch auf den Mund. »Das ist gut, Matthias. Danke! Vielleicht kennt er sie sogar selbst?«

»Möglich wäre es bei der alten Plaudertasche.«

»Du bist einfach brillant, Matthias!«, freute sich Pia und küsste ihn ein weiteres Mal fest auf den Mund. »Ich werde deinen Eltern morgen Nachmittag gleich mit Felix einen Besuch abstatten. Sie müssten zu Hause sein, oder?«

»Du bist ja wirklich total motiviert! Normalerweise ja, wenn du nicht gerade um 14 Uhr kommst. Da dreht Vater seine Runde mit Jacky«, sagte er mit einem Zwinkern. Jacky, der kleine, süße Terrier, war Wolfgang Sendtners täglicher Weggefährte, wo immer es möglich war.

Als Felix tief und fest in seinem Kinderbettchen eingeschlafen war, versuchte Pia noch einmal über das Internet mehr über Kathrin Obermayer herauszufinden. Doch es blieb dabei. Diese Frau war, zumindest unter diesem Nachnamen, nicht zu finden.

Schlagartig kamen ihr wieder ihre Eltern in den Sinn. Sie griff zum Telefon und wählte die Stuttgarter Festnetznummer. Ihr Blick fiel zeitgleich auf die Uhr ihres Monitors. Nach kurzem Abwägen entschied sie sich dann doch gegen den Anruf und legte den Hörer wieder auf. Ihr Vater würde es mit seinem strengen Reglement als sehr unhöflich und unpassend empfinden, wenn sie nach 19 Uhr noch anrufen würde.

Dafür wählte sie dann letztendlich Sandras Handynummer. Nach dem zweiten Klingeln hob sie mit einem kurzen »Schneider?« ab.

Pia konnte beruhigt feststellen, dass sich ihre Schwägerin mittlerweile etwas besser als die letzten Male anhörte. Zumindest war es ihr spontaner Eindruck am Telefon. Sandra hatte sogar vor, ab der nächsten Woche wieder zur Arbeit zu gehen. »Ablenkung«, weißt du?, sagte sie zu Pia. »Vielleicht wird sie mir guttun. Die Beruhigungsmittel möchte ich dann auch ganz weglassen. Nele geht ohnehin schon seit einigen Tagen wieder zur Schule. Sie beginnt auch wieder, sich mehr mit ihren Freundinnen zu treffen. Es muss ja irgendwie weitergehen, oder?«

Das musste es, auch wenn durch diesen schrecklichen Schicksalsschlag ihre kleine Familie so schlagartig auseinandergerissen worden war und ein so wichtiger Teil davon nun fehlte. Während des Telefonats überlegte Pia pausenlos hin und her, ob sie Sandra Kommissar Bergers Andeutung mitteilen sollte. Doch ihre Angst war letztlich zu groß, dass ihre Schwägerin in ihrer Trauerverarbeitung dadurch zurückgeworfen werden könnte. Sie war endlich auf einem guten Weg, hatte Pia den Eindruck. So lud sie Sandra mit Nele für die nächsten Tage zu sich nach Hause ein.

»Wir machen es uns gemütlich. Felix freut sich so, Nele wiederzusehen. Außerdem hat er heute ein Bild von einem Lamborghini mit mir gemalt, das er euch unbedingt schenken will«, sagte sie.

Sandra lachte kurz auf, aber es klang angestrengt. Dann sagte sie abschließend, »Gut, wir kommen gerne."

Später schaute sich Pia mit Matthias die Verfilmung von Stephen Hawkings Werdegang an. Sie war regelrecht fasziniert von den zahlreichen Erfolgen des Physikers. Eine spannende und berührende Verfilmung, die seine außergewöhnliche Karriere und die besondere Liebesbeziehung zu seiner Ehefrau auf eine sehr einnehmende Art und Weise zeigte. Pia bewunderte diesen so unglaublich motivierten Mann, der trotz seiner gesundheitlichen Einschränkungen so vieles geleistet hatte. Vor allen Dingen hatte er nie aufgegeben. Er war ein Paradebeispiel für die vielen Menschen, denen Rückschläge im Leben widerfuhren. Auch wenn es noch so schwer oder schmerzhaft war, einfach weitermachen, so gut es eben ging.

Der Schicksalsschlag, der ihre Familie getroffen hatte, hatte auch ihr Leben von heute auf morgen auf den Kopf gestellt. Markus hatte ein riesiges Loch für sie alle hinterlassen. Er fehlte jeden einzelnen Tag. Und so schwer es auch war, sie mussten nun alle weitermachen. Und vor allem war es ihre Pflicht, zusammenzuhalten, und Sandra und Nele so gut zu unterstützen, wie es nur ging. Es war indessen an ihnen allen, diese große Lücke wieder irgendwie mit viel Aufmerksamkeit, Verständnis, Tatkraft und Zuneigung zu füllen. Auch wenn sie nie mehr wirklich ganz geschlossen werden konnte.

Am nächsten Morgen stand Pia in Anbetracht ihres Vorhabens regelrecht euphorisch auf. Es war das erste Mal seit Markus Tod, dass sie sich nicht als Erstes wieder fragte, ob dieser Schicksalsschlag nur ein Traum gewesen war. Fast war es so, als wäre ihr Kopf dabei, diesen schmerzvollen Verlust ihres Bruders Stück für Stück zu akzeptieren. Als würde sie langsam beginnen, das Ganze irgendwie zu verarbeiten. Soweit man das überhaupt konnte, wenn der eigene Bruder plötzlich nicht mehr da war. Sie dachte wieder an den Anruf des Kommissars. Noch immer stellte es ihr alle Haare auf, bei dem Gedanken, dass Markus wohl wirklich einem Gewaltverbrechen zum Opfer gefallen war. Aber vielleicht interpretierte sie in seine Andeutung auch zu viel hinein. Letztlich musste diesen Umstand die örtliche Polizei aufklären.

Ihre eigene Intention war heute eine andere. Am Nachmittag würde sie ihre Schwiegereltern aufsuchen und dem zugrundeliegenden Geheimnis des versteckten Fotos hoffentlich weiter auf die Spur kommen: der unbekannten Frau neben ihrem Vater.

Wer bist du und welche Bedeutung hattest du wohl in seinem Leben?

Außerdem fragte sich Pia noch immer, ob es ihr Vater selbst gewesen war, der das Foto heimlich in diesem Porzellandackel versteckt hatte und falls ja, wofür?

Matthias hatte heute die Möglichkeit, erst eine Stunde später als sonst in die Arbeit zu fahren. So konnte er Felix vorher sogar noch im Kindergarten abliefern. Dafür war sie ihm sehr dankbar. Es war wesentlich entspannter, den Morgen zu beginnen, ohne sich gleich anziehen zu müssen. So konnte sie, nachdem sie Felix für den Kindergarten fertig gemacht hatte, gemütlich alleine frühstücken und sogar die Home-Office-Arbeiten für ihren Chef noch in ihrem Jogginganzug erledigen. Während sie verschiedene Rechnungen für die Vertriebsfirma überprüfte, schweiften ihre Gedanken immer wieder zu Matthias Eltern ab. Es war durchaus möglich, dass Wolfgang Sendtner wusste, wer Kathrin Obermayer war. Es war jedoch unwahrscheinlich, dass er darüber Bescheid wusste, in welcher Beziehung Rudolf und Kathrin zueinander gestanden hatten.

Schließlich hatten die Sendtners ihre Eltern, bevor sie die Beziehung zu Matthias eingegangen war, noch gar nicht persönlich gekannt. Aber vielleicht wusste er zumindest, wo Kathrin damals gewohnt hatte. Sie schob ihre Überlegungen eilig zur Seite, um sich noch auf ihre restliche Arbeit konzentrieren zu können. Am Nachmittag würde sie es wissen.

Nach knapp drei Stunden hatte sie das heutige Arbeitspensum erledigt. Wegen einiger fehlerhafter Rechnungen hatte sie ein paar Telefonate führen müssen. Daher war ihre heutige Arbeit sehr langwierig geworden. Glücklicherweise kam das nicht besonders häufig vor. Nachdem sie sich etwas später im Badezimmer ausgezogen hatte, öffnete sie die Duschkabine. Sie war gerade dabei, das Wasser aufzudrehen und die Temperatur entsprechend angenehm zu regeln, als sie ihr Handy dumpf durch die Scheibe klingeln hörte.

Es war ein denkbar ungünstiger Zeitpunkt. Mit schon halb nassen Haaren beschloss sie, das Handy einfach klingeln zu lassen. Nach der Dusche würde sie auch noch zurückrufen können, falls es wichtig war. Sie schäumte ihre blonden, halblangen Haare mit dem neuen, nach Flieder duftenden Shampoo ein. Danach genoss sie eine ausgiebige Dusche und ließ das fließende Wasser den ganzen Schaum abspülen. Schon als Kind liebt sie es, besonders heiß zu duschen und sie hätte auch sehr gerne noch länger unter dem angenehmen Strahl der Brause verweilt. Doch ihr Umweltbewusstsein siegte. Du musst auch an die Generationen nach dir denken, gerade für deinen Sohn, erinnerte sie sich mahnend. Mit leicht verzogenem Mundwinkel stellte sie das Wasser aus, als der Schaum fortgespült war und schlüpfte eilig aus der Duschkabine. Während sie sich trocken rubbelte, warf sie einen neugierigen Blick auf ihr Handy, das sie beim Entkleiden am Waschbecken liegen gelassen hatte.

Als sie erkannte, wer sie zu erreichen versucht hatte, zog sie irritiert die Augenbrauen hoch. Was sie da las, gefiel ihr ganz und gar nicht. Sie drückte auf die Rückruftaste und wartete, bis sich der Anrufer am anderen Ende der Leitung meldete.

»St. Johannes Kindergarten, Bäumler, Hallo?«, sagte eine zarte, weibliche Stimme, die Pia noch nicht kannte.

»Hallo, hier ist Pia Sendtner, die Mutter von Felix. Sie haben versucht, mich zu erreichen. Ist etwas mit Felix?«

Es dauerte eine Weile, bis Frau Bäumler ihre Antwort formulierte. »Na ja, also wissen Sie, Frau Sendtner. Also... ich denke, Sie müssen kommen.«

Pia stand plötzlich stocksteif da und zog ihre Augenbrauen zusammen. Warum klang die Angestellte des Kindergartens so komisch? Sie hatte bisher nur einmal einen Anruf einer Erzieherin erhalten. Diese hatte einfach gerade heraus gesagt, dass Felix leider zu stark hustet und sie ihn abholen müsste. Warum druckste die Frau am anderen Ende der Leitung so herum?

»Was ist denn los?«

»Wann können Sie kommen?«, antwortete Frau Bäumler mit einer Gegenfrage.

Ihr wurde auf einmal heiß. Sie konnte förmlich spüren, wie sie sich verspannte. Ihre Hände wurden feucht. Dann fragte sie nahezu panisch, »Was ist mit meinem Sohn?«

16.

Es dauerte eine gefühlte Ewigkeit, ehe die fremde Frau am Apparat leise sagte, »Warten Sie, ich gebe Ihnen Frau Rackwitz.«

Pia wurde zunehmend nervöser. Was sollte das Ganze? Warum sagte ihr diese Frau Bäumler nicht einfach, was los war? Die Angst, dass sich Felix schwerwiegend verletzt oder ihm gar etwas Schlimmeres zugestoßen war, legte sich wie eine eiskalte Hand um ihre Kehle. Sekunde um Sekunde hatte sie das Gefühl, weniger Luft zu bekommen. Konzentriert presste sie ihr Handy noch näher ans Ohr, doch sie konnte nur lärmenden Kindertumult im Hintergrund ausmachen, während der Hörer offenbar weitergereicht wurde. Dann war die einfühlsame Stimme von Frau Rackwitz endlich am anderen Ende der Leitung zu hören.

Gut gelaunt sagte diese, »Hallo Frau Sendtner, danke, dass Sie zurückrufen.«

Pia konnte nicht mehr an sich halten. »Hallo Frau Rackwitz, bitte sagen Sie mir, was mit meinem Kind ist!« Sie schrie förmlich in ihr Handy.

Frau Rackwitz stockte kurz. Dann antwortete sie, »Frau Sendtner, machen Sie sich keine Sorgen! Felix hat nur mit

Übelkeit zu kämpfen, sagt er. Er hat uns gebeten, Sie anzurufen.«

Pia konnte förmlich spüren, wie sich ihr Hals entspannte und Stück für Stück wieder mehr Luft in ihre Lunge drang. Übelkeit! Sie schüttelte ungläubig den Kopf. Im nächsten Moment tat es ihr gleich leid, dass sie Frau Rackwitz so angeschrien hatte. Die fröhliche, blonde Kindergärtnerin war wirklich wie geboren für diesen Beruf. Sie hatte es von Anfang an geschafft, Pias Bedenken wegen der anfänglichen Trennung von Felix beiseite zu wischen. Frau Rackwitz gehörte zu den Personen, die einen Raum geradezu erhellten, wenn sie ihn betrat. Sie strahlte eine ungeheure Einfühlsamkeit und Wärme aus und wurde sowohl von den Kindern als auch den Eltern geschätzt. Pia formulierte unangenehm berührt eine Entschuldigung, »Es tut mir wirklich leid, dass ich eben so ungehalten war. Aber Ihre Kollegin klang so komisch am Telefon, sodass ich befürchtet habe, es sei etwas Schlimmes passiert.«

»Aber nein. Frau Bäumler ist unsere neue Praktikantin. Sie ist erst 17 und an ihrem zweiten Tag hier bei uns noch etwas unsicher. Sie müssen sich wirklich nicht entschuldigen, Frau Sendtner. Seien Sie versichert, wir geben so gut auf die Kinder acht, als wären es unsere eigenen.« Frau Rackwitz schaffte es wieder einmal mit ihren warmen Worten, dass sich Pia gleich etwas besser fühlte.

»In Ordnung. Ich werde gleich losfahren und Felix abholen. Ungefähr in zehn Minuten bin ich da«, versprach Pia.

»Ist gut. Keine Eile. Felix hat sich ein wenig in die Kuschelecke gelegt. Ich werde so lange bei ihm bleiben.«

Eine knappe viertel Stunde später öffnete sie die Tür zum Kindergarten. Als sie die Treppe zu seiner Gruppe

»Mäusekinder« nach oben stieg, fiel ihr ein, dass sie mit einem kranken Kind den Besuch bei ihren Schwiegereltern wohl lieber verschieben sollte.

Mist!, dachte sie. Sie hatte große Hoffnungen in das Gespräch mit ihrem Schwiegervater gesetzt und war schon richtig gespannt darauf, ob er etwas über Kathrin Obermayer wusste. Im nächsten Moment sagte sie sich aber dann, jetzt reiß dich zusammen, Pia! Dein Kind ist krank! Das geht doch wohl vor!

Als sie an der Gruppentür der Mäusekinder klopfte, öffnete ihr eine sehr junge Frau, eher noch ein Mädchen. Das musste also diese neue Praktikantin Frau Bäumler sein. Zur Bestätigung entschuldigte sich diese sogleich bei Pia, als sie ihren Namen nannte. Ihre Stimme klang sehr dünn und zurückhaltend. Offensichtlich hatte sie schon von Frau Rackwitz erfahren, dass sie sie wohl etwas erschreckt hatte. Pia nahm die Praktikantin auf den ersten Blick als eine sehr unsichere, junge Frau wahr. Frau Bäumler würde sich bei der Kinderhorde definitiv noch mehr Selbstbewusstsein antrainieren müssen, um diesem Beruf auf Dauer standhalten zu können, dachte Pia für sich. Sie schenkte der jungen Praktikantin ein aufmunterndes Lächeln und wünschte ihr noch alles Gute für ihr zukünftiges Berufsleben im Kindergarten. Frau Bäumler bedankte sich höflich und ging zurück in die Gruppe, um Felix Bescheid zu sagen. Durch die nun offen stehende Tür hielt Pia währenddessen schon Ausschau nach ihrem Jungen. Der Raum war erfüllt von fröhlichem Kinderlachen und an sämtlichen Wänden hingen bunte Kunstwerke. Inmitten des ganzen Trubels sah sie, wie die Praktikantin auf ihren kleinen Felix zuging. Er hatte seine Arme um den Bauch geschlagen und saß neben Frau Rackwitz in der Kuschelecke. Pias Blick wurde weich. Sie wollte gerade schon auf ihn zulaufen, als sich ein kleines Mädchen mit einer Unzahl an Sommersprossen vorlaut vor sie hinstellte und sagte, »Der Felix ist krank. Den müssen Sie abholen! Jetzt gleich!« Sie zeigte dabei vorwurfsvoll mit einer aussagekräftigen Schnute auf die Kuschelecke.

Pia schmunzelte und sagte zu dem Mädchen, »Ich weiß Constanze, ich bin ja schon da.« Dann ging sie mit geöffneten Armen auf ihren Sohn zu, der bereits mit Frau Rackwitz an der Seite auf sie zukam.

Ihr Sohn schwieg fast die gesamte Autofahrt, bis sie schließlich ihren Wagen in der Einfahrt hielt. Das war tatsächlich sehr ungewöhnlich für Felix. Offenbar ging es ihm wirklich schlecht. Pia streckte ihren Arm nach hinten zur Rücksitzbank und legte sie ihm mitfühlend auf den Oberschenkel. »Nun sind wir zu Hause. Ich mache dir gleich eine Tasse Tee und lese dir eine Geschichte vor. Danach darfst du heute auch ausnahmsweise am Nachmittag ein wenig Fernsehen, ja?«, sagte sie liebevoll mit einem Augenzwinkern.

Mit gequälten Augen sah er sie an und nickte. Dann öffnete sie ihm die Seitentür, um ihm beim Aussteigen zu helfen. Mühsam erhob er sich aus dem Kindersitz, nachdem sie den Gurt gelöst hatte und ging an ihrer Hand ins Haus.

Nach gut einer Stunde war Felix wieder das quicklebendige Kind wie eh und je. Er konnte schon wieder lachen und hohe Türme bauen, aber auch rumzetern, weil er nicht akzeptieren wollte, dass es weitere Süßigkeiten erst nach dem Essen gab. Doch Pia wagte es dennoch nicht, zu ihren

Schwiegereltern zu fahren. Sie wusste aus Erfahrung, dass es besser war, ihr Kind noch etwas weiter zu beobachten, bevor sie am Ende noch einen schweren Infekt oder eine unangenehme Magen-Darm-Erkrankung verbreiteten. Wie oft hatte sie schon erlebt, dass er den halben Tag lang ausgelassen tobte, um am Abend dann mehrmals am Stück auf das Sofa zu erbrechen. Erst als die Nacht bereits hereinbrach, konnte sie schließlich sicher sein, dass ihr Sohn genesen war. Was ihm auch immer diese Übelkeit beschert hatte, es war glücklicherweise inzwischen ausgestanden. Fröhlich plappernd lag er nach einem üppigen Abendessen im Bett, bis sie ihn wiederholt ermahnte, »Nein Felix, die Geschichte ist zu Ende und jetzt ist es wichtig, dass du schläfst. Morgen ist wieder Kindergarten.«

»Ich will nicht in den Kindergarten!"

»Es ist eh bald wieder Wochenende und vielleicht hole ich dich morgen etwas früher ab, in Ordnung?"

Als er nach ein paar weiteren Diskussionen schlussendlich auf seine Mutter hörte, gab ihm Pia noch einen Gute-Nacht-Kuss und verließ das Kinderzimmer. Matthias hatte abermals einen anstrengenden Arbeitstag hinter sich und war beim gemeinsamen Abendessen nur sehr wortkarg gewesen. Er lag bereits schlafend auf dem Sofa, als Pia zurück ins Wohnzimmer kam. Sie musterte ihren schlafenden Mann lächelnd. Wie automatisch dachte sie wieder an Sandra. Wie schwer musste es sein, nun seit einigen Wochen jeden Abend alleine auf dem Sofa zu sitzen. Ihr Herz versetzte ihr bei diesem Gedanken einen Stich.

Mein Bruder. Was ist nur geschehen, Markus?

Den Kopf traurig schüttelnd ging sie zum braunen Ledersessel, der neben dem Sofa stand. Über dessen

Lehne hing die beigefarbene, weiche Wolldecke. Sie nahm die Decke an sich und breitete sie über den schlafenden Matthias aus. Als sie die Fernbedienung suchte, um den Fernseher auszustellen, fiel ihr Blick auf das Familienfoto, das daneben auf dem mattgrauen Sideboard stand. Ihre drei glücklich lachenden Gesichter waren halb von dicken Schals verdeckt. Sie hielten sich auf dem Foto die Mützen auf dem Kopf, während ihnen ein starker Sylter Wind um die Ohren fegte. Der Wind hatte an diesem Tag dermaßen stark geblasen, dass sie förmlich die Augen zusammengekniffen hatten. Mit Wehmut dachte Pia an den schönen Urlaub im Sommer diesen Jahres zurück. Da war noch alles in Ordnung gewesen. Da haben wir dir noch Urlaubsfotos geschickt, Markus und Felix hatte für Nele ein Armband mitgebracht. Sie hatten damals bei der Rückfahrt einen Abstecher zu ihren Eltern gemacht. Ihre Mutter hatte sich zaghaft für den ostfriesischen Tee in der großen blauweißen Dose bedankt und ihn sogleich zu den anderen in den Schrank geräumt. Sie war kein Mensch der großen Gefühlsausbrüche. Daher erkannte Pia nie, ob sie sich ernsthaft über ein Geschenk freute oder nur höflich reagierte.

Ihre Eltern! Sie wollte sie noch anrufen!, fiel es ihr siedend heiß in diesem Moment ein. Noch immer hatte sie seit ihrer Abreise weder von ihrer Mutter noch von ihrem Vater etwas gehört. Sie hatte keine Ahnung, wie es den beiden mittlerweile erging. Egal, wie angespannt das Verhältnis am Tag ihrer Abreise gewesen war, sie machte sich nichtsdestotrotz Sorgen. Es waren noch immer ihre Eltern – und auch die von Markus gewesen.

Sie schloss kurz die Augen und atmete kräftig durch,

ehe sie sich durchrang, zum Telefon zu gehen. Oh, nein! Die Uhrzeit!, schoss es ihr abermals durch den Kopf. Es war beinahe halb acht. Eigentlich war es wieder viel zu spät, um die abendliche Ruhe zu stören, laut den Regeln ihres Vaters. Doch mittlerweile waren einfach zu viele Tage vergangen. Sie wollte jetzt sichergehen, dass es ihnen gut ging. Das konnte jetzt nicht bis morgen warten. Wenn ihr Vater ihr deswegen eine Standpauke halten würde, wie unhöflich es sei, um diese unchristliche Uhrzeit noch anzurufen, dann sollte es eben so sein. Entschlossen tippte sie die elf ihr bekannten Zahlen auswendig in den Hörer und wartete. Sie war schon kurz davor, aufzulegen, als ihre Mutter nach dem fünften Freizeichen endlich den Hörer abnahm.

»Ja, Schneider?«, fragte Gudrun. Ihre Stimme klang etwas unsicher und vorsichtig, was wahrscheinlich der späten Uhrzeit geschuldet war.

»Hallo, Mama.«

»Pia!«, rief sie dann. Ihr Ton änderte sich zu überrascht und freundlich. Das hatte Pia nicht erwartet. Es gab ihr richtiggehend ein gutes Gefühl.

»Ja, ich bin es. Wie geht es euch denn, Mama? Ich habe schon ein paar Tage lang versucht, euch zu erreichen.«

Daraufhin entstand eine lange Pause. Doch Pia hörte, dass ihre Mutter noch am Hörer war und offenbar mit sich rang, was sie als Nächstes sagen sollte.

»Weißt du«, setzte sie dann an, »es war irgendwie alles ein bisschen viel für mich.«

Pia wartete ab, aber ihre Mutter sprach nicht weiter. So ergriff sie das Wort, »Mama, ich weiß, dass das alles nicht leicht ist. Markus Tod hat mich auch sehr schwer getroffen und mir ist es immer noch ein Rätsel, was damals zwischen euch vorgefallen ist. Aber ich möchte helfen, wenn ich irgendwie kann.«

Ihr Herz sprang, als sie hörte, dass ihre Mutter unerwartet zu schniefen begann. Selten hatte sie erlebt, dass ihre Mutter aus der Fassung geriet. Sie konnte sich vielleicht an zwei oder drei Gelegenheiten in ihrem Leben erinnern, in denen Gudrun Schneider geweint hatte. Das eine Mal hatte sie noch ganz präsent im Kopf. Ihre Mutter hatte Markus und sie von einer Geburtstagsparty bei einem Freund im Nachbarort abgeholt. Es war der zweite Ferientag der großen Sommerferien, erinnerte sich Pia. Sie musste damals in der zweiten oder dritten Klasse gewesen sein. Als ihre Mutter den altbekannten Weg mit ihnen auf der Rücksitzbank nach Hause gefahren war, hatte eine andere Autofahrerin in einem weißen Audi Gudruns kleinen, blauen Polo an einer Kreuzung übersehen. Sie war wesentlich zu schnell dran gewesen. Pia wusste es noch wie heute, wie sie auf der rechten Seite der Rücksitzbank das drohende Unheil schon hatte kommen sehen. Stumm wie ein Fisch hatte sie die Augen aufgerissen. Alles ging viel zu schnell. Plötzlich krachte der weiße Audi an der unübersichtlichen Kreuzung einer kleinen Ortschaft in die leere Beifahrerseite ihres blauen Polos.

Es war ein glücklicher Umstand, dass auch Markus an diesem Tag hinten eingestiegen war, da ihre Mutter auf dem Beifahrersitz ein großes Paket liegen hatte und ihnen beim Einsteigen für diese kurze Strecke das Umräumen zu umständlich erschienen war. Wahrscheinlich war es irgendeine Retoure für einen Versandhandel gewesen. Pia wusste es nicht mehr genau. Dadurch waren alle Beteiligten erfreulicherweise, außer einem leichten Schock, weitgehend unversehrt geblieben. Die Einzige, die eine blutende und später stark geschwollene Nase davongetragen hatte, war Pia selbst. Sie war beim Aufprall direkt mit der Nase an den Vordersitz geknallt. Die beiden Autos wiesen nach der Kollision allerdings einen beträchtlichen Schaden auf. Sie hatte das Bild auch heute noch genau vor sich. Ihre Mutter hatte sich mit einem kurzen Blick nach hinten versichert, ob es ihnen gut ging. Dann war sie aus dem Wagen gesprungen, stellte sich schreiend auf die Beifahrerseite ihres blauen Polos und weinte bitterlich. Es musste auch für die später angerückten Polizisten ein ungewohntes Bild abgegeben haben, dass die Unfallverursacherin fortlaufend dabei war, ihre hysterische Mutter zu trösten, obwohl alle wohlauf waren. Markus hatte mit Pia währenddessen nur still und abwartend am Straßenrand gestanden.

Und nun schniefte Gudrun Schneider plötzlich bei einem Telefonat zwischen ihr und ihrer Tochter. Pia war völlig perplex. Doch es fühlte sich irgendwie gut an, dass Markus Tod jetzt endlich auch in ihrer Mutter eine Gefühlsregung ausgelöst hatte. Egal, was damals zum Kontaktabbruch geführt hatte, dachte Pia, immerhin war und blieb sie seine Mutter.

»Mama, ich bin da. Du kannst mit mir reden. Ich weiß... es ist so schwer... diese schlimme Nachricht. So vollkommen unerwartet.«

Gudrun sagte plötzlich schniefend, »Pia... Pia, hör zu, es gibt etwas...«

Dann brach ihre Mutter schlagartig ab. Pia hörte noch kurz in der Leitung, dass offenbar jemand zu ihrer Mutter in den Raum gekommen war.

Nur einen Moment später wurde der Hörer abrupt aufgelegt.

Pia stand stocksteif, mit dem Hörer in ihrer linken Hand am gleichen Fleck und starrte verwundert ins Leere. Was war das denn?

Ihr Gehirn ratterte.

Was hatte ihre Mutter ihr gerade noch sagen wollen?

Sie versuchte, einen klaren Gedanken zu fassen, und drückte sogleich die Wahlwiederholung. Doch es erklang noch nicht einmal mehr ein Freizeichen. Nachdem sie mehr als eine Minute konsterniert dem Besetztton gelauscht hatte, legte sie verwirrt auf.

17.

»Pia, du darfst ihnen das nicht sagen!«

»Doch, das werde ich sehr wohl machen!«

»Bitte nicht, Papa wird mich so sehr schimpfen. Das willst du doch nicht, oder?«

»Daran bist du auch selbst schuld! Das war so gemein!«

»Bitte, Pia warte... es tut mir wirklich leid.«

Doch sie hatte ihm schon nicht mehr zugehört und war zu ihrem Vater gelaufen. Da es zufällig ein Sonntag gewesen war, saß er mit seiner Tageszeitung am Küchentisch und trank gerade einen Schluck aus seiner Kaffeetasse, als sie weinerlich in die Küche gestürmt kam. Sie wusste nicht, warum ihr gerade diese Szene vor dem Einschlafen in den Sinn gekommen war. Aber es hatte sie noch eine geraume Zeit beschäftigt. Warum hatte sie Markus damals verpetzt als er ihr Kuscheltier nach ihrem Streit ins Klo geworfen hatte? Sie hatte ja im Vorfeld seinen Lego-Turm zum Einsturz gebracht. Auch, wenn ihr Bruder keine wirklich große Strafe für sein Vergehen erhalten hatte, hätte sie damit nicht gleich zu ihrem Vater laufen müssen. Schließlich konnte man das flauschige Erdmännchen wieder waschen. Es tat ihr jetzt richtiggehend leid, auch wenn es heute keine Rolle mehr spielte.

Ihr Vater war bei der Wahl seiner Strafen auch sonst nicht außergewöhnlich streng oder gar hart gewesen. Meistens hatte er, so wie es ihre Mutter auch getan hatte, die Kinder ins Zimmer geschickt oder ihnen Hausarrest gegeben. Nur dass sein Ton dabei um einiges kräftiger war, als der ihrer Mutter. Pia konnte sich nur an eine Situation erinnern, in der er aber unerwartet übertrieben reagiert hatte und sogar handgreiflich geworden war. Markus war gerade 16 Jahre alt geworden, als nach dem gemeinsamen Abendessen plötzlich das Telefon klingelte. Da ihre Mutter gerade dabei war, einige Töpfe zu spülen, ging ausnahmsweise ihr Vater ans Telefon. Während er im Flur telefonierte, waren Markus und sie noch bei ihrer Mutter geblieben, um beim Tisch Abräumen zu helfen. Es war ein kurzes Telefonat, erinnerte sich Pia. Ihr Vater war nach nicht einmal drei Minuten zurück in die Küche gekommen. Was dann geschah, hatte sich förmlich in ihren Kopf eingebrannt. Rudolf Schneider stürmte auf seinen Sohn zu und packte ihn am Kragen. Er hatte seine Augen währenddessen weit aufgerissen und schrie auf Markus ein, »Du verdammter Idiot, wie kannst du nur?!«

Pia war völlig versteinert daneben gestanden. Schockiert hatte sie hilfesuchend zu ihrer Mutter geblickt. Doch Gudrun stand ebenso erschrocken und regungslos an ihrer Spüle. Ihre Hände hatten gezittert. Als ihr Vater endlich den Kragen von Markus losließ, schlug er ihm mit der flachen Hand so fest ins Gesicht, dass Markus nach hinten auf den Boden fiel. Der Blick ihres Bruders war zugleich verängstigt als auch schockiert gewesen. Fassungslos hatten sie dann alle auf der Stelle verharrt und wagten es nicht, sich zu bewegen, als ihr Vater danach aus dem Haus gelaufen war. Nicht einmal Markus hatte in diesem Moment verstanden, was er verbrochen hatte. Ihr Vater kam erst wieder, als die Kinder längst im Bett waren. Am nächsten Tag hatte er sich dann verhalten, als wäre nie etwas vorgefallen. Später stellte sich heraus, dass die Mutter eines Schulkameraden von Markus am Telefon gewesen war und erzählt hatte, dass sie bei ihrem Sohn Marihuana gefunden hatte. Dieser hatte dann auf Druck seiner Eltern irgendwann zugegeben, dass er mit zwei Freunden etwas geraucht hatte. Einer davon war Markus gewesen.

Glücklicherweise war es nie wieder vorgekommen. Weder, dass ihr Bruder Marihuana konsumierte, noch, dass ihr Vater ein weiteres Mal zugeschlagen hatte.

In den letzten Tagen kamen ihr so viele aufwühlende Erinnerungen in den Sinn und selbst der Schlaf hatte sie diese Nacht nicht davon erlösen wollen. Stundenlang hatte sie sich herumgewälzt, um den Gedanken zu entfliehen. War sie ihm eine gute Schwester gewesen? Hatte Markus irgendjemanden so verärgert, dass es einen Mord rechtfertigen würde? Vielleicht handelte es sich um eine Affäre und der Mann der anderen Frau hatte etwas davon mitbekommen? Die Wohnung war nicht durchwühlt worden, überlegte sie. Also konnte es wohl kein Raubmord gewesen sein. Doch keine ihrer Mutmaßungen wollte zu ihrem Bruder passen. Zumindest weigerte sie sich Derartiges zu glauben.

Und was hatte ihre Mutter ihr am Telefon noch sagen wollen und aus welchem Grund hatte sie plötzlich aufgelegt? Das Wahrscheinlichste war, dass wohl ihr Vater in diesem Moment in den Raum gekommen war. Die unchristliche Uhrzeit für Telefongespräche, schoss es Pia in den Kopf. Oder wollte ihre Mutter einfach nicht, dass er mitbekam, dass sie mit ihrer Tochter telefonierte? Oder durfte er nicht hören, was sie Pia noch sagen wollte?

Die Ungewissheit ließ ihr keine Ruhe. Vielleicht verrannte sie sich. Aber die Neugier darüber, was sie ihr mitteilen wollte, war schier unerträglich. Sie musste ihre Mutter wieder anrufen und das zu einem Zeitpunkt, wenn ihr Vater nicht im Haus war. Wann würde er zur Arbeit fahren?, fragte sie sich. Wahrscheinlich würde er irgendwann zwischen 7:30 Uhr und 8:30 Uhr das Haus verlassen. Wenn sie Felix später in den Kindergarten gebracht hatte, könnte sie es also noch einmal bei ihrer Mutter versuchen. Und da ihr Sohn mittlerweile genesen schien, würde sie am Nachmittag mit ihm zu ihren Schwiegereltern fahren. Vielleicht wusste Opa Wolfgang tatsächlich etwas über Kathrin Obermayer. Es versprach, ein aufregender Tag zu werden! Ruckartig sprang sie aus dem Bett, um ihren Sohn zu wecken.

Pia verabschiedete sich liebevoll von Felix an der Gruppentür der Mäusekinder. Frau Rackwitz und die neue Frau Bäumler hatten ihren Sohn aufmerksam in Empfang genommen und sich freundlich erkundigt, ob es ihm wieder besser gehe, oder ob er hatte erbrechen müssen.

Ja, es gehe ihm besser und er habe sich nicht erbrechen müssen. Es sei auch zu Hause keine weitere Übelkeit mehr aufgetreten, bestätigte Pia den beiden Frauen, aber bitte rufen Sie mich einfach an, wenn Felix doch wieder Symptome zeigen sollte. Ich werde mein Handy immer bei mir haben.

Aufgeregt verließ sie den Kindergarten und zog bereits ihr Handy aus der Handtasche. Sie konnte es nicht abwarten, nach Hause zu kommen. Schnellen Schrittes ging sie weiter auf ihr parkendes Auto zu und hielt die Wahltaste bereits gedrückt. Während das erste Freizeichen erklang, ließ sie sich auf ihrem Fahrersitz nieder und warf die Handtasche auf den Beifahrersitz. Dann schloss sie die Tür ihres silberfarbenen Škodas und lauschte dem Rufaufbau. Angespannt saß sie mit dem Handy am Ohr stocksteif in ihrem Auto und wartete, bis ihre Mutter endlich den Hörer abnehmen würde. Nun, komm schon! Doch auch nach unzähligen Freizeichen ging in Stuttgart niemand ans Telefon. Sie blieb so lange in der Leitung, bis der ihr bekannte Anrufbeantworter ansprang. Doch der war heute keine Option. Sie musste mit ihrer Mutter persönlich sprechen. Enttäuscht steckte sie ihr Handy in die Mittelkonsole, um es im Falle eines Rückrufes griffbereit zu haben.

Auf der Fahrt nach Hause gingen ihr immer wieder verschiedene Szenarien durch den Kopf, was ihre Mutter ihr wohl hatte erzählen wollen. Während sie eine halbe Stunde später weiter an der Buchhaltung für ihren Chef arbeitete, wählte sie die Nummer ihrer Eltern noch vier weitere Male. Doch es blieb dabei. Niemand war zu Hause oder zumindest war niemand motiviert genug, den Hörer abzunehmen. Sie schnaufte ernüchtert.

Hoffentlich würde der nachmittägliche Besuch bei ihren Schwiegereltern von mehr Erfolg gekrönt sein. Es brannte ihr förmlich unter den Fingernägeln, der Lösung des Rätsels um dieses geheimnisvolle Foto näherzukommen.

»Felix, wir fahren jetzt gleich weiter zu Oma und Opa Sendtner«, sagte Pia so fröhlich wie möglich, als sie ihren Sohn nach dem Kindergarten ins Auto steigen ließ.

Erfreulicherweise war an diesem Vormittag keine weitere Übelkeit mehr aufgetreten. Dadurch hatte sie ihre Tätigkeiten im Home-Office und den Haushalt in Ruhe erledigen können, während Felix im Kindergarten gespielt hatte. Ihr Kopf war frei. Da ihre Neugier aber mittlerweile ins Unermessliche gestiegen war, hatte sie sich vorgenommen, gleich nachdem sie Felix abgeholt hatte, weiter zu Matthias Eltern zu fahren. Opa Sendtner würde wahrscheinlich in einer Stunde seine Runde mit Jacky drehen wollen, aber sie ließ es darauf ankommen, ob er den Spaziergang für sie dann eventuell etwas nach hinten verschieben würde.

»Ja! Opa, Opa!«, schrie Felix aufgeregt im Auto nach Pias Verkündung ihres nachmittäglichen Plans. Ihr Sohn war gerne bei seinen Großeltern väterlicherseits. Besonders Opa Wolfgang mit der tollen Modelleisenbahn im Keller hatte es ihm angetan.

Pias Herz ging auf, als sie seine kindliche Freude spürte. Es war ihr schon immer wichtig gewesen, dass Felix in einer liebevollen Familie aufwuchs und Matthias Eltern waren wirklich wunderbare Großeltern. Sie hoffte, diese auch heute anzutreffen, da sie nicht extra vor ihrem Besuch angerufen hatte. Aber ihre Schwiegermutter Petra hatte schon des Öfteren bei Pia betont, »Kommt jederzeit bei uns vorbei, wir freuen uns immer, den kleinen Mann zu sehen.«

Wolfgang Sendtner stand bereits in der Einfahrt und

war gerade dabei, seinen alten Audi V8 Quattro auf Hochglanz zu polieren als Pia ihren Wagen am Straßenrand abstellte. Der Oldtimer war neben der aufwendig gestalteten Modelleisenbahn sein ganzer Stolz und wurde trotz der wenigen Ausfahrten sehr regelmäßig und ausgiebig gepflegt. Pia konnte nicht erkennen, was das weiße, alte Auto so besonders machte, auch wenn ihr Schwiegervater stets die zahlreichen, außergewöhnlichen Eigenschaften des Autos aufzählte. Sie kannte sie inzwischen auswendig: Der Oldtimer verfügte über eine 4-Gang-Automatik und einen serienmäßigen Allradantrieb. Mit seinen 250 PS konnte er in nur knapp über neun Sekunden auf 100 km/h beschleunigen. Außerdem vergaß Opa Wolfgang nie zu betonen, dass er mächtig Glück gehabt hatte, so einen Wagen zu ergattern. Schließlich waren von diesem Prachtstück nur 21.000 Stück gebaut worden und er gehörte zu den wenigen stolzen Besitzern eines solch wunderbaren Fahrzeugs! Pia hörte seinen Schwärmereien tatsächlich nur zu gerne zu. Sie fand es bewundernswert, wenn ein Mensch sich so sehr für etwas begeistern konnte. Es war eine Gabe, fast schon ein wichtiges Lebenselixier, über das längst nicht alle Menschen verfügten.

Während sie den Motor ausschaltete, sprang Felix schon begeistert auf seinem Kindersitz auf und ab, »Ja, Mama! Da drüben ist Opa schon und er hat den Audi rausgeholt!« Die Fahrzeugliebe war mittlerweile auch auf ihren Sohn übergegangen. Durfte er ja schließlich jedes Mal wie ein kleiner Rennfahrer auf dem Fahrersitz Probe sitzen. Opa Sendtner inszenierte das Ganze dann stets mit einer aufregenden Rennfahrergeschichte.

»Los abschnallen, Felix. Du darfst gleich zu ihm hinüberlaufen«, sagte Pia mit einem Zwinkern in Richtung Rücksitzbank.

Das ließ sich ihr Sohn nicht zweimal sagen. »Opa, Opa!«, rufend, lief er kurz darauf die wenigen Meter bis zur Einfahrt der Sendtners, nachdem Pia noch einmal mit ihm zusammen geprüft hatte, dass die Straße frei zum Überqueren war. Sie musterte ihren Schwiegervater mit einem freundlichen Blick, als sie sich ihm näherte. Er war gerade damit beschäftigt, den linken Außenspiegel vorsichtig mit einem kleinen hellgrünen Fenstertuch zu polieren und erklärte Felix bereits ausschweifend, worauf man da so alles achten musste. Wolfgang Sendtner war wirklich eine urige Erscheinung. Seine Geheimratsecken zogen sich mittlerweile an beiden Seiten fast bis zur Kopf-mitte. Das restliche, grau melierte Haar trug er aber stolz noch schulterlang, hatte es aber ständig zu einem lockeren Pferdeschwanz zusammengebunden. Die vordere Haar-partie stand auch dieses Mal kreuz und quer in alle Rich-tungen ab, als wäre er gerade erst aufgestanden. Dazu trug er mit Stolz seinen grauen Vollbart, der ihm ein Aussehen verlieh, welches man bei einem Waldmenschen erwarten würde. So stand er in Birkenstock mit einer braunen, abgenutzten Jogginghose da. Pias Blick fiel weiter auf sein schwarzes T-Shirt, worauf eine Art Elch oder Hirsch mit großem Geweih abgebildet war.

In diesem Moment drehte er gerade seinen Kopf in ihre Richtung und rief, »Pia, ja hallo! Wie schön, dass ihr vorbeischaut! Mein gutes Stück braucht wieder ein biss-chen Pflege und natürlich viel Liebe, weißt du. Schau mal, Felix, du kannst ruhig schon mal einsteigen. Aber zeig mir mal bitte erst kurz deine Schuhe.«

Felix tat wie befohlen und streckte Opa Wolfgang demonstrativ abwechselnd beide seiner Winterstiefel hoch in die Luft. »Opa, guck mal! Die sind ganz sauber. Wir waren heute nicht draußen im Kindergarten. Frau Rackwitz hat gesagt, es ist ein bisschen zu kalt.«

Akribisch genau musterte Wolfgang Sendtner die Schuhe seines Enkels, ehe er sagte, »Ich glaube, das geht, ja. Magst du dich dann gleich wieder hineinsetzen in deine Rennfahrerkabine? Ich putze nur eben den anderen Spiegel und dann gibt es eine Geschichte vom Vettel, ja?«

»Ja, Opa, ja! Ich bin dann wieder der allerschnellste Rennfahrer von allen!«, schrie Felix vergnügt und imitierte anschließend lustige Motorengeräusche mit seinem Mund.

»Ja, aber sicher! Wir holen heute den Pokal, Felix!«

Pia lachte und fragte dann aber mit großen Augen, »Hallo, Opa Sendtner! Aber sag mal, ist dir nicht kalt nur in deinem T-Shirt? Es hat doch kaum mehr als sechs Grad heute.« Wie um ihre Aussage zu bekräftigen, schlug Pia beide Arme eng um ihre Brust.

»Nur die Harten, kommen in den Garten, liebe Schwiegertochter«, antwortete er. Ein lautes, tiefes Lachen drang aus seiner Kehle.

Felix war schon dabei, die Fahrertür des weißen Audis mit aller Kindeskraft aufzureißen, als Wolfgang ihn aufhielt. Hektisch sagte er, »Halt, junger Mann. Langsam aufmachen! Mein Goldstück ist ja schon etwas betagt, nicht?«

Pia zog es vor, ins Warme zu gehen. Sie nickte Wolfgang noch einmal kurz zu und ließ die Beiden dann in Ruhe ihr Rennfahrerspiel machen. Eilig schlüpfte sie durch die

Haustür des Einfamilienhauses, die Wolfgang einen Spaltbreit offengelassen hatte. Sie merkte sogleich, dass auch die Türen zu Flur und Wohnzimmer offen standen, da ihr bereits die warme Luft des Kachelofens und ein angenehmer Duft nach frisch gekochten Rouladen entgegenstiegen. So ein Kachelofen war wirklich eine Wohltat, wenn man so eine Frostbeule war wie sie. Matthias hatte auch schon anklingen lassen, dass so einer für ihr Zuhause eine tolle Sache wäre. Aber bis jetzt hatte sich keiner der Handwerker, die er kontaktiert hatte, bemüht, ein Angebot zu schicken.

Während Pia Schuhe und Mantel abstreifte, rief sie laut in den Flur, »Hallo, Petra, bist du da?«

Ein kleiner Kopf mit perlweißfarbenen Haaren, die zu einer perfekten Dauerwelle geföhnt waren, schaute daraufhin aus dem Wohnzimmer. Auch die Augen ihrer Schwiegermutter wirkten immer ein wenig klein aufgrund der dicken Brillengläser. Sie hatte schon in jungen Jahren eine Brille benötigt und war mittlerweile bei +5 Dioptrien, schätzte sie. Pia konnte sich an viele Momente erinnern, in denen ihre Schwiegermutter geschimpft hatte, weil diese Glasstärke so unglaublich teuer war. Am liebsten hätte sie zehn verschiedene Brillen gehabt, um sie je nach Tagesoutfit wechseln zu können, hatte sie ihr einmal anvertraut. Dies hatte Pia und Matthias auch letztes Jahr an Weihnachten dazu veranlasst, Petra Sendtner einen Gutschein für ihren Optiker zu schenken. Die stilvolle, ältere Frau hatte sich wirklich sehr darüber gefreut, konnte sich Pia noch gut erinnern. Im Gegensatz zu Wolfgang war Petra auch diesmal eine stilvolle Erscheinung. Sie trug einen locker geschnittenen, cremefarbenen Rollkragenpullover.

Der schwarz und grau gemusterte Wollrock, den sie dazu kombiniert hatte, bedeckte ihre Beine bis zu den Knien und ihre Füße steckten in einer blickdichten, hautfarbenen Strumpfhose. Die dicken Brillengläser steckten in einer goldenen Fassung, die ein Stück von der Nase gerutscht war. Es erinnerte Pia oft an eine kleine, betagte Deutschlehrerin, wenn sie ihre Schwiegermutter sah.

Als Petra erkannte, wer gerade die Schuhe im Hausflur abstreifte, bildeten ihre Lippen ein breites Lächeln, »Ja, die Pia kommt, hallo! Mensch, das ist aber schön, dass ihr vorbeischaut. Ich muss unentwegt an euch denken. Wie schrecklich das alles für euch sein muss, wegen Markus! Er war so ein freundlicher Mensch, Gott habe ihn selig.« Ihre Miene wurde betroffen. Mit flotten Schritten eilte sie Pia entgegen und zog sie ungestüm in die Arme, um ihr den Rücken zu tätscheln. Pia ließ sie gewähren und bedankte sich für die warmherzige Anteilnahme. Nachdem sie wieder losgelassen wurde, folgte sie ihrer Schwiegermutter in die Küche. Petra steuerte sofort einen der Küchenschränke an und holte eine Packung Kekse heraus. Während sich Pia an den Tisch setzte, war diese bereits dabei, einen großen Teller mit den Keksen darauf zu stellen und einen Kräutertee aufzubrühen. Unaufhörlich sprach sie, während ihrer sämtlicher Handgriffe, ihr Beileid aus und erzählte ausschweifend, wie betroffen sie über diesen so schweren Schicksalsschlag sei, den Pia und ihre Familie nun erleiden mussten. Sie wartete höflich, bis Petra ihren Monolog beendet hatte und sich ihr gegenüber niederließ. Dann bedankte sie sich erneut mit ein paar knappen Worten für die ausufernde Anteilnahme. Sie kam nicht aus, ihrer Schwiegermutter nun noch einmal zu erzählen, wie schlimm der Tag gewesen war, als sie Markus so vorgefunden hatte. Petra tätschelte ihr während ihrer Schilderung fortlaufend die Hand und sah sie mitfühlend an. Irgendwann versuchte Pia galant, das Thema zu wechseln. Zu schmerzvoll waren die erneut aufkommenden Erinnerungen. Zu oft hatte sie inzwischen darüber sprechen müssen. So fragte sie Petra nach ihrem Befinden und was sie so die letzten Tage gemacht hätten.

Petra war sofort ganz in ihrem Element, als sie von einer Festlichkeit des örtlichen Gartenvereins sprach. Als Vorsitzende hatte sie dort sogar eine lange Rede halten dürfen. Außerdem hatten sie am Wochenende ein erheiterndes Bauerntheater besucht, in dem ihre Nachbarin Frau Tögel eine Kräuterhexe spielte. Pia hörte ihrer Schwiegermutter belustigt zu. Die gebürtige Münchnerin hatte vor gut 40 Jahren richtig Schwung in Wolfgang Sendtners Leben gebracht. Davon hatte ihr auch Matthias schon sehr bald nach ihrem Kennenlernen erzählt. Denn Petra hatte Matthias schon als Kind oft darüber informiert, dass sein Vater gar nicht aus dem Haus kommen würde ohne sie. Ohne mich würde er glatt verwildern, mein Sohn!, hatte sie sich selbst gelobt. Wenn der mich mich nicht getroffen hätte, wäre der glatt mit diesem Oldtimer verheiratet und würde keinen Fuß vor die Tür setzen. Dann hatte sie herzlich gelacht. Der urige Wolfgang nahm es mit Humor und nannte sie oft seine Münchner Biene. Es war schön zu sehen, dass er nicht nur auf sein Auto, sondern auch auf seine Ehefrau sehr stolz war. Pia liebte den liebevollen und lustigen Umgang zwischen dem rüstigen Ehepaar. Sie war es aus der Vergangenheit wesentlich spießiger und trockener von ihren eigenen Eltern gewöhnt.

Während sie mit ihren Gedanken etwas abgeschweift war, erzählte Petra gerade ausufernd über die Handlung des Theaterstücks. Pia besann sich rasch und bemühte sich, an den richtigen Stellen zu lachen. Sie war sehr dankbar, dass sie immerhin von dem so traurigen Gespräch über Markus Tod abgekommen waren. Als Petra gerade im Detail die Qualität ihres Schweinebratens beschrieb, den sie während der Aufführung vertilgt hatte, kam Opa Wolfgang samt Felix in die Küche.

»So Oma, jetzt mach deinem Enkelsohn mal zur Belohnung einen warmen Kakao. Der kleine Rennfahrer hat wieder den ersten Platz am Nürburgring gemacht! Da schaut ihr, was?«, sagte Wolfgang vergnügt.

Felix verlieh der Aussage seines Großvaters mit strahlenden Augen und einem hektischen Nicken noch einmal Nachdruck.

Das ließ sich die Großmutter nicht zweimal sagen und holte sogleich die Lieblingstasse ihres Enkels aus dem Küchenschrank, um das Kakaopulver einrieseln zu lassen.

Felix sprang derweil auf Pias Schoß und schmiegte seine kalten Hände unter ihren Pullover auf ihren nackten Rücken. Als das Enkelkind mit Kakao und sein Opa mit einem warmen Kaffee versorgt waren, war endlich ein günstiger Zeitpunkt gekommen. Pia sagte aufgeregt, »Wolfgang, ich wollte dich noch etwas fragen.«

Ihr Schwiegervater runzelte fragend die Stirn. »Na, immer raus damit, liebe Schwiegertochter. Ist etwas kaputt? Macht euch etwa die Waschmaschine wieder Probleme?«

Pia lachte. Ihr Schwiegervater hatte wahrhaftig ein handwerkliches Talent, welches sein Sohn Matthias leider nicht mitbekommen hatte. Wobei sie insgeheim vermutete, dass ihr Mann manche Dinge wohl durchaus schaffen könnte, aber wohl einfach etwas zu bequem war, um selbst Hand anzulegen. Somit war es schon häufiger vorgekommen, dass Matthias seinen Vater angerufen hatte, um die Waschmaschine wieder zum Laufen zu bringen oder auch den tropfenden Wasserhahn zu reparieren. Daher lag es natürlich auch heute für Wolfgang nahe, worum sich Pias Anliegen drehen könnte.

»Nein, nein. Diesmal nicht. Keine Sorge, Wolfgang«, gab sie ihm mit einem Lächeln schnell Entwarnung. Dann fuhr sie fort, »Aber ich bin zufällig auf einen Namen in der Vergangenheit meiner Eltern gestoßen und wollte dich fragen, ob dir der Name vielleicht irgendetwas sagt. Ich würde gerne kurz mit dieser Frau sprechen und weiß nicht, wo ich sie finden kann.«

»Was willst du denn von dieser Frau wissen?", mischte sich Petra neugierig ein und drehte sich von der Küchentheke zu ihnen um.

Diese Frage warf Pia etwas aus der Bahn. Sie suchte rasch nach einer passenden Erklärung. Angestrengt formulierte sie schließlich eine kleine Lüge, »Sie war eine gute Freundin, doch dann haben sie sich aus den Augen verloren. Vielleicht kann ich etwas ausrichten."

Aus Wolfgangs Blick sprach Verwunderung. Pia wurde augenblicklich heiß. Doch dann antwortete er, »Das klingt ja direkt mysteriös«, er machte eine kurze Pause, »na, dann schieß mal los. Wen meinst du?«

Auch Petra bekam plötzlich einen sehr aufmerksamen Gesichtsausdruck und setzte sich neugierig zu ihnen an den Küchentisch.

»Sagt dir der Name Kathrin Obermayer etwas?«

Pia konnte sehen, dass ihr Schwiegervater ernsthaft nachdachte. Also klingelte es zumindest nicht gleich bei ihm. Sie spürte eine leichte Enttäuschung in ihr aufkeimen, als er nicht sofort reagierte.

»Also mir sagt das jedenfalls nichts«, brachte sich Petra Sendtner mit ein. Dann nahm sie Felix mit an die Hand, um mit ihm nach ein paar Spielsachen zu suchen, die sie für den Fall seines Besuches im Gästezimmer verstaut hatte. Pia wartete weiter ab, ob ihrem Schwiegervater mittlerweile etwas dazu eingefallen war.

Langsam sagte er schließlich, »Das könnte die Tochter der Obermayers in der Nordgaustraße sein.«

»Ja?«, fragte Pia euphorisch, »Kennst du diese Familie näher?«

»Nicht besonders gut. Aber ich weiß, dass sie zwei Töchter haben. Eine davon könnte deine gesuchte Kathrin sein.«

»Kannst du herausfinden, ob sie noch dort wohnt?«

»Tut mir leid. Ich bin mir ziemlich sicher, dass dort niemand mehr wohnt.«

Sie schluckte. »Wie meinst du das, Wolfgang?«, fragte sie irritiert.

»Der alte Obermayer ist vor zwei oder drei Jahren gestorben und die Mutter ist, glaube ich, in einem Seniorenwohnheim. Die Töchter sind sicher längst schon ausgezogen.«

»Hmm,« sagte Pia nachdenklich, »Weißt du jemanden, der näheren Kontakt zu ihnen hat, damit ich mehr über ihre Tochter herausfinden kann?«

»Leider nicht. Aber vielleicht kannst du ja mit der alten

Obermayer selbst im Seniorenwohnheim sprechen, wenn du ihre Tochter finden möchtest?«, schlug Wolfgang vor.

Die Idee war gar nicht so schlecht, auch wenn sie ein komisches Gefühl dabei hatte. Danach musste sie Wolfgang allerdings doch erklären, warum diese Angelegenheit so wichtig für sie war. So entschied sie sich auch hier für die halbe Wahrheit und erzählte ihm eine ähnliche Geschichte wie den Grubers. Matthias Eltern und ihre Eltern standen in keinerlei Kontakt zueinander und hatten sich auch nur ein paar wenige Male wie bei Pias und Matthias Hochzeit oder bei Felix Taufe miteinander unterhalten. Das Risiko, dass sie sich über ihr heutiges Gespräch austauschen würden, war gleich null.

Als sie eine halbe Stunde später bereits an der Haustür standen, um sich zu verabschieden, haderte Pia mit sich. Sollte sie Wolfgang noch um diesen einen Gefallen bitten? Er würde es wesentlich leichter herausfinden können, als sie selbst. Sie rang sich letztendlich durch und sagte dann, »Wolfgang, ich will dir wirklich keine Umstände machen, aber denkst du, du könntest noch für mich herausfinden, in welchem Seniorenwohnheim diese Frau Obermayer liegt?«

Wolfgang schaute sie empört an. »Ja, aber liebe Pia!« Dann grinste er verschmitzt. »Wer, wenn nicht ich?«

»Das ist toll, ich danke dir, Wolfgang!«

»Ich melde mich bei dir. Tschüss, ihr zwei!« Er zwinkerte ihr noch einmal zu und drückte Felix eine Tafel Kinderschokolade in die Hand, ehe er wieder zu Petra ins Haus verschwand.

18.

Resignierend starrte sie mit einem feuchten Lappen auf ihre Küchenschränke. Nie wieder eine matte, dunkelfarbige Küche!, sagte sie sich schnaufend. Es war jedes Mal wieder eine Tortur, diese zahlreichen Fingerabdrücke von den Flächen herunterzubekommen. Normalerweise störte sich auch keiner von ihnen daran, wenn die Abdrücke auch mal zwei oder drei Tage an den Schränken verweilten, aber wenn Besuch kam, wollte Pia es einfach ordentlich haben. Sie setzte den Lappen erneut an und rieb so fest sie konnte über die zahlreichen Abdrücken rund um die Kühlschranktür.

»Mama, wann kommen sie denn endlich?«, kam es währenddessen von ihrem Sohn. Er hielt bereits das Brettspiel »Tempo, kleine Schnecke« abwartend in der Hand und blickte abwartend zur Haustür. In dem dunkelgrünen Pullover mit dem brauen Bären darauf, sah er so süß und unschuldig aus. Doch sein Blick signalisierte Pia, dass er langsam die Geduld verlor.

»Schau mal auf die Uhr, Felix«, sagte sie so geduldig wie möglich. Dann deutete sie auf die große Küchenuhr, auf deren grauen Hintergrund schemenhaft der Londoner Big

Ben prangte.

»Ja, Mama. Aber bitte! Sie sollen jetzt kommen!«, forderte Felix.

»Der kleine Zeiger ist schon fast auf der Drei. Jetzt muss nur noch der große Zeiger bis zur Zwölf ganz nach oben wandern. Dann kommen sie jeden Moment. Du wirst sehen.«

»Aber Mami, das ist noch so lange!«, beschwerte er sich.

»Nein, Felix. Zwölf Minuten sind nicht mehr lange. Räume mal eben die Spielsachen am Boden vom Wohnzimmer auf. Dann sind sie schon da und du kannst mit Nele gemeinsam das Schneckenspiel aufbauen.«

Mit hängenden Schultern schlürfte er ins Wohnzimmer. Felix wartete schon seit Pia ihm am Morgen von Sandras und Neles nachmittäglichen Besuch erzählt hatte sehnlichst auf seine Cousine.

»Und sie kommen wirklich gleich nach dem Kindergarten?«, hatte er gefragt, bevor er um acht Uhr in seine Gruppe gegangen war.

»Erst fahren wir zum Friseur, damit du wieder aus deinen Haaren heraussiehst und danach kommen sie gleich.«

»Und sie kommen jetzt wirklich gleich, oder?«, hatte er sie nach dem Friseurbesuch gefragt.

»Wir fahren jetzt noch ein paar Sachen einkaufen, weil es noch zu früh ist und dann dauert es nicht mehr lange, versprochen. Du darfst dir auch einen Joghurt mit Streusel aussuchen«, hatte Pia ihn vertröstet.

Zum Glück waren Sandra und Nele dann tatsächlich sogar ein paar Minuten früher dran, damit Felix Geduld nicht weiter strapaziert werden musste. Pia sah ihre Schwägerin und ihre Nichte schon aus ihrem Küchenfenster auf die Haustür zulaufen. Aus Neles Gesicht wurde sie noch nicht richtig schlau. Das Mädchen trug heute einen langen geflochtenen Zopf, der unter ihrer Mütze hervorlugte. Wie in Gedanken, hatte sie diesen in der linken Hand und spielte daran herum, während sie mit festem Blick zur Haustür schaute. Doch ihre Schwägerin wirkte immer noch sehr blass, als sie mit gesenkten Kopf über das Grundstück lief. Irgendwie seelisch gebrochen, dachte Pia traurig. Aber wie sollte es einem auch ergehen, wenn von heute auf morgen Vater und Ehemann weg waren. Da waren ein paar Wochen keine lange Zeit für eine Trauerverarbeitung.

In dem Moment, als Nele ein paar Mal energisch auf den Klingelknopf drückte, sprang Felix bereits laut und langgezogen »Nele« rufend in den Flur und riss aufgeregt die Haustür auf.

Nele hatte daraufhin nur ein kurzes »Hey« zur Begrüßung in den Raum geworfen und war dann sogleich ohne weitere Worte mit Felix die Treppe hinauf ins Kinderzimmer verschwunden. Wobei wohl Stampfen das richtigere Wort dafür gewesen wäre. Das Echo der Schritte, welches vom Treppenhaus herunterhallte, war so laut, als wäre eine Herde Bären nach oben gelaufen. Hatte Pia die Kinder früher noch ermahnt, war es nun wahrlich schön, sie gemeinsam so ausgelassen zu sehen. Pia war immer wieder verwundert, wie gut sich die Kinder trotz des größeren Altersunterschiedes miteinander beschäftigen konnten. Sandra folgte ihr derweil in die Küche. Dort angekommen, stand sie dann aber etwas verloren im Raum. Pia kam auf sie zu und umarmte sie erst einmal fest zur Begrüßung.

»Hallo, schön, dass ihr da seid.« Es war eine längere

Umarmung als sonst, denn sie beinhaltete auch irgendwie so etwas wie Trost. Pia konnte förmlich spüren, wie Sandra sich in ihren Armen für einen Moment fallen ließ. Der kurze Halt tat ihr offenbar gut. Als sie Sandras Gewicht in ihren Armen spürte, machte sich ein niedergeschlagenes Gefühl in ihr breit. Sie hätte gern mehr getan, um ihr zu helfen. Doch für sie da sein, war das Einzige, was sie nun tun konnte.

»Danke«, sagte Sandra leise als sie sich aus ihrer Umarmung löste.

»Setz dich ruhig. Ich mache uns eine große Kanne Tee,« sagte Pia und schenkte ihr ein aufmunterndes Lächeln. Während sie schweigend darauf warteten, dass sich der dampfende Wasserkocher ausschaltete, hörten sie die ausgelassenen Füße der Kinder durch die Zimmerdecke.

»Es ist schön, dass sich Nele so wohl bei euch fühlt. Sie war wie ausgewechselt, nachdem sie bei euch übernachten durfte. Danke, Pia. Es tut wirklich gut zu wissen, dass ihr da seid«, sagte Sandra, während sie ins Leere starrte.

»Sie kann jederzeit wieder hier schlafen. Ich würde alles tun, um euch zu helfen. Du brauchst es nur zu sagen.«

»Ich weiß, danke, Pia.«

»Als ich bei meinen Eltern war, habe ich ein paar Kinderaufnahmen von Markus abfotografiert. Vielleicht möchtest du sie haben?«

Sie nickte traurig. »Das wäre schön.«

»Ich zeige sie dir gleich und mach dir dann auch Abzüge davon, damit du sie in den Händen halten kannst. Wie fühlst du dich mittlerweile?«

Sandra stütze ihre Ellenbogen auf dem Küchentisch ab und rieb sich die Schläfen. »Es ist so schwer. Immer noch.

Der ganze Alltag hat sich so verändert. Am schlimmsten ist es abends. Nachdem ich Nele ins Bett gebracht habe, bin ich alleine. Du kannst dir gar nicht vorstellen, wie sehr er mir fehlt, wenn ich dann so einsam am Sofa sitze. Ich habe nicht mal die Kraft, den Fernseher einzuschalten. Es kommt mir alles so sinnlos vor. Nachts greife ich noch, wie automatisch, zur anderen Bettseite, aber da ist nur Leere. Dann merke ich wieder, dass ich im Haus meiner Eltern bin und erinnere mich daran, was geschehen ist.«

Es schnürte Pia fast die Kehle zu, als sie das hörte. Natürlich hatte sie eine Vorstellung davon, wie traurig es sich anfühlen könnte. Schließlich fehlte er auch ihr jeden Tag. Doch wie unerträglich schmerzvoll es erst für seine kleine Familie sein musste, das wusste nur seine Frau. »Ich hoffe so sehr, dass es bald leichter für euch wird, Sandra. Auch wenn eine Vorstellung davon momentan noch so fern scheint. Wenn ich irgendetwas tun kann...«

Ihre Schwägerin nickte. Dann wurde ihr Ton ernst. »Ich wollte heute auch mit dir über etwas sprechen. Ich habe etwas gefunden und es beschäftigt mich seit ein paar Tagen.«

Pia wartete neugierig ab und sah ihre Schwägerin erwartungsvoll an.

»Ich habe Geld gefunden«, sagte diese dann leise.

»Was für ein Geld?«, fragte Pia irritiert.

»Viel Geld.«

»Wie meinst du das? Und wo?«

»Bei uns zu Hause, Pia. Da war ein alter, brauner, stark zerknitterter Umschlag und als ich ihn öffnete, entdeckte ich das Geld. Markus hatte ihn wahrscheinlich versteckt.« Sandra schaute ihr fest in die Augen. »Ich weiß nicht, was das zu bedeuten hat.« Sie zuckte mit den Schultern.

Pia musste diese Information erst einmal verarbeiten. Nach einer Weile fragte sie irritiert, »Aber warum und wie viel ist es denn?«

»Es sind sicher einige tausend Euro. Ich habe es nicht gezählt. Aber der Umschlag ist voll mit großen Scheinen.«

»Und du sagst, Markus hat ihn versteckt? Wo hast du ihn denn gefunden?«

»Ja, es muss so sein. Die Polizei hat unsere Wohnung zwar durchsucht, aber offensichtlich haben sie nicht gründlich genug gesucht. Ich denke, sie haben sich auch eher nur umgesehen, ob sein Tod mit einem Raub oder einem Einbruch zusammenhängen könnte. Der Umschlag steckte in einem unauffälligen Spalt hinter unserer Schlafzimmerwand. Ich habe ihn gestern zufällig entdeckt, als ich ein paar Sachen geholt habe.«

»Du warst in eurer Wohnung?«

»Ja, ich... Ich dachte, vielleicht spüre ich Markus, wenn ich dort bin. Ich weiß, es klingt total verrückt. Aber ich vermisse ihn schrecklich. Es ist so unfassbar schwer, sich ein Leben ohne ihn vorzustellen, weißt du? Er ist doch ein Teil von mir. Ich habe das Gefühl meine Erinnerungen an ihn könnten irgendwann verblassen. Am liebsten würde ich sie irgendwie festhalten.«, sagte sie mit bedrückter Stimme.

»Oh, Sandra", Pias Augen wurden glasig. »Markus war ein so toller Mensch. Wir vermissen ihn auch so fürchterlich. Irgendwie kann ich es noch immer nicht fassen, dass er nicht zurückkommt«, sagte sie und umarmte ihre Schwägerin ein weiteres Mal.

Sandra schob Pia langsam von sich und sah ihr tief in

die Augen. Dann sagte sie, »Ich habe den Umschlag wirklich rein zufällig entdeckt. Da Nele und ich noch länger bei meinen Eltern wohnen bleiben wollen, zumindest fürs Erste, wollte ich mir auch ein paar Sachen zusammensuchen. Kleidung für die Arbeit und so. Und dann warf ich auch einen Blick in Markus Schrankseite. Sein Geruch, weißt du, ich vermisse sogar seinen Geruch«, sagte sie traurig. »Ich hatte in diesem Moment noch die Kette mit dem kleinen silberfarbenen Herz in der Hand, die mir Markus damals zu unserem ersten Jahrestag geschenkt hatte. Auf einmal fiel sie mir auf den Schrankboden. Da sah ich beim Aufheben, dass die Schrankwand nicht mehr ganz fest dran war. Ein kleiner brauner Papierfetzen schaute heraus. Ich drückte die Schrankwand vorsichtig weiter nach hinten und zog den Umschlag hervor.«

Pia konnte fürs Erste gar nichts dazu sagen. Sie musterte Sandra nachdenklich mit großen Augen und überlegte, was das bloß zu bedeuten haben konnte.

»Pia, was ist das für ein Geld? Hast du irgendeine Idee?«, fragte Sandra ernst.

Nein, die hatte sie nicht. Sie hörte auch das erste Mal davon und konnte sich, genauso wenig wie ihre Schwägerin einen Reim darauf machen. »Ich weiß es wirklich nicht. Hat Markus mit irgendetwas auf den Montagen oder so Schwarzgeld verdient? Also ich weiß auch noch, dass er früher nebenbei einem Freund, Max hieß der, glaube ich, beim Küchenaufbau geholfen hat. So etwas in der Art vielleicht?«, versuchte Pia eine mögliche Theorie aufzustellen.

»Niemals, Pia. Er war ständig auf Montage unterwegs, das weißt du doch. Wie hätte er denn für so etwas noch

Zeit gehabt? Und dafür ist es auch viel zu viel Geld, was in diesem Umschlag steckt, denke ich«, widersprach Sandra.

»Und da war kein Brief, Zettel oder Ähnliches, oder stand zumindest irgendetwas auf dem Umschlag?«

»Nein, das habe ich natürlich mehrfach überprüft.«

»Hast du der Polizei von diesem Geld erzählt? Vielleicht wäre es wichtig für die Ermittlungen?«

»Nein, und das mache ich auch nicht, solange ich nicht selbst herausgefunden habe, woher es stammt«, sagte Sandra mit einem Blick, der keine Widerrede duldete.

»Und wo ist der Umschlag jetzt? Du hast ihn ja nicht einfach dort gelassen, oder?«

»Nein, ich habe ihn mitgenommen. Falls die Polizei doch noch einmal die Wohnung durchsuchen möchte, wollte ich ihn lieber an mich nehmen. Ich habe ihn gut versteckt.«

»Ich verstehe, und was willst du jetzt tun?«, fragte Pia unsicher.

»Ich weiß es nicht. Aber ich möchte herausfinden, warum Markus offensichtlich ein Geheimnis vor mir hatte«, sagte Sandra mit einem seltsamen Blick.

Pia nickte und schaute aus dem Fenster. Sie fühlte sich plötzlich, als würde ihre ganze Welt ins Wanken geraten.

Markus, was hat das zu bedeuten?

Pia und Felix waren zwei Stunden später gerade dabei, Sandra und Nele zu verabschieden, als ihr Telefon klingelte. Sandra wies sie an, »Geh schon ran, Pia. Wir finden alleine raus. Wir telefonieren, ja?«

Pia nickte und drückte ihre Schwägerin ein letztes Mal rasch an sich und lief dann zum Telefon.

»Ja?«, fragte sie, als sie den Anruf annahm.

»Pia, ich bin es.«

»Mama!«, entfuhr es Pia aufgeregt.

»Ja, ich... ich...«, fing Gudrun Schneider an und brach dann ab.

Pia wurde ungeduldig, als ihre Mutter nicht mehr weitersprach. »Du wolltest mir bei unserem letzten Telefonat noch etwas sagen, bevor wir unterbrochen wurden, oder?«, versuchte sie ihr auf die Sprünge zu helfen.

»Ähm, ja. Aber nicht am Telefon.«

Pia ließ diese Aussage auf sich wirken. Was wollte ihre Mutter damit sagen? Ihr graute bei dem Gedanken, wieder nach Stuttgart fahren zu müssen. Zu tief saßen ihr die Erlebnisse ihres letzten Besuches noch in den Knochen. Doch natürlich wollte sie unbedingt erfahren, was ihre Mutter ihr zu sagen hatte. Gerade, wenn sie es nicht einfach so am Telefon sagen wollte, musste es ja etwas wirklich Wichtiges sein, überlegte Pia.

»Ich komme nach Cham«, sagte ihre Mutter plötzlich.

»Was?!«, entfuhr es Pia etwas zu schnell.

»Ich kann dir noch nicht genau sagen, wann ich es schaffen werde. Aber du kannst in den nächsten Tagen mit mir rechnen.«

Pia war total erstaunt. Ihre Mutter wollte wirklich hierher kommen? Es war mittlerweile knapp zwei Jahre her, als ihre Eltern das letzte Mal bei ihnen in Cham zu Besuch waren. Ihr Vater wollte aufgrund seiner unzähligen Geschäftsreisen nicht auch noch privat reisen, hatte er immer wieder angemerkt, und ihre Mutter, ganz alleine im Zug, konnte sich Pia erst gar nicht vorstellen. Sie beeilte sich dennoch, ihr Wohlwollen zu zeigen und sagte,

»Natürlich, Mama, du kannst jederzeit kommen. Wir freuen uns.«

Mit einem kurzen »Danke, Pia. Bis dann« hatte diese sich dann auch schon verabschiedet.

19.

Nachdenklich betrachtete sie aus dem Küchenfenster die zwei kleinen Vögel, die sich gerade über das neu aufgefüllte Futter hermachten. Das dunkelrote Vogelhäuschen mit weißen Fenstern im Schwedenstil hatte sich Felix im Sommer in einem Baumarkt aussuchen dürfen. Er war anfangs etwas enttäuscht gewesen, als die Vögel sich eine ganze Zeit lang nicht darin hatten blicken lassen. Opa Wolfgang hatte das Häuschen mit Felix zusammen gut sichtbar vor ihrem Küchenfenster auf einem großen, stabilen Holzstab im Garten aufgestellt. Seitdem hielt der Junge schon beim Frühstück jeden Tag erwartungsvoll nach Vögeln Ausschau. Jeden Tag war er nach dem Abendessen noch hinausgelaufen, um nachzusehen, ob sie nicht doch etwas von dem Futter geholt hätten. Das Häuschen stand genau neben dem schon mittlerweile recht gut gewachsenen Apfelbaum, den Matthias zu Felix Geburt gepflanzt hatte. Dieses Jahr hatte er zum ersten Mal Früchte getragen. Sie erinnerte sich noch gut an die vielen Diskussionen mit Felix, ab wann man die Äpfel nun pflücken und essen durfte. Auch wenn der Apfelbaum ihnen wohl zukünftig viel Arbeit im Garten machen würde, war er ein wahrer Gewinn, da ihr Sohn dieses Jahr das erste Mal auch freiwillig etwas Obst gegessen hatte, nachdem er es selbst hatte pflücken dürfen. Seit einigen Wochen kamen nun auch endlich seine herbeiersehnten Vögel. Es war ungemein entspannend, die kleinen Tiere bei ihrer Nahrungsaufnahme zu beobachten. Gerade machten sich zwei Buchfinken über das üppige Mahl her. Pia beobachtete belustigt, wie sie allerdings mehr von ihrem Futter nach unten warfen, als es zu fressen. Das würde Felix wieder gefallen, dachte sie vergnügt. Die morgendliche Beobachtung hob ihre Stimmung richtig. Es war wieder eine fast schlaflose Nacht gewesen. Die Ereignisse um den ominösen Umschlag mit dem vielen Geld, den Sandra bei Markus gefunden hatte, und der so plötzlich angekündigte Besuch ihrer Mutter, hatten Pia lange wach gehalten. Als Matthias am Abend nach Hause gekommen war, hatte es Pia nicht einmal geschafft, ihn in Ruhe essen zu lassen. Sie platzte förmlich mit allen Neuigkeiten heraus, während er sich die erste Gabel Kartoffelgratin in den Mund geschoben hatte. Dabei musste sie so aufgeregt und durcheinander erzählt haben, dass Matthias sie im ersten Moment nur angegrinst hatte und sagte, »Pia, was? Jetzt noch einmal langsam, bitte. Ich habe wirklich gar nichts verstanden.«

Als sie es schlussendlich geschafft hatte, alle Ereignisse des Tages chronologisch richtig zu erzählen, hatte er ebenso überrascht wie sie reagiert. Auch er hatte keine Erklärung dafür, warum Markus so viel Geld versteckt haben könnte und der angekündigte Besuch ihrer Mutter löste, wie Pia es bereits vermutet hatte, keine wirkliche Vorfreude in ihm aus.

»Du weißt, ich habe nichts gegen deine Eltern. Aber so

richtig warm bin ich mit ihnen nie geworden. Deine Mutter ist irgendwie so steif. Manchmal denke ich wirklich, dass sie zum Lachen in den Keller geht. Und dein Vater ist auch kein Mann der großen Worte. Entschuldige, wenn ich das so ehrlich sage«, brachte er hervor.

Natürlich wusste Pia, was Matthias von ihren Eltern hielt, und sie konnte es ihm auch nicht verübeln. Seine Eltern waren bei Weitem offener und herzlicher im Umgang mit anderen Menschen. Ihre hingegen waren Fremden gegenüber eher reserviert und zurückhaltend. Das Wort »steif« konnte man durchaus auch als einer ihrer Attribute verwenden. Leider war es schon immer so gewesen. Als sie Matthias kennengelernt hatte, war sie ohnehin schon lange von Zuhause ausgezogen. Somit hatte er ihre Eltern auch nicht besonders häufig getroffen, um diese steife Distanz mit der Zeit überwinden zu können.

»Weißt du, wie lange sie dann hierbleiben möchte?«, fragte Matthias vorsichtig.

Offenbar sah er sein entspanntes Familienleben in Gefahr. Wobei Pia in seinen Befürchtungen überwiegend auf die Couchabende vor dem Fernseher tippte. Wenn ihre Mutter mit Felix spielte, würde Matthias sicher nicht dazwischengehen. So musste sie über seine Frage nur lachen und zuckte mit den Schultern.

Als sie nach der friedvollen Vogelbeobachtung während ihrer Tasse Kaffee gerade dabei war, in ihrem Schlafzimmer die Betten frisch zu überziehen, hörte sie unten das Telefon klingeln. Vielleicht war es tatsächlich ein weiteres Mal ihre Mutter und würde nun ankündigen, wann genau sie kommen wollte. Sie beeilte sich, die Stufen nach unten zu laufen und nahm völlig außer Atem den Hörer ab.

»Ja?«, hauchte sie mit klopfendem Herzen in den Hörer.

»Detektiv Sendtner, höchstpersönlich. Hallo, Pia«, scherzte ihr Schwiegervater.

»Ach Wolfgang, du bist es«, sagte Pia gut gelaunt, »Hallo!«

»Ich habe da etwas für dich.«

»Schieß los!«

»Als ich heute Morgen beim Rengstl in der Werkstatt war, um ein paar Teile für meinen Oldtimer zu holen, habe ich ihn mal nach der Obermayer gefragt. Ich weiß, dass der Obermayer damals auch sein Auto bei ihm hatte. Die beiden gingen auch öfter mal auf ein Bier zusammen. Zumindest habe ich sie zwei, dreimal im »Kneiperl« bei Heiner zusammen gesehen.«

»Ja?«, fragte Pia erwartungsvoll und hoffte, dass er schnell weitersprach.

»Na ja, ich habe ihn auf jeden Fall gefragt, wie es der alten Obermayer so geht, seit ihr Mann verstorben ist. Dann hat er mir erzählt, dass sie im Seniorenwohnheim »Schloss Zandt« wohnt. Das ist allerdings ein paar Kilometer außerhalb von Cham. Aber ich muss dir auch dazu sagen, dass sie offenbar schon etwas verwirrt sein muss, laut dem Rengstl. Der Tod von Heinrich hat ihr wahrscheinlich sehr zugesetzt.«

Pia brauchte einen Moment, um diese neue Information aufzunehmen und zu überlegen, was das jetzt für sie bedeutete. Dann sagte sie voller Elan, »Vielen Dank, Wolfgang, das hilft mir sehr weiter!«

»Immer gerne für meine Lieblingsschwiegertochter«, machte er sich einen Spaß.

»Du hast ja nur eine, lieber Wolfgang«, sagte sie herausfordernd und lachte.

»Na, Gott sei Dank, stell dir mal vor, der Matthias hätte zwei Frauen!«

»Das stelle ich mir lieber nicht vor, du Scherzkeks.« Belustigt schüttelte sie den Kopf und verabschiedete sich.

Nach ihrem Telefonat überlegte Pia, wie sie jetzt am besten weiter vorgehen sollte. Doch egal, welchen weiteren Haushaltstätigkeiten sie sich währenddessen widmete, die Neugier wollte einfach nicht nachlassen. Sie sah auf die Uhr. Es war kurz nach zehn und Felix hatte heute noch bis 13 Uhr Kindergarten. Wenn sie ihren wöchentlichen Einkauf auf später verschob, auch wenn das bedeutete, dass sie Felix dann dafür mitnehmen müsste, hätte sie jetzt noch genug Zeit, um zum Seniorenwohnheim zu fahren. Ihr ganzer Körper fing bei diesem Gedanken an zu kribbeln. Wenig später saß sie schon hoch motiviert im Auto. Sie ließ gerade Cham hinter sich, als ihr einfiel, dass sie gar keinen wirklichen Plan hatte. Wie sollte sie sich vorstellen? Was sollte sie Frau Obermayer sagen? Wahrscheinlich war es das Beste, ziemlich nah an der Wahrheit zu bleiben. Sie wollte keine ältere, verwirrte Frau derart täuschen. Es fühlte sich einfach nicht richtig an. Ich lasse es auf mich zukommen, beschloss sie guter Dinge. In froher Erwartung musste sie den Kopf plötzlich über sich selbst schütteln. Sie war unterwegs zu einer fremden älteren Dame in einem Seniorenheim, um ihr Fragen zu stellen, über ihre Tochter, die ihr ebenso unbekannt war. Hatte sie sich in etwas verrannt? Hatte das Foto vielleicht keinerlei tiefgründige Bedeutung? Aber der Umstand, dass es offenbar versteckt worden war, beschäftigte sie seit dem

Tag, an dem sie es gefunden hatte. Der Blick ihres Vaters darauf war so anders. Als wäre er zu diesem Zeitpunkt ein anderer Mensch gewesen. Irgendwie so entspannt. Einfach, als wäre es zu einer Phase in seinem Leben aufgenommen worden, in der er lockerer und zufriedener gewesen war. Ihre Augen wanderten zum Bildschirm ihres Navigationsgerätes. Nur noch knapp drei Kilometer. Sie war bald da. Die letzten Meter versuchte sie, ihre Atmung zu kontrollieren. Du musst jetzt klar denken, sagte sie sich. Sie wollte bei Frau Obermayer einen guten Eindruck machen, ganz so, dass sich die ältere Frau mit ihr wohlfühlen und ihr möglichst viel erzählen würde. Knapp drei Minuten später informierte sie die Sprecherin ihres Navis, »Sie haben ihr Ziel erreicht.«

Neugierig schaute sie auf das große, in gelb gestrichene Gebäude, welches tatsächlich wie ein altes Schloss aussah. Eine große Uhr mit römischen Ziffern zierte den hohen Turm. Sie steuerte ihr Auto in eine der freien Parklücken. Das Seniorenwohnheim wirkte schon alt. Doch sie konnte an der Gestaltung des umliegenden kleinen Parks erkennen, dass es offensichtlich gut gepflegt wurde. Es war kein besonders hohes Gebäude. Pia schätzte, dass es höchstens vier Stockwerke umfassen musste. Als sie hoffnungsvoll auf den Eingang zulief, begrüßte sie freundlich zwei ältere Herren, die wenige Meter von der Tür entfernt standen und rauchten. Doch sie nahmen keine Kenntnis von ihr. Während sie die große Glastür des Seniorenwohnheims öffnete, kam ihr eine junge Frau mit zwei kleinen Kindern entgegen, die einem betagten Mann, der in der Eingangshalle in einem Rollstuhl saß, zum Abschied winkten. Pia lächelte und hielt den Dreien die Türe auf. Als sie eintrat, sah sie sich langsam um. Dann entdeckte sie eine Art Empfangstresen. Etwas aufgeregt ging sie darauf zu und schaute sich nach einem Mitarbeiter des Seniorenwohnheims um. Nach ein paar Sekunden kam schließlich ein Mann mittleren Alters durch die dahinterliegende Bürotür und fragte freundlich, »Ja, bitte?«

Plötzlich wurde Pia bewusst, dass sie den Vornamen von Frau Obermayer noch gar nicht kannte. Ihr wurde heiß. Nervös versuchte sie, ihre Stimme besonders fest klingen zu lassen, als sie den Mann am Tresen fragte, »Hallo, mein Name ist Pia Sendtner. Ich möchte Frau Obermayer besuchen. Wo finde ich sie?« Eilig fügte sie noch hinzu, »Ich bin eine Freundin der Familie.«

Doch ihre Sorge war umsonst. Der Mann schien sich gar nicht groß darum zu kümmern, wer hier wen besuchen wollte. Völlig neutral antwortete er ihr mit einer überraschend dunklen Stimme, »Gerda Obermayers Zimmer liegt im zweiten Stock, Zimmer 211.«

Pia bedankte sich freundlich und schaute sich suchend nach dem Treppenhaus um.

Der Mann erkannte ihre Gedanken und sagte, »Einmal da vorne rechts um die Ecke, dann sehen Sie das Treppenhaus und die Aufzüge.«

Sie nickte dankbar und schritt rasch in die beschriebene Richtung davon. Dabei kam sie an einer Art Gemeinschaftsraum vorbei. Er war sehr gemütlich eingerichtet, mit bunten Vorhängen, kleinen Tischen und einigen Sofas, die wie in einer Lounge-Atmosphäre angeordnet waren. Außerdem konnte sie auf einem Regal, auf dem unter anderem ein Fernseher stand, auch einen großen Stapel zahlreicher Brettspiele erkennen. In dem Gemeinschaftsraum spielten gerade vier ältere Männer lachend an einem der kleinen Tische Karten. Zwei Meter links von ihnen standen zwei Damen im Rollstuhl neben einem der anderen Tische und schauten in den Fernseher. Pia konnte sehen, dass bei ihrem angewählten Programm gerade Helene Fischer auf der Bühne stand. Sie performte einen ihrer Songs und trug dabei einen schwarz und gold gestreiften Body. Was sich die älteren Menschen wohl bei so einem knappen Bühnenoutfit dachten?, fragte sie sich in diesem Moment. Sie versuchte, den Gesichtsausdruck der beiden Damen zu erraten. Dadurch musste sie jedoch schnell feststellen, dass sie mit einem geradezu leeren Blick auf den Fernseher starrten, als würden die älteren Frauen gar nicht wirklich registrieren, was da genau gezeigt wurde. Etwas betroffen wandte sie rasch die Augen ab und ging die Treppen zum zweiten Stock hinauf. Sie trat aus dem Treppenhaus und sah sich orientierend um. Die bekannte Geruchsmischung aus Kantinenessen und verschiedenen Reinigungsmitteln stieg ihr in die Nase. Offenbar würde bald das Mittagessen verteilt werden. Dank der großen Türschilder, die sowohl Namen als auch Nummer trugen, fand sie rasch das Zimmer von Frau Obermayer. Ihr Herz klopfte vor Aufregung als sie an die richtige Bewohnertür klopfte und einige Sekunden wartete.

Doch sie bekam keine Antwort.

Sie klopfte erneut.

»Hallo, Sie wollen zu Frau Obermayer?«, fragte sie plötzlich eine Altenpflegerin, die aus dem Nebenzimmer trat.

»Ja, sie ist eine alte Bekannte der Familie. Ich wollte sehen, wie es ihr geht«, sagte Pia hastig und schaffte es tatsächlich, sich nicht vor Nervosität zu verhaspeln.

»Treten Sie einfach ein. Frau Obermayer hört nicht besonders gut. Sie wird sich sicher über Ihren Besuch freuen.«

»Ich danke Ihnen«, sagte Pia und lächelte der Pflegerin zu. Dann öffnete sie vorsichtig die Zimmertür und setzte langsam einen nach dem anderen Fuß über die Schwelle. Interessiert schaute sie sich um. Sie stand in einer Art Flur, der als Mobiliar nur eine sehr kleine Kommode aus dunklem Holz enthielt. Alles wirkte ruhig. Durch eine halb offene Türe konnte sie sehen, dass es hier weiter zu einem Wohnraum ging. Etwas unsicher befahl sie sich selbst, nun endlich einzutreten. Langsam ging sie weiter und schob die Türe ganz auf, bis sie schließlich vor Frau Gerda Obermayer stand.

Das Zimmer war sehr schlicht, aber freundlich, mit dunklen Möbeln eingerichtet. Über dem Bett der Bewohnerin hing ein Kunstdruck, der eine Frau mit Sommerkleid und Sonnenhut auf einer bunten Blumenwiese zeigte. Genau unter diesem Bild saß Gerda Obermayer auf dem Bett und musterte ihre Besucherin aufmerksam. Sie wirkte nicht einmal erschrocken oder verwundert darüber, dass plötzlich eine fremde Frau in ihrem Zimmer stand. Wahrscheinlich war sie es schon gewöhnt, dass die Leute einfach ohne Ankündigung eintraten.

»Hallo«, stieß Pia aufgeregt hervor.

Die ältere Dame musterte sie noch eine Weile nachdenklich. Dann sagte sie leicht stotternd, »Ach, Sie... Sie sind eine neue Pflegerin. Bringen Sie mir doch bitte eben die Taschentücher aus der oberen Schublade da vorne, meine Liebe.« Zur Bekräftigung ihrer Bitte zeigte sie auf einen kleinen Schrank mit zwei Schubläden, auf dem auch der Fernseher stand.

Pia war im ersten Augenblick völlig perplex. Dann tat sie wie befohlen und zog die gewünschte Schublade auf. Sie fischte eine Packung Taschentücher heraus und reichte sie Frau Obermayer. Um das Missständnis gleich auszuräumen, sagte sie anschließend, »Nein, Nein, Frau Obermayer ich bin hier, um Sie zu besuchen.«

Die ältere Dame schnäuzte sich einige Male fest, ehe sie antwortete, »Sie müssen schon ein wenig lauter sprechen, meine Liebe. Wissen Sie, ich höre sehr schlecht.« Sie deutete demonstrativ auf ihre Ohren.

Pia versuchte es noch einmal lauter, »Ich wollte Sie besuchen, Frau Obermayer. Denn ich möchte Sie etwas fragen. Mein Vater war ein sehr guter Freund Ihrer Tochter. Er würde sehr gerne wissen, wie es Kathrin heute geht. Doch er weiß nicht, wie er sie erreichen kann.«

»Wer sind Sie?«, fragte Gerda Obermayer verwundert.

»Pia Sendtner. Mein Vater war lange mit Ihrer Tochter Kathrin befreundet«, mutmaßte sie, »Er möchte gerne mit ihr sprechen.«

»Er möchte mit ihr dreschen? Was soll das bedeuten?« Sie sah irritiert aus.

Pia musste ein Lachen unterdrücken. Dann sagte sie noch einmal lauter, »Mein Vater würde gerne mit Kathrin sprechen!«

»Kathrin, Kathrin,... welche Kathrin, meine Liebe?«, fragte Frau Obermayer etwas wirr.

»Ihre Tochter Kathrin. Sie ist doch ihre Tochter, oder?", fragte Pia. Sie wurde zunehmend unsicher.

Doch dann veränderte sich ihr Gesichtsausdruck und

Pia erkannte erleichtert, dass es Frau Obermayer langsam dämmerte, von wem sie sprach. »Ach, meine Kathrin, ja«, sagte diese plötzlich lächelnd. Dann veränderten sich ihre Gesichtszüge und wurden beinahe betrübt. »Mein armes Kind.«

Pia schaute sie verwundert an. Was meinte Frau Obermayer mit dieser Aussage? Mit einem freundlichen Ton versuchte sie etwas darüber herauszufinden, »Wie meinen Sie das, armes Kind? Wissen Sie, wo ich Kathrin finden oder erreichen kann?«

»Ach, meine Kathrin. Sie ist wie ihr Vater, wissen Sie? So stark und doch so...«, sie sprach plötzlich nicht mehr weiter.

»Wo wohnt Kathrin denn jetzt?«

»Ach, sie ist schon lange nicht mehr in Cham«, sagte die alte Frau traurig.

»Und wo ist sie? Wissen Sie, mein Vater würde sich sehr freuen, sie eines Tages wiederzusehen. Sie waren in jungen Jahren befreundet«, erklärte Pia erneut mit kräftiger Stimme.

»Davon weiß ich nichts, meine Liebe. Kathrin hatte viele Freunde, ach ja...« Sie bekam einen wehmütigen Ausdruck, als würde sie anfangen, sich in der Vergangenheit zu verlieren.

»Wo wohnt sie denn jetzt?«

»Ach, die Adresse kenne ich nicht. Wozu auch? Ich bin ja nicht mehr mobil. Aber in Straubing wohnt sie.«

Das half zumindest etwas weiter, überlegte Pia. Dann kam ihr ein Gedanke und sie stellte die passende Frage dazu. »Wissen Sie, wo Kathrin arbeitet, Frau Obermayer?«

»Kathrin ist bei ihren Affen«, antwortete die alte Frau

und bekam dabei einen verträumten Gesichtsausdruck.

Pia glaubte nicht richtig zu hören und fragte erneut, »Was macht Kathrin beruflich? Ich würde sie wirklich gerne finden, um mit ihr zu sprechen.«

»Na, das sagte ich doch. Sie ist bei ihren Affen.«

»Ich fürchte, ich verstehe nicht«, sagte Pia vorsichtig und sah sie hoffnungsvoll an.

»Kindchen, ich bin jetzt müde. Komm ein anderes Mal wieder, ja?«, sagte Frau Obermayer und lehnte sich indessen schon zurück in ihr Bett.

Pia stand völlig verwirrt da. Sie beobachtete Frau Obermayer, die sie keines Blickes mehr würdigte.

»Kann ich Sie noch fragen, ob...«, setzte Pia an, doch sie wurde forsch unterbrochen.

»Ich muss jetzt schlafen, meine Liebe. Auf Wiedersehen«, und damit drehte die Seniorin ihren Kopf zur anderen Seite.

»Aber hat Kathrin geheiratet? Wie ist ihr Nachname?"«, machte sie einen letzten Versuch. Doch sie bekam keine Antwort mehr. Pia ging verwirrt einen Schritt näher, aber Frau Obermayer hatte bereits ihre Augen geschlossen, als wäre Pia gar nicht mehr hier.

20.

»Sie ist bei ihren Affen? Das hat sie wirklich gesagt?«, fragte Matthias entgeistert. Er konnte sich sein Lachen nicht verkneifen.

»Das ist nicht witzig, Matthias. Ich bin extra in dieses Seniorenwohnheim gefahren und dann bekomme ich so eine Aussage von ihrer Mutter!« Pia schnaubte.

»Es tut mir leid, Pia. Aber das ist wirklich zu lustig.« Er begann erneut zu lachen.

»Ja, hauptsache du hast deinen Spaß.« Sie verdrehte die Augen. »Aber diese Aussage bringt mich jetzt auch nicht weiter und ich traue mich nicht, Frau Obermayer ein weiteres Mal zu besuchen.«

Matthias Lachen verstummte mit einem Mal. Im nächsten Moment sah er völlig konzentriert aus, als würde er über etwas nachdenken.

»Was ist los? Woran denkst du?«, fragte sie irritiert.

»Du sagtest, diese Kathrin wohnt in Straubing?«

»Ja, das hat ihre Mutter zumindest gesagt. Warum fragst du?«

»Es gibt drei Möglichkeiten.«

»Was meinst du? Schieß los!«

»Also vielleicht ist die alte Obermayer wirklich total verwirrt. Es könnte aber natürlich auch sein, dass diese Kathrin regelmäßig über ihre Arbeitskollegen herzieht und sie als »Affen« betitelt, schlug Matthias als mögliche Erklärungen vor.

»Ja, den Gedanken hatte ich auch schon. Aber das bringt mich wieder nicht weiter, Matthias. Affen gibt es in jeder Firma, das weißt du genauso gut wie ich.« Sie grinste ihn schelmisch an.

»Es gibt noch eine dritte Möglichkeit, Pia«, sagte er geheimnisvoll.

»Eine dritte Möglichkeit? Was meinst du?«

»Na, überlege doch mal! Straubing! Affen! Klingelt da nichts?"

»Du meinst echte Affen?«, fragte sie entgeistert.

Er nickte hektisch.

Dann klingelte es auch endlich bei ihr. Natürlich! Warum war sie nicht selbst schon darauf gekommen? Sie schlug sich ihre Hand vor den Kopf. »Affen! Der Tiergarten! Sie arbeitet im Straubinger Tiergarten, denkst du?«

»Warum nicht? Oder ihre Mutter hat wirklich nur wirres Zeug geredet. Ich bin ja immer noch der Meinung, dass du dich mit der Geschichte um das Foto in etwas verrennst, Pia.« Er schaute sie vielsagend an und zog seine Augenbrauen demonstrativ hoch.

Doch Pia achtete schon gar nicht mehr auf seinen Gesichtsausdruck. In ihrem Kopf fügte sich bereits alles zusammen. »Du bist genial, Matthias! Jetzt weiß ich wieder, warum ich dich geheiratet habe!«

Er lachte. Sie konnte die Selbstgefälligkeit in diesem Moment förmlich in seinen Augen lesen. Anschließend beschwerte er sich allerdings belustigt. »Na, na, na, ich hoffe, nicht nur darum!«

Zur Antwort fiel sie ihm um den Hals und lief dann schleunigst in ihr Büro. Sie war voller Elan, wieder einen neuen Ansatz gefunden zu haben. Die Geschichte um das ominöse Foto war das Einzige, was ihr derzeit half, sich von Markus Tod etwas abzulenken. Mit dem Fuß nervös am Boden trippelnd, wartete sie, bis sich ihr Computer hochgefahren hatte. Eifrig klickte sie auf den Internetbrowser und startete die Suchmaschine. Ihre Finger flogen förmlich über die Tastatur, als sie den Straubinger Tiergarten als Suchbegriff eingab. Schnell klickte sie sich durch die Reiter des Menüs und begutachtete sämtliche Fotos der Homepage. Doch sie konnte keine Mitarbeiterfotos entdecken, um diese mit ihrer Aufnahme aus dem Dachboden ihrer Eltern zu vergleichen. Schließlich gab sie den Tiergarten in eine navigierende Website. Tatsächlich hatte sie mit Felix bisher nur die Freizeit- und Tierparks rund um St. Englmar besucht. Der Straubinger Tiergarten wäre auch für ihren Sohn ein neues Highlight. Sie drückte auf die Enter-Taste, woraufhin die Website sogleich 47,6 Kilometer als Entfernung ausspuckte. Knapp eine Stunde war es also mit dem Auto. Vielleicht würden sich Sandra und Nele anschließen, überlegte sie euphorisch. Am liebsten wäre sie gleich am nächsten Tag aufgebrochen. Doch sie sah auch ein, dass es sich nach dem Kindergarten nur für den Nachmittag kaum lohnen würde, wenn sie allein knapp zwei Stunden für Hin- und Rückfahrt brauchen würde. Schließlich sollte auch Felix etwas von ihrem Tiergartenbesuch haben. So schwer es im Moment auch war, ihre Geduld zu zügeln, sah sie es als sinnvoller an, bis zum

Wochenende zu warten.

Die nächsten Tage verliefen ohne besondere Ereignisse. So weh es noch immer tat, dass Markus nicht mehr zurückkommen würde, es musste irgendwie weitergehen. Die Welt drehte weiter, auch wenn für sie ein so wichtiger Teil fehlte und gerade als Mutter war sie ohnehin in der Pflicht zu funktionieren. Ihre eigene Mutter hatte bisher nichts mehr von sich hören lassen. Pia verzichtete darauf, sie erneut zu kontaktieren. Wenn ihre Mutter ihr etwas mitteilen wollte, dann würde sie es schon tun. Druck machen half da gar nichts, so wie sie Gudrun Schneider kannte.

Unentwegt musste sie an den bevorstehenden Tiergartenbesuch denken und malte sich schon hoffnungsvoll ihre Begegnung mit Kathrin Obermayer in sämtlichen Facetten aus. Was würde sie ihr wohl erzählen können über die Jugend mit ihrem Vater? Sofern Pia mit ihrem Ansatz, dass die beiden damals eine Bindung zueinander hatten, überhaupt richtig lag. Kurz nach Matthias entscheidendem Tipp, dass es sich bei Kathrins Arbeitsplatz um den Tiergarten handeln könnte, hatte sie mit Sandra telefoniert, um sie für diesen Ausflug zu animieren. Sandra hatte gezögert. Sie war gedanklich zu abwesend, um einen Tiergartenbesuch genießen zu können, hatte sie als Gegenargument angebracht. Zudem stand sie noch immer vor dem Rätsel, woher der Umschlag mit dem vielen Geld stammen konnte und hatte nichts Weiteres darüber herausgefunden. Sie hatte geplant, sich bei Markus Freunden etwas umzuhören. Es könnte sein, dass sie von etwas wussten, das er ohne ihr Wissen in letzter Zeit so getrieben hatte. Irgendwoher musste das ominöse Geld schließlich kommen. Es setzte Sandra immer noch zu, dass Markus offensichtlich ein Geheimnis vor ihr gehabt hatte. Pia wollte ihre Absage für den Tiergarten aber nicht einfach so hinnehmen. Sie redete ihrer Schwägerin gut zu, dass es wichtig wäre, einfach mal wieder etwas anderes zu sehen. Zudem gab sie zu, dass sie sich sehr freuen würde, wenn die Beiden mitkämen. Sie müsse dort mit jemandem sprechen und brauche Sandra als kleine Unterstützung, damit sie für diese Zeit einige Minuten auf die Kinder aufpassen könne. Sandra willigte Pia zuliebe schlussendlich ein. Pias Vorhaben machte sie neugierig und sie nahm ihr das Versprechen ab, am Wochenende mehr über ihre geheimnisvollen Beweggründe zu erfahren. Außerdem wäre es immerhin für Nele ein schöner Ausflug und letztendlich eine weitere Ablenkung von dem so neuen und noch sehr aufwühlenden Alltag ohne ihren Vater.

Auch Felix war in den wenigen Tagen, die bis zum Tiergartenbesuch verstrichen, auf seine kindliche Art und Weise ebenso aufgeregt wie Pia. Völlig vertieft in sein Spiel stellte er am Vorabend alle Kuscheltiere, die er besaß, ordentlich nebeneinander gereiht in seinem Kinderzimmer auf. Dann rief er ausgelassen seine Eltern zu sich, um sein Werk zu begutachten. Natürlich mussten Pia und Matthias an der Zimmertür Eintritt bezahlen, bevor sie Felix zu seiner Zooführung abholen kam. Pia zahlte mit einem Päckchen Gummibärchen und Matthias beglich seine Schuld mit einem Kinderriegel. Dann gingen sie Hand in Hand zum ersten Kuscheltier seines Kinderzoos. Dort erzählte Felix ihnen ausführlich, was der große Bär heute schon alles gefressen hatte und wie stark er war. So fuhr er während des Rundgangs Tier für Tier fort. Nachdem die Führung zu seinen zahlreichen Kuscheltieren beendet war, durften Pia und Matthias die Tiere noch mit ein paar Müsliringen füttern. Danach fielen ihrem Sohn schon fast die Augen zu. Es war das erste Mal in seinem jungen Leben, dass er es selbst verlangt hatte, nun ins Bett gehen zu wollen.

Dann war endlich der ersehnte Samstag gekommen. Pia sprang bereits kurz nach sechs Uhr aus dem Bett und streckte sich ausgiebig.

Matthias schaute seine Frau von der anderen Bettseite kurz an und sagte, während er die Augen verdrehte, »Du bist doch verrückt.« Anschließend zog er seine Bettdecke wieder demonstrativ nach oben bis zum Kinn.

»Ich kann einfach nicht mehr schlafen, Matthias. Es ist so aufregend! Ich hoffe so sehr, dass du recht hattest und wir Kathrin dort finden werden. Hoffentlich hat sie dann auch heute Dienst, oder wie man das auch immer im Tiergarten nennt. Aber am Wochenende ist das Hauptgeschäft. Da müssen doch sicher fast alle Mitarbeiter des Tiergartens mit ran, oder? Was meinst du?«, begann sie aufgeregt zu plappern.

Matthias blieb ihr seine Antwort schuldig. Sie konnte bereits an seinem röchelnden Atem hören, dass er wieder eingeschlafen war.

Voller Elan ging Pia fröhlich pfeifend zum Kinderzimmer. Bevor sie die Tür öffnete verstummte sie. Dann drückte sie sie vorsichtig einen Spalt auf, um zum Bett ihres Sohnes zu blicken. Er schlief noch tief und fest und das ein weiteres Mal in seinem eigenen Kinderbett, wie sie anerkennend feststellte. Dafür würde sie ihn heute noch ausgiebig loben. Wahrscheinlich hatte ihm seine abendliche Zooführung jegliche Energie geraubt. Mit einem warmen Lächeln betrachtete sie ihn einen Moment lang. Sie war richtiggehend stolz auf ihn, dass er es mittlerweile schon einige Nächte geschafft hatte, bis zum Morgen alleine in seinem Zimmer zu schlafen. Leise schloss sie die Tür hinter sich und ging hinunter in die Küche. Sie schaltete das Radio ein und begann, einen großen Rucksack mit Proviant für den langen Tag im Tiergarten vorzubereiten. Während sie gerade eine Plastikdose mit belegten Broten befüllte, dachte sie an ihre Mutter. Es war nun schon einige Tage her, dass sie ihren Besuch angekündigt hatte. Aber bisher hatte sie sich noch immer nicht gemeldet. Vielleicht sollte sie sie doch noch einmal anrufen, um zu hören, ob alles in Ordnung ist. Außerdem wäre es ihr lieber, wenn sie auch einplanen könnte, wann ihre Mutter denn nun zu Besuch kommen wollte. Doch den Anruf konnte sie am Abend auch noch erledigen. Zuerst würden sie mit Sandra und Nele heute einen schönen Tag im Tiergarten verbringen. Auch, wenn diesmal etwas Eigennutz dabei war, würden die Kinder sicher viel Spaß haben.

Sie selbst war früher als Kind mit ihren Eltern nicht besonders oft im Zoo gewesen. Überhaupt hatten sie nur wenige gemeinsame Ausflüge gemacht. Ihr Vater konnte oder wollte sich diese Zeit nur selten an den Wochenenden nehmen. Aber sie konnte sich auch noch gut erinnern, dass ihre Mutter immer ein bisschen nervös gewirkt hatte, wenn sie alle gemeinsam etwas unternommen hatten. Dieses unsichere Wesen ihrer Mutter in der Öffentlichkeit war Pia aber erst im Jugendalter aufgefallen. Plötzlich musste sie an einen der wenigen Ausflüge denken, den sie zusammen unternommen hatten. An diesem Tag hatte ihre Mutter einen richtigen Schreikrampf bekommen als Markus versehentlich in einen kleinen, knietiefen Bach gestürzt war. Eine Ersatzhose hatte sie damals für ihn in der Tasche eingepackt, erinnerte sich Pia, aber keinen Pullover. Das brachte sie nervlich ans Ende. Nach ihrem unvorhergesehenen Schreikrampf hatte sie während der ganzen Autofahrt nach Hause kein Wort mehr gesagt, bis sie Markus schlussendlich hatte umziehen können.

Pia holte sich zurück in die Gegenwart und entschied sich sogleich, zur Sicherheit ein komplettes Ersatzoutfit für Felix einzupacken. Ansonsten würde sie außer ihrem Proviant nicht viel brauchen. Ihr Mann hatte heute nicht vor, mitzukommen. Matthias hatte sich mit flehenden Augen aus dem Ausflugstag herausgemogelt. Er freute sich bereits darauf, an einem Samstag ein leeres Haus zu haben. Es war für ihn eine Premiere zu den sonst so mit Familienleben gefüllten Wochenenden. Pia zeigte Verständnis und rang ihm aber das Versprechen ab, zumindest in dieser Zeit Getränke holen zu fahren. Das war seine Aufgabe und schließlich waren die Kisten in der Vorratskammer inzwischen wieder fast leergetrunken.

Kurz vor neun Uhr klingelte es dann endlich an der Tür. Felix war bereits fertig angezogen und wartete schon sehnlichst auf seine Cousine.

»Das ist sie, Mama!«, schrie er fröhlich, »Nele kommt! Wir können losfahren!«

»Tante Sandra ist auch dabei«, erinnerte sie ihren Sohn, »bitte vergiss nicht, an der Tür auch schön Hallo zu sagen, ja?«

Pia musste lachen, als er schon beim Loslaufen ein lautes und langgezogenes »Hallo« brüllte, obwohl die Haustür noch nicht einmal offen war.

Einige Minuten später saßen bereits alle abfahrbereit im Auto. Als sie schließlich auch all ihre Rucksäcke ordentlich verstaut hatte, fuhr Pia gut gelaunt aus der Einfahrt. Vom Fahrersitz aus beobachtete sie aus den Augenwinkeln ihre Schwägerin, die rechts von ihr saß. Sandra machte heute glücklicherweise einen guten Eindruck. Sie hatte endlich wieder etwas Farbe in ihr Gesicht bekommen und ihre Hände lagen entspannt auf den Schenkeln.

»Du siehst gut aus, Sandra«, sagte Pia zu ihrer Schwägerin, während Nele und Felix bereits auf der Rücksitzbank begannen, ein Kinderlied anzustimmen.

»Danke, Pia. Ich denke, du hattest recht. Der kleine Ausflug wird mir guttun. Ich war in letzter Zeit kaum an der frischen Luft«, gab Sandra zu während sie weiter aus dem Beifahrerfenster sah.

»Gibt es Neuigkeiten wegen des Geldes? Hast du noch etwas herausfinden können?«

»Nicht wirklich. Die letzten Tage hatte ich kaum Zeit. Ich war noch einmal auf dem Revier. Kommissar Berger hatte noch weitere Fragen an mich und ich war auch beim Bestattungsinstitut. Es muss alles geplant werden, wenn Markus Leiche freigegeben wird. Die Beerdigung, weißt du?«, sagte sie nachdenklich.

»Aber du hättest doch etwas sagen können. Ich hätte dich doch dorthin begleitet«, sagte Pia erstaunt.

»Nein, das ist sehr lieb von dir. Aber ich möchte das alleine machen. Irgendwie sehe ich es als meine Pflicht als Ehefrau. In guten, wie in schlechten Zeiten, nicht wahr?«, sagte Sandra mit einem schwachen Lächeln.

Pia nickte vorsichtig und streichelte kurz ihre Hand. Für

die nächsten Minuten zog sie es vor, zu schweigen und ihren eigenen Gedanken nachzuhängen.

Dann ergriff Sandra erneut das Wort, »Und wen möchtest du heute im Tiergarten treffen? Du hast mich ganz neugierig gemacht.«

»Das ist eine etwas verrückte Geschichte. Ich erzähle sie dir, wenn wir dort sind. Mir ist nicht ganz wohl dabei, wenn die Kinder etwas davon mitbekommen, in Ordnung?«

»Okay, das klingt ja ziemlich brisant. Aber du hast schon recht. Nele bekommt mittlerweile wesentlich mehr mit als man meinen würde!«

»Das glaube ich sofort! Sie ist wirklich schon ein tolles, großes Mädchen und unglaublich taff für ihr Alter.« Sie würde ihrer Schwägerin später in aller Ausführlichkeit berichten, weshalb sie den Tiergartenbesuch vorgeschlagen hatte. Sie nahm sich vor, im Gegensatz zum Gespräch mit dem Ehepaar Gruber und ihrem Besuch bei Gerda Obermayer, diesmal komplett bei der Wahrheit zu bleiben.

Die restliche Autofahrt war zum Glück durch eifriges Kinderlachen und ein paar kleinere Zankereien auf der Rücksitzbank gefüllt. Sandra waren zwischendurch sogar die Augen zugefallen. Wahrscheinlich hatte sie in der vergangenen Nacht wieder kaum Schlaf finden können. Es ist immer noch sehr viel für sie, dachte Pia traurig und merkte, dass sie dabei auch selbst wieder wehmütig wurde. Wir vermissen dich schrecklich, Markus. Ich hoffe, du weißt das. Als ihr abermals die Tränen in die Augen stiegen, versuchte sie, sich eilig zu sammeln. Betont fröhlich richtete sie ihre Stimme nach hinten.

»Na Kinder, zu welchen Tieren sollen wir als Erstes

gehen?«

»Tiger, Mama! Und Bären, und dann zu den Löwen...«, fing Felix an aufgeregt aufzuzählen.

»Ich will als Erstes zu den Erdmännchen, Tante Pia! Die sind so süß! Weißt du, die stellen sich immer so lustig auf«, rief Nele fröhlich dazwischen.

»Ja, das habe ich auch schon mal gesehen. Das sieht wirklich total niedlich aus, nicht wahr, Nele?«, antwortete ihr Pia.

»Ja und sie bauen richtig tolle Tunnel und Höhlen!«

»Das ist ja spannend. Dann werden wir ganz viele Fotos davon machen, ja?«

»Ja, bitte! Kann ich die Fotos machen, Tante Pia?«

»Natürlich, ich habe eine kleine Kamera dabei. Die hänge ich dir gleich um den Hals, wenn wir da sind. Was meinst du?«

»Danke, Tante Pia. Das ist so toll! Sind wir denn bald da?«

»Ja. Wir fahren nur noch gute zehn Minuten.«

Sandra hatte mittlerweile wieder ihre Augen geöffnet und lächelte Pia dankbar zu. Es musste sehr hart sein, sein eigenes Kind immer wieder zu trösten, weil der eigene Vater nicht mehr zurückkommen würde. Gerade, wenn man selbst noch voller Trauer war.

Sie hatten es zeitlich gut erwischt. Der Tiergarten schien zwar bereits rege besucht zu sein, doch sie ergatterten noch einen Parkplatz in der Nähe des Eingangs. Die Kinder sprangen bereits ausgelassen auf dem Parkplatz herum, als sie die große Schlange am Eingang sahen.

»Schnell, Mami! Nicht, dass wir nicht mehr hineinkommen«, machte Felix seiner Mutter Druck, sich beim Ausladen der Rucksäcke zu beeilen.

Pia beruhigte ihn, »Wir dürfen auch rein. Versprochen, Felix! Ich gebe Nele nur noch eben die Kamera und dann können wir uns gleich anstellen, ja?«

Es war eine wahre Wonne zu sehen, wie viel Freude ihr kleiner Sohnemann in sich trug, und auch Nele schien im Angesicht ihres Tiergartenbesuches förmlich aufzublühen. Als sie sich in die Schlange am Eingang einreihten, um ihre Tickets zu erstehen, grübelte Pia, wie sie am besten herausfinden konnte, ob Kathrin Obermayer heute arbeiten würde und falls ja, wo genau im Park sie sie finden könnte. Sofern Matthias Theorie überhaupt den Tatsachen entsprach. Die heutige Kathrin würde sicherlich mittlerweile ganz anders aussehen als die junge Erwachsene auf dem Foto. Es war unwahrscheinlich, dass Pia sie erkennen würde. Als sie endlich an der Reihe waren, beschloss sie spontan, bei der freundlichen, älteren Dame, die am Eingang die Tickets verkaufte, nach Kathrin zu fragen.

»Entschuldigen Sie, wissen Sie, ob Kathrin heute arbeitet? Ich bin eine Freundin von ihr und wir haben ihr versprochen, sie in der Arbeit zu besuchen«, sagte Pia. Dabei versuchte sie so natürlich und sympathisch wie möglich zu klingen.

Die Dame schaute sie verwundert an, »Welche Kathrin meinen Sie, Sedlmayer Kathrin?«

Pia drückte sich nun selbst die Daumen, dass Kathrin mittlerweile noch den gleichen Nachnamen wie damals trug. Also versuchte sie so selbstsicher wie möglich zu klingen, als sie sagte, »Nein, Obermayer Kathrin.«

»Ach so, ja. Wir haben insgesamt sogar drei Kathrins,

die bei uns arbeiten. Aber, ja. Die Obermayer Kathi müsste normalerweise heute hier sein.«

Pia musste sich zurückhalten, um keinen Luftsprung zu machen. Mit bemüht neutraler Tonlage fragte sie schließlich, »Wo finden wir sie denn?«

»Ich kann Ihnen nicht sagen, wo sie gerade eingeteilt ist. Aber Sie können sie ja kurz anrufen.«

»Nein, das geht leider nicht. Ich habe mein Handy zu Hause liegen lassen, deshalb habe ich mir überlegt, ich frage Sie eben, bevor wir stundenlang nach ihr suchen.« Sie musste sich nicht einmal anstrengen, ein enttäuschtes Gesicht zu machen.

»Da kann ich Ihnen bedauerlicherweise auch nicht helfen. Aber um 13 Uhr herum wird sie normalerweise beim Affenhaus sein, zur Fütterung, wenn Ihnen das vielleicht weiterhilft.«

Diese Aussage traf Pia wie ein Blitz. Die Affen! Sie musste sich bemühen, ihre Freude zurückzuhalten. Sie beeilte sich, der Ticketverkäuferin freundlich zu antworten. »Das ist wunderbar. Dann werden wir um diese Zeit bei den Affen vorbeischauen. Ich danke Ihnen.«

In diesem Augenblick rief ihr auch schon Felix, der mit Sandra und Nele schon vorgelaufen war. »Mama, jetzt komm endlich!«

Die drei standen bereits vor einem der Vogelgehege und versuchten aufgeregt, die Geräusche eines weißen Papageis nachzuahmen. Es war eine wahre Freude zu sehen, wie viel Spaß die Kinder dabei hatten.

»Und Mama, schau mal, wie bunt dieser Papagei da vorne ist und er schreit sogar noch lauter!«, rief Nele vergnügt.

»Der sieht aus wie der von Pippi Langstrumpf, Mama!«, stellte Felix fest.

»Ja, genau! Können wir auch mal so einen Papagei haben? Bitte, bitte, Mama!«, fragte Nele aufgeregt.

Diese Frage ließ sogar Sandra wieder herzhaft loslachen.

Von Gehege zu Gehege äußerten die Kinder neue utopische Haustierwünsche und waren dabei kaum zu bremsen. Pia dagegen schaffte es kaum, sich während ihres Rundgangs richtig auf die verschiedenen Tierarten zu konzentrieren. In Gedanken spielte sie laufend durch, wie Kathrin Obermayer wohl inzwischen aussehen würde und wie ihr Gespräch verlaufen könnte. Sandra dagegen blühte förmlich an der Seite der Kinder auf und fütterte diese mit dem Halbwissen, welches sie zum jeweiligen Tier bieten konnte. Während sie wie wild gestikulierte, um die Gangart eines Kamels zu imitieren, wippte ihr Pferdeschwanz bei jedem Schritt, was sie direkt jugendlich wirken ließ. Es war wahrlich ein Geschenk, mit ansehen zu können, wie sie sich von der Freude und Euphorie der Kinder anstecken ließ. Als Nele nach einer guten halben Stunde entzückt vor dem Erdmännchengehege stand und Felix anfing, den zahlreichen Tierchen Namen zu geben, setzten sich Pia und Sandra auf eine der umliegenden Bänke. Sie nutzte den Moment, um ihrer Schwägerin in Ruhe zu erzählen, wie seltsam sich ihre Eltern nach der Nachricht von Markus Tod verhalten hatten. Dabei berichtete sie ihr auch von ihrem zufälligen Fund auf dem Dachboden und wie es seitdem mit ihrer Recherche um das geheimnisvolle Foto weitergegangen war.

Sandra hörte ihr die ganze Zeit still zu und schaute sie ungläubig an.

»Tja, jetzt hältst du mich vielleicht für verrückt. Aber irgendwie war die Recherche um dieses Foto auch eine wertvolle Ablenkung für mich, nach Markus Tod, weißt du?«

Sandra schüttelte amüsiert den Kopf. »Meine Schwägerin, die Detektivin!« Dann wurde sie ernst. »Ich mache nur Spaß. Aber ich kann dich verstehen, dass dich diese Geschichte fesselt und natürlich auch eine gute Ablenkung war. Ich bin gespannt, ob du heute noch etwas über diese Kathrin Obermayer herausfindest. Hoffentlich arbeitet sie irgendwo draußen bei den Tieren, damit du sie auch entdeckst.«

Nach diesem Satz riefen auch schon die Kinder ungeduldig, dass sie nun endlich zu den Löwen weitergehen wollten.

»Danke für dein offenes Ohr, Sandra, und noch einmal ein großes Dankeschön, dass ihr heute mitgekommen seid. Jetzt weißt du, warum mir der Tiergartenbesuch so wichtig war«, sagte sie, bevor sie ihren Rundgang mit den Kindern fortsetzten.

Als sie gut die Hälfte des Tiergartens hinter sich gelassen hatten, machten sie eine Brotzeitpause beim Spielplatz. Pia ließ ihren Blick über das große Kindereldorado schweifen. Sie musste anerkennen, dass der Tiergarten hier wirklich keine Kosten und Mühen gescheut hatte, um ein wahres Kletterparadies für kleine und große Kinder zu schaffen. Sandra ließ sich gerade auf einer der Bänke nieder, als Pia einen prüfenden Blick auf ihre Armbanduhr warf. Dann fragte sie mit süßlicher Stimme, »Kann ich euch jetzt kurz alleine lassen? Das Affenhaus ist gleich da drüben. Ich möchte mal nachsehen, ob ich Kathrin schon erspähen kann.«

»Natürlich, gehe nur. Ich bleibe solange bei den Kindern. Die werden hier noch eine ganze Zeit beschäftigt sein.«

»Danke, Sandra. Wenn die Kinder ihre Brotzeitdosen leer gegessen haben, holt euch doch noch ein Eis.« Noch als sie es aussprach, wurde ihr plötzlich bewusst, dass es trotz des sonnigen Tages schon Anfang November war. Rasch fügte sie hinzu, »Oder doch lieber etwas Süßes. Eis ist im Winter vielleicht doch nicht ganz das Richtige.« Sie lachte.

Sandra fiel in ihr Lachen ein und sagte dann, »Du bist ganz schön durch den Wind wegen des Fotos, oder?«

Pia grinste breit und griff nach ihrer Geldbörse.

Sandra wehrte den 20-Euro-Schein ausdrücklich ab, den sie ihr daraufhin zustecken wollte und machte eine Handbewegung, die offensichtlich heißen sollte, »Los, jetzt geh schon!«

Zielsicher legte Pia im Laufschritt die wenigen Meter bis zum Affenhaus zurück. Sie spürte ihr Herz fest gegen die Brust schlagen, als sie sich bereits suchend nach einer Mitarbeiterin, im Idealfall nach Kathrin Obermayer, umsah. Doch aus der Ferne konnte sie um das Affenhaus herum noch niemand entdecken. Ein Blick auf die Uhr sagte ihr, dass es bereits kurz vor 13 Uhr war. Eigentlich müsste sie laut der Ticketverkäuferin in den nächsten Minuten hierherkommen, oder? Langsam ging sie auf die schwere, dunkelgrüne Stahltür des Affenhauses zu und legte ihre Hand auf die Türklinke.

Doch die Tür war verschlossen.

Mist, dachte sie und ließ die Schultern hängen.

Als sie ihren Blick noch einmal prüfend umherwandern

ließ, fiel ihr der große, schwarze Gorilla im Gehege rechts von ihr auf. Das erhabene, düster wirkende Tier hatte seine Augen auf Pia gerichtet, als würde er sie eingehend mustern. Sein Blick war derart intensiv, als würde der Gorilla ernsthaft über sie nachdenken. Pia wurde leicht unheimlich zumute. Langsam ging sie auf ihn zu, um zu sehen, ob sein Blick ihr folgen würde. Irgendwie hatte der Gorilla etwas Trauriges in seiner Mimik, stellte sie fest, als sie sich ihm weiter näherte.

»Hallo, du!«, sagte sie wie automatisch, als sie schließlich in gut zwei Metern Abstand vor seinem Gehege stand.

Überraschenderweise hatte sie plötzlich den Eindruck, dass der Gorilla kurz mit seinem linken Mundwinkel zuckte.

»Bist du da ganz alleine da drin oder hast du noch einen Freund bei dir?«

Natürlich kam keine Antwort. Der Gorilla schaute sie nur unentwegt ohne jegliche Regung fortlaufend an.

»Irgendwie siehst du traurig aus, du großer, starker Mann.«

Plötzlich hörte sie eine Stimme hinter ihr, »Große starke Frau. Er ist eine sie.«

21.

Pia erschrak für einen Moment. Dann drehte sie sich langsam um.

»Ich wollte Sie nicht erschrecken«, sagte die Frau mit einem zaghaften Lächeln zu ihr.

Pia hatte es kurz die Sprache verschlagen. Sie bemühte sich ebenso, ein schwaches Lächeln herauszubringen, und musterte die fremde Frau eingehend, ehe sie etwas sagen konnte. Die Frau war mittleren Alters, ungefähr Ende 50, schätzte Pia, und trug eine olivgrüne Arbeitskleidung. Die kleine Tierpflegerin hatte einen großen Rechen in der Hand, den sie wie schützend vor ihrem Körper aufgestellt hatte. Ihr mittellanges Haar trug sie streng zu einem Zopf nach hinten gebunden. Das Blond rührte von einer künstlichen Haarfarbe, was man am leicht nachgewachsenen grauen Ansatz deutlich erkennen konnte. Die Augen, dachte sie plötzlich. Es könnten ihre Augen sein.

Die Tierpflegerin sagte in diesem Moment, »Sie sehen aus, als hätten sie einen Geist gesehen. Ist alles in Ordnung bei Ihnen?«

»Ja, ja. Entschuldigung, ich war nur eben in Gedanken. Ist das Ihr einziger Gorilla?«

»Ja, sie heißt Amy.«

»Ist das nicht einsam für sie?«

»In der Freiheit werden sie oft bedroht. Wer weiß schon, was besser ist, nicht wahr? Aber wenn Sie mich nach meiner ehrlichen Meinung fragen, ist uns die Freiheit doch allen lieber, oder?« Die Frau nickte ihr noch einmal freundlich zu und war bereits dabei, mit einem klirrenden Schlüssel in der Hand zur Stahltür des Affenhauses zu gehen.

Pia überlegte fieberhaft, wie sie die Tierpflegerin dazu bringen könnte, noch einen Moment bei ihr zu verharren. Spontan rief sie, »Warten Sie bitte einen Moment?«

Die Tierpflegerin drehte sich irritiert um. »Ja?«

»Sie sind Kathrin. Kathrin Obermayer, oder?«, fragte Pia vorsichtig.

Die Frau sah sie verwundert an. Es war offensichtlich, dass sie überlegte, wen sie vor sich stehen hatte. Sie runzelte die Stirn. Dann antwortete sie freundlich, »Äh ja. Entschuldigung, aber bei mir klingelt da jetzt gar nichts. Kennen wir uns?«

»Nein, aber ich glaube, Sie kennen oder kannten meinen Vater«, platzte Pia heraus.

»Ihren Vater? Wer ist denn Ihr Vater?«

»Sein Name ist Rudolf Schneider.«

Kathrin Obermayers Blick wirkte plötzlich wie versteinert. Ihre Augen starrten auf einen undefinierbaren Punkt in die Ferne. Ihre Hände verkrampften förmlich um den Stiel des Rechens. Pia spürte die anwachsende Anspannung zwischen ihnen. Sie kam nicht umhin, die Tierpflegerin weiter zu mustern, und hatte den Eindruck, dass der Frau sämtliche Gesichtszüge entglitten waren, nachdem sie den Namen ihres Vaters genannt hatte.

Kathrin Obermayer schien geradezu hilflos nach Worten zu suchen.

Pia beeilte sich, die Stimmung irgendwie aufzulockern, indem sie sagte, »Sie sehen so erschrocken aus. Ist alles in Ordnung? Mein Vater weiß nicht, dass ich hier bin. Ich will Ihnen nichts Böses.« Sie machte eine Pause, um der Tierpflegerin ein freundliches Lächeln zu schenken. »Ich wollte Sie nur nach etwas fragen.«

Die Frau räusperte sich und sagte dann mit einer etwas zu forschen Stimme, »Es tut mir leid. Sie müssen mich verwechseln. Ich muss jetzt auch hier weitermachen. Auf Wiedersehen!« Damit drehte sie sich abrupt ab und ging zur Stahltür des Affenhauses.

Pia versuchte es noch einmal. »So warten Sie doch, bitte!«

Doch die Tierpflegerin drehte sich nicht mehr um. Ihr Schlüsselbund klirrte an der Stahltür, als würde sie nicht gleich den passenden Schlüssel finden. Pia stand fassungslos da und dachte in diesem Moment für sich: Die Frau hätten sagen können, was sie wollte, ihre Augen hatten sie verraten. Dieser panische Ausdruck hatte selbst Pia kurz erschreckt. Ratlos beobachtete sie, wie sich die Frau immer noch offenbar nervös am Türschloss des Affenhauses zu schaffen machte. Pia ging mutig abermals auf sie zu. »Kathrin, bitte. Ich möchte Sie doch nur kurz etwas fragen. Es dauert nicht lange. Was hat Sie jetzt so...?«

»Bitte gehen Sie, jetzt!«, zischte Kathrin und wandte ihr weiter den Rücken zu. Mit ihrem ganzen Körper vermittelte sie ihr eine aggressive Abwehrhaltung.

»Aber... aber ich verstehe nicht, was ist denn los?«,

fragte Pia noch schnell, während Kathrin dann auch schon die schwere Stahltür aufriss, hineinschlüpfte und wieder ruckartig mit einem hallenden Knall zuzog. Das Letzte, was sie hörte, war, wie der Schlüssel auf der anderen Seite wieder umgedreht wurde und sich Schritte entfernten. Einige Sekunden stand sie einfach nur sprachlos und völlig ratlos auf dem Fleck.

Was war das denn?

Was hatte sie bloß mit dem Namen ihres Vaters bei dieser Frau ausgelöst?

Gab es ein Geheimnis, welches noch weit schwerwiegender war als alles, was sie sich bisher ausgemalt hatte?

Es vergingen sicher zehn Minuten, ehe Pia sich eingestehen musste, dass es zwecklos war, weiter vor dem Affenhaus zu warten. Kathrin Obermayer hatte offenbar nicht vor, so schnell wieder herauszukommen, und Pia musste langsam zurück zu Sandra und den Kindern. Sie war sicher schon eine halbe Stunde weg. Völlig verwirrt und gleichzeitig enttäuscht machte sie sich auf den Weg zurück zum Spielplatz. Aber immerhin hatte sie eine Sache herausgefunden. Diese Frau wusste, wer Rudolf Schneider war. Da war sich Pia ganz sicher.

Sandra war gerade dabei, Felix und Nele auf einem Drehkarussell anzuschieben, als Pia den Spielplatz erreichte. Die Kinder lachten vergnügt und auch Sandra trug ein warmes Lächeln im Gesicht.

»Da bist du ja endlich«, sagte Sandra. Aber es klang eher interessiert als vorwurfsvoll.

»Ja, es tut mir leid. Es hat ein bisschen länger gedauert.

Aber ich glaube, ich habe Kathrin tatsächlich gefunden.«

»Wirklich? Erzähl! Was sagt sie?"

»Gib mir einen Moment, bitte, Sandra. Es war eine sehr verwunderliche Begegnung.«

»Die Kinder sind ohnehin noch wunschlos glücklich. Sieh nur hin, wie viel Spaß sie haben. Der Tiergarten war wirklich eine tolle Idee von dir«, sagte Sandra dankbar.

»Das freut mich sehr.« Pia ließ sich auf einer der Bänke in der Nähe des Karussells nieder und holte ihre Flasche Wasser aus dem Rucksack. Nachdem sie einen ordentlichen Schluck getrunken hatte, sagte sie schließlich zu Sandra, »Okay. Setz dich zu mir. Ich erzähle dir jetzt von meinem kurzen Gespräch mit Kathrin.«

Diese folgte ihrer Schilderung mit großen Augen. »Das Verhalten dieser Kathrin eben war ja wirklich sehr seltsam, oder?«

»Absolut und was soll ich jetzt tun? Es war offensichtlich, dass sie nicht mit mir sprechen wollte, und ich kann sie ja schlecht zwingen, oder?«, fragte Pia resignierend.

»Na, was würde eine echte Detektivin tun? Dranbleiben natürlich«, es war das erste Mal seit Markus Tod, dass auch in Sandras Stimme so etwas wie eine Euphorie lag.

Pia umarmte ihre Schwägerin infolgedessen so fest, dass Nele plötzlich schrie, »Mensch, hört auf damit. Ihr seid voll peinlich.«

Daraufhin ließen sie voneinander ab und mussten lauthals loslachen. Als sie wieder ernst wurden, überlegten sie gemeinsam, wie sie nun mehr aus Kathrin Obermayer herausbekommen könnten. Sie wussten, es würde nicht leicht werden. Doch Pia dachte erst gar nicht daran, aufzugeben. Sie erinnerte sich in diesem Moment auch an das seltsame Verhalten ihrer Eltern bei ihrem letzten Besuch und sagte sich kühn, »Ich habe es satt, dass mir so viel verschwiegen wird!«

Nach einer weiteren halben Stunde waren die Kinder noch immer vollends zufrieden auf ihrem Spielplatz. Doch wenn sie noch genug Zeit für die restlichen Tiere haben wollten, mussten sie langsam weiter. »Felix, Nele, kommt! Es gibt noch so viele Tiere zu sehen«, versuchte Pia die Kinder zum Weitergehen zu bewegen. Doch sie waren noch völlig vertieft in ihr Spiel. Nele war gerade dabei, Sand in einen kleinen, schwarzen Eimer zu schaufeln, während Felix wenig später versuchte, diesen anhand einer langen Eisenkette zu sich nach oben auf den Rutschenturm zu ziehen.

Schließlich schaffte es dann Sandra mit einer guten Idee, die Kinder weiterzuscheuchen. »Da vorne ist der Streichelzoo, Nele! Ich glaube, es gibt darin kleine Zicklein.«

Nele sprang sogleich auf und kletterte auf den Rutschenturm. Dort packte sie ihren Cousin entflammt am Arm und forderte ihn lautstark auf, »Komm mit Felix, da vorne können wir die Ziegen streicheln. Vielleicht haben sie Babys!«

Felix jauchzte vergnügt als er von seiner Cousine die wenigen Meter bis zum Gehege der Ziegen förmlich mitgeschleift wurde.

Seit ihrem kurzen Gespräch mit Kathrin Obermayer waren bereits zwei weitere Stunden vergangen, als Pia endlich wieder mit Sandra und den Kindern vor dem Affenhaus stand. Sie blickte sich abermals suchend nach der Tierpflegerin um. Aber Kathrin war nirgends zu sehen. Stattdessen registrierte sie enttäuscht, wie ein anderer

Tierpfleger gerade im Gehege der Schimpansen zu Gange war. Mit hängenden Schultern konnte sie beobachten, wie der Mann ein paar Obststücke in verschiedene Behältnisse füllte und den Affen einige davon auch direkt zuwarf.

»Mama, ein so großer, schwarzer Affe, schau mal zu mir!«, rief ihr Felix zu, als er die Gorilladame entdeckt hatte.

Pia ging vom Schimpansengehege zu ihrem Sohn. Wiederum stand sie vor dem großen Gorilla, den nun auch Felix und Nele erspäht hatten. Trotz ihrer großen Enttäuschung versuchte sie, sich wieder etwas mehr auf die Kinder zu konzentrieren, und erklärte ihnen, dass der Gorilla ein Mädchen namens Amy sei. Während sie es sich nicht ganz verkneifen konnte, weiter nach Kathrin Ausschau zu halten, erläuterte sie den Kindern weiter ihr geringes Wissen zu Affen. Als sie gerade weitergehen wollten, erspähte Pia plötzlich eine Tierpflegerin mit einer grauen Mütze. Sie war hinter dem Affenhaus gerade dabei, etwas Laub zusammenzurechen. Aufgeregt bedeutete sie Sandra mit einem Zeichen, dass sie gleich zurück sei, und ging langsam auf die Frau zu. Die Tierpflegerin registrierte sie im ersten Moment noch gar nicht, als sich Pia ihr von hinten näherte.

»Kathrin«, sagte Pia vorsichtig als sie schräg hinter ihr stand, »Bitte, gib mir einen Moment.«

Die Tierpflegerin drehte sich fragend um.

»Oh, entschuldigen Sie«, sagte Pia hastig, als sie ihren Irrtum bemerkte. »Ich habe Sie leider verwechselt.« Die Enttäuschung stand ihr förmlich ins Gesicht geschrieben.

»Na ja, also unsere Kathi ist aber schon ein paar Jährchen älter als ich«, sagte die junge Frau belustigt.

Pia schaute etwas beschämt. Dann ergriff sie ihren Mut. »Wissen Sie, wo ich Kathrin jetzt finden kann?«

»Unsere Affenflüsterin meinen Sie, oder? Sie wollte bei der Leitung Bescheid sagen, dass eines der Kippfenster klemmt. Es tut mir leid. Ich weiß nicht, wann sie wieder zurückkommt.«

»Ich verstehe. Wie lange wird sie heute hier sein? Ich bin eine Bekannte von ihr«, mogelte sie.

»Im Winter schließen wir schon um 16 Uhr. Bis sie mit allem fertig ist, wird sie, denke ich, gegen halb fünf Schluss machen.«

»Ich danke Ihnen«, sagte Pia freundlich. Eilig lief sie zurück zu Sandra und den Kindern.

Sandra registrierte offenbar schon an ihren hängenden Schultern, dass Pia nichts Neues in Erfahrung hatte bringen können. »Du siehst enttäuscht aus. Aber hattest du nicht gerade mit Kathrin gesprochen?«

»Das war sie leider nicht. Ich habe sie verwechselt.«

Pia rappelte sich auf und schenkte folglich den Kindern wieder ihre ganze Aufmerksamkeit. Doch es bereitete ihr Schwierigkeiten, sich von den fröhlichen »Wow« oder »Und sieh mal da, Mama!«-Rufen mitziehen zu lassen. Das seltsame Verhalten von Kathrin Obermayer, als sie den Namen ihres Vaters hatte fallen lassen, ließ Pia einfach keine Ruhe. Sie spürte einfach, wie nah sie einer Enthüllung gekommen war. So schweifte sie zwangsläufig gedanklich erneut ab. In ihrem Kopf plante sie längst ihre nächsten Schritte, während sie mit den Kindern die letzten Tiere des Tiergartens bestaunte.

Die Dämmerung setzte langsam ein. »Wir haben den Tag wirklich gut genutzt«, merkte Sandra an, als sie alle auf den Ausgang zusteuerten.

Pia nickte gedankenverloren.

»Hey, Pia! Jetzt schau doch nicht so enttäuscht. Es gibt bestimmt noch einmal eine Möglichkeit, mit dieser seltsamen Kathrin zu sprechen. Ich verstehe ja, dass dich das so beschäftigt. Vielleicht kannst du ja doch den Versuch wagen, deine Eltern darauf anzusprechen.«

»Das wird kaum etwas bringen. Du kennst die beiden zu schlecht.« Pia bemühte sich, dabei ein Lächeln hervorzubringen. Danach ging sie zielstrebig zur Tiergartenkasse und kaufte für Felix einen Kuscheltiger und für Nele ein Kuschelerdmännchen. Sie wollte den trotzdem sehr schönen Ausflugstag mit einem kleinen Geschenk für die Kinder abschließen. Vor allem würde ihre Nichte so eine schöne, andauernde Erinnerung daran haben, von der sie etwas zehren konnte. Das war zumindest ihre Hoffnung. Mittlerweile war es kurz vor 16 Uhr, als sie in Richtung des Parkplatzes liefen. Pia beobachtete eine Mitarbeiterin, wie sie einige Aufsteller aufräumte. »Sandra!«, rief sie plötzlich. Ihr Blick wurde flehend, »Darf ich dich noch um eine Sache bitten? Danach gebe ich auch Ruhe mit dem Thema, versprochen.«

Ihre Schwägerin schaute sie mit hochgezogenen Augenbrauen an. »Jetzt bekomme ich irgendwie Angst.«

Pia lachte. Dann sagte sie, »Nein, so schlimm ist es nicht. Aber würdest du vielleicht so nett sein und mit den Kindern noch zu McDonalds fahren? Ich möchte versuchen, Kathrin am Ausgang abzupassen. Vielleicht redet sie dann doch noch mit mir.«

»Pia, langsam wird es kalt. Willst du etwa die ganze Zeit hier herumstehen und warten? Du bist vollkommen verrückt!«

»Ich weiß. Aber es geht mir einfach nicht aus dem Kopf«, Pia deutete ein schiefes Lächeln an.

»Also, ich weiß nicht..."

»Bitte, Sandra!"

»Sollen wir dich wirklich hier in der Kälte stehen lassen? Bist du dir sicher?«

»Ich möchte es zumindest versucht haben.«

Sandra zögerte. Dann schüttelte sie ungläubig den Kopf. »Na gut. Ich fahre mit den Kindern und wir kaufen uns ein paar Pommes und Nuggets. Danach kommen wir wieder zurück. Autoschlüssel her!«, befahl sie mit einem weiteren Kopfschütteln.

Pia konnte ihre Freude um eine weitere Chance nicht zurückhalten und sprang auf Sandra zu. Stürmisch küsste sie ihre überrumpelte Schwägerin auf die Wange. Dann fischte sie ihren Autoschlüssel aus der Tasche und drückte ihn Sandra in die Hand, »Du bist ein Schatz und du hast natürlich was gut bei mir!«

Felix nahm die Erklärungen seiner Mutter, dass er alleine mit Sandra und Nele noch zum Essen fahren dürfe, ohne große Reaktion hin. Sie hatte vor ihm behauptet, dass sie Kopfschmerzen habe und etwas spazieren gehen wolle. Doch er war ohnehin noch zu sehr damit beschäftigt, mit seinem kleinen Stofftiger laute Knurrgeräusche nachzuahmen, sodass er ihr kaum zuhörte. Als Sandra mit den Kindern ins Auto stieg, winkte sie Pia noch einmal zu. Pia meinte, noch wahrgenommen zu haben, dass sich Sandra mit dem Finger an die Stirn getippt hatte. Verübeln hätte sie es ihrer Schwägerin nicht können.

22.

Nachdem auch die letzten Besucher den Tiergarten verlassen hatten, überlegte Pia, ob sie sich sicherheitshalber etwas verstecken sollte. Mittlerweile war die Dämmerung allerdings schon weit fortgeschritten. Somit musste sie trotzdem in der Nähe des Eingangs bleiben, um auch im Halbdunkel die Menschen erkennen zu können, die zu ihren geparkten Autos liefen. Um ihrerseits aber zumindest nicht sofort von Kathrin gesehen zu werden, wenn die Tierpflegerin den Tiergarten verlassen würde, stellte sie sich hinter ein kleines Häuschen, welches Platz für parkende Fahrräder bot. Pia beobachtete von dort aus den Ein- und Ausgang des Tiergartens. Schemenhaft konnte sie nach einigen Minuten die ersten Mitarbeiter in Arbeitskleidung beobachten, die für den heutigen Tag ihren Feierabend einläuteten.

Ihr Herz begann, schneller zu schlagen, als sie plötzlich eine Person registrierte, die vom Aussehen und Statur zu Kathrin Obermayer passen könnte. Die Frau hatte eine dunkle Mütze tief ins Gesicht gezogen und ging zügig an dem kleinen Häuschen vorbei, ohne sie dort wahrzunehmen. Pia beobachtete, wie die Frau weiter zu den linksseitigen Parkplätzen lief, ohne dass sie ein einziges Mal zurücksah. Vorsichtig begann Pia, ihr zu folgen. Sie achtete dabei darauf, ausreichend Abstand zu halten und nah an den Bäumen entlangzulaufen, die sich am Wegrand aneinanderreihten. Nach gut 50 Metern blieb die Gestalt plötzlich vor einem kleinen, roten Auto stehen. Pia registrierte in einigen Metern Entfernung vom Wegrand aus, wie die Tierpflegerin in ihrer Jackentasche bereits nach einem Schlüssel kramte.

Sie lief zügig auf sie zu und nahm all ihren Mut zusammen, als sie rief, »Kathrin, bitte warten Sie. Es ist wichtig.«

Die Frau drehte sich erschrocken um.

Pia blickte in die weit aufgerissenen Augen, die tatsächlich Kathrin Obermayer gehörten. Sie konnte abermals feststellen, wie das Gesicht der Tierpflegerin panisch wurde.

»Lassen Sie mich in Ruhe!« Kathrin schrie fast.

»Ich will Ihnen doch nichts Böses. Wissen Sie, es ist wegen meiner Eltern. Ich...«, fing Pia an.

»Sie wissen es doch ohnehin längst und jetzt wollen Sie mich schikanieren, nicht wahr?«, sagte Kathrin feindselig, »Ich will nichts davon hören!«

Pia war völlig überrumpelt. Sie wusste gar nichts mit dieser Aussage anzufangen. Verwirrt stieß sie hervor, »Was reden Sie denn da? Niemand will Sie schikanieren. Wissen Sie, es war in letzter Zeit nicht leicht für mich und Sie könnten mir vielleicht bei ein paar Fragen helfen. Mein Bruder ist verstorben und...«

»Er ist tot?!«, unterbrach sie Kathrin plötzlich mit aufgerissenen Augen.

»Markus, ja, äh, mein Bruder… er ist kürzlich verstorben.«

»Markus Schneider?«, fragte sie ungläubig, mit einem undefinierbaren Blick.

Pia nickte irritiert. Es klang, als ob sie Markus gekannt hatte. Es war mittlerweile so dunkel, dass sie das Gesicht von Kathrin nicht in allen Details erkennen konnte, doch sie glaubte zu erkennen, dass sich ihr Ausdruck mit einem Mal stark veränderte. Er war nicht mehr so panisch. Er wurde geradezu leer. Plötzlich fing die Tierpflegerin an zu taumeln. Wie hilflos griff sie nach ihrem Auto und stützte sich für einen Moment an der Scheibe der Fahrerseite ab. Es sah beinahe so aus, als würde sie den Boden unter ihren Füßen verlieren. Pia war im ersten Augenblick wie versteinert. Regungslos sah sie zu, wie Kathrin plötzlich zusammensackte. Eine flache Hand hielt sie dabei an die Brust gepresst als hätte sie starke Schmerzen. Sie rutschte mit dem Rücken entlang an ihrem Auto auf den kalten Boden. Dort blieb sie mit angezogenen Beinen regungslos sitzen. Es war ein völlig verstörendes Bild für Pia, wie die fremde Frau nun vor ihr am Boden kauerte. Ihre Augen waren starr auf den dunklen Asphalt gerichtet, aber sie wirkten dabei weiter völlig leer.

Pia besann sich endlich und lief auf sie zu. Entgeistert fragte sie, »Mein Gott, was ist mit Ihnen?«

Kathrin begann energisch den Kopf zu schütteln und stieß die Hand, die Pia ihr unterstützend reichte, hektisch weg. »Lassen Sie mich verdammt noch mal in Ruhe! Sie wissen es doch längst. So lassen Sie mich doch endlich in Frieden!« Sie schleuderte ihr diese Sätze förmlich entgegen.

»Aber, ich will Ihnen helfen. Sie können doch nicht hier so sitzen bleiben. Der Boden ist eiskalt«, sagte Pia leise. Dann sah sie die Träne, die Kathrin über die Wange lief. Langsam ging sie vor ihr in die Hocke und schaute sie an. Sie versuchte besonders viel Mitgefühl in ihre Stimme zu legen, als sie sagte, »Kommen Sie, bitte setzen Sie sich zumindest in Ihr Auto. Es ist zu kalt hier auf dem Boden.« Pia griff sogleich mutig nach Kathrins Arm und zog sie langsam nach oben. Diese ließ es ohne jeglichen Widerstand geschehen. Es war gar nicht so leicht, Kathrin wieder auf ihre Füße zu stellen, auch wenn die Frau kaum mehr als 60 Kilo auf die Waage bringen konnte. »Geben Sie mir Ihren Autoschlüssel.«

Kathrins Hände zitterten als sie ihn Pia wehrlos entgegenhielt.

Etwas umständlich bugsierte Pia die Tierpflegerin auf ihren Fahrersitz, nachdem sie die Tür geöffnet hatte. Dann stieg sie eilig auf der Beifahrerseite ein. So saßen sie schließlich da und versuchten, sich etwas zu sammeln. Es vergingen unzählige Minuten, in denen sie nur durch die Windschutzscheibe in die immer dunkler werdende Nacht blickten. Dann piepste Pias Handy. Es zeigte den Eingang einer Nachricht von Sandra an.

Wir fahren gleich von McDonalds weg und sind in gut zehn Minuten da.

Sie steckte ihr Handy zurück in die Manteltasche und sah zu Kathrin hinüber. Wie ein Häufchen Elend saß diese gekrümmt auf ihrem Fahrersitz und starrte immer weiter geradeaus.

»Was ist so schlimm, dass Sie so eine Angst hatten, ich würde Sie darauf ansprechen?«, fragte Pia vorsichtig.

Keine Antwort.

»Ich bin ehrlich zu Ihnen. Tatsächlich weiß ich gar nichts über Sie. Ich habe nur zufällig ein Foto, das Sie und meinen Vater zeigt, in einem Porzellandackel auf dem Dachboden meiner Eltern gefunden. Mein Vater sah darauf so entspannt und fröhlich aus. Ich bin eben neugierig geworden und wollte einfach wissen, wer Sie sind.«

»Der Dackel...«, stieß Kathrin plötzlich aus. Ihre Stimme klang dabei fast wehmütig.

»Kennen Sie diese Figur?«

»Natürlich.« Dann schwieg sie wieder.

»Woher kennen Sie meinen Vater? Oder wie standen Sie zu ihm? Und offenbar kannten Sie auch meinen Bruder oder warum haben Sie derart erschrocken auf seinen Tod reagiert?«

»Seinen Tod...,« sagte Kathrin nachdenklich. Ihr Blick hing weiter an der Windschutzscheibe.

»Bitte, reden Sie mit mir.«

»Ich kann nicht.« Sie drehte den Kopf demonstrativ zum Fenster der Fahrerseite.

Pia gab nicht auf. »Warum nicht?«

Kathrin schüttelte mehrmals den Kopf. »Sie verstehen das nicht.«

»Aber ich möchte es gerne verstehen.«

»Das ist nicht so einfach. Ich muss das erst einmal für mich verarbeiten. Es tut mir leid.«

»Ich gebe Ihnen alle Zeit, die Sie brauchen. Aber können wir uns bitte treffen, wenn Sie soweit sind?«

Kathrin schwieg erneut.

»Bitte, Kathrin. Sie sind die Einzige, die mir helfen kann, herauszufinden wie mein Vater früher war. Ich sehe Ihnen an, dass es da etwas gibt, dass sie mir erzählen können.«

»Sie ahnen ja nicht, was sie da anstoßen.« Ihr Ton wurde eine Spur aggressiv.

Pia erschrak für einen Moment. Doch diese Aussage machte sie nur noch neugieriger.

Dann sagte Kathrin plötzlich, »Treffen Sie mich im Café Valentino am Montag um 17 Uhr und jetzt gehen Sie bitte.«

Pias Herz machte innerlich einen kleinen Sprung Sie konnte ihr Glück kaum fassen, dass sie doch noch einen Zugang zu dieser Frau gefunden hatte. »Danke, Kathrin. Aber kann ich Sie jetzt hier alleine lassen? Geht es Ihnen denn gut?«

»Nein, es geht mir nicht gut. Aber ich kann Autofahren, ohne einen Unfall zu verursachen, wenn das Ihre Frage war.« Es klang geradezu feindselig.

Pia nickte und erkannte, dass es nun wahrscheinlich wirklich besser war, zu gehen. Sandra und die Kinder würden sowieso jeden Moment hier sein.

Sie sah Kathrin ein letztes Mal an und sagte freundlich, »Danke, dass Sie bereit sind, mich zu treffen. Ich möchte Ihnen wirklich nichts Böses. Das müssen Sie mir glauben. Ich möchte nur ein paar Antworten für mich selbst haben. Auf Wiedersehen, Kathrin. Kommen Sie gut nach Hause.«

Kathrin reagierte nicht. Sie hielt ihren Kopf weiter stur Richtung Fahrerseite gedreht und schaute nicht einmal auf, als Pia die Autotür öffnete und ausstieg.

Mittlerweile hatte die Dunkelheit den Parkplatz komplett eingenommen. Es war schwierig, überhaupt noch den Weg zurück zum Eingang des Tiergartens auszumachen. Die eisige Abendluft schlug ihr erbarmungslos ins

Gesicht. Sie spürte den kalten Zug um ihre Ohren. Pia schob die Kapuze ihres schwarzen Mantels über den Kopf und hielt sie am Kragen fest zusammen, damit ihre Ohren ausreichend geschützt waren. Dann ging sie schnellen Schrittes in die Richtung aus der sie gekommen war. Sandra würde sie in wenigen Minuten auflesen. Als sie gute 20 Meter zurückgelegt hatte, hörte sie, wie Kathrin hinter ihr den Motor startete und vermutlich ihren Nachhauseweg antrat. Offensichtlich fühlte sie sich wieder besser. Ein berauschendes Gefühl durchfuhr Pia, als sie an ihre zukünftige Verabredung dachte.

Sie hatte Kathrin gefunden, endlich, dachte sie. Durch Kathrins verwunderliche Reaktion waren nun nur noch mehr Fragen aufgekommen, die Pia nun beschäftigen würden. In zwei Tagen würde sie alle Antworten darauf bekommen.

Hoffentlich.

Als Nächstes nahm sie wahr, dass sich ihr von hinten ein Auto näherte. Sie drehte sich um. Zwei helle Scheinwerfer kamen auf sie zu.

23.

»Hast du schon mal auf die Uhr gesehen?«

»Ja, es ist spät geworden.«

»Ich habe mir wirklich Sorgen gemacht!«

»Entschuldige, das nächste Mal gebe ich dir Bescheid, versprochen.«

»Außerdem hat deine Mutter angerufen.«

»Und? Was hat sie gesagt?«

»Mir hat sie nichts gesagt. Sie war kurz angebunden und wollte mit dir sprechen.«

»Ruft sie noch einmal an?«

»Ich gehe davon aus. Aber sie hat jetzt keine Uhrzeit genannt oder so. Was hat denn so lange gedauert, Pia?«

»Ich erzähle es dir, Matthias. Aber lasse mich noch kurz etwas essen, ja?«

Wenig später fing Pia an, zu erzählen. Matthias konnte es sich nicht verkneifen, sich währenddessen noch einmal loben zu lassen, für seinen Tipp, dass Kathrin vielleicht bei den Affen im Zoo arbeiten würde. Sonst hörte er Pia geduldig zu. Das Verhalten von Kathrin Obermayer war in der Tat sehr mysteriös. Mittlerweile glaubte auch Matthias daran, dass der Beziehung von Kathrin Obermayer und Pias Vater irgendetwas zugrunde liegen musste, was offenbar nicht aufgedeckt werden sollte. Auch er hätte zu gern gewusst, ob Pias Mutter überhaupt von diesem Foto wusste.

Es war bereits nach elf, als sie erschöpft ins Bett fielen. Kurz darauf schlich sich auch Felix in die Mitte des Ehebettes. Er sprach von einem Albtraum. In diesem war ein Tiger vorbeigekommen und hatte all seine Kuscheltiere fressen wollen. Daher bestand er auch darauf, dass er mindestens fünf seiner Stofftiere mit ins elterliche Schlafzimmer nehmen dürfe. Pia lenkte ein, da sie erkannte, dass Felix wirklich verängstigt war. Dann tröstete sie ihren Sohn liebevoll und versicherte ihm felsenfest, dass sie eine tigersichere Haustür hätten. In ihre Arme geschmiegt schlief er dann schließlich behütet ein.

Der Sonntag verlief ohne große Aufregung. Pia und Matthias führten die normale Frühstücksdebatte mit ihrem Sohn. Denn Felix versuchte wieder einmal anzufechten, dass er vor einer Süßigkeit ein normales Essen zu sich nehmen musste. War die Diskussion endlich zu einem Ende gekommen, aß er missmutig sein Müsli, um danach aufgeregt zum Süßigkeitenschrank laufen zu dürfen.

Es war ein entspannter Sonntag. Die ganze Familie blieb den halben Tag im Schlafanzug, bis sie nachmittags mit Felix zum Spielplatz gingen, um etwas frische Luft zu schnappen. Sie waren an diesem Tag die Einzigen, die das kleine Kletterparadies ein paar Straßen weiter nutzten. Was auch nicht verwunderlich war. Der erste Schnee war zwar noch nicht gefallen, aber es war bitterkalt. Pia beobachtete ihren Sohn, der in seinem schwarzen Schneeanzug mit den großen blauen Sternen darauf mühsam den Rutschenturm hochkletterte. Sie sah ihm an, wie sehr er fror. Im Vorfeld hatte er sich einige Minuten lang geweigert, Handschuhe zu tragen, und trotz der Kälte blieb er dabei. Er wollte keine Handschuhe und fertig. Seine Eltern schauten ihm stirnrunzelnd dabei zu, wie er versuchte, so tapfer wie möglich der Kälte zu trotzen. Er wollte um jeden Preis keine Schwäche zeigen. Was aber ziemlich schnell dazu führte, dass sie schon bald mit einem stark frierenden Kind auf dem Heimweg waren. Nachdem Pia einen warmen Kakao für den Sohnemann aufgegossen hatte, kuschelten sie sich alle drei gemütlich auf die Couch. Warm eingemummelt, schalteten sie einen Disney Film für Felix ein und genossen einfach ihre gemeinsame Zeit. Pia kam nicht umhin, wieder einen Moment lang traurig an Sandra und Nele zu denken.

Als die Dämmerung langsam einsetzte, beschlossen Markus und Pia, zur Krönung des gemütlichen Tages, noch etwas vom Lieferdienst kommen zu lassen.

»Chinesisch?«, hatte Matthias gefragt.

»Lieber Italienisch. Dann ist auch etwas für Felix dabei.«

»Stimmt, Pizza Margherita ohne Salami«, sagte Matthias, wie Felix es bei jedem italienischen Essen stets orderte.

Beide lachten, während ihr Sohn heftig protestierte, dass seine Pizza sehr wohl so hieß. Pia war unglaublich dankbar für diesen unaufgeregten Sonntag, den sie so seit Markus Tod nicht mehr erlebt hatten. Morgen würde ein neuer, aufregender Tag werden. Dann würde sie sich mit Kathrin in diesem Café treffen. Doch der heutige Tag gehörte ganz ihrer Familie.

Nachdenklich saß sie am nächsten Morgen am Frühstückstisch. Vor ihr stand ein Teller mit einem Käsebrot und eine Tasse Ingwer-Zitrone-Tee. Pünktlich zum ersten Schnee hatte sie über Nacht Halsweh bekommen. Doch das würde sie sicher nicht von ihrer heutigen Verabredung abbringen. Sie sah aus dem Fenster und beobachtete die ersten Schneeflocken, die diesen Winter weich und unschuldig auf den Boden fielen. Es waren unzählig viele, die der Himmel an diesem kalten Montagmorgen auf die Erde freigab. Der erste Schnee. Sie dachte an ihre Mutter, die vermutlich bald auf dem Weg nach Cham sein würde. Gudrun Schneider, die geschäftige und stets perfekte Hausfrau. Manchmal hatte sie das Gefühl, ihre Mutter gar nicht richtig zu kennen.

Sie musste wieder an die Fotos denken, die in diesem alten Album im Dachboden verschlossen in der Truhe lagen. Die fröhliche und ausgelassen wirkende, schöne Frau in dem gepunkteten Badeanzug, wo war sie heute? Die Erinnerungen daran wurden wahrscheinlich von ihrer Mutter selbst vor Jahren in diese Truhe eingesperrt. Wie war sie wohl als junge Erwachsene gewesen? Und was hatte sie so verändert? Und ihr Vater?, überlegte sie. War er immer der strenge, trockene Mann gewesen, dessen Leben darauf baute, viel zu arbeiten und Regeln zu befolgen?

Die Haustürklingel riss sie aus ihren Gedanken. Sie biss noch einmal von ihrem Käsebrot, ehe sie zur Tür eilte. Wer könnte das sein? Matthias war längst in der Arbeit und Felix hatte sie erst vor ein paar Minuten in seinen Kindergarten entlassen. So früh am Morgen wurden normalerweise keine Pakete geliefert.

Zu ihrer Überraschung stand Kommissar Berger in Begleitung einer jungen Polizistin vor der Tür. »Hallo Frau Sendtner, entschuldigen Sie bitte die frühe Störung«, sagte der Kommissar freundlich.

»Keine Ursache. Ich bin gerade vom Kindergarten zurückgekommen. Aber bitte kommen Sie doch herein.«

Sie folgten ihr anstandslos in die Küche.

Während Pia neuen Kaffee aufsetzte, fragte sie interessiert, »Nun, was kann ich für Sie tun? Oder gibt es irgendwelche Neuigkeiten?« Sie merkte selbst, wie viel Hoffnung in ihrer Frage schwang.

Kommissar Berger sagte daraufhin in einem ruhigen Ton, »Leider gibt es keine konkreten Neuigkeiten, die ich Ihnen schon mitteilen könnte. Doch wir hätten noch ein paar Fragen an Sie.«

Ihre Enttäuschung ließ sich nicht verbergen. Doch sie bemühte sich um eine wohlwollende Antwort. »Selbstverständlich. Ich hoffe, ich kann Ihnen weiterhelfen.«

»Gab es in der Vergangenheit ihres Bruders irgendeinen Hinweis darauf, dass er mit illegalen Substanzen in Berührung gekommen wäre?«

Pia war gerade dabei, die beiden Tassen Kaffee zum Tisch zu bringen. Schlagartig blieb sie stehen und riss die Augen auf. Sie konnte kaum glauben, was sie da hörte. »Sie meinen Drogen?«, fragte sie fassungslos.

»Ja, unter anderem.«

»Nein, ich versichere Ihnen, Markus hatte nie etwas mit Drogen zu tun. Nicht heute und auch nicht früher. Ein einziges Mal hat er als Jugendlicher von einem Joint gezogen. Aber das ist sicher schon 20 Jahre her und das haben sicher viele jungen Erwachsenen, oder?«

»Ich verstehe. Gab oder gibt es in seinem Freundes- oder Bekanntenkreis Menschen, die konsumieren?«

»Nein. Nicht, dass ich wüsste. Ich verstehe Ihre ganzen Fragen dazu nicht. Was soll das Ganze?«

»Danke, Frau Sendtner.« Sie erhoben sich. »Das war erst einmal alles von unserer Seite.«

»Sie fragen mich nach Drogen und wollen jetzt einfach so wieder gehen?! Können Sie mir gar nichts weiter sagen?«, fragte sie hoffnungsvoll.

»Leider nein, aber wir bemühen uns mit allen Kräften um eine schnelle Aufklärung. Seien Sie versichert.«

»Danke, aber mit Drogen sind Sie definitiv auf dem Holzweg«, murmelte sie abfällig.

Der Kommissar reagierte, als hätte sie es gar nicht ausgesprochen. »Sollte Ihnen diesbezüglich doch noch etwas einfallen, kontaktieren Sie mich bitte.« Sein fester Blick verlieh seiner Aussage noch einmal mehr Wichtigkeit.

Als die Polizisten das Haus verlassen hatten, saß Pia erneut vor ihrem restlichen Käsebrot. Sie bekam keinen weiteren Bissen mehr hinunter. Drogen?, dachte sie immer wieder fassungslos. Sie hatte den Polizisten die Wahrheit gesagt. Nie hatte sie bei Markus irgendetwas gesehen oder mitbekommen, was in irgendeiner Art und Weise für einen Kontakt zu Drogen oder sonstigen illegalen Substanzen sprechen würde. Sie strengte sich an, die zahlreichen letzten Begegnungen mit ihrem Bruder noch einmal im Kopf durchzugehen. Ihre Gedanken überschlugen sich förmlich bei der Suche nach dem kleinsten Hinweis. Doch sie kam immer wieder zum gleichen Ergebnis. Markus hatte jedes

Mal völlig normal gewirkt. Da war einfach nichts. Traurig und hilflos lehnte sie sich zurück an ihre Stuhllehne. Und plötzlich kam noch ein anderes Gefühl in ihr hoch.

Wut. Sie fühlte Wut.

Ja, sie war richtiggehend wütend, dass das Ansehen ihres Bruders jetzt auch noch durch derartige Unterstellungen beschmutzt wurde.

24.

Der Schnee hatte mittlerweile eine puderzuckerartige Schicht auf sämtliche Dächer gelegt. Die Sonne hatte sich hingegen den ganzen Tag über schon versteckt, als würde sie ihr sagen wollen, dass sie heute nichts Gutes von diesem Tag erwarten sollte. Pia beobachtete von ihrem Platz aus eine der herabfallenden Schneeflocken, bis sie ihren endgültigen Ort auf der Bordsteinkante einnahm. Sekundenschnell löste sie sich in der bereits bestehenden Nässe, der ihr vorausgegangen Schneeflocken, mit auf.

Pia wand den Kopf vom Fenster ab und sah erneut zur Tür. Ein junges Pärchen betrat gerade das Café. Die auffällige Frau zog ihre Stiefel gerade über den bereitgelegten Fußabstreifer, ehe sie ihren Blick nach einem freien Platz durch das Café schweifen ließ. Pia beobachtete die Szene aufmerksam. Die junge Frau mit ihren knallroten Haaren, auf denen ein großer, schwarzer Hut saß war eine sehr modebewusste Erscheinung, soweit Pia das beurteilen konnte. Als die Frau ihren Hut auf die Ablage beförderte, erkannte Pia ein aufwendiges Make-up, welches das vermutlich eh schon sehr attraktive Gesicht noch einmal besser zur Geltung brachte. Ihren braun und gelb karierten

Mantel hatte die stilvolle junge Frau so eng gebunden, dass ihre schlanke Taille dabei sofort ins Auge fiel. Dazu trug sie kniehohe, dunkelbraune Wildlederstiefel, die in einer schwarzen Lederleggins steckten. Der junge Mann, der sie begleitete, wirkte dagegen völlig unscheinbar. In seiner schlichten blauen Jeans und der schwarzen Winterjacke wirkte er eher, als wäre er ihr Assistent. Doch Pia konnte beobachten, dass die Beiden sehr vertraut miteinander umgingen. Er lächelte ihr zu, als er ihr aus dem Mantel half und hauchte ihr einen kurzen Kuss auf den Hals. Der Mann hatte seine graue Mütze tief ins Gesicht gezogen, sodass Pia nicht einmal erahnen konnte, ob er in irgendeiner Art und Weise zumindest im Gesicht attraktiv war, um seiner Begleiterin gerecht zu werden. In diesem Moment griff er nach ihrer Hand und führte seine Partnerin zu einem der Tische am Fenster.

Pia wand den Blick ab, als sie sich niederließen und warf einen Blick auf ihre silberfarbene Armbanduhr. Es dauerte nur noch ein paar Minuten bis 17 Uhr. Kathrin sollte eigentlich jeden Moment durch diese Tür kommen. Den ganzen Tag über hatte Pia diese innerliche Aufregung verspürt. Mit einer Mischung aus Freude und einer seltsamen Art Furcht, hatte sie an ihr heutiges Treffen gedacht. So sehr sie es sich auch herbeigesehnt hatte, endlich mehr über das Foto zu erfahren, so sehr ängstigte es sie nun davor, was für eine Enthüllung ans Tageslicht kommen würde. Kathrins Reaktion am Parkplatz des Tiergartens hatte der ganzen Geschichte eine dramatische Note verliehen. Im Geiste spielte sie die geradezu unglaubliche Szene noch einmal durch.

Dann versuchte sie, sich gedanklich zurück in die

Gegenwart zu versetzen, und warf erneut einen ungeduldigen Blick auf ihre Armbanduhr. Wiederum waren einige Minuten vergangen. Es war bereits nach 17 Uhr. Als sie von ihrer Uhr wieder aufsah, war es endlich soweit. Sie kam nicht umhin, Kathrin genau zu mustern, als sie wie in Zeitlupe die Tür zum Café aufdrückte. Pia sah eine schlichte schwarze Jeans im modischen Röhrenschnitt, die sie kombiniert hatte zu einem wintergerechten, dunkelgrau melierten Mantel mit schwarzen Knöpfen. Kathrin hielt eine graue Wintermütze in der Hand, die sie offenbar schon beim Eintreten rasch heruntergezogen hatte. Ihr blond gefärbtes Haar blieb trotzdem an Ort und Stelle, da sie es abermals zu einem kurzen Pferdeschwanz zusammengebunden hatte. Nur einige Haarsträhnen hatten sich gelöst und fielen ihr nun störend ins Gesicht. Pia konnte sehen, wie Kathrin die widerspenstigen Strähnen mit einer schnellen Handbewegung hinters Ohr schob. Es war wohl einmal ein schönes Gesicht gewesen. Das reine Gesicht, das sie schon unzählige Male auf dem geheimnisvollen Foto gemustert hatte. Doch das Gesicht, das gerade dabei war, sich suchend umzublicken, war inzwischen von tiefen Falten durchfurcht. Sie musste an ihre Mutter denken, die wohl ungefähr im gleichen Alter war. Doch diese Falten waren anders als die von Gudrun. Kathrin wirkte nicht nur mit den Jahren gealtert, sondern auch auf eine gewisse Weise ausgemergelt. Ihr Gesicht war noch immer attraktiv, aber auf eine sehr abgenutzte Art und Weise.

Pia schämte sich sogleich für ihre Gedanken, als Kathrin mit einem unsicheren Blick auf ihren Tisch zusteuerte. »Hallo Kathrin, wie schön, dass Sie wirklich gekommen sind. Ich bin Ihnen sehr dankbar«, begrüßte sie die Tierpflegerin freundlich.

Diese nickte ihr nur kurz zu und zog sich den von Pia gegenüberliegenden Stuhl zurecht. Langsam ließ sie sich nieder und streifte ihren Mantel ab, um ihn über ihre Stuhllehne zu hängen.

»Darf ich Ihnen etwas bestellen?« Pia deutete auf ihre Tasse Tee, vor der sie inzwischen seit mehr als 20 Minuten saß.

»Danke. Ein Wasser vielleicht.« Die Stimme klang leise und rau, während Kathrin ihr stetig mit dem Blick auswich. Es war ihr eindeutig anzusehen, wie unwohl sie sich in Pias Gegenwart fühlte.

Pia gab der Kellnerin, die gerade am Nebentisch zugange war, ein Zeichen, um das Wasser für Kathrin zu ordern. Sie sah der Kellnerin unbewusst nach, als sie ihren Tisch verließ. Dann schaute sie zurück in Kathrins tiefbraune Augen, die sie auf einmal mit stechendem Blick musterte.

»Also, was wollen Sie von mir?«, kam es plötzlich sehr scharf über ihre Lippen.

Pia verschlug es aufgrund des feindseligen Tons fast die Sprache. Sie sammelte sich kurz und versuchte dann, Kathrin mit einer angestrengten Freundlichkeit zu begegnen. »Wie gesagt, ich habe ein paar Fragen, auf die ich Antworten suche. Es begann alles mit Markus Tod. Ich hatte meine Eltern besucht und fand dort zufällig das Foto von Ihnen und meinem Vater in diesem Porzellandackel. Mein Vater sah irgendwie glücklich aus auf diesem Bild. Normalerweise ist er eher ein trockener Typ Mensch. Seitdem frage ich mich einfach, wie Ihre Beziehung zueinander war und warum das Foto in dieser Figur versteckt wurde?«

Kathrin hatte ihr still gelauscht. Dann schaute sie eine Weile aus dem Fenster. Pia sah ihr an, dass sie nachdachte. Offenbar war es nicht einfach für sie, zu offenbaren, was diesem Foto zugrundelag. Sie beschloss, ihr die nötige Zeit zu geben, und schwieg abwartend.

Es vergingen einige Minuten, ehe Kathrin sich räusperte. Ihr Blick hing immer noch am Fenster, als sie langsam sagte, »Nun, es ist wahr. Ja, Rudolf und ich waren einmal ein Paar.«

Auch wenn sie bereits damit gerechnet hatte, war es nun ein seltsames Gefühl, dies wahrhaftig zu hören. Sie nickte kurz und wartete weiter ab, bis Kathrin bereit war, mehr darüber zu erzählen.

»Es war noch während meiner Schulzeit. Es gab zwischen unseren beiden Schulen früher eine Art Mehrgenerationenpark. Dort habe ich ihn das erste Mal bewusst wahrgenommen. Rudolf war anders als die anderen Jungen an meiner Schule. Er war sogar sehr oft allein dort, doch er wirkte immer so stark und selbstbewusst. Irgendwie wirkte er auch schon so klar für sein Alter. Ich glaube, seine Mitschüler mochten ihn nicht besonders wegen seiner pingeligen und durchsetzungsstarken Art. Wahrscheinlich hielten sie ihn auch ein Stück weit für einen Spießer. Ihm lag immer daran, dass sich jeder an die Vorschriften in diesem Park hielt. Keine Kaugummis auf den Boden spucken. Keine Mülleimer anzünden. Nicht auf die offene Grasfläche urinieren. All solche Sachen, die Jugendliche normalerweise aus Spaß tun. Niemand außer ihm hatte sich damals groß für diese Regeln interessiert. Des Öfteren konnte ich beobachten, wie er mutig eine ganze Gruppe von Jugendlichen ansprach und sie zurechtwies, dass sie beispielsweise ihren Müll wieder mitnehmen sollten. Er war unglaublich mutig« Sie lächelte plötzlich. Dann starrte sie wieder in die Ferne, an einen undefinierbaren Punkt, aus dem Fenster.

»Diese Eigenschaften kommen mir ein bisschen bekannt vor«, sagte Pia freundlich.

»Ja, er war wirklich ein Spießer. Entschuldigen Sie, wenn ich das so direkt sage. Woher auch immer er das hatte. Aber ihm war es auch egal, was die anderen dachten und vor allem, was sie von ihm hielten. Er stand zu seiner Meinung. Mir imponierte das irgendwie. Obwohl ich ganz anders war als er. Ich war eher eine kleine Rebellin.«

»Und doch fanden Sie zueinander?«

»Ja, irgendwie verrückt, nicht? Für mich ist es noch heute unbegreiflich, wieso ich seine Art so unglaublich anziehend fand.«

»Erzählen Sie bitte weiter.«

»Ich glaube, wir waren ungefähr 16 Jahre alt, als wir zusammenkamen. Erst waren es kleine, lustige Reibereien gewesen, an denen wir täglich Spaß hatten. Irgendwann kamen immer mehr Gefühle dazu. Ihr Vater hatte wahrlich Spaß daran, die kleine Rebellin in mir zähmen zu wollen, und ich schaute zu ihm auf, weil er so viel männliche Stärke zeigte. Ich glaube, ich war ihm damals regelrecht verfallen.«

»Wie ging es zwischen Ihnen weiter?«

»Es lief einige Monate ganz gut mit uns, denke ich. Wir hatten zwar bald unsere ersten schwerwiegenden Streitereien, aber schlussendlich konnten wir dann doch nie ohne einander. Ich denke, dass wir anfangs wirklich von unseren unterschiedlichen Charaktereigenschaften profitiert haben. Es hätte wirklich ziemlich gut mit uns weitergehen können. Aber eines Tages geriet ich auf die schiefe Bahn.« Ihr Gesicht bekam einen niedergeschlagenen Ausdruck und auch ihre Körperhaltung veränderte sich. Pia hatte den Eindruck, dass Kathrin plötzlich wie ein Häufchen Elend auf dem mit lederbezogenen Stuhl des Cafés saß. Ihr Blick wanderte dabei unstet hin und her, als würde sie sich nicht wohlfühlen. Dann überwand sie sich schließlich, weiterzuerzählen. »Es war kurz vor meinem 18. Geburtstag. Ich weiß nicht mehr genau, warum ich überhaupt in diese leichtfertige Verfassung gekommen bin, aber ich war wohl immer schon ein risikofreudiger Mensch gewesen.« Sie machte eine kurze Pause. »Es gab damals eine Party im Ort auf einer großen Wiese eines Bauern. So richtig mit Band, Schnapsbar und allem, was dazugehörte. Dort waren auch eine Gruppe von Jugendlichen und jungen Erwachsenen, die ich noch nie gesehen hatte. Überwiegend junge Männer. Zwei junge Frauen, um die 20 Jahre alt, waren auch unter ihnen. Niemand von meinen Freunden kannte diese Gruppe. Sie kamen aus einer anderen Stadt. Mainburg sagten sie, glaube ich, wenn ich mich richtig erinnere. Sie waren mit dem Zug gekommen, weil sie hier irgendeinen Bekannten hatten. Wer das war, weiß ich nicht mehr. Auf jeden Fall landeten sie zufällig auf diesem Dorffest. Von da an ging es bergab mit mir.« Kathrin zögerte einen Moment. Ihr Gesicht sah plötzlich noch etwas fahler aus.

Pia musterte Kathrin nachdenklich. Es war, als würden ihre Falten noch tiefer werden und ihre Gesichtsfarbe kehrte sich richtiggehend in ein unnatürliches Weiß. Pia konnte ihr förmlich dabei zusehen, wie sie immer weiter in eine ferne Welt der Erinnerungen abrutschte. Pia war in diesem Augenblick fast versucht, ihre Hand zu nehmen. Doch sie spürte, dass dies eine Grenzüberschreitung gewesen wäre. So versuchte sie zumindest, einige warme, aufmunternde Worte zu wählen. Sie hoffte inständig jetzt nichts Falsches zu sagen. »Kathrin, mir scheint, sie haben etwas Schweres durchmachen müssen. Ich möchte, dass Sie wissen, dass Sie mir hier alles anvertrauen können. Niemals würde ich über Sie urteilen. Mir wäre sogar daran gelegen, dass ich Ihnen vielleicht etwas Trost schenken könnte.«

»Trost? Für das, was ich getan habe?«, erwiderte Kathrin plötzlich in einem barschen Ton.

Pia versuchte sie zu beschwichtigen, »Es gibt immer einen Grund und ich denke, wenn Sie mir Ihren nennen, werde ich Sie sicher verstehen können. Haben Sie den Mut und vertrauen Sie sich mir an. Ich werde Ihnen zuhören, ohne in irgendeiner Weise über Sie zu urteilen. Das verspreche ich Ihnen.«

Ihr Blick war starr, als sie fortfuhr. »Diese fremden Jugendlichen haben mein Leben zerstört, möchte ich sagen. Doch dabei weiß ich genau, dass ich es selbst gewesen bin, und das Schlimmste ist, dass ich so viele Menschen mit in meinen Abgrund gerissen habe.«

»Was ist auf diesem Dorffest geschehen, Kathrin?«

Ihr Gesicht war schmerzverzerrt. »Rudolf war an diesem Abend nicht dabei. Ach, wäre er es nur gewesen!«, sie seufzte. »Wahrscheinlich wäre dann alles ganz anders gelaufen. Wahrscheinlich wäre es nur ein Fest, wie jedes andere auch gewesen. Nur Gott weiß, wo wir heute stehen würden.«

Pia schluckte kurz. »Wo war Rudolf?«

»Ein Onkel von ihm ist in dieser Woche gestorben. Der Mann war schon älter und sehr krank. Es war kein überraschender Tod. Doch für Rudolf war es klar, dass er in diesem Monat nicht mehr feiern gehen würde. Es gehörte sich einfach nicht, nach seiner Meinung.« Ihr Blick wurde wieder nachdenklich. »So war er eben.«

»Und Sie waren mit Freunden auf diesem Fest?«

»Ja, mit drei Freundinnen aus der Schule. Caro, Sarah und Maria. Doch wir haben uns schon ziemlich früh aus den Augen verloren. Während ich ausgelassen tanzte, waren die drei in der Bar mit einigen Bekannten hängengeblieben.«

»Was passierte dann weiter?«, fragte Pia angespannt.

»Auf der Tanzfläche waren auch diese fremden Jugendlichen. Sie tanzten die ganze Zeit. Ununterbrochen. Stundenlang. Sie waren gut drauf. Richtig gut. Ich kam irgendwie mit einem der Jungen ins Gespräch. Er baggerte mich nicht an oder so. Es war einfach eine angenehme Unterhaltung. Dann kam ich auch schnell mit dem Rest der Gruppe ins Gespräch. Sie waren wirklich nett. Dann sagten sie plötzlich, ich solle mitkommen. Ich dachte mir nicht groß etwas dabei. Etwas abseits von der Menschenmenge ließen wir uns im Gras nieder und da holte eine der Frauen diese Pillen aus der Tasche.«

»Drogen?«, fragte Pia schnell. Die Erinnerung an ihr vergangenes Gespräch mit Kommissar Berger schwirrte ihr plötzlich durch den Kopf.

»Ja. Aber sie haben es als etwas Harmloses ausgegeben. Ich glaube, sie nannten es so etwas wie einen hochkonzentrierten Traubenzucker. Ich hatte natürlich die Vermutung, dass es etwas war, das nicht hundertprozentig legal war. Aber ich stufte es nicht als etwas ein, was stark abhängig machen könnte. Heute weiß ich, dass es vermutlich Ecstasy war.« Sie ließ den Kopf hängen. Nach einem tiefen Atemzug erzählte sie weiter. »Ich bin noch immer so verwundert über meine eigene Dummheit. Aber ich liebte eben auch das Abenteuer. Es war nicht das erste Mal, dass ich mit einem Risiko gespielt hatte.« Sie zuckte mit den Schultern. »Die Wirkung setzte ungeheuer schnell ein. Wir tanzten die ganze Nacht durch, bis die Band ihr letztes Lied gespielt hatte. Ich fühlte mich so unglaublich gut. So frei, so losgelöst, so selbstbewusst.«

Pia nickte. Sie hatte selbst noch nie etwas konsumiert. Doch sie war schon sehr früh über die berauschende Wirkung von Drogen aufgeklärt worden. Von ihren Eltern und auch in der Schule. Sie war in jedem Fall frühzeitig vor den drohenden Gefahren gewarnt worden.

»Und dann ging es, wie gesagt, immer weiter bergab. Es war eine so unglaublich tolle Nacht gewesen. Ich wollte das wieder erleben. Nur einmal. Von einer der jungen Frauen hatte ich die Telefonnummer bekommen. Wir trafen uns ein paar Orte weiter. 20 Mark für eine Pille. Dann noch einmal und dann wirklich das letzte Mal. Doch ich hatte mich schon bald dabei verloren und schaffte es irgendwann nicht mehr einen Tag ohne diese Pillen.«

»Was hat mein Vater, also, äh... Rudolf dazu gesagt?«, fragte Pia interessiert.

»Er wusste es lange nicht. Ich hatte ihm nichts von der Pille an diesem Abend erzählt. Aber irgendwann fiel ihm natürlich auf, dass ich mich anders verhielt. Ich war hemmungsloser geworden, auch rücksichtsloser und manchmal direkt hyperaktiv, wie er es nannte. Zudem versuchte ich mir immer wieder, Geld von ihm zu leihen. Erst nur 20, dann 50, dann 100 Mark. Ich glaube, dass er es schon sehr früh erkannt hat. Aber er wollte es nicht wahrhaben. Eines Tages hat es ihm dann aber gereicht. Ich erinnere mich noch, dass er mich an beiden Schultern gepackt hatte und ziemlich fest schüttelte, während er sagte, »Das geht so nicht mehr weiter, Kathi! Du musst damit aufhören! Woher hast du das verdammte Zeug? Wir holen uns Hilfe!« Ich wollte davon natürlich nichts hören und bin einfach abgehauen.« Kathrin ließ den Kopf erneut hängen und fuhr sich mit der Hand durch die Haare. »Es war das letzte Mal, dass wir uns gesehen haben – für eine ziemlich lange Zeit.«

»Das tut mir so leid«, sagte Pia mitfühlend und tastete nun doch vorsichtig nach Kathrins Hand.

Diese schob sie allerdings langsam, aber bestimmt fort. »Ich hatte alles kaputt gemacht und der Liebeskummer wegen Rudolf machte meine Situation noch viel schlimmer. In meinem Drang, an den Stoff zu kommen, hatte ich irgendwann dubiose Kontakte geknüpft. Konnte ich nicht an diese Pillen kommen, war ich so verzweifelt, dass ich bald alles nahm, was ich nur kriegen konnte. Heroin, Koks, Hasch,... es war mir egal. Hauptsache, ich fühlte mich ein wenig besser. Ich hörte auf niemanden, weder meine Familie noch meine Freundinnen konnten etwas tun. Sie mussten hilflos zusehen, wie ich mich zugrunde-richtete. Immer wieder haute ich ab. Ein paar Mal habe ich sogar am Bahnhof übernachtet, zwischen Abhängigen und Obdachlosen. Es musste wirklich schlimm für meine

Familie gewesen sein. Meine Schwester will noch heute nichts mit mir zu tun haben. An vieles aus der damaligen Zeit kann ich mich selbst gar nicht mehr erinnern.«

»Aber Sie haben es geschafft«, sagte Pia anerkennend.

Kathrin lachte verächtlich. »Geschafft, vielleicht, ja. Aber viel zu spät. Sehen Sie mich an. Ich bin eine alte Frau ohne eigene Familie und alles, was man sich so als kleines Mädchen für sich später gewünscht hätte.«

»Haben Sie Rudolf nie wieder gesehen?«

Sie sah plötzlich peinlich berührt aus. »Doch. Irgendwann traf ich Rudolf wieder. In einem Supermarkt. Es war ein reiner Zufall. Er war zu dieser Zeit längst mit Gudrun zusammen. Doch er war nicht wirklich glücklich mit ihr. Zumindest nicht so, wie wir es am Anfang waren. Als wir uns in die Augen sahen, war plötzlich alles wieder da. Wir konnten einfach nicht voneinander lassen und so fingen wir eine Affäre an.«

Pia konnte es sich nicht verkneifen. Ungläubig fragte sie, »Mein Vater, eine Affäre?!«

»Ich weiß, das passt wirklich nicht zu ihm, und ich denke, daher kam uns auch lange niemand auf die Schliche. Er liebte mich so sehr, dass er sogar akzeptierte, dass ich noch immer konsumierte. Die ganzen verschiedenen Phasen meiner Sucht... er musste sie alle miterleben. Meistens waren es schlechte Phasen. Doch er ließ mich in diesen Momenten nicht allein. Er hatte immer noch die Hoffnung, mir irgendwann helfen zu können.«

»Und was war mit meiner Mutter?«, fragte Pia fassungslos.

»Sie merkte nichts von all dem. Oder vielleicht wollte sie auch einfach nicht hinsehen. Er blieb ja bei ihr, um den

Schein zu wahren, wusste er doch, dass er mit mir wohl keine Zukunft haben würde. Doch dann wurde ich plötzlich schwanger.«

Pia merkte, wie sich ein dicker Kloß in ihrem Hals bildete. Sie hatte Angst vor dem, was gleich kommen würde. Eine werdende Mutter, die unentwegt Drogen konsumierte. Die Vorstellung daran schnürte ihr förmlich die Kehle zu und machte sie richtiggehend wütend.

»Ja, ich war schwanger und drogensüchtig.« Kathrin schlug beide Hände über dem Kopf zusammen und traute sich nicht, Pia anzusehen. »Es war schrecklich. Ich konnte dieses Kind nicht behalten. Aber es war schon viel zu spät, als dass ich mich dagegen hätte entscheiden können. Mit den Drogen spielte mein Körper so verrückt, dass ich es gar nicht zeitgerecht hätte merken können.« Sie schüttelte traurig den Kopf. »Wissen Sie, in der Zeit, in der ich so stark abhängig war, war ich ein furchtbarer Mensch. Egoistisch, aggressiv und ich log jeden an, wie es mir nur gerade passte. Meiner Familie war ich bereits entflohen und meine Freunde hatten sich abgewandt. Da war nur noch Rudolf, der mich ertrug. Ich hatte nur meinen Stoff im Kopf. Was wäre ich denn für eine Mutter gewesen?!«

25.

Pias Herz fing an, wie wild zu pochen. Sie hatte irgendwie Mitleid mit Kathrin, aber es bildete sich eine zunehmende Wut aufgrund des unschuldigen Lebens, welches unter so grausamen Voraussetzungen seinen Anfang hatte nehmen müssen. Unentwegt fragte sie sich, was bloß aus diesem Baby geworden war.

»Es kostet mich so viel Kraft Ihnen das gerade alles zu erzählen. Aber ich will zu meinen Fehlern stehen, auch wenn es längst zu spät ist", sie machte eine kurze Pause. Plötzlich sagte sie dann, »Jetzt wissen Sie es, nicht wahr? Und dafür hassen Sie mich. Ich verstehe das und wenn ich könnte, glauben Sie mir...«, Kathrin brach ab.

»Bitte, reden Sie weiter. Ich möchte von Ihnen hören, wie es weiterging. Sie hatten es sehr schwer, das verstehe ich bis zu diesem Punkt.«

»Rudolf war außer sich, als er von meiner Schwangerschaft erfuhr. Er hatte ein Kind geplant. Doch erst später, irgendwann mit Gudrun. Bisher war sie noch nicht schwanger geworden und nun war ich, seine drogensüchtige Affäre, plötzlich schwanger. Es war ein wahres Desaster in seinen Augen. Monatelang überlegte er, ob es nicht doch einen Weg für uns gäbe. Schließlich hatte er immer noch diese starken Gefühle für mich. Aber ich war sehr suchtkrank. Ich schäme mich zuzugeben, dass ich es noch nicht einmal während meiner Schwangerschaft geschafft hatte, ganz von den Drogen zu lassen. Ich würde keine gute Mutter werden und das Baby wäre nicht sicher bei mir, das wusste er. Aber der Gedanke, dass ich dieses Kind an fremde Leute geben wollte... er brachte es nicht übers Herz und so sprach er schließlich mit Gudrun. Ich weiß nicht, wie sie reagiert hat oder wie lange er sie bearbeiten musste. Es muss jedenfalls ein wahnsinniger Schock für sie gewesen sein. Erst gesteht er ihr unsere monatelange Affäre und dann sagt er ihr, dass ich schwanger sei und unser Kind nun in ihrem Haus aufwachsen solle. Aber er kam zwei Tage später zu mir und teilte mir mit, dass sie tatsächlich eingewilligt hatte. Allerdings zu ihren Bedingungen.«

Pia hatte stark zu kämpfen mit dem, was ihr Kathrin gerade offenbart hatte. Mit leiser Stimme fragte sie dann, »Wer war dieses Baby? Und was waren das für Bedingungen?«

»Rudolf und ich durften uns nicht mehr sehen. Das letzte Mal sollte es sein, wenn ich ihm das Baby übergeben würde. Danach dürfte ich keinerlei Kontakt zu ihm oder dem Baby herstellen. Es ist unfassbar, dass ich in meiner Abhängigkeit mit all dem einverstanden war. Aber ich war wie in einer Scheinwelt gefangen, in der mir andere Personen ziemlich gleichgültig waren. Alle außer Rudolf, aber ihn hatte ich nun ein zweites Mal verloren. Ich sollte nur noch dieses Kind austragen. Rudolf und Gudrun bereiteten alles vor. Gudrun verreiste sogar eine Zeit lang. Ich weiß nicht, wohin. Ein Kloster? Ein Meditationszentrum? Irgendetwas in dieser Art. Niemand sollte merken, dass das Kind nicht von ihr war. Die Dackelfigur war das letzte Geschenk, dass ich ihm vor unserer endgültigen Trennung gemacht habe. Ich wusste noch, dass Rudolf so gerne einen Dackel gehabt hätte. Wir hatten oft gescherzt, dass wir eines Tages als Großeltern mit einem richtig schönen kleinen, aber sehr langen Rauhaardackel spazieren gehen würden. Aber das war noch in der Zeit vor den ganzen Drogen gewesen. Unser Foto von damals hatte ich heimlich in der Figur versteckt. Ich wollte ein Teil von ihm bleiben und dass wir auf eine gewisse Art und Weise verbunden bleiben. Ich weiß, das klingt vollkommen verrückt.«

»Es tut mir leid, aber das klingt alles ziemlich verrückt«, konnte sich Pia nicht verkneifen. Dann fragte sie, »Was ist aus diesem Baby geworden?« Doch noch während sie diese Frage stellte, entglitten ihr sämtliche Züge. Denn in diesem Moment fiel ihr wieder ein, wie Kathrin im Tiergarten reagiert hatte. Sie saß plötzlich völlig reglos auf ihrem Stuhl und hatte Angst vor dem, was nun kommen würde.

»Ich weiß und ich kann es noch immer nicht fassen, dass es so viele Jahre lang so funktionierte, ohne dass jemand außer uns dreien davon erfuhr. Diese vielen Jahre hatte ich tatsächlich keinen Kontakt zu Rudolf und auch nicht zu meinem Sohn. Er war ein Frühchen. Es waren gute sechs Wochen gewesen, die er zu früh auf die Welt kam. Ich weiß noch, dass er eine gewisse Zeit im Krankenhaus bleiben musste. Ich habe wirklich versucht, alles zu vergessen. Mein Kind zu vergessen. Können Sie sich das vorstellen? Ich kämpfte mich in den folgenden Jahren von Klinik zu Klinik zum Entzug, scheiterte jedoch immer wieder und wurde wieder süchtig. Daraufhin kam ich in ein Methadon-Programm. Doch auch das half mir nicht dauerhaft. Es vergingen so viele Jahre, ehe ich den Absprung schaffte. Währenddessen lebten Gudrun und Rudolf mit meinem Kind und zogen es groß als wären sie beide die leiblichen Eltern. Dieses Kind, mein Kind, Ihr Bruder Markus, er wuchs so viele Jahre lang ohne jegliches Wissen bei Gudrun und Rudolf auf.«

Pia hatte das Gefühl, als würde der Boden unter ihren Füßen zu schwanken beginnen. Markus, das Kind von Kathrin, hallte es ihr unentwegt durch den Kopf. Markus war nicht der Sohn meiner Mutter. Er war nur mein Halbbruder. Das war doch völlig verrückt! Pias Gehirn weigerte sich hartnäckig, diese Information aufzunehmen, geschweige denn anzunehmen. Nie hätte sie geahnt, dass eine derartige Enthüllung hinter diesem zufällig entdeckten Foto stecken könnte. Eine ehemalige Beziehung, ja. Vielleicht sogar eine Affäre. Aber das?! Sie war so mit ihren eigenen Gedanken beschäftigt, dass sie sogar einen Moment vergaß, dass Kathrin ihr weiter gegenübersaß. Mit zittriger Stimme sagte Pia dann, »Das ist unmöglich. Wie... wie kann das sein?«

»Es tut mir leid. Ich dachte wirklich, Sie wüssten es bereits und haben mir deswegen im Tiergarten aufgelauert. Es ist auch für mich unvorstellbar, dass es all die Jahre auch vor Ihnen geheim gehalten wurde. Sogar noch jetzt. Ja, Markus ist ihr Halbbruder. Als Sie mir am Samstag mitteilten, dass mein Sohn tot ist, konnte ich es nicht fassen. Ich war darauf gefasst, dass Sie mir Vorwürfe machen. Vorwürfe, die ich verdiene. Aber ich habe mir schon selbst all die Jahre so viele Vorwürfe gemacht, dass ich nichts mehr davon hören kann. Mein Sohn, für den ich so wenig getan hatte und der das Pech hatte, im Leib einer Mutter heranzuwachsen, die es während ihrer Abhängigkeit nicht schaffte, jegliches Interesse an ihm zu entwickeln.«

»So wenig getan? Was haben Sie denn getan?« Pia kam nicht umhin, einen vorwurfsvollen Unterton in ihre Fragen zu legen.

»Die letzten Jahre habe ich versucht, etwas gutzumachen.«

»Ich verstehe nicht.«

»Vor knapp neun Jahren habe ich Markus kennengelernt.«

»Wie meinen Sie das?!«, fragte Pia ernsthaft schockiert.

»Irgendwann hatte ich es endlich geschafft. Ich war clean. Und seitdem habe ich von diesem Dreckszeug auch wirklich nichts mehr angerührt.« Sie lächelte kurz, mit schwachen Augen. »Ich habe mein Leben in den Griff bekommen. Ein fester Job, wieder guter Kontakt zu meinen Eltern, eine eigene bezahlbare Wohnung gefunden... Doch irgendwann musste ich immer wieder an mein Kind denken. Wissen Sie, ich habe bis heute nie wieder ein Kind bekommen. Meine damaligen Partnerschaften waren stets nur von kurzer Dauer, weil es niemand aushielt, solange über meine Eskapaden hinwegzusehen. Dann kam der endgültige Entzug. Danach musste ich mich erst einmal um mich selbst kümmern, bevor ich mich jemand anderem zuwenden hätte können.« Sie zuckte mit den Schultern. »Als ich dann einige Jahre lang clean war, habe ich irgendwann mein Kind vermisst. Den Sohn, den ich gar nicht kannte. Ich wollte ihn kennenlernen. Nach einiger Zeit hatte ich ihn dann auch endlich gefunden.«

»Sie haben mit Rudolf gesprochen?«

Sie schüttelte den Kopf. »Nein, das habe ich mich nicht getraut. Ich habe über ein paar Bekannte unauffällig herausgefunden, wo Markus lebt. Dann habe ich ihn eine Zeit lang beobachtet, ehe ich ihn selbst angesprochen habe.«

»Wann war das?«

Sie schien einen Moment zu überlegen. Dann antwortete sie, »Vor ungefähr neun Jahren, denke ich.«

»Markus wusste also seit gut neun Jahren, dass Sie seine Mutter sind?« Pia konnte es nicht glauben.

»Ja. Am Anfang war es nicht leicht für ihn. Er wollte mich nicht sehen und auch nichts von mir hören. Ich musste ihm Zeit geben, aber ich habe nicht aufgegeben. Die ersten vier Jahre sahen wir uns vielleicht zwei oder drei Mal. Aber als er es dann irgendwann zuließ, haben wir uns etwas häufiger getroffen. Er lernte mich kennen und ich hatte das Gefühl, irgendwann hat er mir sogar verziehen.«

Ein Gedankenblitz. Vor ungefähr neun Jahren. Um diese Zeit hatte Markus seinen Kontakt zu ihren Eltern abgebrochen, dachte Pia. Das konnte kein Zufall sein! Sie fragte weiter, »Hat er Rudolf und Gudrun darauf angesprochen? Ich weiß, dass Markus vor ungefähr neun Jahren den Kontakt zu ihnen abgebrochen hat.«

Kathrin sah sie mit festen Blick an. Dann nickte sie. »Ja, er hat mir später davon erzählt. Gleich nach unserem ersten Treffen fuhr er nach Stuttgart, um mit den Beiden zu sprechen. Er wollte ihre Wahrheit hören. Doch sie mieden jedes Gespräch zu diesem Thema. Er fühlte sich verraten. Er sagte mir damals, dass der Draht zu seinem Vater eh nie besonders gut gewesen war, und Gudrun war zwar immer da gewesen, aber auf ihre, unnahbare Art. Eine Frau, die kaum greifbar war. Das waren seine Worte gewesen.«

»Meine Eltern wollten nicht mit ihm über all das sprechen?«

»Nein, sie machten total dicht. Er war völlig verzweifelt.«

»Aber er hat auch nicht mit mir darüber gesprochen. Warum nur? Ich verstehe das nicht«, sagte Pia. Es fühlte sich an, wie ein Stich ins Herz.

»Ich weiß es nicht. Aber er hat auch nicht mit seiner Frau darüber gesprochen, soweit ich weiß. Ich fuhr meist einige Kilometer, wenn er irgendwo auf Montage war, um ihn zu sehen. Es war anfangs wirklich schwer für ihn. Sein ganzes Leben wurde von heute auf morgen infrage gestellt. Seine ganze Identität fühlte sich plötzlich so fremd an, sagte er mir einmal. Ein ungewolltes Kind, eine drogensüchtige Mutter und Eltern, die davon nichts hören wollten. Ich glaube, er wusste einfach nicht, wie er damit umgehen sollte.«

»Und dann hat er den Kontakt zu seinen Eltern abgebrochen.«

»Ja, er wollte auch nicht mit mir darüber sprechen. Es war seine Entscheidung. Ich war froh, dass er mir nun endlich die Chance gab, ihn kennenzulernen.«

»Haben Sie seither noch einmal mit Rudolf oder Gudrun gesprochen?«

»Nein, nie mehr, seit ich ihnen mein Baby gegeben habe.« Sie starrte für einen Moment auf die Tischplatte. Dann richtete sie den Blick aus dem Fenster und fuhr fort, »Ich habe mich geschämt. Damals war ich eine junge Frau, eher noch eine Jugendliche gewesen. Heute bin ich eine reife Frau und kann nicht begreifen, was ich damals getan habe. Aber ich bin auch wütend darüber, dass sie mich so ausgeschlossen haben. Auch, wenn ich weiß, dass es im Rahmen unserer Möglichkeiten vielleicht das Beste für ihn als Baby war.«

Eine Frage brannte sich nun plötzlich förmlich in Pias Kopf. Ihr Herz klopfte wie wild. Sie musterte Kathrin mit festem Blick, bis sie erneut Augenkontakt hatten. Dann nahm sie all ihren Mut zusammen und fragte sie langsam, »Bin ich das leibliche Kind meiner Eltern?«

26.

Am Anfang ihres Gesprächs hätte es für Außenstehende wohl nach einem stark unterkühlten Gespräch zwischen zwei Rivalinnen aussehen können. Doch nun wurden Kathrins Augen weich. In ihrem Blick lag fast so etwas wie Verständnis. So nahm es Pia zumindest wahr, während ihr Kopf weiter auf Hochtouren arbeitete. Bin ich das Kind meiner Eltern? Ich hatte nie den geringsten Zweifel daran, aber den hatte ich bei Markus schließlich auch nie, oder? Vielleicht konnte meine Mutter gar keine Kinder bekommen? Bin ich gar adoptiert oder ein Pflegekind? Ein Kind, dass die eigenen Eltern nicht haben wollten oder sie sich nicht im Stande dazu gefühlt hatten es großziehen zu können?

Sie dachte an die verschiedenen Fotos in der Truhe auf dem Dachboden. Als erstes kam ihr das Foto ihrer Großmutter mütterlicherseits in den Sinn. Sie hatte eine große Ähnlichkeit zwischen ihr und ihrer Großmutter gesehen. Oder hatte sie sich das aufgrund einer falschen Vorannahme nur eingebildet? Ihre Augen wurden flehend, nachdem sie Kathrin diese Frage gestellt hatte und diese nicht sofort reagierte. »Bitte seien Sie jetzt ehrlich zu mir, wenn Sie etwas darüber wissen. Bin ich denn wirklich das leibliche Kind meiner Eltern? Oder konnte meine Mutter vielleicht gar nicht schwanger werden?«

Kathrins Blick wurde weich. »Ich kann verstehen, dass Sie sich nun Sorgen machen, Pia. Nachdem ich Markus weggegeben habe, war der Kontakt zu Rudolf, wie gesagt, abgerissen. Aber ich weiß wirklich nichts Gegenteiliges, was Ihre Herkunft betrifft. Ich bin mir ziemlich sicher, dass Sie die Tochter von Gudrun und Rudolf sind.«

Pia nickte erleichtert. Sie fühlte sich mittlerweile völlig ausgelaugt. Als wäre während ihres Gespräches ein böser Geist gekommen und hätte all ihre Energie ausgesaugt und in einem großen Sack mit sich genommen. Die Erinnerungen an ihren Bruder ließ er zudem verschwimmen. Mein Bruder, mein Halbbruder, und er hatte es all die letzten Jahre gewusst. Warum hatte er bloß nie mit ihr darüber gesprochen? Sie waren doch ein Team gewesen. Oder hatte er ganz anders gefühlt als sie?

»Sie denken an Markus, nicht wahr?«, fragte Kathrin in diesem Moment. Ihre Stimme hatte jetzt etwas Mitfühlendes an sich.

Pia nickte stumm.

»Bitte sagen Sie mir, warum ist er tot? Was ist geschehen?«, fragte Kathrin mit einem betrübten Gesichtsausdruck.

Pia konnte sehen, dass auch Kathrin betroffen wirkte. Sie wusste nicht, ob sie so betroffen war, wie es eine Mutter hätte sein sollen, doch sie glaubte, eine tiefe Traurigkeit und eine wahrhaftige Reue für ihr Verhalten in ihren Augen zu sehen.

Nun war es an ihr zu erzählen. Sie hatte gedacht, dass

sie zukünftig verschont bleiben würde, diese Geschichte noch einmal erzählen zu müssen. Doch es war nur fair und schlussendlich auch wichtig für Kathrin. Also begann sie, von Sandras panischen Anruf in der schlimmsten Nacht ihres Lebens zu erzählen und wie es danach weitergegangen war.

Als Pia ihre Erzählungen beendet hatte, sagte Kathrin verwirrt, »Und die Polizei hat Sie nun tatsächlich gefragt, ob Markus etwas mit Drogen zu tun hatte?«

Sie nickte.

»Markus wusste um meine Geschichte. Natürlich habe ich ihm die Wahrheit gesagt. Er hätte doch nie...«

»Das glaube ich auch nicht.«

»Es wäre mir wichtig zu wissen, was die Polizei für einen Schluss zieht. Ich hoffe natürlich auch, dass ich Ihnen heute weiterhelfen konnte und dass Sie mich jetzt nicht als Monster sehen.«

Die Frau, die ihr nun gegenüber saß, hatte sich verändert. Ihre Abwehrhaltung hatte sich aufgelöst. Pia war sehr dankbar dafür. Doch die Dinge, die sie eben erfahren hatten, brachten sie völlig durcheinander. »Nein, so sehe ich Sie nicht, Kathrin. Aber ich denke, ich muss das alles erst einmal verdauen.«

»Das verstehe ich. Aber es wäre mir wichtig, dass Sie mir Bescheid sagen, wenn Sie mehr über Markus Tod wissen. Es fällt mir wirklich schwer zu glauben, dass ich ihn nicht mehr wiedersehen werde. Ich wollte noch so viel Zeit mit ihm verbringen", sie brach ab. Dann fügte sie hinzu, »Wie muss es erst seiner Frau und seiner Tochter damit gehen?«

Pia nickte. »Ich verspreche Ihnen, dass ich Ihnen Bescheid sagen werde, wenn ich etwas Neues von der

Polizei erfahre. Wann haben Sie ihn denn das letzte Mal gesehen?«

»Das war im September. Er war damals auf einer Baustelle in München. Wir sind zusammen Abendessen gegangen. Er wirkte völlig normal, also, soweit ich das beurteilen kann. Sie kannten ihn ja viel besser als ich. Aber er sagte an diesem Tag sogar, dass er vorhatte, mir Sandra und Nele bald vorzustellen.«

Pia bekam eine Gänsehaut. »Nach knapp neun Jahren ist das reichlich spät, denke ich. Aber es wäre sicher sehr schön gewesen für die Beiden, wenn auch unerwartet. Mittlerweile bin ich mir gar nicht mehr sicher, wie gut ich meinen Bruder kannte. Ich bin wirklich geschockt, dass er mir nie von Ihnen erzählt hat. Ich wäre doch für ihn dagewesen und jetzt auch noch dieser fragwürdige Tod…«, Pia hob hilflos die Arme. Vielleicht hätte Markus nach Sandra und Nele dann auch sie eingeweiht, überlegte sie, um sich etwas zu beruhigen.

Die beiden Frauen sprachen noch eine Weile über seinen so unerwarteten und unverständlichen Tod, ehe Pia beschloss, sich langsam auf den Weg nach Hause zu machen. Als sie sich verabschiedet hatten, verließ Pia das Café. Sie ließ die kalte Abendluft auf sich wirken, was eine wohltuende Abkühlung zu all den aufwühlenden Informationen war, die sie heute erhalten hatte. Sie hatte das Gefühl, dass ihr der Kopf förmlich rauchte. Noch immer wollte diese unglaubliche Wahrheit, die ihr Kathrin heute auf den Tisch gelegt hatte, einfach nicht zu ihr durchdringen. Alles in ihr wehrte sich gegen den Gedanken, dass sie ihren Bruder wahrscheinlich gar nicht richtig gekannt oder dass er zumindest dieses Geheimnis all die Jahre vor ihr gehütet hatte. Unzählige gemeinsame Erinnerungen der letzten Jahre schossen ihr plötzlich in den Kopf, die sie nun alle infrage stellte.

Es hatte sich mit ihrem Bruder doch alles so echt angefüllt. Die schönen Momente, die Streitereien und auch die traurigen Momente. Ihr Zusammenhalt war echt gewesen, versuchte sie sich zu beruhigen, und dennoch hatte er sich ihr nicht anvertrauen wollen. Hatte er sich wirklich erst selbst mit dieser lebenslangen Lüge auseinandersetzen müssen? Oder wollte er Pias Verhältnis zu ihren Eltern nicht gefährden? Aber in gut neun Jahren wäre doch definitiv genug Zeit gewesen, mit ihr zu sprechen. Hatte er wirklich nicht einmal mit seiner Frau Sandra gesprochen?

Vielleicht war dieser Teil seines Lebens für ihn noch immer zu schmerzhaft. Wer wusste schon, was wirklich in ihm vorgegangen war? Bisher wussten sie alle noch nicht einmal, warum er aus dem Leben geschieden war.

Pia wurde plötzlich bewusst, dass nicht nur ihr Bruder, sondern auch ihre Eltern all die Jahre unaufrichtig zu ihr gewesen waren. Es schmerzte.

Als sie eine gute halbe Stunde später den Schlüssel ins Schloss steckte, war es bereits nach 20 Uhr. Felix war sicher längst im Bett, doch sie hoffte, dass Matthias noch nicht auf dem Sofa eingeschlafen war. Sie brauchte ihn jetzt.

Niedergeschlagen streifte sie ihre Stiefel und den Mantel ab und ging ins Wohnzimmer. Matthias saß zu ihrer Freude noch wach auf der Couch und schaute sich gerade ein Fußballspiel an. Er hob den Kopf, um ihre Miene nach ihrem besonderen Treffen zu ergründen, und sah ihr sogleich an, dass es ihr nicht gut ging. Ohne ein weiteres Wort ging er auf sie zu und zog sie in seine Arme. Als sie den warmen, gewohnten Halt um ihren Körper spürte, begannen die Tränen zu fließen. Unaufhaltsam bahnten sie sich stumm ihren Weg über beide Wangen. Ihre Tränen standen für den Verlust ihres Bruders, für die zahlreichen Lügen, für ihre Verwirrung, für ihre Fassungslosigkeit und für so vieles mehr.

Sie saß noch lange aufrecht in ihrem Ehebett, um Matthias dort alles in Ruhe zu erzählen. Dann schmiegte sie sich an ihn und schlief kurz darauf vor Erschöpfung ein. In dieser Nacht hatte Pia einen seltsamen Traum. Sie war noch ein junges Mädchen. Vielleicht gerade mal sieben oder acht Jahre alt. Die Sonne strahlte ihr mit einer angenehmen, sommerlichen Wärme ins Gesicht. Sie trug ein weißes Sommerkleid mit zarten Spitzendetails und stand auf einer weitläufigen Wiese. Dort stand das Gras so hoch, dass es ihr bis zu den Knien reichte. Es kitzelte neckisch an ihren Beinen als sie plötzlich loslief und jemandem in der Ferne vergnügt zuschrie, »So warte doch auf mich.« Doch sie konnte die Person nicht ausmachen, auf die sie zulief. Irgendwann blieb die junge Pia plötzlich stehen und schaute nach oben. In diesem Moment färbte sich der Himmel schlagartig in ein dunkles Grau und dicke schwarze Wolken zogen direkt über ihrem Kopf auf. Im nächsten Augenblick setzte ein strömender, kalter Regen ein. Er war so stark, dass Pia das laute Prasseln laut um sie herum hören konnte. Sie wollte sich vor diesem Regen in Sicherheit bringen, aber ihre Füße wollten sich einfach nicht bewegen. Stocksteif blieb sie auf der Stelle stehen, bis sie schließlich bis auf die Unterwäsche durchnässt war. Wimmernd stand sie da und schlang vor Kälte ihre dünnen Ärmchen um sich. Es war eiskalt. Doch vor allem war sie mutterseelenallein.

Schweißgebadet wachte sie auf.

Es schüttelte sie förmlich.

Nur ein Traum, sagte sie sich im nächsten Moment. Langsam sah sie sich irritiert um. Durch das Schlafzimmerfenster fiel bereits Sonnenlicht. Es war schon hell. Sehr hell. Viel zu hell! »Verdammt!«, entfuhr es ihr plötzlich laut. Sie musste Felix in den Kindergarten fahren. Offenbar war er in der Nacht nicht zu ihnen ins Bett gekrochen. Sie musste ihn sofort wecken!

Warum hatte bloß ihr Wecker nicht geklingelt? Sie hastete vom Schlafzimmer ins Kinderzimmer und rief aufgebracht, »Felix, du musst... !«

Doch ihr Sohn lag nicht mehr im Bett. War er schon unten? Sie beeilte sich, in die Küche zu kommen. Doch auch hier war alles ruhig. Dann sah sie den kleinen Zettel am Küchentisch liegen.

Guten Morgen Pia, ich habe Felix in der Früh mitgenommen. Du hast so tief geschlafen. Ich wollte dich nicht wecken. Bis später, ich liebe dich.
Matthias

Beruhigt ließ sie sich langsam auf den Küchenstuhl fallen und schnaufte erst einmal tief durch. Also war es wahrscheinlich auch Matthias gewesen, der ihren Wecker ausgeschaltet hatte. Manchmal konnte er wirklich ein wahrer Goldschatz sein. Sie warf einen Blick zur Wanduhr. Kurz vor halb zehn. Sie hatte wirklich tief geschlafen. Es war kaum zu glauben, dass sie nicht um ihre reguläre Zeit wach geworden war. Normalerweise war sie längst wach, bevor ihr Wecker ertönte. Aber der längere Schlaf hatte ihr diese Nacht gut getan, musste sie sich eingestehen. Trotz ihres so aufwühlenden Traumes.

Nachdem sie sich eine Tasse Kaffee heruntergelassen hatte, machte sie sich eine Schale Müsli. Sie nahm die volle Schale mit in ihr kleines Büro, um zu sehen, wie ihr heutiges Arbeitspensum aussehen würde. Aufmerksam las sie die E-Mail ihres Chefs. Es waren zwar insgesamt einige Sachen abzuarbeiten, doch sie hatte eine angemessene Frist, die noch bis Ende der Woche lief. Als sie den ersten Fall öffnete, merkte sie recht schnell, dass ihre Gedanken immer wieder abschweiften. So hartnäckig sie auch versuchte, ihre Konzentration wieder auf ihre Arbeit zu lenken, es war zwecklos. Nach einigen Minuten gab sie auf und schloss das Programm. Mit beiden Händen rieb sie sich über das Gesicht. Sie schaffte es einfach nicht, sich zu konzentrieren. Die Erinnerungen an den gestrigen Abend waren einfach noch zu frisch. Nie hätte sie eine derartige Enthüllung erwartet und das nur aufgrund eines geheimnisvollen Fotos in einem unschuldigen Porzellandackel. Am liebsten hätte sie sofort zum Telefon gegriffen und ihre Eltern angerufen. Könnt ihr mir das nach all den ganzen Jahren bitte mal erklären? Und natürlich hätte sie auch Sandra anrufen wollen. Wusstest du wirklich nichts davon? Aber was würde diese Enthüllung gerade jetzt mit Sandra machen? Sie wollte ihre Schwägerin und ihre Nichte unterstützen und ihnen nicht noch mehr Kummer bereiten.

Andererseits hatte Nele jetzt eine Oma dazubekommen. Kathrin hatte bei ihrer Verabschiedung angedeutet, dass sie Nele und Sandra immer noch gerne kennenlernen würde.

Natürlich würde sie sich gedulden, bis die Umstände zu Markus Tod endlich aufgeklärt waren. Wenn einfach etwas Ruhe eingekehrt war und die beiden auch dazu bereit wären.

Da fiel Pia plötzlich ein, dass Sandra von diesem ominösen Geldumschlag gesprochen hatte. Sie hätte Kathrin danach fragen können. Vielleicht gab es irgendeinen Zusammenhang. Aber sie war gestern von all den Schilderungen so überrollt worden, dass sie daran gar nicht mehr gedacht hatte. Ihr Blick ging wieder nach oben.

Markus!, dachte sie, was hast du da nur für ein Chaos hinterlassen?

Wie gerne hätte sie gerade jetzt mit ihm über alles gesprochen.

Das schrille Klingeln ihres Telefons unterbrach jäh ihre Gedanken. Es war Karl Freisinger, der ihr freundlicherweise mitteilte, dass sich von den älteren Lehrkräften leider keiner an die Dame auf ihrem Foto erinnern würde. Pia freute sich, dass er ihr weiterhin hatte helfen wollen und bedankte sich mit großen Worten. Sie sah sich in der Pflicht, ihm nun auch mitzuteilen, dass sie gestern tatsächlich schon mit der besagten Dame ein Gespräch führen konnte. Dabei erwähnte sie auch, dass ihr Vater mit dieser Frau in einer Beziehung gewesen war, um seine Neugier zu befriedigen. Die restlichen familiären Umstände, die dabei aufgedeckt wurden, ließ sie aus. Das ging fürs Erste keine Außenstehenden etwas an. Karl Freisinger gratulierte ihr zu ihrer erfolgreichen Suche und verabschiedete sich freundlich.

Den weiteren Vormittag tat sie nicht viel. Egal, was sie anfing, ihre Gedanken machten ihr jedes Mal einen Strich durch die Rechnung. Es waren nur noch ein paar Minuten, bis sie Felix vom Kindergarten abholen musste, als dann plötzlich abermals das Telefon klingelte.

»Sie müssen zur Polizeidienststelle kommen, Frau Sendtner«, sagte Kommissar Berger nach einer angemessenen Begrüßung.

Der Kommissar?!, dachte sie überrascht. Pia zögerte kurz und fragte dann mit gemischten Gefühlen, »Warum?«

»Es ist wichtig. Können Sie mich um halb vier dort treffen?«

Pia tastete bereits im Kopf verschiedene Möglichkeiten ab, um Felix nachmittägliche Betreuung zu sichern. Dann sagte sie, »Ja, das bekomme ich hin, denke ich.«

»Ich danke Ihnen, Frau Sendtner, bis später.«

Pia wurde etwas komisch zumute. Was hatte das nun wieder zu bedeuten? War die Polizei in ihren Ermittlungen diesmal wirklich vorangekommen? Würde sie heute endlich Antworten zu Markus Tod bekommen? Eilig schob sie die vielen Fragezeichen beiseite. Sie musste sich darum kümmern, dass jemand auf Felix aufpasste, wenn sie sich mit Kommissar Berger traf. Während sie sich im Badezimmer fertig frisierte, lag bereits ihr Handy mit der entsprechenden gewählten Nummer auf dem Waschbecken. Um beide Hände freizuhaben, hatte sie den Lautsprecher eingeschaltet.

»Sendtner?«

Pia bemühte sich, ihren Mund während des Frisierens möglichst nah an das Mikrofon ihres Handys zu bekommen, damit ihre Schwiegermutter sie gut verstehen konnte. »Hallo Petra, ich hoffe, du verstehst mich gut.«

»Ja, ja, alles gut. Hallo, Pia, wie geht es euch denn?«

»Gut«, winkte sie eilig ab, »danke, Petra. Ich habe einen kleinen Notfall wegen Felix. Herr Berger von der Polizei hat eben angerufen. Ich soll ihn um halb vier in der Polizeidienststelle treffen. Kann ich euch Felix solange vorbeibringen?«

»Aber sicher! Bring ihn doch gleich nach dem Kindergarten her. Wir freuen uns!«

»Danke, ihr seid toll! Bis später.«

Beruhigt lief Pia auch schon zur Garderobe, um sich anzuziehen.

Felix freute sich wie erwartet auf den Besuch bei seinen Großeltern. Am meisten natürlich auf Opa Wolfgang. Das erleichterte Pias Gewissen ungemein, weil sie ihn so spontan abgeben musste.

»Wenn ich dich später abhole, bauen wir mal wieder deine Burg auf. Was meinst du?«, fragte sie, nachdem Felix die Türklingel bei den Sendtners gedrückt hatte.

Ehe er antworten konnte, hatte Oma Sendtner schon die Tür geöffnet. »Hallo ihr zwei! Felix, wenn du magst, kannst du heute gleich bei uns übernachten? Das haben wir schon ganz lange nicht mehr gemacht«, schlug sie mit einem großen Lächeln im Gesicht vor.

Pia war etwas überrumpelt von ihrem Angebot, wartete aber ab, was ihr Sohn dazu sagen würde.

»Ja, ja, ja!«, kam es sogleich euphorisch von Felix. Dann lief er schon, ohne ein weiteres Wort, ins Haus, um Opa Wolfgang zu suchen.

Pia nickte. »Das ist sehr nett von euch, danke, Petra. Ich hole eben seine Kindergartentasche aus dem Auto. Ein paar frische Sachen zum Anziehen müsstest du für den morgigen Kindergartentag noch da haben, oder?«

»Natürlich habe ich die. Nimm dir die Ruhe heute. Der Polizeibesuch ist sicher wichtig, oder?«

»Ich hoffe, dass es neue Erkenntnisse gibt, ja.«

Pia konnte nur noch aus der Ferne rufen, »Tschüss, Felix. Ich hab dich lieb. Morgen hole ich dich dann vom Kindergarten ab.«

Aber ihr Sohn war längst mit Opa Wolfgang beschäftigt und schrie nur noch von einem der Zimmer ein lang gezogenes »Tschühüss, Mama« in Richtung Haustür. Pia verabschiedete sich dankbar von ihrer Schwiegermutter und machte sich schließlich etwas wehmütig auf den Heimweg. Normalerweise genoss sie die freie Zeit für sich sehr. Doch gerade jetzt, wo ihr Leben so durcheinandergewirbelt wurde, sah sie in Felix und Matthias so etwas wie ihren Anker.

Die Zeit bis zum Treffen mit Kommissar Berger verstrich nur sehr langsam. Immer wieder sah sie auf die Uhr und war versucht, schon früher loszufahren. Aber was würde es ihr bringen? Wahrscheinlich wäre der Kommissar dann noch nicht einmal im Revier. Sie hatte auch überlegt, Sandra anzurufen, aber es dann wieder verworfen. Es war einfach besser, das Gespräch mit dem Kommissar abzuwarten, bevor sie nicht wusste, was er von ihr wollte. Vielleicht würde er zuvor sogar ein Gespräch mit Sandra führen.

Als sie kurz nach 15 Uhr schließlich die Polizeidienststelle betrat, war sie angespannt bis in die Fingerspitzen. Doch es war immer noch knapp eine halbe Stunde hin bis zu ihrem vereinbarten Termin mit dem Kommissar. So vertröstete sie eine Polizeibeamtin und bat sie, noch einen Moment im Vorraum zu warten. Herr Berger würde sie dann später hier abholen.

In Ordnung, ich warte. Was hätte sie auch sonst tun sollen?

Nervös saß sie da und zog ihr Handy hervor, um die abgelichteten Kinderaufnahmen von Markus zu betrachten. Einerseits war sie froh, nun endlich die Wahrheit über Kathrin zu kennen, andrerseits änderte es so viel in ihrer heutigen Wahrnehmung der damaligen Erlebnisse.

Nach gut 25 Minuten kam der Kommissar dann und führte sie in den ihr bereits bekannten Verhörraum. Mit dem Fuß am Boden auf und ab wippend saß Pia auf ihrem Stuhl und schaute nervös zu Kommissar Berger. Sie konnte es kaum abwarten, dass er endlich das Wort ergriff.

»So, Frau Sendtner, erst einmal möchte ich mich bedanken für Ihr Kommen.«

»Natürlich. Was können Sie mir heute sagen?«

»Zunächst ist es wichtig, was Sie mir sagen können.«

Pia schaute ihn fragend an.

»Ich muss Sie bitten, noch einmal zu wiederholen, was Sie am Abend des 16. Oktobers diesen Jahres zwischen 18 und 21 Uhr gemacht haben.«

Sie glaubte, nicht richtig zu hören. Fassungslos starrte sie den Polizisten an, »Sie fragen mich nach einem Alibi für die Zeit, in der mein Bruder gestorben ist? Ist das Ihr Ernst?!«

»Wenn Sie es so nennen wollen, ja.«

»Ich... ich war zu Hause. Mein Sohn Felix, ich habe ihn ins Bett gebracht und war danach in meinem kleinen Büro. Matthias kann das bestätigen. Sie glauben doch nicht wirklich, dass ich...?« Sie brachte es nicht über sich, den Satz zu vollenden.

»Nein, ich glaube das nicht, Frau Sendtner. Aber es ist mein Job, Sie das zu fragen und mir steht es nicht zu, über jemanden zu urteilen, wenn noch nichts bewiesen ist. Ich habe heute Vormittag auch mit Sandra Schneider gesprochen und ihr Alibi überprüft.«

»Ich bin schockiert!«, stieß sie aus.

»Wir sind uns mittlerweile sicher, dass Ihr Bruder keinen Suizid begangen hat. Es sprechen inzwischen einige Hinweise dagegen. Über alles kann ich noch nicht sprechen. Aber nur so viel, es gab, wie Sie wissen, keinen Abschiedsbrief und es sind keine psychischen Auffälligkeiten in seiner Vergangenheit zu finden. Wir konnten Spuren im Schlafzimmer finden, die darauf hindeuten, dass er zum Zeitpunkt der Tat nicht alleine war, und die Pistole lag auf dem Blut.«

»Wie meinen Sie das, die Pistole lag auf dem Blut?«

»Bei einem Suizid hätten wir nur eine sehr geringe Blutmenge an der Unterseite der Waffe gefunden. Aber die Pistole lag vollkommen im Blut versenkt. Das bedeutet, sie ist erst nachträglich auf den Boden gelegt worden, als sich schon eine Blutlache gebildet hatte. Der Täter hatte sie also in diesem Fall direkt in das Blut gelegt. Bei einem Suizid wäre die Waffe zuerst zu Boden gefallen. Danach hätte sich erst das aus der Kopfwunde fließende Blut um sie herum gesammelt. Dies und noch weitere Hinweise deuten auf einen Mord hin, der nur als Selbstmord getarnt wurde.«

»Ich... ich weiß gar nicht, was ich dazu sagen soll.«

»Ich kann verstehen, wenn das gerade viel für Sie ist.«

»Und warum wollten Sie bei Ihrem letzten Besuch etwas von Drogen wissen?«

»Wir konnten Spuren sichern, die im Zusammenhang mit Drogen stehen.«

»Das heißt?«

»Mehr kann ich Ihnen leider diesbezüglich noch nicht sagen, und Ihnen ist nichts mehr dazu eingefallen?«

»Nein! Sie sind da wirklich auf einem Holzweg!«

»Und Herr Schneiders Frau?«

Pia musste förmlich an sich halten, »Also Sie wollen doch nicht ernsthaft in Betracht ziehen, dass...«

»Es gibt eine Lebensversicherung über eine außergewöhnlich hohe Summe.« Er sagte das in einem so ruhigen und monotonen Ton, als würde er ihr die Lottozahlen vorlesen.

Pia saß wie versteinert da und schüttelte nur immer wieder mit Nachdruck den Kopf.

Mord. Markus war tatsächlich ermordet worden. Nun stand es fest. Auf dem Nachhauseweg schüttelte sie unentwegt den Kopf, als würde sie diese Nachricht dadurch irgendwie beeinflussen können. Sie musste es erstmals für sich selbst verarbeiten. Dann würde sie später mit Matthias darüber sprechen. Danach würden noch viele Anrufe anstehen, die sie tätigen sollte. Ihr graute förmlich davor. Doch sie sah sich in der Pflicht.

Zuerst Sandra, um zu erfahren, wie es ihr mit der Nachricht des Polizisten ging. Zudem hatte er von einer Lebensversicherung gesprochen, dachte sie noch einmal ungläubig für sich. Der Kommissar verdächtigte doch nicht ernsthaft Markus Frau? Pia war immer noch fassungslos über diese seltsame Andeutung. Letztendlich war sie bis zum Ende ihres Gesprächs aus der Miene des Kommissars nicht schlau geworden.

Dann sollte sie ihre Eltern informieren, die vielleicht ohnehin wieder nichts davon hören wollten.

Schließlich auch Matthias Eltern.

Und dann war da noch Kathrin.

Markus wurde ermordet. Diese drei Wörter konnte sie gerade nicht über die Lippen bringen. Unmöglich. Es war schon schwer genug, sie einfach nur zu denken.

Zu Hause angekommen, entschied sie sich, noch ein bisschen Zeit für sich zu nehmen. Felix würde ohnehin bei seinen Großeltern übernachten und bis Matthias nach Hause kam, wollte sie einfach nur auf dem Sofa liegen und an die Decke starren. Ihr Kopf war zu voll. Die gestrige Offenbarung von Kathrin war schon hart gewesen und dazu heute zu hören »Ihr Bruder ist tatsächlich ein Mordopfer.« Es schüttelte sie förmlich bei diesem Gedanken.

Als sie wenig später geradewegs zum Sofa lief, klingelte es an der Haustür. Widerstrebend erbarmte sich Pia, ihren Weg nun in Richtung Haustür einzuschlagen. In letzter Zeit war es öfter vorgekommen, dass bestimmte Paketboten sogar noch spät am Abend ihre Pakete gegen Unterschrift ablieferten. Bereit zum Unterzeichnen, öffnete sie die Haustür.

»Hallo, Pia.«

Überrascht musterte sie die unerwartete Erscheinung. Sie glaubte, nicht richtig zu sehen. An der Türschwelle stand ihre Mutter. »Mama?«, sagte sie zaghaft.

Gudrun Schneider hielt eine kleine Reisetasche hoch. »Nun, hier bin ich.«

Pia war in diesem Moment völlig überfordert. Ihre Mutter hätte wohl keinen schlechteren Zeitpunkt wählen können. Bemüht höflich biss sie die Zähne zusammen und murmelte dann endlich, »Natürlich. Komm herein.«

Gudrun Schneider musterte sie aufmerksam. Dann nickte sie. Nachdem sie ihre Tasche an der Garderobe abgestellt hatte, folgte sie ihrer Tochter in die Küche.

Pia stellte eine Flasche Wasser und ein Glas vor ihre Mutter und setzte sich ihr gegenüber auf einen Küchenstuhl. »Warum hast du nichts gesagt? Ich hätte dich vom Bahnhof abholen können.«

»Schon gut. Ich wollte euch keine Umstände machen.«

»Das wäre doch kein Problem gewesen. Wie geht es dir? Also, wie geht es euch, Mama?«

»Nun ja, es ist schwer, gebe ich zu.«

»Ich weiß. Und... und wirst du mir nun erzählen, was du mir noch sagen wolltest?«

»Gewiss, Pia. Nur lass mich erst in Ruhe ankommen, ja?«

»Sicher.« Pia stand auf und sagte, »ich gehe eben hoch und werde dir Felix Bett frisch überziehen. Du kannst in seinem Zimmer schlafen. Heute Nacht ist er ohnehin bei Oma und Opa Sendtner und ab morgen kann er derweil bei uns im Ehebett schlafen. Bedien dich ruhig in der Zwischenzeit am Kühlschrank und nimm dir, was du möchtest.«

Sie nickte.

Pias Kopf drohte förmlich zu platzen, als sie die Stufen zu Felix Zimmer hochstieg. Sie war froh, der Situation mit ihrer Mutter für einen Moment entfliehen zu können.

Was waren das nur für turbulente Tage?

27.

Es hatte die ganze Nacht unentwegt geschneit. Mittlerweile lag der Schnee sogar zentimeterdick auf der Straße vor ihrem Haus. Die Räumfahrzeuge waren unablässig im Einsatz. Aber sie kamen den großen Schneemassen kaum mehr nach. Nebenstraßen standen in der Priorität weiter hinten. So nutzten an diesem Tag nur die Menschen ihr Auto, die dringend zur Arbeit mussten oder über ein gutes und sicheres Fahrgefühl verfügten. Und es schneite pausenlos weiter. Es war ein schönes Bild vom Fenster aus, den tanzenden Schneeflocken zuzusehen, erinnerten sie doch verheißungsvoll an das in gut einem Monat kommende Weihnachtsfest. Auch wenn die Schneemassen für die Autofahrer eher ein Gräuel waren.

Matthias hatte kurz angerufen, um ihr mitzuteilen, dass er gut in der Arbeit angekommen war. Kurz darauf hatte auch Oma Petra angerufen und nachgefragt, ob es in Ordnung wäre, wenn sie Felix heute nicht in den Kindergarten bringen würde. Er könnte gerne den ganzen Tag mit ihnen verbringen. Felix hätte sich für mittags wieder einmal Pfannkuchen von Oma Petra gewünscht.

Pia verstand durchaus, dass ältere Leute bei diesem

Schneetreiben nicht unbedingt ins Auto steigen wollten und sagte ihrer Schwiegermutter, dass das natürlich in Ordnung sei. Auch sie war froh, dass heute keine Erledigungen außer Haus anstanden. Was aber auch bedeutete, dass sie den ganzen Tag mit ihrer Mutter ans Haus gefesselt sein würde. Sofort schämte sie sich für ihre Gedanken, schließlich war ihre Mutter extra den weiten Weg zu ihnen gekommen. Doch seit sie von Kathrin über die Umstände von Markus Geburt erfahren hatte, kam ihr ihre eigene Mutter plötzlich wie eine Fremde vor. Wie hatte sie diese bewegende Geschichte so lange vor ihnen verheimlichen können? Ein klärendes Gespräch war dringend notwendig, aber sie hatte richtiggehend Angst davor.

Ihr Blick blieb weiter am Fenster haften, während sie einen weiteren Schluck von ihrem Kaffee nahm. Es war ungewöhnlich, dass ihre Mutter noch nicht aufgestanden war. Vielleicht war sie noch müde von der Anreise. Oder sie genoss es, für heute nicht die Frau im Haus sein zu müssen, die schon in aller Früh für alle das Frühstück richtete. Pia griff zum Telefon, um die Erzieherin zu informieren, dass Felix dem Kindergarten heute fernbleiben würde.

Während sie eine halbe Stunde später schon an ihrem Computer saß, um die Arbeit für ihren Chef zu erledigen, hörte sie plötzlich, wie ihre Mutter die Treppe herunterkam. Rasch tippte sie ein paar lange Zeilen, um möglichst geschäftig zu wirken. Kurz darauf schüttelte sie sodann selbst den Kopf und rügte sich für ihr kindisches Verhalten. Erst hatte sie unbedingt wissen wollen, was ihre Mutter ihr zu sagen hatte und nun verhielt sie sich dermaßen feige.

Flucht. Eine Stressreaktion nennt man das wohl in der

Psychologie, hatte sie vor einiger Zeit in einer Frauenzeitschrift gelesen. Das passte wohl. Sie stand unter seelischem Stress, das konnte sie ohne Umschweife zugeben.

Warum hatte sich ihre Mutter nicht wenigstens mit dem Datum ihrer Anreise angekündigt? Dann hätte Pia sich zumindest mental darauf vorbereiten können. Den gestrigen Abend hatte sie ihr noch gut entfliehen können, weil Matthias schon nach Hause gekommen war, nachdem sie damit fertig geworden war, das Bett für ihre Mutter herzurichten. Nach ein wenig unverfänglichem Small Talk beim gemeinsamen Abendessen war Gudrun erst ins Badezimmer und danach auch schon bald ins Bett verschwunden. Von ihrem Gespräch mit Kommissar Berger hatte sie nur Matthias später erzählt, der erwartungsgemäß ebenso schockiert war, wie sie selbst.

Heute würde es anders sein. Sie durfte dem Gespräch mit ihrer Mutter nicht mehr entfliehen. Nein, sie musste es förmlich suchen. Doch so groß die Neugier auch war, was ihre Mutter ihr mitteilen würde, so groß war ebenso die Scheu davor, dass es sehr unangenehm werden könnte. Sie musste ihre Mutter letztendlich auf Kathrins Geschichte ansprechen. Es musste endlich Schluss sein mit dieser jahrelangen Scharade. Auch wenn dies die Gemüter erhitzen würde. Noch zu gut hatte Pia die Anspannung ihres letzten Besuches in Stuttgart in Erinnerung.

Aus der Küche hörte sie mittlerweile Geräusche, die darauf hindeuteten, dass ihre Mutter sich wahrscheinlich an der Kaffeemaschine zu schaffen machte. Nach gut zehn Minuten riss sie sich dann schließlich zusammen und klappte den Laptop zu. Den letzten Auftrag konnte sie auch noch später erledigen, wenn Felix ohnehin bis zum

Abend bei seinen Großeltern blieb, und es war letztendlich auch nicht ganz fair, ihre Mutter so alleine in der Küche sitzen zu lassen. Pia wusste, dass es für sie ein erheblicher Aufwand gewesen war, alleine in den Zug zu steigen, um sie zu besuchen. Ein letztes Mal schloss sie kurz die Augen und atmete kräftig durch, ehe sie aufstand und in Richtung Küche ging.

Gudrun stand an der Spüle und war gerade dabei, ihren Frühstücksteller abzuspülen. Ganz so tüchtig, wie man sie kennt, dachte Pia.

»Lass das doch stehen. Du bist hier Gast, Mama«, sagte sie, »und wir haben doch auch eine Geschirrspülmaschine.«

»Ich möchte euch nicht so viele Umstände machen«, sagte sie erneut.

»Quatsch! Es ist schön, dass du gekommen bist", brachte Pia angestrengt heraus, »Du warst schon lange nicht mehr hier. Wollte Papa denn nicht mitkommen?«

Sie stockte für einen Moment. Dann antwortete sie, »Äh, nein. Also ich habe es ihm ehrlicherweise auch erst ganz kurzfristig gesagt.«

Pia nickte. »Ich verstehe. Hast du genug zum Frühstücken gefunden?«

»Ja, alles gut, danke Pia. Wann kommt denn Felix nach Hause?«

»Ich denke, sie werden ihn erst am Abend nach Hause bringen. Ihnen ist nicht ganz wohl, bei dieser Witterung ins Auto zu steigen. Daher haben sie angeboten, dass er den ganzen Tag dortbleiben kann.«

»In Ordnung. Ich freue mich schon sehr auf den kleinen Mann.«

Pia bemühte sich um ein Lächeln. »Auch er wird sicher begeistert sein, dass du hier bei uns bist. Wie lange möchtest du bleiben?«

»Vielleicht noch drei Tage, wenn das in Ordnung ist für euch?«

»Natürlich, Mama. Setzen wir uns an den Tisch und reden ein bisschen.«

»Ich würde gerne eben kurz mit Papa telefonieren und dann können wir in Ruhe sprechen, ja?«

»Sicher. Du weißt ja, wo unser Telefon steht. Ich gehe so lange die Wäsche machen.«

Pia nutzte ihre kurze Freizeit, um ihrerseits mit dem Handy Sandra anzurufen. Leider hob sie diesmal nicht ab. Froh um die Ablenkung sortierte sie die unzähligen getragenen Wäscheteile nach Farben und steckte zuerst die dunkle Wäsche in die Waschmaschine. So würde Matthias seine Kleidung für die Arbeit wieder zeitnah im Schrank haben. Eine Stunde und 39 Minuten las sie gedankenverloren auf der Waschmaschine. Würde ihr Gespräch mit ihrer Mutter so lange dauern? Es spielte ja auch gar keine Rolle, wie lange es dauern würde. Fakt war, sie musste es endlich hinter sich bringen.

Als sie zurück in die Küche kam, war ihre Mutter gerade dabei, die Türen der Hängeschränke abzuwischen. In Pia stieg plötzlich eine unglaubliche Wut auf. »Hörst du jetzt bitte mal auf damit!«, entfuhr es ihr etwas zu scharf.

Ihre Mutter drehte sich mit einem erschrockenen Gesichtsausdruck um. Sie wirkte in diesem Moment wie ein kleines Kind, welches beim Süßigkeiten klauen ertappt worden war. Etwas unbeholfen hängte sie den feuchten

Putzlappen über den Wasserhahn des Spülbeckens, um anschließend ihre Hände hinter dem Rücken zu schieben.

Pia tat es sogleich leid. »Entschuldige, Mama. Ich bin etwas angespannt. Aber du musst doch hier nicht den Haushalt schmeißen. Komm, wir reden jetzt in Ruhe. Ich denke, es gibt genug, was wir besprechen sollten. Ich mache uns dazu eine Tasse Tee.«

Wenige Minuten später saßen sie etwas verkrampft vor zwei dampfenden Tassen Tee. Der aromatische Apfel-Vanille-Duft half Pia, sich zumindest etwas zu entspannen. »Die letzten Wochen waren für uns alle nicht einfach. Es ist wirklich schön, dass du den Weg auf dich genommen hast, um uns zu besuchen. Bitte sprich, Mama. Du wolltest mir etwas sagen, oder?«

Gudrun nickte. Dann sah sie einige Sekunden aus dem Fenster, ehe sie begann, »Der Schnee. Ich sehe gerne hinaus, wenn es schneit. Es hat was Beruhigendes für mich.« Sie zögerte kurz weiterzusprechen. »Weißt du Pia, mir ist seit deinem letzten Besuch einiges durch den Kopf gegangen. »Sie nahm vorsichtig einen Schluck von der heißen Teetasse. »Als du uns von Markus Tod erzählt hast, war ich natürlich sehr traurig und betroffen. Aber da war noch mehr. Es ist auch einiges aus meiner Vergangenheit hervorgeholt worden, von dem ich dachte, ich hätte es längst überwunden.«

Pia sah ihre Mutter an. Würde sie ihr jetzt tatsächlich die Wahrheit erzählen? Es war ein absolut ungewohntes Bild, dass Gudrun Schneider gerade dabei war, Gefühle und Gedanken zu äußern. Viel zu selten war dies in ihrer Kindheit vorgekommen.

»Ich muss wohl etwas weiter zurückgehen, Pia. Es

begann vor fast 40 Jahren, als ich Rudolf, deinen Vater, kennen und lieben lernte. Weißt du, ich muss zugeben, dass ich nicht unbedingt schöne Erinnerungen an meine Kindheit und Jugend habe. Mein Vater war kaum zu Hause und meine Mutter war wirklich keine besonders gute Hausfrau. Sie hat viel an sich selbst gedacht und uns Kinder hier und da vernachlässigt. Je älter ich wurde, desto besser wuchs ich in ihre Rolle hinein. Mit gerade mal zehn Jahren kümmerte ich mich schon bald um den ganzen Haushalt, während sie irgendwo unterwegs gewesen war, um mit Freundinnen ein Theater zu besuchen oder irgendwelche besonderen Stoffe für ihre Kleider zu kaufen. Wir sind groß geworden, ohne massiven Schaden davon zu tragen, ja. Aber ich war froh, als ich Rudolf kennenlernte. Er vermittelte mir ein Stückchen Heimat, das ich so noch nie erlebt hatte. Rudolf war in allem so unglaublich strukturiert und er kümmerte sich um all die Dinge, von denen ich keine Ahnung hatte. Er war es, der mir am Parkplatz das Autofahren zeigte, damit mir der Führerschein nicht so unendlich teuer kam. Er war es, der mir half, Bewerbungen für meine Lehrstelle zur Hotelfachfrau zu schreiben und er war es auch, der mich aufklärte, welche Versicherungen für das Leben wichtig sind. Ich liebte ihn so sehr, doch vor allem brauchte ich ihn. Weißt du, ich war früher ein fröhliches Mädchen gewesen. Aber in vielen Dingen sehr naiv und unwissend.«

Pia hörte ihrer Mutter gebannt zu und hielt sich zurück sie zu unterbrechen. Sie hatte sie noch nie so von ihrer Vergangenheit reden hören. Irgendwie hatte sie fast das Gefühl, als würde die Zuneigung zu ihrer Mutter in diesem Moment zunehmen. Es fühlte sich seltsam ungewohnt an.

Aber sie genoss es, dass eine Art Vertrautheit zwischen ihnen zu entstehen begann.

»Ich weiß nicht, ob mich dein Vater geliebt hat. Ich weiß noch nicht einmal, ob er es heute tut, Pia. Aber das ist in Ordnung. Er hat mir viel gegeben, indem er mich angeleitet hat, wie man ein Leben führt. Das hört sich verrückt an, oder?« Sie wartete keine Antwort ab und fuhr fort, »Wir waren ein gutes Paar. Wir haben uns ergänzt. Ich schätze, das tun wir noch heute. Doch es gab eine Phase in unserer Beziehung, die sehr schwierig für mich war und die mich vor eine schwierige Entscheidung gestellt hat.« Sie senkte ihren Blick und ließ die Schultern hängen.

Pia nickte ihr mit wohlwollendem Blick zu, um zu signalisieren, dass sie ihr weiter zuhörte. Nun ahnte sie auch schon, was kommen würde. Sie musste sich förmlich bemühen, zu schweigen und die Fassung zu bewahren. Es war kaum auszumalen, wie sich ihre Mutter damals gefühlt haben musste.

Ihre Mutter atmete noch einmal hörbar tief ein und erzählte dann weiter, »Dein Vater hatte damals eine Affäre. Ich weiß. Von ihm würde man das kaum erwarten. Es war irgendein Mädchen von früher. Er gestand es mir nicht einfach so. Eines Tages war er gezwungen, mir davon zu erzählen. Ich weiß es noch wie heute. Wir saßen gemeinsam in der Küche und aßen Gulasch mit Nudeln. Gudrun, sagte er plötzlich, ich muss dir etwas sagen. Ich hatte eine Affäre, das tut mir leid. Nun, aber diese Frau, Kathrin, ist jetzt schwanger. Sie kann das Kind nicht behalten. Es gibt schwerwiegende Probleme, mit denen sie zu kämpfen hat. Sie kann es aber auch nicht mehr wegmachen lassen. Dafür ist es zu spät,« Sie brach kurz ab. Ihr

Gesichtsausdruck drückte Schmerz aus. »Das musst du dir einmal vorstellen! Er erzählte mir das einfach so und das in einer Tonlage, als wäre es etwas völlig Alltägliches.« Sie schüttelte ungläubig den Kopf. »Für einen sehr kurzen Moment nahm er meine Hand und schaute mir tief in die Augen. Das tat er nicht oft, weißt du. Normalerweise hätte ich seine Berührung genossen, aber ich saß in diesem Moment da wie erstarrt. Während er meine Hand hielt, fuhr er dann mit der gleichen monotonen Tonlage fort, und sagte mir eindringlich ,Ich möchte, dass wir das Kind annehmen und es wie unser Eigenes großziehen. Es soll ihm an nichts fehlen. Du wünschst dir doch so sehr ein Kind, Gudrun, nicht wahr? Mir ist bewusst, dass es viel verlangt ist, aber es ist die beste Lösung für uns alle'. So hat er es gesagt, ja.« Sie suchte nach Pias Blick, während ihre Augen glasig wurden. Ohne Vorwarnung und ohne irgendeinen weiteren Laut flossen ihr plötzlich die Tränen unaufhaltsam die Wangen hinunter. Sie weinte stumm. Es war so überraschend und geradezu herzzerreißend.

Pia war völlig überrollt von diesem Gefühlsausbruch. Für einige Sekunden saß sie nur da und starrte ihre Mutter gedankenverloren an. Langsam schaffte sie es schließlich, sich zu erheben und nahm sie in den Arm.

Gudrun wollte ihre Umarmung zuerst nicht zulassen und war versucht, Pia wegzuschieben.

Doch diese blieb konsequent bei ihr stehen und erhärtete den Druck ihrer Arme, um nicht fort geschoben zu werden. »Lass es zu. Ich bin da, Mama. Du musst da nicht alleine durch«, war das Einzige, was sie sagte. So standen sie eine Zeit lang da und kämpften mit all den bewegenden Gefühlen, die sie durchfluteten.

Als sich ihre Mutter nach einigen Minuten wieder etwas beruhigt hatte, ließ sich Pia nun sanft fortschieben, um sich wieder zu setzen und den Rest der Geschichte zu erzählen.

»Dieses Kind war Markus. Dein Bruder.«

»Mama, ich ...«, begann Pia.

Doch ihre Mutter unterbrach sie, »Warte, Pia. Ich will es dir erklären. Du kannst mir glauben, dass es sehr schwer für mich war. Aber ich hatte das Gefühl, nicht ohne Rudolf existieren zu können. Auch, wenn er das vermutlich mir gegenüber nicht so empfand. Aber er war meine Liebe und meine Zuflucht. Er war zu meinem festen Zuhause geworden, das ich um keinen Preis wieder aufgeben wollte. Und ja, es war in der Tat so, dass wir schon seit einigen Monaten über ein Kind nachgedacht hatten. Ich war einfach nur noch nicht schwanger geworden. Als dein Bruder dann zu uns kam, schaffte ich es tatsächlich ziemlich schnell, ihn als mein Kind zu sehen. Meistens jedenfalls. Ich habe ihn geliebt, das musst du mir glauben. Auf meine Weise, verstehst du? Und schon kurze Zeit später bin ich tatsächlich mit dir schwanger geworden. Ich freute mich so sehr darüber und wollte euch beiden immer eine gute Mutter sein. Das ging auch all die Jahre gut bis Markus leibliche Mutter schließlich Kontakt zu ihm aufgenommen hatte. Von da an verlor ich meinen mittlerweile schon erwachsenen Sohn, wegen unserer gemeinsamen Lüge. Er hat uns nie verziehen, dass wir ihm nicht die Wahrheit über seine Herkunft gesagt haben, und als er uns nach Kathrins Auftauchen damit konfrontierte, konnte ich einfach nicht mit ihm darüber sprechen. Aber weißt du, in dem Moment war es so verletzend für mich. Richtiggehend erniedrigend. Wie Markus mich ansah... diesen verurteilenden Blick werde ich nie mehr vergessen. Auch Rudolf schaffte es bedauerlicherweise nicht. Er kann solche Gespräche ohnehin nicht führen. Du kennst deinen Vater.« Sie machte eine kurze Pause, ehe sie fortfuhr, »Einige Zeit später wäre ich dazu imstande gewesen, mit ihm darüber zu sprechen. Doch er vermied ab diesem verhängnisvollen Tage jeglichen Kontakt zu uns.« Sie schaute ihre Tochter traurig an. »Und nun ist er tot. Und es ist mit ihm auch ein Teil in mir gestorben. Ich habe ihn endgültig verloren. Du kannst dir gar nicht vorstellen, wie viel Trauer und wie viele Gewissensbisse ich inzwischen habe, dass ich nicht mehr gekämpft habe, um den Kontakt wiederherzustellen. Ich will diesen Fehler nicht noch einmal bei meiner Tochter machen. Deshalb bin ich heute hier, um mit dir offen über diese schwere Geschichte von damals zu sprechen.«

Pia hatte ihre Mutter geduldig zu Ende erzählen lassen, ehe sie etwas dazu sagen wollte. Obwohl sie die Geschichte von einer anderen Seite bereits kannte, fühlte sie sich wieder einmal förmlich erschlagen von all dem, was ihre Eltern durchgemacht hatten. Sie spürte den so hilflosen und gleichzeitig befreiten Blick ihrer Mutter auf sich ruhen, als sie in Gedanken versunken vor sich hinstarrte. Unweigerlich musste Pia daran denken, wie es sich für ihre Mutter wohl angefühlt hatte, in dieser unfassbaren schweren Lage. Hätte sie es damals an ihrer Stelle akzeptiert? Hätte sie diese geheime Bürde tragen können? Einem armen, hilflosen Kind ein Zuhause zu geben. Natürlich! Aber dem Kind der ehemaligen Rivalin? Sie konnte es sich kaum vorstellen. Der Betrug hätte sicher zu schwer auf ihren Schultern gelastet. Das Ergebnis dieses

Verrats aus Fleisch und Blut jeden Tag vor sich zu haben, musste einer wahren Tortur geglichen haben. Hatte sich ihre Mutter wirklich derart abhängig von Rudolf gefühlt, oder war es einfach der anderen Zeit geschuldet? Früher hatte man sich eben nicht so einfach und schnell getrennt, wie es heute viel zu oft, manchmal sogar aus beinahe nichtigen Gründen, vorkam. Pia musste sich eingestehen, dass sie ihre Mutter insgeheim ein Stück weit verurteilte, für ihre Schwäche nicht »Nein« sagen zu können. Am liebsten hätte sie sie einerseits geschüttelt und geschrien, wie konntest du das nur mit dir machen lassen? Andererseits musste sie ihr auch den tiefsten Respekt aussprechen, dass sie trotz ihrer schweren emotionalen Kränkung diesem Baby, ihrem Bruder, eine Heimat gegeben hatte. Und sie hatte es gut gemacht. So gut sie eben konnte. Pia war froh, dass sie es getan hatte. Markus war einer der wichtigsten Menschen in ihrem Leben gewesen und es war schön, so viele glückliche Momente mit ihm erlebt zu haben. Es gab so vieles, das sie ihrer Mutter nun dazu sagen wollte und am Ende würde sie ihr auch erzählen müssen, dass Markus offenbar ermordet worden war.

Als sie gerade zu sprechen anfangen wollte, klingelte plötzlich ihr Handy. Sie zog es wie automatisch aus der Hosentasche, um nachzusehen, wer sie zu erreichen versuchte.

Sandra.

Pia schaute zu ihrer Mutter, »Einen Moment, Mama. Es ist Sandra. Vielleicht gibt es etwas Neues von der Polizei. Aber ich sage ihr, dass wir später telefonieren.«

»Telefoniere ruhig mit ihr, Pia. Jetzt ist es raus. Das ist das Einzige, was mir am Herzen gelegen hat.«

Pia nickte ihr aufmunternd zu. Dann nahm sie den Anruf von ihrer Schwägerin mit einem Knopfdruck entgegen. »Hallo Sandra, gerade ist es... «

Doch sie fiel ihr sofort ins Wort, »Pia! Kannst du kommen? Ich habe etwas herausgefunden!«

28.

»Was meinst du damit?«, fragte Pia irritiert. Ihr wurde plötzlich heiß.

»Komm bitte einfach vorbei. Treffen wir uns bei mir in der Wohnung. Ich lasse Nele solange bei meinen Eltern.«

Pia war kurzzeitig überfordert. »Du meinst in eurer Wohnung?«

»Ja, Pia.«

Ihre Mutter sah sie an und sagte dann ruhig, »Fahr nur zu Sandra, wenn sie dich braucht. Wir können später weiter reden. Wirklich. Das ist in Ordnung für mich. Mir geht es gut.«

Pia sagte ihrer Schwägerin leicht widerwillig zu, ehe sie das Telefonat beendete. Dann schaute sie zu ihrer Mutter. »Es tut mir leid. Das war jetzt ein denkbar ungünstiger Zeitpunkt.«

»Mein Kind, ich habe dir nun endlich die Wahrheit gesagt. Das war mir wichtig. Vielleicht ist es ganz gut, wenn du es erst einmal ein bisschen sacken lässt und wir noch nicht sofort darüber reden.«

Pia zögerte kurz. Dann nickte sie und legte ihrer Mutter kurz die Hand auf die Schulter, ehe sie aufstand und ging.

Als Pia aus der Haustür trat, wurde sie förmlich von den riesigen Massen weißen Schnees geblendet. Er lag mittlerweile sicher gut 20 cm dick auf den Dächern und Vorgärten der angrenzenden Häuser. Ihre Nachbarin Frau Lang war gerade tüchtig dabei, den Gehweg vor ihrem Haus etwas vom Schnee zu befreien. Sie mochte die nette junge Frau sehr, die sie schon bald nach ihrem Einzug kennengelernt hatte. Mittlerweile waren sie sogar so etwas wie Freundinnen geworden. Doch gerade hatte sie keine Zeit, sich mit ihr auszutauschen. Pia nickte ihr freundlich zu und lief eilig weiter zu ihrem Auto, um sich in kein Gespräch verwickeln zu lassen. Nervös bog sie aus der Einfahrt und lenkte ihren Wagen auf die Straße. Die Straßen waren immer noch mit eisigem Matsch bedeckt. Doch die Räumfahrzeuge hatten ihren Dienst inzwischen wenigstens halbwegs gut erfüllt. So konnte man mit Tempo 40 einigermaßen gut fahren, ohne zu rutschen. Für ältere Leute war die Situation wahrscheinlich trotzdem noch unzumutbar. Also beschloss sie, auf dem Rückweg gleich Felix mit nach Hause zunehmen und rief kurz bei ihren Schwiegereltern an, um ihnen Bescheid zu geben.

Ihr Sohn war gerade mit Opa Wolfgang in einem Brettspiel vertieft, sagte ihre Schwiegermutter. Danach würden sie ihm noch Gockerl mit Kartoffelbrei zum Abendessen servieren. Sie solle sich ruhig Zeit lassen.

Während sie ihren Wagen in Richtung Kranichstraße steuerte, stellte ihr Kopf unaufhaltsam verrückte Theorien über das auf, was Sandra wohl herausgefunden hatte. Würde sie nun erfahren, weshalb ihr Bruder sterben musste? Dieser Gedanke löste in ihr geradewegs Gänsehaut aus. Unruhig atmend versuchte sie, sich weiter auf ihren restlichen Weg zu konzentrieren.

Als sie ihr Auto wenig später auf der Seitenstraße neben der Wohnung ihres Bruders stoppte, holten sie die schrecklichen Erinnerungen plötzlich wieder ein. Sie hatte die furchtbaren Bilder direkt vor sich. Sandra wimmernd in der Hocke vor dem Schlafzimmer kauernd. Markus in seiner riesigen Blutlache um seinen Kopf. Die schwarze Pistole, die so gar nicht in den Raum und in das Leben ihres Bruders passte. Die fremden Polizisten, die durch die Wohnung gelaufen waren. Sie zwang sich, ihre Gedanken zu beruhigen und schüttelte alles ab, so gut es eben im Moment nur ging. Ihr Blick fiel auf die oberen Stockwerke. Pia konnte noch kein Licht in der Wohnung ihres Bruders erkennen. Aber es war auch noch relativ hell, sodass man im Inneren des Gebäudes durchaus noch auf Beleuchtung verzichten konnte. Zügig stieg sie aus dem Auto und ging auf die Haustür zu. Als sie ihren Blick dabei über die Anwohnerparkplätze schweifen ließ, hielt sie kurz inne. Sandras schwarzer Škoda stand bereits da.

Gut, also los. Drück auf die Klingel, Pia, schob sie sich gedanklich selbst an.

Wenig später ertönte schon der Türsummer.

Mit einem lauten Klickgeräusch öffnete sie die Tür zum Wohnhaus und trat ein. Während sie Stufe um Stufe nach oben stieg, dachte sie daran, dass sie das letzte Mal hier war, um vom Tod ihres Bruders zu erfahren. Werde ich heute hier sein, um zu erfahren, warum er sterben musste?

Sie erklomm die letzten Stufen. Sandra stand bereits wartend vor ihrer Wohnungstür im dritten Stock. Ihr Blick war konzentriert. Sie wirkte ernst.

Pia nickte ihr schon von der Treppe aus zu und hastete

ihr dann entgegen, um ihre Schwägerin zur Begrüßung zu umarmen.

»Hallo Sandra, mein Kopf explodiert gleich, wenn du mir nicht sofort sagst, was du herausgefunden hast.«

»Gleich, Pia. Komm erst mal rein. Wir setzen uns in die Küche. Hast du Felix gar nicht dabei?«, antwortete Sandra ruhig.

Pia hatte den Eindruck, dass Sandra irgendwie klarer wirkte. Vielleicht konnte sie die Beruhigungstabletten mittlerweile wirklich ganz weglassen. Das wäre gut, dachte sie. »Felix ist bei seinen Großeltern. Da hast du einen guten Zeitpunkt erwischt. Aber ich habe Besuch zu Hause. Mama ist gestern aus Stuttgart gekommen.«

»Deine Mutter ist hier?«, fragte Sandra verwundert.

»Ja, ich erzähle dir später mehr darüber. Aber zuerst möchte ich wissen, was du herausgefunden hast. Es ist wegen Markus, oder?«

Sandra nickte und ließ sich auf einem der Küchenstühle nieder.

Pia tat es ihr gleich. »Nun los, was möchtest du mir erzählen?«

»Eigentlich war es ein Zufall. Ich hatte tatsächlich einige von Markus Freunden in letzter Zeit kontaktiert, um herauszufinden, ob es irgendetwas gab, was er in letzter Zeit trieb. Vielleicht irgendetwas, von dem ich nichts wusste, was das viele Geld in diesem Umschlag erklären würde. Aber da war offensichtlich nichts.«

Pia wollte gerade sagen, »Ich glaube auch nicht, dass er Geheimnisse vor dir hatte.« Doch sie schloss ihren offenen Mund augenblicklich wieder, ohne dass ihr nur eine Silbe entwich, als ihr plötzlich Kathrin in den Sinn kam.

Sandra fuhr, ohne etwas davon zu merken, fort, »Aber heute war ich Lebensmittel einkaufen. Ich will nicht nur auf der Tasche meiner Eltern leben. Bald werden wir uns auch nach einer anderen Wohnung umsehen. Ich kann nicht hierhin zurück, verstehst du das?«

»Natürlich verstehe ich das. Ich würde auch nicht hier bleiben wollen an deiner Stelle.«

»Na ja. Jedenfalls beim Einkaufen heute sprach mich dann plötzlich Birgit an. Birgit Käsbauer, du weißt schon. Die Frau von Florian.«

Pia nickte nachdenklich. Dann fiel ihr die sympathische, quirlige Rothaarige ein, mit der sie vielleicht ein- oder zweimal im Sommer gesprochen hatte. Sie waren damals im Biergarten »Wasserwirtschaft« zum Essen gewesen. Dort hatten sie dann Sandra und Markus getroffen, die mit dem Pärchen Käsbauer unterwegs gewesen waren.

»Birgit will die Scheidung, was nicht weiter ungewöhnlich ist. Ich würde diesen Florian auch nicht geschenkt wollen. Für mich ist das ein richtiges Großmaul! Entschuldige, wegen des Ausdrucks. Aber ich fand ihn noch nie sonderlich sympathisch. Wir hatten nur Kontakt mit ihnen, weil ich Birgit ganz nett finde und Markus war nun mal seit Jahren mit Florian befreundet.«

»Ja, ich weiß jetzt, wen du meinst. Und?«

»Ich habe ein wenig bei ihr nachgehakt wegen der Scheidung. Mich hätte es wirklich nicht gewundert, wenn Florian eine Affäre oder etwas in dieser Art gehabt hätte. Aber nein!« Sandra machte geheimnisvolle, große Augen.

»Jetzt spanne mich doch nicht so lange auf die Folter!«, schimpfte Pia ihre Schwägerin ungeduldig.

»Die Trennung war aufgrund von Drogen! Verstehst

du? Florian nimmt Drogen und das nicht erst seit einer Woche und auch nicht nur so ein bisschen so Gras.« Sandra suchte ihren Blick, ehe sie fortfuhr, »Birgit wurde das irgendwann zu bunt. Sie hat lange versucht, ihn davon abzubringen. Aber er ließ sie erst gar nicht an sich heran und spielte ständig alles herunter. Externe Hilfe will er sich auch nicht suchen. Er muss förmlich abhängig sein und das sogar von diesem ganz harten Zeug. Kokain! Verstehst du?«

Pia starrte Sandra entsetzt an. »Wirklich?«

»Ja wenn ich es dir doch sage! Er war zu Hause zunehmend aggressiv und hat sogar schon angefangen, Geld aus ihrer Tasche zu stehlen«, bekräftigte ihre Schwägerin.

Florian Käsbauer. Es schlug ein wie eine Bombe und katapultierte sie schlagartig einige Zeit zurück. Wie waren seine Worte gewesen, als sie ihn im Feinkostladen getroffen hatte? »Das hätte ja keiner ahnen können«, oder irgendetwas in dieser Art, überlegte Pia. Der Satz war ihr damals sehr seltsam vorgekommen. Und dann hatte sie vor ein paar Tagen die Polizei gefragt, ob Markus Kontakt zu Drogen gehabt hätte. Nun erfuhren sie, dass ausgerechnet Markus Freund Florian offensichtlich sogar sehr große Drogenprobleme hatte, weswegen seine Frau nun auch letztendlich die Scheidung wollte. Gab es da einen Zusammenhang? Das konnte doch kein Zufall sein!

In Pia arbeitete es unaufhaltsam. Sie konnte nicht aufhören, darüber nachzudenken, ob Florian zu einem Mord fähig wäre.

»So sag doch etwas, Pia! Die Polizei hat dich doch auch gefragt, ob Markus etwas mit Drogen zu tun hat, oder? Und jetzt erfahre ich, dass sein Freund tief im Drogensumpf steckt. Das passt doch irgendwie alles zusammen, oder?«, drängte sie Sandra zu einer Antwort.

»Wow, ich meine das ist... das ist... «, fing Pia an zu stottern.

»Das kann doch kein verdammter Zufall sein, oder?«

Pia hatte endlich wieder ihre volle Sprache gefunden. »Ja, ja absolut nicht! Und da gibt es noch etwas, das ich dir noch gar nicht erzählt habe.«

»Nun, sag schon.«

»Ich habe Florian ein paar Tage nach Markus Tod im Feinkostladen getroffen und da hat er etwas Komisches gesagt, als ich ihm von Markus Tod erzählt habe. Irgendetwas von wegen: Das hätte ja keiner ahnen können oder kommen sehen können.«

Sandra sah sie entgeistert an. »Das hat er ernsthaft gesagt?«

»Ich war damals schon sehr verwundert. Das ist doch eine komische Reaktion, oder nicht?«

Sandra schlug sich die Hände vor den Mund und schüttelte immer wieder den Kopf, als könnte sie es nicht fassen. Dann sagte sie langsam, »Pia, ich will hier nicht irgendwelche Theorien aufstellen, ohne dass wir uns sicher sind. Aber eines weiß ich. Wir müssen das der Polizei erzählen.«

Eine gute Stunde später traten sie aus der Polizeidienststelle zurück auf die Straße. Herr Berger war zunächst beschäftigt gewesen, doch als Pia und Sandra der Polizeibeamtin im Vorzimmer immer wieder mit Nachdruck zu vermitteln versucht hatten, dass sie wirklich sehr wichtige Informationen hätten, die eine Mordermittlung weiterbringen könnten, hatte diese schließlich den Kommissar geholt. Er hörte sich zunächst nur im Vorzimmer kurz an, welche Informationen sie für ihn hätten. Als er erkannte, wie brisant diese waren, führte er sie sogleich in das Vernehmungszimmer.

Der Kommissar hatte anschließend keine großen Worte gewählt, um ihnen zu erläutern, wie es nun weitergehen würde. Doch Pia hatte an seiner Mimik erkannt, dass ihre Aussage durchaus etwas bewegen könnte. Nachdem er nach knapp zwanzig Minuten entschieden hatte, dass er soeben alles Wichtige aufgenommen hätte, begleitete er die zwei Frauen zurück nach draußen und sagte, »Ich danke Ihnen wirklich sehr für Ihren Hinweis. Scheuen Sie sich nicht, zu mir zu kommen, falls Ihnen noch etwas dazu einfällt.«

Ehe sich die beiden Frauen voneinander verabschiedeten, sagte Sandra zu Pia, »Und du fährst jetzt nach Hause, wo deine Mutter schon auf dich wartet?«

»Ja. Wenn du möchtest, würde ich dir auch gerne bald mehr darüber erzählen, warum Markus damals den Kontakt zu ihnen abgebrochen hat.«

»Hast du darüber etwas Neues herausgefunden?"
Pia nickte.

»Gerne. So viel hat er mir damals auch nicht gesagt. Ich dachte mir, wenn sie sich nicht mal bemühen, ihr Enkelkind Nele zu sehen, sollen sie mir auch egal sein.«

»Das verstehe ich. Lass uns am Wochenende etwas ausmachen, damit ich dir alles dazu in Ruhe erzählen kann.«

»In Ordnung. Für heute brummt mir der Kopf schon genug.«

Pia nickte und bedeutete ihr, dass es ihr genauso ging. Während der Autofahrt zu ihren Schwiegereltern freute sie sich bereits auf die erfrischende Ablenkung durch ihren kleinen Sohn. Für sie war es sehr ungewohnt, Felix so lange nicht zu sehen, auch wenn der Zeitpunkt diesmal wirklich günstig von ihren Schwiegereltern war, in Anbetracht der Ereignisse. Ihren Sohn gleich wieder bei sich zu haben, bedeutete für sie nicht nur unendliche Liebe, sondern auch wieder ein Stückchen Alltag und Normalität.

Nachdem sie Felix eine halbe Stunde später einge-sammelt hatte, bedankte sie sich ausführlich bei ihren Schwiegereltern und schloss die Arme solange um Felix, bis er sie mit einem entnervten »Jetzt, Mama! Lass mich wieder los" von sich schob. Ihr Sohn war so gut beschäf-tigt worden, dass er sie noch nicht einmal vermisst hatte und berichtete bereits im Auto euphorisch, was sie alles gespielt hätten und dass er mit Opa Wolfgang einen neuen Baum für die große Modelleisenbahn im Keller gebastelt hätte. Pia sagte an den richtigen Stellen »wow« und »toll« und sagte ihm, wie sehr sie ihn vermisst hatte. Dann erzählte sie ihm ihrerseits, dass nun auch seine Oma müt-terlicherseits zu Hause auf ihn warten würde. Dies war im ersten Moment eine kleine Überforderung für ihn. Immer wieder fragte er, »Oma Gudrun ist bei uns? Echt, Mama? Bei uns Zuhause?"

Auch für ihn war es neu, dass diese zu ihnen zu Besuch kam. Aber nur wenige Minuten später schmiedete er bereits die nächsten Pläne, was er mit ihr nun gleich alles spielen wolle. Pia lachte. Es war wirklich erfrischend ihren Sohn wieder bei sich zu haben und ihr war es ganz recht, dadurch eine kleine Verschnaufpause zu den so ernsten Gesprächen zu haben.

29.

Es war das erste Mal, dass sie diese Nummer wählte.

Eine völlig neue Telefonnummer.

Doch es würde keinesfalls ein oberflächliches Gespräch werden. Sie konnte ihre Gefühle dieser Person gegenüber noch nicht richtig einordnen. Es waren zwei Herzen, die in ihrer Brust schlugen. Das eine schlug in ruhigem Takt mitfühlend und sogar mit einer gewissen Sympathie, während das andere beinahe wütend raste und eine nicht unerhebliche Verachtung mit sich trug. Pia gab ihrer Motivation für den heutigen Anruf einfach unverfänglich den Titel »Pflichtgefühl.«

Ehe sie sich mit dem Telefon zurückgezogen hatte, hatte sie extra darauf achtgegeben, dass ihre Mutter mit Felix oben im Kinderzimmer war und somit nichts von ihrem Telefonat mitbekam. Als das erste Freizeichen ertönte, verspürte sie bereits eine leichte Aufregung. Schon einige Minuten vorher hatte sie sich ihre passenden Worte zurechtgelegt.

»Ja?«, ertönte es plötzlich von der anderen Seite.

»Hallo Kathrin, hier ist Pia.«

Für einen Moment war es ruhig in der Leitung. Dann

konnte Pia aufrichtige Freude aus Kathrins Stimme hören. »Oh Pia, mit Ihnen habe ich noch gar nicht gerechnet. Es ist schön, dass Sie sich nach unserem Gespräch bei mir melden.«

»Ich habe es Ihnen ja versprochen. Tatsächlich hat sich schon etwas Neues ergeben und somit gibt es etwas, das ich Ihnen zum jetzigen Ermittlungsstand der Polizei sagen kann.«

»Ja?«

»Kommissar Berger geht zunehmend von einem Gewaltverbrechen aus. Das waren seine Worte. Sandra, also Markus Frau und ich waren noch einmal bei der Polizei, um ihnen ein paar Hinweise zu einem von Markus Freunden zu geben. Sandra hat über dessen Ex-Frau zufällig herausgefunden, dass dieser Freund starke Drogen konsumiert und genau nach solchen Hinweisen hat uns die Polizei ja erst kürzlich befragt.«

»Das ist natürlich schwerwiegend, im Hinblick darauf, dass die Polizei dieses Thema mit im Visier hat. Ich danke Ihnen, Pia, dass Sie mir das erzählen. Würden Sie diesem Freund denn eine solche Tat zutrauen?«

»Eigentlich nicht, aber ich kenne ihn auch nicht besonders gut. Es gibt allerdings noch etwas, das ich Sie gerne fragen würde.«

Auf der anderen Seite der Leitung war plötzlich Schweigen eingetreten, sodass Pia noch einmal nachsetzte, »Es ist nur etwas am Rande. Sandra hat mir vor einer Weile erzählt, dass sie nach Markus Tod einen Umschlag mit viel Geld gefunden hat. Er war in der Wohnung hinter einer Schrankwand versteckt. Die Polizei hatte ihn bei ihrer Durchsuchung der Wohnung übersehen.«

Kathrin reagierte noch nicht darauf.

»Wahrscheinlich ist es absurd. Aber sagt Ihnen das irgendwie etwas, Kathrin? Also können Sie sich vorstellen, wofür Markus das Geld versteckte oder woher er es hatte?«

»Vielleicht, ja.«

Pia dachte fast, sie hätte sich verhört. Sie fühlte richtiggehend, wie das Adrenalin in ihren Körper schoss, während sie ihre Frage formulierte. »Wie meinen Sie das?«

»Wie sieht denn der Umschlag aus und wie viel Geld ist darin?«

»Das weiß ich nicht so genau. Aber Sandra meinte, der Umschlag sei braun und es seien große Scheine darin. Sie sagte etwas von einigen tausend Euro.«

»Neuntausend Euro sind es.«

»Das Geld ist von Ihnen?«, platzte Pia plötzlich schockiert heraus.

»Wahrscheinlich, ja.«

»Warum?«

»Ich habe Markus bei unserem vorletzten Treffen einen Umschlag gegeben. Darin ist Geld, das ich seit langer Zeit angespart habe. Es soll für Nele sein. Für jedes Lebensjahr möchte ich dem Mädchen eintausend Euro für ihr Sparbuch schenken. Damit ich wenigstens aus der Ferne etwas geben kann. Für mich war es eine kleine Möglichkeit, um vielleicht wieder ein bisschen was gutmachen zu können.«

»Oh, wow, das ist in der Tat überraschend. Es klingt wirklich danach, dass dieser Umschlag dazu passt. Danke, dass Sie mir das gesagt haben.«

»Natürlich! Ich hoffe, Sandra gibt das Geld an das Mädchen weiter.«

»Sie wird es bestimmt für Nele anlegen, wenn ich ihr davon erzähle.«

»Als ich Markus den Umschlag gab, versprach er mir auch in diesem Zuge, dass er mir seine Frau und seine Tochter irgendwann vorstellen wolle.«

»Wenn das Markus Wunsch war, werde ich sehen, ob ich Sie hierbei zukünftig unterstützen kann. In den letzten Stunden ist allerdings so viel passiert. Ich hatte noch nicht die Möglichkeit, Sandra in Ruhe alles zu erzählen.«

»Sicher. Ich freue mich, wenn der Rest aus Markus Familie mir eine Chance gibt. Egal, wie lange ich darauf warten muss.«

Sie legte den Hörer nach ihrer Verabschiedung nachdenklich auf und ging aus ihrem Büro zurück in die Küche. Ihre Mutter war gerade dabei, einen Zitronenkuchen zu backen. Sie konnte es einfach nicht lassen!, dachte Pia kopfschüttelnd. Wehmütig betrachtete sie Gudrun vom Türrahmen aus. Sie musste an ihr gestriges Gespräch denken. Ihre Mutter hatte ihr nach dem Besuch auf der Polizeidienststelle noch etwas Zeit für sich gelassen und war sogleich mit Felix im Kinderzimmer verschwunden. Es war sehr aufopferungsvoll von ihr, dass sie sich fast den ganzen restlichen Nachmittag noch mit ihm beschäftigt hatte. Immer wieder musste Pia schmunzeln über die verschiedenen, seltsamen Laute, die durch die Wohnzimmerdecke gedrungen waren. Felix war wirklich kreativ, wenn es ums Spielen und Nachahmen ging. Bald war dann schon Matthias nach Hause gekommen und hatte sich von ihr gespannt die neuesten Entwicklungen im Falle ihres Bruders angehört.

Das gemeinsame Abendessen mit ihrer Mutter am Tisch

war gar nicht so angespannt verlaufen, wie Pia es befürchtet hatte. Gudrun hatte sich anstandslos von Pia bedienen lassen, ohne ihr in die Haushaltskünste hineinzupfuschen. Sie hatte Pias Falafel sogar ausdrücklich gelobt und später nach dem Rezept gefragt. Matthias hatte die Stimmung zusätzlich mit den Schandtaten seines Arbeitskollegen aufgelockert und Felix hatte seine Oma mit zahlreichen Kindergartengeschichten ohnehin kaum zum Essen kommen lassen. Als der Kleinste im Haus endlich eingeschlafen war, hatte sich Pia die Ruhe und Zeit genommen, um mit ihrer Mutter erneut ihr vormittägliches Gespräch aufzugreifen. Gleich zu Beginn hatte sie ihr ehrlich offenbart, dass sie bereits über die Umstände von Markus Geburt Bescheid wusste. Ihre Mutter war sehr erstaunt darüber gewesen, dass Pia der Wahrheit mittlerweile selbst auf die Spur gekommen war. Es war ihr aber auch sofort anzusehen, dass sie wenig begeistert davon war, wie ihre Tochter selbst den Kontakt zu Kathrin hergestellt hatte. Aber es sprach auch Erleichterung aus ihr. All die Jahre war es unglaublich hart für sie gewesen, dass Rudolf die einzige Person war, mit der sie über dieses Familiendrama hatte sprechen können. Denn mit Rudolf konnte man über so etwas erst gar nicht wirklich sprechen. Er war Pragmatiker durch und durch und hatte auch stets von ihr verlangt, sich ihren Aufgaben ohne sonderlich großen Gefühlsausbrüchen zu stellen. »Weißt du«, hatte ihre Mutter plötzlich zu Pia gesagt, »Eigentlich war mein eigener Vater genauso wie Rudolf. Es ist schon verrückt, dass ich mir ihn dann zum Manne ausgesucht habe, oder?«, lächelte sie zaghaft. »Schließlich wollte ich meinem Elternhaus entfliehen und dachte tatsächlich, Rudolf wäre so etwas wie eine

Rettung für mich. Aber ich will nicht jammern. Ich hätte es auch schlechter erwischen können, denke ich.« Nachdem ihr Pia dann notgedrungen offenbart hatte, dass sie mittlerweile von Kommissar Berger wusste, dass Markus Opfer eines Gewaltverbrechens wurde, zeigte ihre Mutter erneut Gefühle. Sie hatte hilflos nach Luft geschnappt und begonnen hektisch zu atmen, bis Pia sie in ihre Arme gezogen hatte, um sie zu beruhigen. Die unzähligen Fragen »Warum?", »Wer tut so etwas?" und »Wie konnte das nur passieren?", konnte sie ihrer Mutter leider auch nicht beantworten.

Doch es waren die ersten beiden Gespräche zwischen Mutter und Tochter, in denen Pia das Gefühl hatte, ihre Mutter richtig kennenzulernen. Es hatte sogar einen lustigen Moment zwischen ihnen gegeben, als Gudrun nach Pias Erzählung abfällig über die Dackelfigur im Dachboden geschimpft hatte. Wenn sie gewusst hätte, dass darin ein Foto von Rudolf und Kathrin versteckt war, hätte sie das dumme Ding sofort in den Müll geworfen!, hatte sie empört gerufen. Sie hatte dieser Figur nie sonderlich Beachtung geschenkt, da sie dachte, sie stamme vielleicht noch aus Rudolfs Kindheit.

Pia wurde zum ersten Mal richtig bewusst, dass ihre Mutter in ihrem Wesen so unsicher war, weil sie die Umstände dazu gemacht hatten. Beide ihrer Elternteile hatten ihre Rolle im Rahmen ihrer Möglichkeiten so gut erfüllt, wie sie nur konnten. Sicher hätte man die Dinge auch anders und sicherlich auch besser handhaben können. Aber in ihrem Bezugsrahmen war es die einzige Lösung gewesen, die sie für sich gesehen hatten.

Diese letztendliche Erkenntnis hätte Pia in diesem

Moment gerne mit ihrem Bruder geteilt, dachte sie traurig. Wieder einmal wurde ihr bewusst, wie unsagbar er ihr fehlte. Wie gerne hätte sie ihm gesagt, wir lieben dich alle so sehr und es war vollkommen egal, was für verworrene Hintergründe es um seine Herkunft gab. Du bleibst ein wichtiger Teil von uns, Markus. Alles hätte gut werden können.

30.

Rauschen in ihren Ohren. Ununterbrochen.

Ihr Blick wanderte hilflos nach oben. Doch von dort kam keine Hilfe.

Die Zimmerdecke hatte etwas Unruhiges. Sie war mit den unzähligen, gleich großen Quadraten einer Odenwalddecke bestückt. Unruhig betrachtete sie die verschiedenen Platten, zwischen denen sich grelle Lampen befanden, bis ihre Augen immer schwerer wurden. Sie schloss sie kurz, um sich etwas zu beruhigen. Am liebsten hätte sie sich an einen anderen Ort gewünscht. Sie fühlte sich in ihrer Balance, als würde sie schwimmen. Als hätten ihre Füße keinen festen Boden mehr unter sich. Schwankend und wirr. Ihr ganzer Körper war in diesem Moment überfordert. Er schien regelrecht hin und her zu wanken, während ihr Verstand ihr nur fortwährend dieses laute Rauschen darbot. Schonungslos schien es immer weiter von beiden Ohren auf ihr Gehirn einzuhämmern.

Jemand griff plötzlich nach ihrer Hand, »Pia, Pia!«

Die Stimme drang langsam zu ihr durch. Matthias. Mein Fels. Sie drückte die Hand ihres Mannes so fest sie konnte. Du musst mich halten, Matthias, bitte. Ich falle sonst um, dachte sie. Dabei bewegte sie sich in Wirklichkeit keinen einzigen Zentimeter. In Wirklichkeit saß sie einfach nur stocksteif auf diesem kargen schwarzen Plastikstuhl. Nur ihr Innerstes versuchte weiter, panisch zu fliehen.

Wie lange hatte sie auf diesen Moment gewartet?

Und nun, als dieser Moment endlich gekommen war, spielte ihr Gehirn komplett verrückt. Du musst laufen! Lauf weg, Pia! Einfach alles in ihr signalisierte, dass sie nichts weiter wollte, als dieser Situation zu entfliehen.

Einfach vom Stuhl aufspringen, die Tür aufreißen und hinauslaufen.

Flüchten. Zurück in das Leben, welches sie noch vor zwei Monaten geführt hatte.

Ganz so, als wäre all dies nie real gewesen.

»Frau Sendtner!«, hörte sie plötzlich die kräftige Stimme, die sie aus ihren wirren Gedanken riss.

Zehn Stunden zuvor

»Mama, Mamaaa!«

»Guten Morgen, Felix. Du musst mir nicht so ins Ohr schreien. Ich bin schon wach.« Pia richtete sie langsam auf und sah sich schlaftrunken um. Matthias schnarchte nach wie vor gemütlich vor sich hin, während Felix vollends aktiv zwischen ihnen beiden im Ehebett herumturnte. Es war immer wieder faszinierend, wie gut ihr Mann schlafen konnte, trotz des sämtlichen Krachs, den Felix rund um seine Ohren veranstaltete. Sie beneidete ihren Mann um seinen festen Schlaf. Sie selbst wurde schon wach, wenn Felix nur einmal neben ihr hustete.

»Dann komm doch, Mama. Ich will aufstehen!«

»Ach, Felix, es ist Samstag. Bitte gib mir noch zehn Minuten, ja? Du kannst so lange alleine im Wohnzimmer spielen.«

»Darf ich Oma Gudrun aufwecken?«

»Nein, bitte ...«

Doch Felix war schon hinausgelaufen und rief, »Ich habe aber etwas gehört. Sie ist schon wach, Mama. Ganz bestimmt!«

Übermüdet ließ Pia ihren Kopf wieder zurück ins Kissen sinken. Schnell zog sie ihre Decke wieder über sich, um wieder in den Schlaf zu finden. Doch daran war nicht mehr zu denken. Felix hatte die Schlafzimmertür beim Hinausgehen offengelassen und polterte bereits »Oma, Oma, komm!«, schreiend durchs Treppenhaus. Darüber hinweghören und weiter vor sich hin zu schnarchen konnte nur Felix Vater.

Als sie wenig später in ihrem hellblauen Morgenmantel in der Küche ankam, war ihre Mutter bereits dabei, mit Felix Hilfe Pfannkuchen zu machen. Pias Blick wanderte zur Küchenuhr. Es war gerade mal sieben Uhr. Müde rieb sie sich die Augen und beobachtete die beiden Frühaufsteher. Felix durfte gerade einen großen Schöpfer Teig in die heiße Pfanne füllen und rief fröhlich, »So viel, Oma Gudrun?«

»Genau, mein Schatz, und jetzt die Pfanne so schwenken, dass der Teig auch überall hinlaufen kann. Aber sei vorsichtig und verbrenne dich nicht!«

Es war ein schönes Bild, die beiden so vertraut zu erleben. Ihre Mutter wirkte gelöst und locker im Umgang mit Felix. Noch mehr als sonst. Ihr Haar saß noch nicht perfekt, wie Pia es stets von ihr kannte. Es sah aus, als wäre sie nur einmal grob mit der Haarbürste hindurchgefahren. Dieser Umstand gefiel Pia. Es machte ihre Mutter plötzlich so viel nahbarer. Ihre offenen Gespräche der vergangenen Tage hatte sie definitiv weitergebracht. Schade, dass Markus sie nicht mehr so hatte erleben können. Vielleicht wäre alles ganz anders gekommen, hätte auch Pia schon vor neun Jahren von diesem Familiengeheimnis erfahren. Sie hätte auf jeden Fall alles daran gesetzt, die Familie trotz allem irgendwie zusammenzuhalten. Doch da sie damals von all dem noch nichts wusste, hatte sie keine wirkliche Chance gehabt, etwas zu bewirken.

Heute Abend würde ihre Mutter wieder nach Stuttgart zurückfahren. Pia hoffte sehr, dass die nun entstandene Vertrautheit zwischen ihnen auch bei den nächsten Treffen weiter bestehen würde. Es würde wohl sehr darauf ankommen, wie ihr Vater mit dieser Offenheit umgehen würde und wie er sich dann in dieses neue, aufgearbeitete Bild mit einfügen würde. Aber zuerst musste ihm seine Frau davon berichten, dass Pia nun Bescheid wusste. Es war ihr Alleingang gewesen, ihrer Tochter die Wahrheit zu erzählen. In diesem Punkt war Pia wirklich stolz auf ihre Mutter.

Und heute Nachmittag wird es dann an mir sein, es auch Sandra zu sagen, dachte Pia. Sie hatten sich für 14 Uhr im Café Journal verabredet. Felix würde so lange die letzten Stunden mit Oma Gudrun genießen und Matthias hatte sich schon seit Tagen mit ein paar Freunden verabredet, um ein Fußballspiel anzusehen. Sandra wusste bereits, dass Pia ihr einiges über die Ursache der Auseinandersetzung zwischen Markus und seinen Eltern erzählen würde.

Aber was für Dimensionen das Ganze annehmen würde, davon hatte sie noch nicht die leiseste Ahnung. Pia hatte starke Bedenken, dass ihre Schwägerin sehr verzweifelt darüber sein würde, weil Markus diese Geschichte für so viele Jahre vor ihr geheim gehalten hatte. Nichtsdestotrotz wollte sie dieses Risiko eingehen. Sandra hatte ein Recht auf die Wahrheit und Nele hatte ein Recht auf ihre Oma. Vielleicht irgendwann sogar auf beide Omas väterlicherseits. Die Zeit würde zeigen, wie sich alles entwickeln würde.

Ob Markus ihr heute von da oben zusah?

Was würde er wohl denken?

Wahrscheinlich würde er den Kopf schütteln und sagen, »Pia, du willst wieder überall Harmonie stiften. Wenn du dich da nicht geschnitten hast, mein liebes Schwesterlein.« Irgendetwas in dieser Richtung würde er wohl sagen, dachte Pia schmunzelnd.

Sandra wartete bereits im Café an einem der hinteren Tische, als Pia eintraf. Sie trug ihre brünetten Haare abermals zu einem strengen Pferdeschwanz nach hinten gebunden und spielte gerade unsicher mit ihren Fingern als Pia auf sie zukam. Ihre Augen sahen müde aus, doch sie lagen nicht mehr so tief in ihren Höhlen, wie es Pia noch vor zwei Wochen wahrgenommen hatte.

Nele war gerade bei Annabell, erzählte sie Pia sogleich aufgewühlt. Es war das erste Mal seit Markus Tod, dass sie ihr ehemaliges Nachbarmädchen wieder außerhalb der Schule traf. Sandra hoffte sehr, dass Nele es schaffen würde, dieses Wohnhaus unabhängig vom Tod ihres Vaters betreten und wahrnehmen zu können. Am liebsten hätte Sandra ihr den Besuch bei Annabell verboten. Es war doch noch viel zu früh dafür, oder? Doch Nele hatte ihr versprochen, dass sie sich keine Sorgen machen müsse. Ihr ging es mittlerweile gut und sie hatte sich schon so sehr auf Annabell gefreut.

Nachdem die Frauen Kaffee bestellt hatten, rang sich Pia durch, Sandra sogleich alles zu erzählen. So schilderte sie ihr ausführlich die aufwühlende Geschichte, die Kathrin, Gudrun und Rudolf miteinander verband.

Anhand von Sandras Mimik konnte Pia sehr schnell erkennen, dass Sandra tatsächlich nichts von Kathrin gewusst hatte. Sie meinte auch zu sehen, dass ihr das fehlende Vertrauen von Markus Seite in diesem Moment sehr zusetzte. Nachdem Pia ihre Erzählung beendet hatte, konnte ihre Schwägerin kaum etwas darauf sagen. Sie starrte eine Weile aus dem Fenster, ehe sie Pia wieder in die Augen sah. »Das hätte ich niemals erwartet. Ist das alles verrückt! Aber jetzt erschließt sich so vieles für mich«, sagte Sandra fassungslos.

Als kleine Krönung erzählte sie Sandra dann auch noch, was die Herkunft des Umschlages mit den neuntausend Euro betraf. »Ich weiß, wie unglaublich das alles klingt«, sagte Pia und legte Sandra eine Hand auf die Schulter. »Aber offenbar ist es genauso gewesen. Es muss für dich nun wahrlich ein Schock sein.«

»Ich kann einfach nicht glauben, warum Markus nicht mit mir geredet hat! Das heißt, eigentlich passte es schon zu ihm. Wenn ich mir überlege, wie unangenehm ihm das Thema Gudrun und Rudolf stets war. Er wollte all dies von mir und Nele fernhalten. Ich weiß noch, dass er einmal sagte, »Sandra, da kommt nichts Gutes rüber, lassen wir das.« Wahrscheinlich war ihm das Ganze selbst zu viel und er wollte nicht darüber sprechen müssen.«

»Das war es die ersten Jahre in jedem Fall, laut Kathrin. Aber genau deswegen hätte er doch mit dir oder mir reden können, oder? Ich verstehe es auch bis jetzt noch nicht, warum er da alleine durch wollte.«

Sandra zuckte mit den Schultern. Dann schaute sie Pia auf einmal entgeistert an und rief, »Oh du meine Güte! Er hat sie gemeint!«

»Was meinst du?«

»Markus hat mir vor einigen Wochen gesagt, dass er mir bald jemanden vorstellen möchte. Es sei eine ganz besondere Person.«

»Das hat er gesagt?«, fragte Pia erstaunt.

»Ja«, sie schüttelte ungläubig den Kopf. »Ich dachte wirklich an jemanden Prominenten oder so. Jemanden, den er vielleicht in der Arbeit kennengelernt hat.« Sie lachte. Dann sagte sie, »Aber er wollte mir auch absolut nicht mehr dazu verraten. Du meine Güte, er wollte mir wahrscheinlich Kathrin vorstellen, oder?«

»Das klingt wirklich danach«, sagte Pia nachdenklich.

»Und wahrscheinlich hätte er mir dann auch von ihrem Umschlag erzählt. Das Geld für Nele.«

»Ganz bestimmt!«

»Noch ein Grund, der gegen einen Suizid spricht, oder? Zumal sogar die Polizei nicht mehr davon ausgeht.«

»Da bin ich mir nach dem Gespräch mit dem Kommissar auch sicher.«

»Und irgendwer hat verhindert, dass er sie mir und Nele vorstellen kann. Irgendwer hat all dies, was er noch vorhatte in seinem Leben, plötzlich einfach so ausgelöscht«, sagte Sandra traurig.

Pia fehlten für einen Moment die Worte, ehe sie sagte, »Was wirst du jetzt tun wegen Kathrin?«

»Ich weiß es nicht. Das ist alles gerade ein wenig viel, Pia.«

»Lass dir die Zeit, die du brauchst und denke in Ruhe darüber nach.«

Sie nickte nachdenklich. Dann sagte sie, »Wenn Markus sie mir vorstellen wollte, dann möchte ich ihm diesen Wunsch auch erfüllen. Aber nicht heute und auch noch nicht morgen.«

Pia zog ihre Schwägerin in die Arme. »Egal, wie du dich entscheidest. Ich werde dich immer unterstützen, ja?«

Sandra nickte und hielt dann ihre Tränen nicht mehr zurück und auch Pia kamen in diesem Moment die Tränen. Die Blicke der anderen Cafégäste scherten sie nicht eine Sekunde.

Als ihre Tränen längst getrocknet waren, hatten sie es geschafft, die schweren Gespräche für eine Zeit außer Acht zu lassen. So saßen sie wie zwei Freundinnen über ihrem Kaffee und lachten über die Geschichten, die sie als Mütter verband. Als Sandra gerade sagte, »Stell dir vor, Pia. Hat mich Nele gestern tatsächlich wieder gefragt, ob sie nicht doch ein Erdmännchengehege aufstellen könnte, wenn wir eine neue Wohnung mit großem Garten finden«, klingelte plötzlich ihr Handy. Sie lachte noch herzhaft über Neles Haustierwunsch, während sie ihr Mobiltelefon langsam aus der Tasche zog. Doch ihr Lachen erstarb sofort, als sie einen Blick auf das Display warf. »Es ist Kommissar Berger«, sagte sie angespannt zu Pia.

»Ja, Sandra Schneider, hier.«

Pia konnte nicht hören, was der Kommissar sagte, doch sie verfolgte den erstaunten Gesichtsausdruck ihrer Schwägerin. Aufmerksam lauschte sie den wenigen Antworten, die Sandra dem Kommissar gab, um sich einen Reim auf diesen Anruf zu machen.

»Oh, wirklich? Ich weiß gerade gar nicht, was ich dazu sagen soll... Ja, natürlich... 17 Uhr, in Ordnung... Ich sitze gerade mit Pia hier... Das wäre gut... Sie wird bestimmt mitkommen... Ja, verstehe... Wir werden da sein... Danke für Ihren Anruf, Kommissar Berger.«

Das Telefonat hatte keine zwei Minuten gedauert. Pia spürte eine leichte Aufregung in sich aufsteigen, als sie Sandra fragend ansah. Ihr Gesichtsausdruck hatte sich verändert.

»Sie haben ihn.«

Pia lief ein eiskalter Schauer über den Rücken. »Wen?«, fragte Pia entgeistert. Das Adrenalin schoss bereits in ihren Körper und brachte ihr Herz zum Rasen.

»Den Mörder. Sie haben Markus Mörder gefunden.«

Um 17 Uhr

»Frau Sendtner!«, erklang die Stimme noch einmal, »Sie wirken so abwesend.«

»Ja, ja, entschuldigen Sie. Mir geht es gut«, beeilte sich Pia zu lügen.

Links von ihr saß Sandra und rechts von ihr Matthias. So sehr sie sich auch gewünscht hatte, endlich zu wissen, warum Markus hatte sterben müssen, im Augenblick traute sie sich kaum, Kommissar Berger anzusehen.

Auch Sandra neben ihr wirkte nervös. Sie hatte ihre Augen in ihrer Anspannung weit aufgerissen und sah richtiggehend verschreckt aus.

Der Einzige, der es schaffte, die Ruhe zu bewahren, schien Matthias zu sein. Erneut drückte er zärtlich ihre Hand, als sie seinen Blick suchte. Pia griff daraufhin hastig auch nach Sandras Hand, um zu versuchen, auch ihr ein besseres Gefühl zu geben. Doch es gelang ihr kaum, diese so unterstützende Geste von Matthias auch an ihre Schwägerin weiterzugeben. Jeglicher Druck in ihrer Hand schien wieder sekundenschnell zu verpuffen. Letztendlich lag ihre Hand so schlaff und feucht wie ein alter Putzlappen in Sandras Hand, dachte sie resignierend.

Sandra nahm die leichte Berührung ohnehin kaum wahr. Ihre Augen blickten weiter wie gebannt auf Kommissar Berger, während ihr rechter Fuß nervös am Boden dribbelte.

»Kann ich jemanden von Ihnen eine Tasse Kaffee oder ein Glas Wasser bringen?«, fragte die Polizeibeamtin neben dem Kommissar. Sie hatte sich als Frau Wimmer vorgestellt. Für eine Polizistin strahlte sie eine unglaubliche Wärme aus. Mit ihren blond gelockten, schulterlangen Haaren und ihren freundlichen, braunen Augen sah sie eher aus, wie eine liebevolle Kinderkrankenschwester, dachte Pia abschweifend.

Matthias sah auf und antwortete freundlich für alle drei gesammelt, »Nein, danke. Aber das ist sehr freundlich von Ihnen. Bitte sagen Sie uns, was Sie herausgefunden haben.«

Dann erfuhren sie endlich, was der Kommissar ihnen mitteilen wollte. Er räusperte sich ausgiebig und sagte schließlich, »Ich danke Ihnen, dass Sie nach meinem Anruf gleich hierhergekommen sind. Mir war es sehr am Herzen gelegen, die aktuellen Ermittlungsergebnisse persönlich mit Ihnen zu teilen.«

»Das ist doch selbstverständlich. Wir alle sind froh, wenn wir endlich wissen, was passiert ist«, sagte Matthias.

Pia und Sandra saßen dagegen noch immer nervös und stumm auf ihren Plastikstühlen und warteten ungeduldig auf das, was der Kommissar ihnen in den nächsten Minuten offenbaren würde.

»Nun ja. Ich muss zugeben, dass am Anfang wirklich fast alles auf den Suizid von Markus Schneider hingedeutet hatte. Bei den weiteren Ermittlungen hatten sich die ausschließenden Hinweise aber sehr schnell verdichtet, sodass wir von Fremdeinwirkung ausgehen mussten. Vor allem der Umstand, dass die Pistole erst auf den Boden gefallen oder eher gelegt worden war, als sich schon eine gewisse Menge Blut auf dem Schlafzimmerboden gebildet hatte, konnte den Verdacht eines Selbstmordes sofort ausräumen.«

»Ich habe Ihnen ja von Anfang an gesagt, dass es völlig unmöglich ist, dass sich mein Mann selbst das Leben genommen hat!«, platzte Sandra plötzlich heraus.

Der Kommissar nickte verständnisvoll. Dann fuhr er langsam fort, »Ich muss zugeben, dass wir am Anfang wirklich Schwierigkeiten hatten, einen Tatverdächtigen zu finden. Letztendlich war es dann auch Ihr Hinweis, der die Ermittlungen in den letzten 48 Stunden derart vorangebracht hat. Durch Ihre Aussage konnten wir Herrn Florian Käsbauer erneut befragen. Bei der Befragung im

Bekanntenkreis von Herrn Schneider war uns leider noch nichts Konkretes an Herrn Käsbauer aufgefallen. Nach den gestrigen drei Stunden Verhör gab er dann aber schlussendlich zu, dass er am Tag von Markus Schneiders Tod ein größeres Päckchen Drogen bei diesem abgegeben hatte, um es in seiner Wohnung zu verstecken. Herrn Schneider gegenüber hatte er angegeben, dass darin sehr wertvoller Schmuck sei, den er mit verschiedenen Stoffen und Folien gut umwickelt hatte, was die Größe des Päckchens erklärte. Er behauptete außerdem, dass er diesen Schmuck seiner Ex-Frau während der Scheidung nicht in den Rachen werfen wollte und bat ihn, die Wertgegenstände sicher zu verstecken, bis die Scheidung endgültig vom Tisch sei. Im Laufe des Verhörs kam dann weiter heraus, dass dieses Drogenpäckchen offenbar einige Stunden vorher von einem Herrn Arafasi gestohlen worden war. Der Mann ist uns schon seit etlichen Monaten bekannt, daher konnten wir ihn sehr schnell ausfindig machen. Durch einen Zeugen im Nachbarhaus, der Herrn Arafasi eindeutig als den Mann identifizieren konnte, der das Wohnhaus nach Florian Käsbauer betrat, konnten wir in Kombination mit weiteren Spuren vom Tatort Herrn Arafasi schließlich die Tat nachweisen. Herr Käsbauer ist bereits im Vorfeld von diesem Mann beschattet worden, da Herr Arafasi ihn richtigerweise des Diebstahls verdächtigte. So beobachtete er also am besagten Tag, wie Florian Käsbauer mit einer Plastiktüte in der Hand die entsprechende Haustürklingel von Herrn Schneider drückte. Als er ihn wenig später ohne die Plastiktüte zurückkommen sah, klingelte auch er unter einem betrügerischen Vorwand bei Herrn Schneider. Seiner Aussage zufolge bedrohte er ihn in dessen Wohnung mit der Waffe, damit ihm dieser das Päckchen aushändigte. Dabei hatte sich dann versehentlich ein Schuss gelöst. Doch unseren Ermittlungen zufolge entspricht das nicht ganz der Wahrheit. Wir gehen davon aus, dass Herr Schneider gerade das Drogenpaket aus dem Nachttischkästchen herausholen wollte, als ihn Herr Arafasi mit der Waffe bedrohte. Um zu verhindern, dass das Opfer ihn zukünftig bei der Polizei als Dealer anzeigen könnte, setzte er ihm in dem Moment, als ihm Herr Schneider den Rücken zukehrte, rasch die Pistole an die Schläfe und drückte ab. Er war davon überzeugt, dass er es mittels Vertuschung schaffen würde, dass der Fall als Selbstmord eingestuft werden würde. So wischte er seine Waffe ab, drückte den Daumen des Opfers für einen Fingerabdruck auf den Abzug und legte die Pistole anschließend neben Markus Schneider in dessen Blut auf den Boden. Danach verschwand er natürlich mit den Drogen. Wir hatten bereits bei den früheren Ermittlungen minimale Spuren von Kokain im Nachttischkästchen des Opfers feststellen können. Daher hatten wir längst den Verdacht, dass der Mord mit Drogen zu tun haben könnte.«

Als der Kommissar seinen Bericht beendet hatte, war keiner von ihnen im Stande, etwas zu sagen. Nicht einmal Matthias brachte ein Wort heraus. Völlig perplex saßen sie mit hängenden Köpfen auf der anderen Seite des Schreibtisches. Die Gewalt dieser unerwarteten Informationen war zu mächtig.

»Ich möchte es natürlich nicht missen, Ihnen noch einmal mein herzlichstes Beileid auszusprechen. Ich werde Sie kurz in die Obhut meiner Kollegin geben. Lassen Sie es Frau Wimmer wissen, falls Sie irgendetwas brauchen.

In 20 Minuten komme ich wieder zu Ihnen, falls Sie noch weitere Fragen haben.« Damit nickte ihnen der Kommissar noch einmal zu und ging langsam aus dem Raum.

Nachdenklich sah Pia zu Frau Wimmer. Die blondgelockte Krankenschwester, in der Tarnung einer Polizistin, schaute ihr aufmunternd in die Augen. Doch die Polizistin hätte ihnen ohnehin nichts geben können. Alles, was sie gebraucht hätten, hatte ein fremder Mann wegen ein paar Drogen von heute auf morgen von ihnen genommen.

Der Schock, dass Markus seinem Mörder nicht einmal persönlich bekannt gewesen war, saß tief.

Und einer seiner besten Freunde hatte den Mörder zu ihm geführt.

Ihr Bruder war ein unschuldiges Zufallsopfer.

31.

Endlich war die Wahrheit ans Tageslicht gekommen. Es war ein seltsamer Zufall, dass nun mit den Ereignissen um Matthias Tod nun auch die Geschichte um seine Geburt durch dieses geheimnisvolle Foto aufgeklärt worden war. Sowohl die Umstände um seine Geburt, als auch die Umstände seines Todes hatten mit Drogen in Verbindung gestanden. Es war unbegreiflich.

Die letzten Tage hatten Pia immens gefordert. Sie hatte irgendwann gemerkt, dass sie an ihre emotionale Belastbarkeitsgrenze gestoßen war. Daher hatte sie sich gemeinsam mit Matthias in der Arbeit freigenommen und die kommende Woche versucht, etwas durchzuschnaufen. Gemeinsam hatten sie sich mit Felix zu Hause eingemummelt und eine ruhige Zeit gemacht. Zweimal war Sandra mit Nele zu Besuch gekommen, da sie unendlich viel Redebedarf hatte. Pia hatte jedoch kaum mehr die Kraft, darüber zu reden.

Es gab aber noch eine Sache, die es für sie zu klären gab. Diese eine Sache ließ ihr einfach keine Ruhe. Es war gar nicht so leicht gewesen. Doch Pia blieb hartnäckig und hatte es schließlich geschafft, ein Treffen zu arrangieren.

Es sollte heute unter neutralen Bedingungen stattfinden.

Mit gemischten Gefühlen schloss sie die Haustür hinter sich und stieg in ihr Auto, um sich auf den Weg zum Bahnhof zu machen. Mithilfe seichter Pop-Klänge aus dem Radio versuchte sie, den Kopf etwas freizubekommen. Abermals erinnerten sie so viele Orte, die an ihrem Fenster vorbeizogen, an glückliche, vergangen Tage mit Markus. Sie hatte eine unglaubliche Wut im Bauch, seitdem sie wusste, dass Florian Käsbauer vermutlich gar nicht groß für den durch ihn entstandenen Mord an ihrem Bruder belangt werden konnte. Er war sein Freund gewesen. Wie hatte er ihren Bruder in so etwas mit hineinziehen können? Markus hatte sein Leben für ihn geben müssen. Es blieb unbegreiflich.

Birgit hatte von der Sache erfahren und hatte bald völlig bestürzt versucht zu helfen. Eines Tages war sie vor Pias Tür gestanden und ein paar Tage vorher, an der von Sandra. Pia rechnete es ihr hoch an. Doch was hätte sie schon tun können?

Glücklicherweise musste sie am Bahnhof nicht lange nach einem Parkplatz suchen. Sie stellte den Wagen in einer der dafür vorgesehenen Lücken ab und ging zügig zu ihrem Gleis. Dieses Mal war sie ohne jegliches Reisegepäck unterwegs. In ungefähr acht Stunden wollte sie wieder nach Hause kommen.

Bis der erwartete Zug einfuhr, musterte sie nachdenklich die anderen Reisenden am Bahnsteig. Welche dunklen Geheimnisse barg wohl ihr Leben? Wussten sie, wie es sich anfühlt, wenn man jahrelang belogen worden war? Wussten sie, wie es sich anfühlt, wenn einem von heute auf morgen einer der liebsten Menschen geraubt wird?

Der Zug fuhr mit lautem Quietschen in den Bahnhof ein. Plötzlich holten Pia die Erinnerungen an ihre letzte Reise ein. Sie dachte an die schreckliche Stimmung, die während der Tage vorgeherrscht hatte, die sie in Stuttgart bei ihren Eltern verbracht hatte. Es fröstelte sie erneut dabei. Heute würde sie nicht ganz so lange unterwegs sein. Knapp zwei Stunden weniger als nach Stuttgart laut Fahrplan. Ein lautes Zischen holte sie wieder zurück in die Gegenwart. Die Türen des Zuges hatten sich geöffnet. Sie stieg ein und suchte, wie sie es immer tat, sogleich nach einem leeren Abteil. Leider hatte sie diesmal kein Glück. Der Zug war beinahe randvoll. Sie musste sich ein Abteil mit einem jungen Pärchen teilen. Doch die jungen Erwachsenen grüßten sie beim Eintreten ohnehin nur knapp und zeigten keinerlei Interesse an einem weiteren Gespräch. Sie würde ihre Ruhe haben, dachte sie zufrieden. Doch als sie so still auf ihrem Platz saß, musste sie auf einmal an Karl Freisinger denken. Dieser Mann hatte ihr in einem wirklich schweren Moment ein gutes Gefühl vermitteln können. Gerne wäre sie heute wieder mit ihm hier gesessen, um ihm zu erzählen, wie es mit der Geschichte um Markus Tod weitergegangen war. Vielleicht hätte er auch diesmal die richtigen Worte gefunden.

Der Zug war im Zeitplan. Es war kurz nach zwölf, als sie ihr Abteil verließ, um am Zielbahnhof auszusteigen. Sie zog ihr Handy bereits aus der Tasche, als sie in Richtung einer Bahnhofsbäckerei lief.

»Hallo Matthias, ich bin gut angekommen.«

»Schön. Bist du noch sehr aufgeregt?«

»Ein wenig. Wann fahrt ihr los?«

»Wir haben noch ein bisschen Zeit, bis das Spiel losgeht. Aber da ich nicht weiß, wie gut wir mit dem Verkehr nach München durchkommen, denke ich, wir werden bald starten.«

»In Ordnung. Ist Felix schon sehr aufgeregt wegen des Fußballspiels?«

»Ja, er hat schon das Trikot angezogen und redet von 20 Toren.«

Pia lachte. Sie wünschte ihnen viel Spaß und legte auf. Als sie vor der Theke der Bäckerei stand, kaufte sie sich einen Becher Kaffee, ehe sie ihren Weg zu Fuß fortsetzte. Es war nicht weit. Eine halbe Stunde später hatte sie das entsprechende Hotel bereits erreicht. Ruhelos stand sie vor dem riesigen, zwölf-stöckigen Hotel und versuchte, ihren unsteten Atem zu beruhigen. Als sie eintrat, stieg ihr ein angenehmer Duft nach zitronigen Reinigungsmitteln in die Nase. Eine junge Frau in einem bordeauxroten Kostüm an der Rezeption warf ihr sogleich einen freundlich abwartenden Blick zu. Doch Pia gab ihr mit einer Handbewegung zu verstehen, dass sie ihr Weg in die Lobby des Hotels führte. Sie ließ ihre Augen über die zahlreichen, mit rotem Leder bezogenen Sesseln in der Empfangshalle schweifen. Doch im ersten Moment, sah sie nur ein älteres Ehepaar, welches auf zwei der roten Loungesessel neben gepackten Koffern saß. Wahrscheinlich warteten sie auf ihr Taxi. Einen Augenblick später registrierten ihre Augen, dass da doch noch jemand war. Sie ging ein Stückchen näher zu den Sesseln, die sich entlang der Fenster reihten. Ein kalter Schauer lief ihr über den Rücken, als sie ihn dann tatsächlich hinter einer der großen Topfpflanzen ausmachen konnte. Ehe sie weiter auf ihn zuging, merkte sie, wie ihr Herz zu klopfen begann. Langsam näherte sie sich der Gestalt, die offenbar in Gedanken versunken, ganz ruhig auf dem roten Loungesessel saß. Dann stand sie angespannt vor ihm.

»Hallo Papa.«

Er sah zu ihr auf, ohne sich weiter zu rühren und nickte nachdenklich. Seine Stimme klang betrübt, »Hallo Pia.«

Sie setzte sich auf den gegenüberliegenden Sessel.

»Danke, dass du dich hier mit mir triffst.«

»Du hast ja nicht aufgegeben. Es ist der halbe Weg für uns beide. Daher hat es sich angeboten, meine Arbeit hier in Nürnberg mit unserem Treffen zu verbinden.«

»Danke. Ich weiß, dass dir das nicht leicht fällt.«

Er nickte langsam. »Nein. Das sind Dinge, über die ich nie wieder sprechen wollte.«

»Und doch, ist es so wichtig für mich, deine Sicht der Dinge zu hören.«

»Ich weiß, Pia. Auch wenn es nichts mehr gutmachen kann.«

»Bitte erzähle mir von dir und Kathrin.«

Ihr Vater brauchte einen Moment. Sie konnte sehen, dass er Schwierigkeiten hatte, einen Anfang zu finden. Es war ihr wichtig, ihm keinen Druck zu machen oder jegliche Worte in den Mund zu legen. Die Gefahr war zu groß, dass er sich ihr dann sofort wieder verschließen würde. So verstrichen einige weitere Sekunden, ehe er ihren Blick suchte und langsam zu erzählen anfing. Er begann ihr zu erzählen, wie er die Liebe seines Lebens traf. Eine kleine Rebellin mit großem Herz war sie damals. Ihr Vater berichtete von der Leichtigkeit, die Kathrin in sein Leben gebracht hatte, wie glücklich sie gewesen waren und wann es letztendlich anfing, schwer zu werden. Er hätte alles getan, um ihr zu helfen. Es gab so vieles, über das er hinweggesehen hatte. Eine lange Zeit. Er hatte ihr stets verziehen, wenn sie etwas aus seiner Geldbörse genommen oder aggressives Verhalten ihm gegenüber gezeigt hatte. Viel zu oft hatte er sie irgendwo völlig high auflesen müssen in einem desaströsen Zustand. Doch irgendwann hatte sie sich durch die ganzen Drogen schon so sehr von ihm entfernt, dass er sie schließlich schweren Herzens aufgegeben hatte. Plötzlich waren sie sich nach Jahren erneut begegnet und sie war kurz darauf schon schwanger geworden. Es war die Strafe für ihre heimliche Liebesbeziehung. Und diese hatte er wie ein Mann tragen wollen.

Pia hörte gebannt zu und sah, wie seine Augen immer trister wurden.

Noch heute empfand er es so, als ob er versagt hätte. Damals dachte er, er hatte ihr einfach nicht helfen können. Er hätte noch mehr tun müssen, damit sie zumindest in der Schwangerschaft nichts genommen hätte. Noch heute fragte er sich, ob er schlussendlich nur zu wenig Ausdauer gezeigt hatte für Kathrin und auch für Markus. All die Jahre hatte er Kathrin schrecklich vermisst. Auch wenn er langsam gelernt hatte, so etwas wie Liebe für Gudrun zu empfinden. Auf eine heimische Art und Weise eben. Markus war das Einzige, das ihm von Kathrin geblieben war. Auch wenn er unablässig Angst gehabt habe, dass auch sein Sohn einmal auf die schiefe Bahn geraten könnte. Es war nicht immer leicht gewesen. Natürlich hatte er Gudrun gegenüber eine unglaubliche Schuld verspürt. Er hatte ihre naive Art und ihre starken Gefühle für ihn ausgenutzt. Manchmal dachte er, dass er zwei Frauen unglücklich gemacht hatte. Die Eine, die er nicht hatte retten können, und die Andere, die ihr Leben lang diese geheime Bürde zu tragen hatte. Gudrun hatte ihr Bestes getan. Das musste Rudolf ihr hoch anrechnen. Doch war sie letztendlich glücklich mit ihm gewesen? Ist sie es heute? Er wusste es selbst nicht. Über so etwas sprach er nicht.

Pia fühlte den unglaublichen Schmerz, den ihr Vater ihr preisgab, in jeder Faser. Sie verstand. Auch wenn sie einige seiner Taten ganz und gar nicht guthieß. Im Rahmen seiner Denkweise hatte er nach seinem besten Gewissen gehandelt. Er hat das getan, was für diese komplizierte Situation damals in seinen Augen die beste Lösung gewesen war.

Es war eines der wenigen Male, in der sie zum Abschied in einer engen Umarmung mit ihrem Vater zu sehen war. Einerseits fühlte es sich irgendwie fremd an, andererseits fühlte es sich auch nach einer Art Erleichterung an. Vorsichtig löste sie sich nach einigen Sekunden aus der Umarmung.

»Tschüss Papa. Ich hoffe, wir sehen uns Weihnachten bei uns. Es wäre schön, wenn ihr kommt und dann auch Sandra und Nele noch einmal richtig kennenlernt.«

Die Antwort blieb er ihr schuldig. Sie konnte seinen Blick noch nicht deuten, als sie sich trennten. Doch sie glaubte, gesehen zu haben, dass seine Augen feucht geworden waren. Mit einem aufwühlenden, aber auch befreiten Gefühl ging sie zielstrebig aus der Hotellobby. Es war an der Zeit, nach Hause zu fahren. Denn es gab noch etwas, das sie für jemanden tun wollte. Der nächste Tag sollte ein besonderer Tag sein, für zwei traurige Menschen.

32.

Pia stand mit einem guten Gefühl vom Tisch auf.

»Ich werde euch jetzt alleine lassen. Denn ich denke, ihr habt genug, über das ihr alleine sprechen möchtet.«

»Warte!«, sagte Kathrin plötzlich. »Hier sind zwei Freikarten für den Tiergarten. Sie sind für dich und Nele. Felix braucht noch keine. Unter sechs Jahren sind Kinder kostenlos.«

»Das ist sehr nett von dir. Danke, Kathrin.« Pia drückte Sandra zur Verabschiedung kurz an sich und winkte Kathrin noch einmal zu, ehe sie das Café verließ.

Gelöst stieg sie in ihr Auto, in dem Matthias mit Nele und Felix bereits seit fünf Minuten wartete.

»Und wart ihr auch schön brav?«, fragte sie in Richtung Rücksitzbank.

»Ja, oder Onkel Matthias?« Nele grinste frech.

»Aber sicher!«, sagte Matthias, während er zwei Bonbonpapiere versteckte und ebenso grinste.

Pia lächelte und richtete ihren Blick an die Windschutzscheibe. »Los geht's, Kinder!«, sagte sie fröhlich, »Nele, wir holen deine Mama so in zwei Stunden wieder ab. Sie ruft mich dann an.«

»Ist gut, Tante Pia. Sie hat es mir schon erklärt. Wollte ihre Freundin nicht mit in den Tiergarten?«, fragte das Mädchen neugierig.

»Nein, aber ich denke, du wirst sie bald kennenlernen. Ich bin mir sicher, dann werdet ihr auch ganz bald alle zusammen mit ihr dorthin fahren.« Pia lächelte für sich, als sie Nele diese Antwort gab.

Doch die Kinder hörten ihr ohnehin schon gar nicht mehr zu. Sie fingen gerade an, darüber zu streiten, ob ein Gepard oder ein Tiger schneller laufen könnte.

Matthias sagte knapp, »Der Gepard!«

Dann gab er seiner Frau einen Kuss und startete den Motor, um kurz darauf den Wegweisern in Richtung Straubinger Tiergarten zu folgen.

EPILOG

Es waren die ersten kräftigen Sonnenstrahlen seit Monaten, die der beginnende Frühling auf den Weg schickte. Sie richtete ihr Gesicht gen Himmel und spürte, wie sich ein warmer Schauer über ihre Wangen legte. Es fühlte sich an, als würde ihr jeder einzelne Strahl etwas Energie schenken. Eine Energie, die ihr Mut machte und die sie gerade jetzt so sehr brauchte. Dankbar nahm sie wahr, wie sich ihre Stimmung etwas hob. Ein Zustand, den sie in letzter Zeit nicht oft erlebt hatte. Sie hielt einen Augenblick inne, um den Moment festzuhalten. Dann setzte sie ihren Weg fort und ging weiter festen Schrittes durch das Friedhofstor.

Mit der Durchquerung des Tores war es mit einem Mal so, als wäre sie in einer anderen Welt angekommen. Eine vergangene Welt die unzählige Geschichten umfasste. Sie wurde nachdenklich. Der sonnige Tag passte eigentlich so gar nicht zu diesem traurigen Ort, kam es ihr plötzlich in den Sinn. Die Atmosphäre rund um sie herum war förmlich von Stille und Ehrfurcht geprägt. In der Luft hingen die zahlreichen traurigen Erinnerungen der Vergangenheit. Angestrengt versuchte sie an die guten

Momente zu denken. Doch es war schwer für sie in dieser bedrückenden Atmosphäre auch einige der schönen Erinnerungen hervorzuholen. Die letzten Monate waren von Schmerz geprägt gewesen. Nichts würde nun wieder sein, wie zuvor. Nichts würde ihr die Möglichkeit geben die damaligen Vorkommnisse endlich zu klären. Diese Möglichkeit war ihr geraubt worden. Damit hatte sie lange hadern müssen. Aber sie hatte Mut und Zuversicht, dass sie inzwischen auf einem guten Weg war und irgendwann ihren Frieden mit all dem machen konnte. Es war an der Zeit nach vorne zu blicken. Auch wenn sie viele Fehler in der Vergangenheit gemacht hatte, hatte sie doch stets versucht ihr Bestes zu geben, oder? Sie blieb für einen Moment stehen und ließ den Blick ziellos über die verschiedenen Gräber schweifen.

Sie war nicht allein. Da war jemand. Ein großer Mann mit Hut in einem langen, schwarzen Mantel stand in einigen Metern Entfernung. Regungslos verharrte er mit gefalteten Händen und gesenktem Blick. Nach einiger Zeit löste er jedoch seine Starre und bückte sich, um ein paar Rosen auf einem der Gräber abzulegen. Es waren große, rote Rosen. Besonders schön gewachsene Rosen von einem Floristen, nicht die dünnen, preiswerten aus dem Supermarkt, bemerkte sie. Der fremde Mann wirkte in seinem Aufzug fast wie ein Pastor. Doch seine Augen sahen aus wie die eines traurigen Witwers. Sie beobachtete ihn eine Weile. Dann nahm sie einen langen Atemzug, ehe sie ihren Weg fortsetzte. Der führte sie in die dritte Reihe, vorbei an ein paar aufwendig geschmückten und zwei eher traurigen, vernachlässigten Gräbern. Welche Geschichte lag ihnen wohl zugrunde? Nach wenigen Metern konnte sie dann das richtige Grab aus der Ferne ausmachen.

Plötzlich schritt eine andere Frau darauf zu. Sie musste aus der anderen Richtung gekommen sein, denn sie war ihr gerade erst aufgefallen.

Ihr Herz pochte. Wie automatisch verlangsamte sie ihre Schritte. Irgendwann kam sie letztendlich dann doch neben dieser Frau zum Stehen.

Ohne etwas zu sagen, standen sie eine Weile nebeneinander. Mit gefalteten Händen blickten sie in sich ruhend auf den Grabstein.

In Gedenken an
Markus Schneider
*02.02.1986
+16.10.2023

Eine Welle der Traurigkeit erfasste sie. Sie standen noch einige Minuten schweigsam da, als die andere Frau plötzlich das Wort ergriff, »Es tut mir leid, Gudrun.«

Sie schaffte es nicht, ihr das Gesicht zuzuwenden. Ihre Augen blieben an seinem Grabstein aus weißem Marmor hängen, während sie sagte, »Ich weiß. Aber es ist in Ordnung.«

»Es war auch für dich nicht leicht.«

»Das ist wahr. Aber ich durfte meinen Sohn zumindest sehr viele Jahre lang kennen und lieben lernen. Ich trage unzählige, schöne Erinnerungen an dieses wunderbare Kind in mir, die mir niemand mehr nehmen kann.« Daraufhin trafen sich ihre Blicke.

Die andere Frau nickte langsam. Gudrun sah, dass ihre Augen glasig waren. Dann ging Kathrin davon.

Über die Autorin

Stefanie Söllner, Jahrgang 87´, verbringt seit ihrer Kindheit viel Zeit mit Büchern. Im jungen Erwachsenenalter beginnt sie, sich viel mit den Themen Psychologie und Kriminologie zu beschäftigen. Ihr erstes eigenes Werk war 2018 ihre Facharbeit »Ich liebe dich, aber ich verstehe dich nicht – Konflikte in der Partnerschaft«, zum Abschluss der Ausbildung zur psychologischen Beraterin. Mittlerweile ist sie Mutter von drei Kindern. Die spannende, vielseitige Welt der Literatur begeistert die ausgebildete Hörakustikmeisterin so sehr, dass nun nach ihrem ersten Roman »Der unheilvolle Schein«, ihr zweites Buch »Die geheime Bürde« folgt.